教育部人文社会科学重点研究基地
南京大学中国新文学研究中心
Center for Research of Chinese New Literature of Nanjing University

教育部人文社会科学
重点研究基地
南京大学中国新文学
研究中心学术文库

主　编　丁　帆
执行主编　王彬彬
　　　　　张光芒

洗眼观潮
中国现代文学论集

倪婷婷　著

南京大学出版社

编委会（按姓氏笔画排列）

丁　帆　　马俊山　　王爱松
王彬彬　　吕效平　　刘　俊
李兴阳　　李章斌　　吴　俊
沈卫威　　张光芒　　周安华
胡星亮　　倪婷婷　　董　晓
傅元峰　　[美]奚密　　[日]藤井省三

目 录

风土感化与"五四"作家及"五四"文人群落 ······ 001
世俗化:"五四"文人的宗教感悟 ······ 021
情趣的享乐:西方颓废思潮在"五四"的一面投影 ······ 052
论"五四"文学中性爱意识的局限 ······ 064
"浓得化不开"——论徐志摩的散文创作 ······ 093
前期延安文学(1937—1942)的题材取向 ······ 115
关于延安文学的现代化和民族化问题 ······ 162
战争与新英雄传奇——对延安战争文学的再探讨 ······ 188
国统区文学的现实讽刺与政治讽刺 ······ 201
中国现当代作家外语创作的归属问题 ······ 230
杨刚英语自传性文本的标题问题及其他 ······ 247
面向世界的中国书写——论叶君健的世界语和英语小说创作 ······ 262
表述中国的立场和路径——从熊式一英语剧《王宝川》谈起 ······ 277
凌叔华与布鲁姆斯伯里团体的文化遇合——以《古韵》为考察中心 ······ 295

风土感化与"五四"作家及"五四"文人群落

在《中国新文学大系·散文二集·导言》中,郁达夫考察了鲁迅、周作人、林语堂、丰子恺、钟敬文、朱自清、冰心、王统照、许地山等人不同的创作风格,他比较了他们显现在各自文字里的不同的性情、嗜好、习惯和思想意绪,并对他们的个人气质与地域文化环境和历史传统的关系进行了一番探究。郁达夫追溯作家"世系"的热情,与他信服的批评原则直接相关:"在能够评量那一册著作之先,必须要熟悉那作者的'人'才行。"[①]他的兴趣不仅在于地理环境对文学风格的潜在参与,也在于风土感化下作家的心理现实对文学个性的直接作用,同时他也强调作家个体对环境因素自觉主动的辨知、判断和取舍。郁达夫提供了一个观照特定文化模式制约下作家审美反应的有效视角,就"五四"文学研究而言,它不仅有助于阐释地理环境和文化氛围对"五四"作家精神变迁的导向作用,同时也有助于说明作为创作活动的个体以及文化群落的成员对"五四"文学风气的推进意义,这对全面理性地把握"五四"文学的精神品质无疑是大有裨益的。

---

① 参见郁达夫《中国新文学大系·散文二集·导言》中引文极司泰(C.T.Winchester)评英国散文作家文集序言,《中国新文学大系·散文二集》,上海文艺出版社1981年影印版,第6页。

一

郁达夫在评点朱自清散文"文字之美"时说:"以江北人的坚忍的头脑,能写出江南风景似的秀丽的文章来者,大约是因为他在浙江各地住久了的缘故。"①郁达夫始终强调地域环境对作家创作风格的作用,只不过这里所指的环境已不是作家的出生地,而是他成长及以后生活所在的地域。自称"我是扬州人"②的朱自清出生于江苏东海,六岁时移居扬州,直至18岁离开。在北京大学毕业后,"为生活和战乱所迫",他"不得不辗转于江浙一带的扬州、杭州、吴淞、台州、温州、宁波和上虞白马湖之间,在许多学校教过书"。③ 郁达夫认为朱自清"坚忍的头脑"源于江北人的品性,而文章的"秀丽"则来自浙江绮丽风光的感化。如果从地域文化的角度看,朱自清的成长地扬州与浙江共同属于吴越文化区,虽居江北,它的自然和人文环境倒是与江南及浙江颇为相近的。而朱自清也声称"童年的记忆最单纯最真切,影响最深最久","在那儿度过童年,就算那儿是故乡"。④ 那么,由此看来,他"秀丽的文章"也不能排除他度过了童年时代的扬州的环境熏陶。就朱自清而言,在扬州的童年经历推进了成年后他在江南和浙江各地与童年习得相近似的文化接受过程,使他对成年后所置身的新的文化环境更容易适应,更容易融入。

相对于早期的文化影响,譬如地域胎记的作用,晚期的环境和氛围对个体心理和人格的塑造意义,虽不是最重要的,但也是无法忽视的。文化化过程毕竟是自始至终贯穿个体一生的行为过程,"个体通过接触自己身处其间的各个

---

① 郁达夫:《中国新文学大系·散文二集·导言》,《中国新文学大系·散文二集》,上海文艺出版社1981年影印版,第18页。
② 朱自清:《我是扬州人》,《朱自清全集》第4卷,江苏教育出版社1988年版,第457页。
③ 朱乔森:《父亲永远活在我心中》,《朱自清自传》(附录二),江苏文艺出版社1997年版,第337页。
④ 朱自清:《我是扬州人》,《朱自清全集》第4卷,江苏教育出版社1988年版,第458页。

心理集团,继续获得各种新的素质"①。根据不同情境中的各种刺激,个体相应地促成某种特定类型的文化人格的产生。成年后的朱自清由于在浙江各地生活过一段时间,那里旖旎迷人的山水风光,积淀着吴越文化底蕴的习俗人情,自然会对他起到某种陶冶和感化的作用。台州朴陋的房子庭院里盛开着的"那样雄伟,那样繁华的紫藤花"(《一封信》),温州仙岩梅雨瀑飞流直下的一潭"醉人的绿"(《绿》),上虞白马湖青山绿水环抱中春晖校园的秀美与恬静(《春晖的一月》),无不牵系着朱自清对这片热土的深情,也潜在地导引着他出神入化的笔触染上了清新雅致、精细柔美的景色特征。他不自觉地沉浸在浙江的山水风景中,他自觉地接受着浙江山水风景的感化,原本细腻敏感的气质因此得以强化,语言风格也愈益显示出如山水风景般的秀丽。朱自清的幸运,在于他成年后的环境熏陶十分直接地同他较早阶段无意识形成的素质相吻合。一般已受过最初文化熏陶的个体,在适应新的文化环境时必须付出的刻意的努力,在朱自清这里变得简单而轻松。他是那样主动而积极地将自己融化在新的环境里,因为这是他似曾相识的环境。在他开放的文化视阈中,当下置身的浙江与童年记忆里的扬州汇合成同一片锦绣繁华的江南风景。

在朱自清独立谋生的最初几个年头,他奔波于江浙一带教书,这段经历在他颠沛流离的一生中实际上并不算太长,但那是朱自清最难忘却的。"转徙无常,诚然算不得好日子,但要说到人生味,怕倒比平平常常的时候容易深切地感着。"②联系到他定居北京后的这一感叹,也许其中的意味就不难理解。即便身居欧洲的威尼斯,他也会不禁产生"中国人到此,仿佛在江南的水乡"③的感觉,江南的山光水色原来已是他心中天下独绝的美景。朱自清从儿时成长地扬州到北京求学,再从北京到江浙各地谋生,然后再回到北京居住,这一人生旅程在同时期作家中当然不可能有什么普泛性,但就人生的迁徙而言,大多数

---

① [美]J.R.坎托:《文化心理学》,王亚南等译,云南人民出版社1991年版,第257页。
② 朱自清:《一封信》,《中国新文学大系·散文二集》,上海文艺出版社1981年影印版,第384页。
③ 朱自清:《欧游杂记》,《朱自清散文全编》,浙江文艺出版社1995年版,第209页。

人都是难免的。"五四"作家几乎少有例外地都经历过不同程度和幅度的迁徙过程,或为了求学,或为了谋生,他们纷纷走出故乡的视野,进入一个又一个陌生的环境,适应一个又一个新的文化系统和精神气候的规范和制约。

迁徙成为大部分"五四"作家精神生活中具有转折意义的标记。与童年故乡环境的刺激、教化的情形有所不同,度过了青春期的成年人对自己所处的环境是一清二楚的。朱自清对江南风景的钟情当然不单纯是他在扬州时童年生活情绪记忆的积淀,更融入了他成年后对江浙一带自然人文环境的理性认同。这与俞平伯总是惦记着杭州有相仿之处。出生于苏州的俞平伯16岁考进北京大学,毕业后除了在英国、美国有过短暂逗留外,主要在杭州和上海的学校任教,几年后又回到北京定居。如果说他的新诗集《忆》是追寻儿时旧梦之所得,那么他全写杭州的《燕知草》,则不只是杭州风物的咀嚼回味,其中更充盈着作者自己与杭州那"可爱的空气"相协调的"悠悠然的闲适"之意,这也就是朱自清说"他处处在写杭州,而所着眼的处处不是杭州"[1]的原因所在。而周作人评价"平伯所写的杭州还是平伯多而杭州少"[2],意思是一样的。在朱自清眼中,"杭州城里","除了吴山,竟没有一毫可留恋的地方"[3];在周作人心里,"每想到杭州,常不免感到些忧郁"[4]。同一个杭州,到了俞平伯的笔下,却满蕴着诗的气氛,"而今陌上花开日,应有将雏旧燕知"[5],俞平伯一往情深的诗句,是《燕知草》最好的注解。俞平伯依恋杭州,自有他个人对杭州西湖、清河坊等风景以及风景中的人情特有的感知和判断,这与朱自清为瑞安仙岩梅雨潭的"绿"所倾倒(《绿》),周作人追怀日本点心的"优雅""朴素"、南京下关江天阁"干丝"的清香适中(《喝茶》),在情致趣味上别无二致。正因为作为成年人,他

---

[1] 朱自清:《燕知草·序》,孙玉蓉编《俞平伯研究资料》,天津人民出版社1986年版,第337页。
[2] 周作人:《燕知草·跋》,《永日集》,河北教育出版社2002年版,第79页。
[3] 朱自清:《燕知草·序》,孙玉蓉编《俞平伯研究资料》,天津人民出版社1986年版,第337页。
[4] 周作人:《燕知草·跋》,《永日集》,河北教育出版社2002年版,第79页。
[5] 转引自朱自清《燕知草·序》,孙玉蓉编《俞平伯研究资料》,河北教育出版社2002年版,第337页。

们清醒地感受着刚刚经历以及正在经历着的环境、人事的变幻，所以他们有相应的能力分辨所置身的情境中的各种文化因素，并表明喜恶取舍的立场。这种成年期的文化反应虽然有时会改变或替换童年时期形成的某种行为特性，但也构成了同以往惯常的文化熏陶更全面更成熟的联系。俞平伯对西湖良辰美景的诗意描摹，朱自清对碧水清潭的敏感，周作人对清淡茶点的青睐，都可以追溯到他们从小到大所培养起来的禀赋、气质和性情。成年后的迁徙则是"五四"作家所必须面对的与儿时环境有所差异的文化化场所，但他们所具有的主动性使这种文化适应不至于成为绝对的强迫，而有可能成为一种自觉而有意识的、有目的性的人格发展过程。

朱自清在解释俞平伯为什么"与众不同地那样黏着地惦着"杭州时指出："他在《清河坊》中也曾约略说起；这正因杭州而外，他意中还有几个人在——大半因了这几个人，杭州才觉可爱。好风景固然可以打动人心，但若得几个情投意合的人，相与徜徉其间，那才真有味；这时候风景觉得更好。——老实说，就是风景不大好或竟是不好的地方，只要一度有过同心人的踪迹，他们也会老那么惦记着的。""就这几个人，给他一种温暖秾郁的氛围气。他依恋杭州的根源在此，他写这本书的感兴，其实也在此。"①说到俞平伯在杭州时的"同心人"，朱自清是一个，刘延陵也算是一个，他们三人同是浙江一师的国文教员，与另外一位同事一起，被称作"后四金刚"②。除了家人亲戚，俞平伯在杭州、上海任教和闲居时最亲近的友人还有叶绍钧和郑振铎，他们几个同为文学研究会成员，在一起创办了中国新文学史上第一个诗刊《诗》，共同出了《我们的七月》等诗文集。如果说杭州是俞平伯念念不忘之所在，那么上海、南京、上虞白马湖、

---

① 朱自清：《燕知草·序》，孙玉蓉编《俞平伯研究资料》，河北教育出版社2002年版，第337页。
② 朱自清、俞平伯、刘延陵和王祺四人被称作浙江一师的"后四金刚"，这是继前四金刚（夏丏尊、刘大白、陈望道、李次九）之谓。曹聚仁在《我与我的世界》中提到：蒋梦麟先生替我们安排了复课后的国文教师。他"推荐了朱自清、俞平伯二师，他们刚在北京大学毕业，的确有很好的文艺修养。刘延陵师，上海复旦大学毕业，……此外还有王祺（淮君师）……这便是'后四金刚'。""'后四金刚'带来了新文艺的清新气息，那是我们所预想不到的。"（北岳文艺出版社2001年版，第147页）

宁波等留下他游历足迹之处,当然也会是他北上定居后常常想起的地方。不只是因为风景,更主要是因为与友人的情谊,因为那种"温暖秾郁的氛围气"。这种氛围气显然不单是指地域风土习俗的陶冶,更主要的是指一种精神气候,一种心理群体行为素养的交互影响。在俞平伯置身的那个文人圈里,他们拥有同样的对新诗的爱好和信念,拥有相似的"求生活刹那间的充实"的人生态度,也拥有共同的对清新雅致情趣的追求。对这些成年人来说,他们带有某种类似特征的审美反应,显然基本属于后天获得的文化行为效应。作为文人群落,他们的聚散离合,有时可能并不完全取决于客观上地理方位的变化,而更直接地与他们的文化人格的特性相联系,在这一点上,他们最初的文化习得也潜在地发挥了作用。朱自清、俞平伯、叶绍钧等在江、浙、沪一带的密切交往,固然是产生"温暖秾郁的氛围气"的肥沃土壤,但三人习性、嗜好、个性、气味的相近,确实也为这种氛围气的形成提供了有利的内在条件。

尽管如此,作为文人群落的成员,在地理分布上的状态,仍然是对他们心理及创作产生影响的因素之一。朱自清、俞平伯和叶绍钧等人在差不多同样的时间,来往交游于浙江新文学运动兴盛地的杭州(浙江省第一师范),上虞白马湖(春晖中学),及文学研究会的重要基地上海,这些地方浓郁扑鼻的新文化气息,沁入了每一个对新文学有所憧憬的诗人作家的心脾,而他们对新文学共同的热情及实际的投入,也同时增进了所在地新文学的气氛。他们会合在一处,组合在一起,精神意趣内聚,共同促进着文人圈的形成,同时又不断地向外扩展着影响力。从俞平伯到朱自清,从朱自清到刘延陵,从刘延陵到叶绍钧、郑振铎,从叶绍钧、郑振铎到夏丏尊、丰子恺、朱光潜、刘薰宇、刘叔琴,他们相近的真朴的品性,隽永的韵味,高洁的情致,通过作家间的频繁交游、密切交流,在每个人那里得以更进一步地发挥和发展。这是一种十分有效的作家之间相互影响的文化化方式,它在相当程度上得益于地理分布提供的便利。与朱自清、俞平伯和叶绍钧所在的文人圈相关的浙江的"晨光文学社"、"湖畔诗社"(以浙江一师学生为主)、"白马湖作家群"(以春晖中学教师为主),直至30

年代的"立达学园派"(以上海立达学园的同事为主),多少也是受制于特定环境的限定。正是有了这样的以学校或团体为物质外壳的文化场所中人际交往关系的存在,文人群落才获得了成形、稳定并持续发展的基本前提。

二

"五四"时期蜂拥出现的文学社团和流派不少明显地与地理分布的因素有关,地域环境的文化特性、精神气候自然也明显地影响了这些社团流派的风貌。最有代表性的例子莫过于清一色由留日学生组成的创造社。这个社团最初的动因可以追溯到1918年九州岛博多湾畔郭沫若与张资平的不期而遇。对国内新文化运动都十分关切的两个海外游子,开始构想创办一种用白话的纯文学杂志。此后,成仿吾来访,使原先的构想得以充实。因为对新诗同样的热情,经国内《学灯》编辑宗白华介绍,郭沫若结识了田汉,由郭沫若介绍,田汉又结识了在东京的郁达夫、张资平。1921年,郭沫若和成仿吾回上海与泰东书局达成了出一本纯文学杂志的协议,郭沫若再返回日本将此消息通告各位好友。他先去京都走访了郑伯奇、穆木天、张凤举,又到东京联系了郁达夫、田汉、张资平、何畏、徐祖正等,"博多湾上的旧议的复活"[①]才真正成为现实。在整个过程中,博多湾、东京和上海三个地点得以凸显,正是在这三个地点构成的交往空间里,居于核心位置的郭沫若和其他留学生相互间热切的书信交流、积极的走访联络,才使得这个孕育于日本的新文学团体最终成形。

创造社对外宣称参加其间"是没有何等限制的"[②],但他们也承认"创造社实际上是一种同人团体,《创造季刊》以下各种刊物,实在是同人杂志"[③]。对于这种说法,郭沫若的解释是:"我们是由几个朋友随意合拢来的","我们所同

---

① 郭沫若:《创造十年》,《学生时代》,人民文学出版社1979年版,第74页。
② 成仿吾:《编辑余谈》,《创造季刊》第1卷第3期。
③ 郑伯奇:《中国新文学大系·小说三集·导言》,上海文艺出版社1981年影印版,第4页。

的,只是本着我们内心的要求,从事于文艺的活动罢了"。① 由于已达成众所周知的共识,所以在同人的概念之前毋需特地加上留学日本的条件限定。而事实上,对几乎所有的创造社成员来说,日本的生活经历与他们的创作生涯构成了密不可分的关系,这些非文学专业的留学生以后纷纷走上文学之路,起点大都在日本。郭沫若坦承他自己诗情的爆发是在日本,受"日本的新思潮"的影响所致,在其他创造社成员那里,情形也大致类似。所谓的"新思潮",也许因为各人的偏好理解上各有侧重,但是,在"尊重主观,否定现实"方面,他们的认识则基本一致,这也是他们打出"本着内心的要求"这一文学旗号的依据。郑伯奇在30年代回顾创造社作家倾向浪漫主义和这一系统的思想时指出了三个原因,每一个原因都与"他们在外国住得很久"直接相连,除了社会、情感的因素之外,他认为:"当时外国流行的思想自然会影响到他们。哲学上,理知主义的破产;文学上,自然主义的失败,这也使他们走上了反理知主义的浪漫主义的道路。"②创造社成员当时正置身在这样一个特定的日本文化环境中。尽管审美活动在所有活动中,是"最个人化的行为",但在"每一点上,它们仍要受到各种形式的文化化的影响甚至支配";"从审美的观念开始,经过所有方法的阶段和媒质的选择,艺术家显示出他们自己是某一心理群体的一个成员"。③写诗的郭沫若,写小说的郁达夫各有自己心仪崇拜的浪漫派诗人、作家为典范,但个性自由和表现自我原则的恪守,应该是他们作为同一个作家群落(心理群体)的成员的共同底线。

创造社成员大都热衷于"身边小说"的叙写,而这类以作家自己的个人遭际为原型,描写自我感受、暴露自我心境、宣泄自我情绪的随笔式的小说,在很大程度上来自对日本当时流行的"私小说"的模仿。郭沫若在开始写作的阶段,曾翻译过以写"心境小说"著名的葛西善藏的《马粪石》以及芥川龙之介、志

---

① 郭沫若:《编辑余谈》,《创造季刊》第1卷第2期。
② 郑伯奇:《中国新文学大系·小说三集·导言》,上海文艺出版社1981年影印版,第12页。
③ [美]J.R.坎托:《文化心理学》,王亚南等译,云南人民出版社1991年版,第359页。

贺直哉等人的作品。他认为:"日本人的现代的文艺作品,特别是短篇小说,的确很有些巧妙的成果","有好些的确是达到了欧美,特别是帝制时代的俄国或法国的大作家的作品的水准"。① 郭沫若读过不少日本近现代小说,他的称赞如实地透露了他所受到的濡染,《漂流三部曲》《未央》《行路难》《落叶》等"身边小说"的产生,应该是有力的佐证。而郁达夫更是以这类小说的创作见长。《沉沦》出版后,他声称:"不曾在日本住过的人,未必能知这书的真价。"②这一表白虽说主要是出自对一些人指责《沉沦》"颓废""色情""堕落"的反驳,但其中也含有他对日本经历的强调。这种日本经历不仅仅是指作为弱国子民所难免的屈辱悲哀,同时也包括了他心灵和审美的双重需求对所限定的日本文化情景中一些因素的选择。郁达夫也十分欣赏"心境小说"的代表作家葛西善藏,认为他的短篇"仍复是好作品,感佩得了不得"③。葛西小说孤独伤感的情调和把外在感觉引向内心世界的笔法,带给郁达夫深刻的启示。而佐藤春夫则是郁达夫引为偶像和知己的作家,对他写于1919年的轰动文坛的《田园的忧郁》,郁达夫尤其叹为观止。他为佐藤小说忧郁的色泽和唯美的境界心醉神迷,一遍遍阅读,甚至可以脱口吟出其中的诗句。这种真诚的钦佩促成了他与佐藤春夫始于1920年的友好交往④,而他自己的《沉沦》也明显地增添了类似《田园的忧郁》的感伤情韵。郁达夫在1923年写给好友的信中表示:"在日本现代的小说家中,我最崇拜的是佐藤春夫",他的最大的杰作"当然要推《病了的蔷薇》,即《田园的忧郁》了……我每想学到他的地步,但是终于画虎不成"。⑤

---

① 郭沫若:《日本短篇小说集·序》,《日本短篇小说集》,商务印书馆1934年版。
② 转引自周作人《〈沉沦〉》,《自己的园地》,岳麓书社1987年版,第63页。
③ 郁达夫:《村居日记》,《郁达夫文集》第9卷(日记、书信),花城出版社、生活·读书·新知三联书店香港分店1982年国内版,第40页。
④ 郁达夫与佐藤春夫的友好关系,结束于1937年7月。抗日战争爆发后,佐藤竭力鼓吹"大东亚共荣"的侵略谬论,并发表了恶毒影射中国老友郁达夫、郭沫若的电影故事《亚西亚之子》,郁达夫以《日本的娼妇与文士》还击,愤然绝交。
⑤ 郁达夫:《海上通信》,《郁达夫文集》第3卷(散文),花城出版社、生活·读书·新知三联书店香港分店1982年国内版,第73页。

郁达夫是那样的倾倒于葛西善藏"飘逸的仙骨"和佐藤春夫那"奇妙的世纪末的美",因而他的小说也打上了颓废的印记。

郭沫若和郁达夫及创造社其他的成员在日本读的更多的还是欧美的文学作品,但日本的社会氛围和艺术风尚毕竟还是制约着他们对西洋文学的选择。郭沫若亲近雪莱、歌德、惠特曼、海涅、席勒,郁达夫推重卢梭、屠格涅夫、劳伦斯、王尔德、施笃姆,他们的偏好都与"本着内心的要求"相拍合。对自我内心要求的重视也正是日本大正时代文坛的时尚,"私小说"在这个时段风靡兴盛,适应了自明治维新以来日本社会崇尚情感、尊重自我、追求个性的普遍风气,而这种风气恰恰与中国"五四"人的觉醒的趋势有几分相似。关于"私小说"的特性,日本评论家久米正雄认为:"我最近所说的'自我小说',……倒是另外可以称之为'自叙'小说。总的一句话,就是作家把自己直截了当地暴露出来的小说",真正意义上的"自我小说",必须同时是"心境小说"[1]。日本"私小说"提供给创造社小说作者强烈表现自我内心要求的参照和借鉴,对郁达夫来说,"私小说"的体式还是他"自叙传"理论的一个重要依据。同时,由于"私小说"风靡产生的文化氛围,也推进了郁达夫等创造社成员从精神实质上受西方文学浪漫精神的影响,其间又融入了海外学子追随国内个性解放时代潮流的意愿,这些因素使他们有可能突破日本"私小说"单一琐细的格式局限,创造社的"身边小说"从而获得了更深广的精神内涵。

作为"五四"时期相对完善的一个文人群落,创造社成员相同的留日经历、相近的志趣追求,围绕共有的同人刊物,相互密切交往、切磋、沟通,使它发挥出相当惊人的群体能量。"异军苍头突起"[2]的震撼意义,不只在于它显露出迥异于以著作工会形式组合成的文学研究会的"创造"气息,更在于它源自成员间天生的内聚力和默契感而展示出的鲜明、突出的整体形象风貌。文人团体在"五四"并不鲜见,但具有如此强劲影响效应的文学流派毕竟屈指可数。相

---

[1] 参见[日]吉田精一:《现代日本文学史》,齐干译,上海人民出版社1976年版,第100—101页。
[2] 郭沫若:《论郁达夫》,《人物杂志》第3期,1946年9月30日。

对于有着明显社团色彩的创造社,"五四"另有一些文人群落同样得益于地理环境的因素,同样依赖作家间的交往程度,但不一定完全对应于固定的社团组织形式。由于成员之间私谊关系的深厚,彼此的精神影响有时也不见得弱于那些有着社团标志的文人群体,这种相对松散、随意的组合方式,也有可能提供文人群落留存持续的某种条件。

三

人们通常比较重视大的地域环境包括自然和人文的因素对个体气质习性的塑造作用,而相对忽略较小的文化化场所如学校、家庭、交往伙伴的接触情境对个体文化人格的影响。同一个地域位置上为什么产生不同的文人群落,这需要你去分辨其中成员的身份背景,从他们的身份背景剖析他们的文化素养,从他们的文化素养才能推断他们的文化人格特性,直至挖掘出他们当下精神抉择的根源。

20年代共处于北京的"语丝"派与"现代评论"派的对立,是"五四"时期重要的文学事件之一。一般人认为,它们之间的论争源于两派政治倾向、文化立场、文学趣味的相悖,这当然不错,但如果往深广里探究,从以鲁迅、周作人为核心的文人圈和以胡适、陈西滢、徐志摩为中心的文人圈聚散流变的缘由和过程来考虑,或许对这两个派别的纷争有一个更为透彻的理解。

周作人在晚年写回忆录时称他与"东吉祥胡同派的人""二者性质相反,正如薰莸之不能同器"[①]。所谓"东吉祥胡同派的人",也就是鲁迅当年多次提到的"正人君子"[②]之流,主要指以陈西滢为代表的"现代评论派"的成员。东吉祥胡同当时是陈西滢的住所所在,《现代评论》社的其他重要人物如王世杰、李仲

---

① 周作人:《女师大与东吉祥(一)》,《周作人回忆录》,湖南人民出版社1982年版,第414页。
② "正人君子"之称最初见北洋政府的北京《大同晚报》(1925年8月7日)对"现代评论"派的人的吹捧,鲁迅沿用此称实为嘲讽。

撰、丁西林、周鲠生等人也在那里居住，胡适当年住陟山门大街6号，与之相距不远，时常往还其间，另外徐志摩、杨振声、高一涵、唐有壬等则是东吉祥胡同的常客。周作人在几十年后仍不忘旧怨，可以想象当年彼此隔阂之深。这种隔阂在1925年"女师大风潮"中因一方支持学生一方支持校长而张扬出来，实际上这两个文人群落自始至终都处于"薰莸之不能同器"的状态，"女师大风潮"不过是尖锐对立的导火索而已。陈西滢当年在他的《闲话》里曾用"某籍某系"来指称鲁迅、周作人等，影射一些浙江籍又在北大和女师大国文系任教的人暗中鼓动了学潮。由于"某籍某系"的说法附带明显的偏狭，所以对鲁迅、周作人这派人，或许用周氏兄弟曾经共同的住所"八道湾"来指代更为客观，这样"八道湾"派正好与"东吉祥胡同"派构成相对应的两个文人群体。尽管鲁迅在1923年8月即搬出八道湾，另觅住处，但两人在文化观念上仍多有相近之处，两人共同的朋友继续来往于八道湾和鲁迅的新住处之间，也就是说，八道湾的文化氛围依然如故，它继续发挥着这个文人群落文化化场所的作用。

  1919年底，鲁迅、周作人兄弟搬进所购的新寓西城八道湾11号。自此，周宅成为兄弟二人各自的朋友和共同的朋友经常聚会的地方。据《鲁迅日记》记载，1920年1月至1923年7月间（其中1923年日记付阙），来八道湾最勤的是孙伏园，其余往来较多的有宋子佩、马幼渔、钱玄同、许季上、朱逖先、沈士远、沈尹默、徐耀辰、张凤举、许寿裳等。沈尹默回忆说："'五四'前后，有相当长的时期，每逢元日，八道湾周宅必定有一封信来，邀我去宴集，座中大部分是北大同人，每年必到的是：马二，马四，马九弟兄，以及玄同，柏年，邀先（同逖先，笔者注），半农诸人。席上照例有日本新年必备的食物——粢饼烤鱼之类，从清晨直到傍晚，边吃边谈，作竟日之乐。谈话涉及范围，极其广泛，有时也不免臧否当代人物，鲁迅每每冷不防地、要言不烦地刺中了所谈对象的要害，大家哄谈不已，附和一阵。当时大家觉得最为畅快的，即在于此。"① 其实这种朋友间

---

① 沈尹默：《鲁迅生活中的一节》，《文艺月报》1956年第10期。

的宴集在平常日子也不时会有,鲁迅和周作人也常常外出应朋友的招饮,而在八道湾最后的宴聚可能是1923年5月26日周作人的"治酒邀客","到者泽村,丸山,耀辰,凤举,士远,幼渔"①,加上周氏兄弟俩,共8人。(鲁迅和周作人同时和朋友在一起的聚会后来还有两次,6月26日和6月29日他们与张凤举、徐耀辰、沈士远、沈尹默及李小峰、孙伏园两拨人共进午餐,可地点不在八道湾。)来往走动于八道湾周宅的除了鲁迅在杭州任教时的学生孙伏园(他也是周作人在绍兴做中学教员时的学生)、宋子佩外,主要是兄弟二人在日本留学时候的旧友同窗,如钱玄同、许寿裳、马幼渔、朱逷先等,不少人后来成了北大的同事。因为其中一些是浙江籍出身,所以有了"某籍某系"的谣言。周作人后来承认这谣言"虽是'查无实据',却也是'事出有因'",当然他觉得被陈源"移转来说绍兴人,可以说是不虞之誉了"②。八道湾当然不只是鲁迅和他们的朋友们"吃杂煮,饮屠苏"的自在之地,更是他们畅谈见闻、交流思想、切磋学识的绝佳场所。

  1924年11月,因孙伏园被迫辞任《晨报副刊》主编之职,鲁迅、周作人支持《语丝》周刊创刊,曾经是八道湾常客的孙伏园和八道湾聚会中最健谈的钱玄同,当仁不让地继续成为这壮大了的文人团体的重要成员,《语丝》则开始承担起原先八道湾周宅的某项功能。章川岛回忆说:"从1923年8月鲁迅迁出八道湾故居以后,弟兄俩就如同'参商',因之只好由我们几个双方都相识而且比较熟的'乳毛还未褪尽的青年',来居中接头,跑腿,打杂",《语丝》创刊后编辑者尽管实际上是周作人,可"不论是《语丝》的形式,内容,以及稿件的处理,我们都去征求鲁迅先生的意见"③。所以,《语丝》凝结着周氏兄弟共同的心血。鲁迅后来概括《语丝》的特色为"任意而谈,无所顾忌"④,可谓准确而妥帖,这与

---

① 参见鲁迅1923年5月日记,《鲁迅全集》第14卷,人民文学出版社1981年版,第455页。
② 周作人:《三沈二马》,《周作人回忆录》,湖南人民出版社1982年版,第343页。
③ 川岛:《忆鲁迅先生和〈语丝〉》,《文艺月报》1956年第10期。
④ 鲁迅:《三闲集·我和〈语丝〉的始终》,《鲁迅全集》第4卷,人民文学出版社1981年版,第167页。

周作人当初代《语丝》表述的宗旨相一致："我们只觉得现在中国的生活太是枯燥,思想界太是沉闷,感到一种不愉快,想说几句话,所以创刊这张小报,作自由发表的地方。"①原来《语丝》提供的仍然还是一个自由说话的地方,在这一点上,它和八道湾周宅似乎没有什么区别。围绕《语丝》这个同人刊物,一群志趣相投的作家松散地组合成一个颇具凝聚力的文人团体。在这个团体里,周氏兄弟依旧是核心人物,钱玄同是八道湾的座上客,刘半农是《新青年》时的老友,林语堂是周氏兄弟兼职的女师大的教务长②,章川岛、李小峰、江绍原、顾颉刚、俞平伯等都曾经是北大的学生,春台是孙伏园的弟弟,章衣萍则是由孙伏园介绍与鲁迅交往的后辈。《语丝》的主要撰稿人及骨干成员,实际上正是曾经来往于八道湾的故旧新朋文人圈的扩展。

以鲁迅、周作人为主体的"八道湾/语丝"这个文人群落,始终坚守"要催促新的产生,对于有害于新的旧物,则竭力加以排击"③的原则,面对1924年秋天北京女师大风潮,这个团体很难不发出自己的声音。1925年5月,在女师大兼课的鲁迅、周作人和马裕藻、沈尹默、钱玄同、沈兼士、李泰棻共7人联名发表宣言谴责校方无理开除六名学生自治会成员,由此引发站在校方立场上的陈西滢的一篇《闲话》,指责所谓"某籍某系"的人在暗中"挑剔风潮",后来又有李仲揆的声援。两个文人群落的正面纷争自此展开。陈西滢针砭的那个宣言的七个署名人,有六人是交往密切的八道湾的主客,难怪对陈西滢"某籍某系"的影射,周氏兄弟都能坦然应对。而《语丝》作为他们自由发表意见的地方,当然也随之发表了鲁迅、刘半农、周作人、林语堂等人的多篇辩驳文章。周作人回

---

① 《发刊词》,《语丝》第1期,1924年11月17日。

② 林语堂成为《语丝》的主要成员,有他的特别之处。从他的留美背景以及他个人与胡适等人的关系来看,他当时更应该属于东吉祥胡同派的一分子,但他在趣味上与鲁迅、周作人似乎更相投,而与胡适等英美派人士离得较远。这也许有点像沈从文,尽管没有留学欧美的身份,可由于文化立场上的保守性而深受胡适等人的赏识,因而能在那群绅士学者中如鱼得水。这大概是属于文人群落中的例外现象吧。

③ 鲁迅:《三闲集·我和〈语丝〉的始终》,《鲁迅全集》第4卷,人民文学出版社1981年版,第167页。

忆当时的情形说:"等到陈源等以'正人君子'的资格出现,在《现代评论》上大说其'闲话',引起鲁迅的反击,《语丝》上这才真正生了气。"①

有关这场论战的是非曲直自有公允评说,这里需要弄清楚的是陈西滢说"闲话"的内在缘由。周作人回忆他与东吉祥胡同派人的关系时说,他"以前因张凤举的拉拢,与东吉祥诸君子谬托知己的有些来往",但是"心里实有'两个鬼'潜伏着的,所谓绅士鬼与流氓鬼"。"所以去和道地的绅士们周旋,也仍旧是合不来的。有时流氓鬼要露出面来,结果终于翻脸,以至破口大骂,这虽是由于事势的必然,但使我由南转北,几乎作了一百八十度的大回旋,脱去绅士的'沙龙'。"②按周作人的说法,他与东吉祥诸君子之间竟然有"流氓"与"绅士"之别,剔去其中夸张的成分,那么这种分别的依据在哪里呢?还是检视一下他们不同的身份背景吧。

与八道湾主人和宾客中相当部分有留日经历不同,居住在东吉祥胡同以及往来于此的这批人大多曾留学欧美,譬如陈西滢在英国伦敦大学获得政治经济学博士学位,徐志摩先在美国学习政治后去英国剑桥大学做特别生,王世杰分别在伦敦大学和巴黎大学拿到硕士和博士学位,周鲠生是巴黎大学的法学博士,陶孟和曾在伦敦经济学院学社会学,丁西林是伯明翰大学的理工硕士。这个欧美派文人群体的精神领袖胡适,则在美国连续求学生活了六年。回国后,胡适和他的这些朋友也大多在北大任教。因此,东吉祥胡同派的人实际上和八道湾派的人算得上是同事关系,可是,彼此的精神分野却一目了然。在"五四"新文化运动时期,作为《新青年》同人,胡适及陶孟和与鲁迅、周作人、刘半农、钱玄同等目标一致,即使观念上各有侧重,但尚未形成尖锐的冲突,到《新青年》后期,矛盾才逐渐显露出来。胡适后来说:"孟和是北京大学的教授,又是《新青年》杂志的社员,新青年是一个小团体,其中只有孟和和我是英美留

---

① 周作人:《木片集·〈语丝〉的回忆》,《周作人晚期散文选》,湖北人民出版社1994年版,第5页。
② 周作人:《女师大与东吉祥(二)》,《周作人回忆录》,湖南人民出版社1982年版,第419页。

学的,在许多问题上我们两人的看法比较接近。"①胡适强调他和陶孟和看法接近的原因是共有英美的留学背景,这就在《新青年》团体中划出了一条界线,而这个界线确实也成了胡适离开《新青年》的思想根由。

原来八道湾派和东吉祥胡同派的分歧,可以一直追溯到《新青年》团体的分化。胡适改良主义的思想主张无法在《新青年》上延续,因而有了1922年5月他另外创办的《努力周报》,其成员除了胡适外,还有丁文江、王宠惠、高一涵、罗文干、朱经农、张慰慈等人,这个杂志显然是英美派留学生关注中国政治的直接产物。1923年3月,英美派留学生又成立了"新月社",它先是属于在各家轮流进行的定期聚餐会,后来发展为有固定社址的俱乐部。这个团体的主要人物有胡适、徐志摩、陈西滢、丁文江、丁西林、张君劢、梁启超、林徽因等,1924年以后,余上沅、梁实秋、闻一多、沈从文等多人相继加入。俱乐部里"有舒服沙发躺,有可口的饭菜吃,有相当的书报看",大家在这里也间或组织一些有趣的活动,但这些似乎不是结社的宗旨。新月社的中坚人物徐志摩认为:"几个爱做梦的人,一点子创作的能力,一点子不服输的傻气,合在一起什么朝代推不翻,什么事业做不成?""新月新月,难道我们这新月便是纸板剪的不成?"②徐志摩是想依靠新月同人的力量,在政治、思想和文艺上闯出一条新路来,他的雄心和抱负也许并不是新月社同人的共识,但必定会给他们带来精神上的感染。1924年4月,印度诗人泰戈尔来华,新月社举办了一系列的活动,其影响从国内扩展到了国外。1925年10月,徐志摩接替孙伏园主编《晨报副刊》,后来又办了《晨报副刊·诗镌》和《晨报副刊·剧刊》,新月社在文坛的声誉进一步扩大。它的成员绝大部分仍然是有欧美留学背景的人士。新月社与之前《努力周报》和之后的《现代评论》从表面上看,似乎是各各独立的社团,但

---

① 胡适:《丁文江传》,海南出版社1993年版,第41页。
② 徐志摩:《给新月》,《晨报副刊》,1925年4月2日。

它们的主要人物及相当一部分成员,在这些刊物之间有着明显的交叉关系,其间的精神联系更是千丝万缕、一脉相承,这种联系与他们的身份构成和留学背景有直接的关系。

从19、20世纪之交中国留学生的大致情况来看,日本、美国和欧洲是中国学生海外求学的主要选择地。去欧美的多生活在中国中上层社会圈,放洋前不少人在清华、燕京或其他预备学校接受过较系统的西式教育,而留日的学生通常社会经历坎坷,离乡游学选择与中国一水之隔又有语言联系的日本,多为学技谋生。更重要的是,留学所在地域的文化模式、政治经济和社会的风尚,在中国海外学子的文化人格中留下鲜明的铸造痕迹,他们回国后的思想行为方式多少显示了不同留学地的文化差异。留日学生天然带有中低层平民的倾向,在负笈东洋后,这种倾向获得了进一步发展的空间。中日间独特的历史渊源和现状,使留日学生普遍感受到民族歧视的心理压力,日本流行的无政府主义等社会激进思潮,在中国留学生中具有深广的影响;与此同时,留学生的民族主义情绪更随着日本对华政策的强硬推进日益激化。这一切因素都促成了留日学生在归国后相对激烈的态度立场和理想主义的价值观念。"八道湾/语丝"这一文人群落的思想志趣自然也难免他们留日经历的印记,周作人心中所谓的"流氓鬼"与此不无关系。与一般留日的学生有所不同,赴欧美的留学生大多出自官宦或商人之家,远渡重洋的目的多含镀金的成分。尽管美国和英国及欧洲大陆法德各国文化精神各具风貌,但基于共同的新教伦理观念,平等博爱的思想、民主开放的空气则普遍共存,它们潜移默化地影响了来自中国尤其向往西方文明的莘莘学子。他们继承了欧美自由主义的思想传统,崇尚18世纪欧洲启蒙主义的理性精神,信服通过渐进的理性启蒙以达到社会改良目的的主张。温和的政治文化立场使他们显示出特有的绅士气,与留日归来的一些人形成明显的对照。东吉祥胡同派的人共同恪守的正是自由主义的思想原则，他们热衷于构筑渐进的社会改革方案，甚至有人认为改革可以借助于开明的专制，从胡适提出"好人政府"①的设想，到陈西滢在女师大风潮中大说闲话，这种在旁人看来暧昧、妥协、摇摆的态度，必定为希望"冲破一点中国的生活和思想界的昏浊停滞的空气"，注重"对于一切专断与卑劣之反抗"②的八道湾派的人深感不屑，继而引发激烈的对抗。彼此间的论争带有醒目的政治色彩，根底却还是文化观念的差异。

由于留学背景的不同产生不同的信仰、观念，八道湾和东吉祥胡同两个文人群落实际上是两个截然有别的心理群体。"心理群体最为显著的特征，是它们的原子化（atomization）"，"即在任何特定的行为群体中，都表现出文化行为的特例。比如，两个人在民主制价值方面具有共同的信念，两人都相信，只有民主政府才能拯救民族"，尽管具体落实在"反应上，他们却可能相当不同"。③正因为作为不同的心理群体，各有自己习闻惯见的事物、事件以及依据于此而形成的不同的信念和行为类型，八道湾派和东吉祥胡同派在面对中国政治、社会和文化现实状况时，才有南辕北辙的不同抉择，这是他们通过后天的环境熏陶所获得的不同的文化反应。也许在决定留日还是留欧美的那一瞬间，他们中的大部分人回国后的文化差异性就得以预示，尽管其中的逻辑推演并不具有绝对性的意义，但起码可以解释最通常的缘由。

"新集体的相互关系的发展，主要依靠在一个集体中比其他成员有影响的某些个人，通常这种方式构成一种实际的覆盖力。"④八道湾和东吉祥胡同的主人分别承担了他们的群体赋予他们的责任。鲁迅、周作人与胡适、陈西滢及徐志摩，作为两个文人群落的核心人物，无不显示出为人所瞩目的号召力和凝聚力，他们自身的思想信念和思维方式也对他们所置身的群体起到了明显的塑

---

① 参见胡适、蔡元培、陶孟和、丁文江等16人联名文章《我们的政治主张》，《努力周报》第2期。
② 《发刊词》，《语丝》第1期，1924年11月17日。
③ ［美］J.R.坎托：《文化心理学》，王亚南等译，云南人民出版社1991年版，第316页。
④ ［美］J.R.坎托：《文化心理学》，王亚南等译，云南人民出版社1991年版，第327页。

造作用。《语丝》文体的幽默泼辣与鲁迅的深刻犀利、周作人的庄谐杂出的文风密不可分,《现代评论》上的文章从容舒缓的做派,也与陈西滢"所有的批评都本于学理和事实"①的原则引导相关。至于《语丝》在中国现代散文理论和实践上的建树,《现代评论》《晨报副刊》对中国自由主义文学思潮的推进,以及在新格律诗方面的成功探索,都离不开八道湾和东吉祥胡同两个文人群落的领军人物的实际影响。周作人倡导美文,徐志摩钟情于新格律诗,不仅是他们各自置身的文人群落审美情趣的胶合剂,同时也致使这两个作家群体显示出各具特色的艺术风姿。

而作为文人群落中的关键人物,无论鲁迅,还是胡适、徐志摩,他们的禀赋中都不乏天然的亲和性。郁达夫说鲁迅"是一个富于感情的人",虽然外表有时给人冷的感觉,"可皮下一层,在那里潮涌发酵的,却正是一腔热血,一股热情"②,正因为如此,熟识他的朋友都会感到"和他谈天是一种愉快的经验","比读文章更多一种亲切感"③,这才可能有朋友们对当年在八道湾作"竟日之乐"和"作长夜之谈"的畅快记忆④。相对于鲁迅冷热分明的个性,胡适温和的气质使他在朋友圈中更易于获得"老大哥"的美名,"他有本事能使每一个和他相处的人全都无拘无束","全都承认他和蔼可亲"⑤,他"永远是一副笑容可掬的样子"⑥。胡适的威望当然不仅仅是来自他处世交友的手腕,而主要是基于他渊博的学识和宽厚的人品。而徐志摩,则是一个被朋友称作"人人的朋友"的人,是一个"号召有力的人","他有一个不衰老的心,轻和的性格,同火热的情感"⑦。甚至有人说"他的生活是对朋友无休无止的探视和访问。他所居住的

---

① 陈西滢:《闲话》,《现代评论》第3卷第53期。
② 郁达夫:《中国新文学大系·散文二集·导言》,《中国新文学大系·散文二集》,上海文艺出版社1981年影印版,第15页。
③ 李霁野:《忆鲁迅先生》,《文季月刊》第2卷第1期,1936年12月1日。
④ 参见沈尹默:《鲁迅生活中的一节》,《文艺月报》1956年第10期。
⑤ 温源宁:《哲人,胡适博士》,《不够知己》,江枫译,岳麓书社2004年版,第107页。
⑥ 梁实秋:《怀念胡适先生》,《梁实秋怀人丛录》,广播电视出版社1991年版,第268页。
⑦ 方令孺:《志摩是人人的朋友》,《新月》月刊第4卷第1期。

住所,不过是朋友们从中通过的走廊",可"令人惊奇的是他总能找到时间来写他终于写出来的那么多的作品"①。胡适、鲁迅以及徐志摩,他们在性情、观念等方面迥然相异,却无不具有各自的人格魅力,正是这种人格魅力,感染并激励着他们所置身的文人群落的其他成员坚定的信心和不懈的追求,使两个不同的文人群落展现出各自独特的精神风采。

1926年以后,鲁迅南下,胡适、徐志摩相继离开北京,以他们为中心的文人群落也随之逐渐解体。八道湾派不复存在了,东吉祥胡同派也成了过眼烟云。地理分布的扩散和核心人物的迁徙,无形中影响着心理群体的离散。"五四"时期诸多社团流派的变迁,也不出其外,比如创造社的事业从高潮走向衰落,很容易从郭沫若、成仿吾、郁达夫三人会集上海合力扩展阵地,到郁达夫离沪北上、《创造日》《创造周报》相继停刊的变故中找出端倪。文人群落核心成员的分散,也许不成为群落解体的唯一原因,但必定是重要的原因。

---

① 温源宁:《徐志摩,一个孩子》,《不够知己》,江枫译,岳麓书社2004年版,第307页。

世俗化:"五四"文人的宗教感悟

在"五四"前后这一时段的文人中,像陆志韦那样真正信奉上帝且以"耶稣的信徒"①自居的,并不太多,像废名那样刻意修行于深山以参禅悟道的,也较罕见,像李叔同那样正式披剃出家精研佛法终成高僧的,更是绝无仅有。尽管如此,由于诸种因素,"五四"新文化群体和新文学作家中,仍然有相当一部分人与宗教文化保持着深浅不一的关系,比如基督教之于冰心、闻一多、张资平、苏雪林等人,比如佛教之于朱自清、夏丏尊、丰子恺、俞平伯、柔石等人。除了极个别的以外,他们大多不能算作严格意义上的宗教徒,因为他们一般无心于宗教本体论的玄思,对宗教教规礼仪的持守也缺乏相应的热情。他们亲近某一宗教,较大程度上显现为对宗教教义中某一观念的认同和推崇。正如受过洗的冰心居然用"很随便的"四个字来表述她的宗教态度,这是因为她始终"以为表现万全的爱,造化的神功,不一定穿道袍上讲坛"②。这种只关注宗教精神和宗教伦理的实践性的态度,在"五四"文人中极具代表性。当然,更普遍的当推周作人式的"半是儒家半释家"③,既非信仰唯一,亦非信仰纯粹,甚或无所信仰。他们对宗教文化思想的取舍不囿于教派的局限。或近佛亲耶,或涉儒论道,所依据的乃是个人对宗教精神的世俗化的感悟,着眼点主要在宗教解释人

---

① 陆志韦:《渡河》,上海亚东图书馆1923年版。
② 子冈:《冰心女士访问记》,范伯群编《冰心研究资料》,北京出版社1984年版,第102—103页。
③ 周作人:《知堂五十自寿诗》,《周作人回忆录》,湖南人民出版社1982年版,第523页。

生超越现实的实际价值。

原始意义上的宗教,无论佛教还是基督教,都关涉人对终极实在的追求。早年信佛、之后为基督徒、对道教也有深入研究的许地山这样认为:"凡宗教全要解决'人生目的'的问题","凡宗教必不满意于现实生活,以现实生活是病害的,不完全的,都是要想法子,去驱除他,或改正他","看人生免不了有理想,欲望,病害,故此要向上寻求安康,宗教的感情,于是乎起。可以见宗教的本体,是人生普遍的需要"。对许地山来说,宗教意味着引领着人意志向上的超常力量,而人"于现有之理智以外""服从"的"更高明的'神'",也正是"人类最高理想的表现"①。所以,宗教可以提供人自我人格修养的需求,同时它又与人的立身处世的信条相衔接。虽然"五四"作家中并不是每个人都像许地山这样特别热衷于"谋诸宗教的沟通",也不是每个人都理性地认识到"宗教当使人对于社会、个人负归善、精进的责任"②,但是,"五四"一些作家不管倾心于何种宗教学说,他们对宗教共同具有的心理引导作用、伦理规范价值的关注,是基本相似的。如果宗教的实践意义被视为比宗教理念更重要的因素,那么,不同的宗教即便形态有别,教义的内涵有冲突之处,而精深博大的宗教思想却有可能被创造性地予以精神层面的相近阐释。正因为如此,学生时代被戏称为"许真人",中年"有儒士风"的许地山③,他一生由佛至耶的信仰旅程,才有了一个较合理的解析视角;而其他"五四"作家有选择地吸取多种宗教文化的成分,儒释杂糅也好,佛耶互补也罢,他们对宗教文化充满个人智慧的理解更是得到有效的说明。

当鲁迅、周作人、郁达夫、郭沫若、庐隐、徐志摩等人的宗教反应进入考察和探究的视阈时,仅仅去厘清他们思想中宗教成分的归属类别(其实这本身也

---

① 许地山:《我们要什么样的宗教》,《晨报副刊》,1923年4月14日。
② 许地山:《宗教的生长与灭亡》,《东方杂志》第19卷第10期。
③ 参见徐明旭:《许地山评传》、张祝龄:《对于许地山教授的一个回忆》,周俟松、杜汝淼编《许地山研究集》,南京大学出版社1989年版,第74、375页。

非易事），显然是远远不够的。应该承认，"五四"作家与宗教文化的关系，几乎很少是单一性的。宗教文化的相互融合、相互渗透在大多数人的精神世界里都留下了印记。或许，对这种多重接受方式、接受程度以及接受根底的思考，才是更有价值的。既然大多数人都会对现有的宗教做出反应，而同时他们也在创造自己的宗教；那么，"五四"作家为现有的多种宗教文化所熏染，有谁能否认，在这同时，他们不是在建构属于他们的时代也属于他们自己的宗教呢？

一

"五四"是一个前所未有的多种文化激烈碰撞的大时代，传统的和外来的一切观念和思想体系，在价值重估的理性前提下，都少有例外地获得了被选择和被重新选择的机遇。"五四"思想启蒙运动突出的特征之一，即对传统伦理道德及文化的激烈批判，其结果是使传统文化体系中占据主导地位的儒家文化陷入有史以来最严重的危机之中。长时期以来，呈交叉互补关系的儒、道、释三家学说，构成了中国思想文化传统最基本的精神要素。虽然儒家文化在制度和组织形式上并不完全符合宗教概念的界定，但从规范社会政治道德秩序的作用来看，它明显已具备了宗教的性质。而道家文化在形态和功能上既异于通常意义上的宗教，也与儒文化有别，可是，它对一般中国人生活和理想的渗透及精神的支配，足以使它显示出宗教性的色彩。至于佛教，自从印度东传而来之日起，即为中国的思想文化进程带来生机和活力。在本土儒道文化的同化和影响下，佛教渐渐完成了它的中国化过程。可是，作为宗教它本身具有的神学内涵，以及它在思想层面上所显示的较儒文化更宽容自由的特性，使其一直无法赢得主流意识形态的认同，因而在更多情况下，它是以一种非正统的异端文化的形态存活在中国人的精神领域里的。

在"五四"背景下，新文化人对儒、道、释思想传统的重新审视和理性评估，意在突破旧有的文化格局。他们否定儒家思想学说，着重针对的是它扼制、压抑人性的伦理道德法则，其出发点在于唤醒普遍人性的觉悟。"打倒孔家店"的口号，既来自期求文化转型的理性思考，更大程度上又是策略的需要。和反孔有关，与儒文化最具互动意义的道家学说也自然受到冷落和鄙视。而传统文化结构中一直处于边缘状态的佛文化却开始引起不同以往的关注。这种关注，实际上可以追溯到晚清维新派人士治佛的学术热情和出于政治启蒙动机对佛学佛理的竭诚倡扬。"五四"新文化人重新发掘佛学的价值和意义，当然主要是基于文化重构的务实考虑，但也不排除是一种情感的需求。佛教"普渡众生"的救世哲学和悲悯意识固然为"五四"思想启蒙提供了启示和借鉴，但对于这个时期有意识面向西方吸收外来营养的新文化人和新文学作家来说，肯定并推崇佛文化中某些观念和思想，客观上也起到了缓解他们因骤然远离传统而产生精神焦虑的作用。所以，佛教文化在"五四"再次被选择，并对新文学产生影响，有着更为潜在的原因。

如果说佛教文化在"五四"受到青睐，反映了这一代人对中国文化结构内部成分进行有机调整的尝试，厚佛、薄道、轻儒的倾向客观上顺应了变革的时代潮流；那么，一向被蔑视的基督教文化在"五四"受到特有的重视，则表明了新文化人汲取异质新鲜养料、彻底更新传统体系的理想及其途径。与佛教本土化并已为国人所认可不同，基督教因其与西方殖民文化背景的关系，从来都是被妖魔化而遭排斥、抵制的。"五四"新文化人是在引入西方先进思想文化的过程中，才真正发现基督教文化的独特意义和价值的。作为西方思想文化精神根基的基督教，在"五四"放开眼界和度量的情形下，自然不可能再被简单化地当作引发中国社会诸多纷扰的导火索，基督教的精神和意识内涵因而得到相对客观的评估。这样的评估，由于在相当程度上，是伴随着这一代人对浸润于基督教文化的西方文学的认识和理解而来的，因而，基督教思想文化对"五四"新文学的发生发展，直接起到了积极的推动作用，这不仅表现在它对作家思想情感的引导和启示，更重要的是显现在它对新文学本体建构的价值参与中。在"五四""人的文学"的理想蓝图上，基督教的思想文化的标识，鲜明而清晰。

　　文学的现代转型受制于文化的现代转换。"五四"新文化人对传统儒、道、释文化的反思和对基督教文化的择取,既反映了这个时代对宗教文化的不同侧重,也说明了这个时代基本趋于理性的宗教取向。对于立志反对一切偶像权威、崇尚科学民主的新文化人来说,宗教迷信、神学理论和宗教组织的权力,仍然属于拒斥的范畴,而高超的宗教情感和宗教思想中合理的因素,才是他们甘于接受并自觉认同的。

　　胡适早在留美期间就对基督教产生兴趣,但他最终并未奉为信仰。1919年,他正式阐发了他的宗教观——"社会不朽论"。他认为:"不朽全靠一个人的真价值,并不靠姓名事实的流传,也不靠灵魂的存在",至于"灵魂不灭的问题,于人生行为上实在没有什么重大影响;既没有实际的影响,简直可以说是不成问题了"。[1] 胡适服膺杜威实验主义哲学,这使他尤为关注宗教的社会实用性,那些"在我们心里也不能发生效力,不能制裁我们一生的行为"的宗教,在胡适看来,是虚幻而无意义的。胡适的思路在新文化团体中并不鲜见。陈独秀也认为:"一切宗教家所尊重的崇拜的神佛仙鬼,都是无用的骗人的偶像,都应该破坏!"[2]就信仰而言,和胡适一样,陈独秀也是无神论者。虽然他个人对佛教一直抱有某种好感,但从改造国人心理的启蒙目的出发,他在比较了中西文化的优劣后,不得不感慨"昏乱的老、庄思想上,加上昏乱的佛教思想,我们已经够受了"[3],因而转为对基督教与中国思想文化关系的探究。他分析指出:"支配中国人心底最高文化,是唐虞三代以来伦理的道义。支配西洋人最高文化,是希腊以来美的情感和基督教信与爱的情感";"中国的文化源泉里,缺少美的、宗教的纯情感,是我们不能否认的。不但伦理的道义离开了情感,

---

[1] 胡适:《不朽——我的宗教》,《胡适文萃》,作家出版社1991年版,第721—728页。
[2] 陈独秀:《偶像破坏论》,《新青年》第5卷第2号。
[3] 陈独秀:《我们为什么欢迎太戈尔?》,《陈独秀文章选编》(中),生活·读书·新知三联书店1984年版,第345页。

就是以表现情感为主的文学,也大部分离了情感加上伦理的(尊圣、载道)、物质(纪功、怨穷、诲淫)彩色,这正是中国人堕落底根由,我们实在不敢以'富于情感自夸'。"为此,他主张"要把耶稣崇高的、伟大的人格和热烈的、深厚的情感,培养在我们的血里,将我们从堕落在冷酷、黑暗、污浊坑中救起"①。陈独秀是在抛弃了基督教神学"创世说"和"三位一体"论之后强调耶稣的人格和情感的,耶稣的宗教性和基督性被陈独秀有意识地忽视了,他注重的是基督精神世俗化的意义,注重的是耶稣的人格和情感对于思想启蒙的实用价值。

陈独秀在宗教问题上的实用倾向,也或多或少地影响了同时期其他新文化人的态度。周作人在给朋友的信里谈道:"要一新中国的人心,基督教实在是很适宜的。"②他在后来本着"尊重信教自由"的原则,极为反感陈独秀在非基督教运动中因"基督教有许多强有力的后盾"③所持的反基督教的态度,但陈独秀始终坚守的"分基督教(即基督教教义)与基督教教会两面观察"④的批评前提,他还是认可的。周作人"觉得基督教的精神是很好的","在《旧约》里这(人道)的思想更加显著",耶稣的"言行上的表现,便是爱的福音的基调","这是说明爱之所以最大的理由,基督教思想的精神大抵完成了"⑤。周作人从《圣经》里挖掘出爱与人道的思想,他认为这种博大的爱与人道的理念"于人生都是必要的思想",能救治"中国旧思想的弊病",并成为"一种主要坚实的改造的势力"⑥。在强调基督教的实际意义的层面上,周作人的思考角度和阐释方式,与陈独秀有相似之处;当然,在理解的深度上,尤其在把握基督教与"五四"文学

---

① 陈独秀:《基督教与中国人》,《新青年》第7卷第3号。
② 周作人:《山中杂信》,《雨天的书》,岳麓书社1989年版,第137页。
③ 陈独秀:《致周作人、钱玄同诸君信》,《陈独秀文章选编》(中),生活·读书·新知三联书店1984年版,第172页。
④ 陈独秀:《基督教与基督教会》,《陈独秀文章选编》(中),生活·读书·新知三联书店1984年版,第168页。
⑤ 周作人:《我对于基督教的感想》,《周作人集外文》(上),海南国际新闻出版中心1993年版,第397页。
⑥ 周作人:《圣书与中国文学》,《艺术与生活》,岳麓书社1989年版,第45页。

思想和形式资源的关系上，周作人的见解更具独特性和建设性意义。

"五四"新文化人的宗教观核心显然不在宗教性本身，而在宗教的实践价值和人文目标上。宗教为他们提供了价值反思和思想情感体验的有效角度。与此相应，新文化人和新文学作家对宗教迷信的狂热不以为然，对宗教所具有的非现实的神秘性也持质疑的态度，可他们并不排斥宗教信念和情感净化并提升人的精神境界的积极意义，而宗教能起到凝聚人心的作用，他们中一些人更是尤为看重。

鲁迅早年十分推崇希伯来民族向上超越的精神。他分析了希伯来民族信仰的由来，指出："希伯来之民，大观天然，怀不思议，则神来之事与接神之术兴，后之宗教，既以萌蘖。虽中国之士谓之迷，而吾则谓此乃向上之民，欲离有限相对之现世，以趣无限绝对之至上者也。"因此，他特别强调："人心必有所冯依，非信心无以立，宗教之作，不可已矣。"鲁迅肯定希伯来民族的宗教精神，肯定其中包含的"大观"的态度，"向上"的信心，和超越有限的"绝对意志"。而与之相比较，"中国人之所崇拜者，不在无形而在实体，不在一宰而在百昌，斯其信崇，既为迷妄"。这种"迷妄"当然无法"充足人心向上之需要"，国人精神也就难免"本根剥丧，神气旁皇"。① 鲁迅感慨中国人既非"向上之民"，也无向上之心，他归咎于中国道家"无为""不争""顺其自然"等消极思想的精神控制，对深刻影响了中国人千百年的道教，以及其中包含的追求长生不老、羽化登仙等极端实利主义的价值理想，他尤其深恶痛绝。他感慨：中国"人往往憎和尚，憎尼姑，憎回教徒，憎耶教徒，而不憎道士。懂得此理者，懂得中国大半"。② 在鲁迅看来，景教（基督教）信仰和理念为人提供了不断向上超越有限以达无限的精神依托，而本土的道教的作用却恰恰相反。所以，他认定"中国的根柢全在

---

① 鲁迅：《集外集拾遗补编·破恶声论》，《鲁迅全集》第8卷，人民文学出版社1981年版，第27、28、23页。
② 鲁迅：《而已集·小杂感》，《鲁迅全集》第3卷，人民文学出版社1981年版，第532页。

道教"①。鲁迅对道教的反感与他对希伯来人的信仰的赞赏,来自同一的价值取向。

与鲁迅理智的态度稍有不同,诗人闻一多的信仰经历带给他更切身的宗教情感的体验,因而他对宗教之于人的精神追求的影响,有着非同一般旁观者的理解,他的阐释也更富于激情宣泄的意味。在受洗为基督徒时,他坦承"我相信宗教可以救我"②,尽管他并不喜欢那些教堂里的仪式;在放弃了信仰之后,他声称"我的理想没有改"③,"那基督教的精神还在我的心里烧着,我要替人们 Consciously 尽点力"④。闻一多对基督教的皈依和疏离,都与他充分实现自我价值、不断追求进取的人生目标相联系。他认为宗教就是可以激发人的"不可思议的潜能",是"使一切不可能的变为可能的了"的"魔术",它具有一种"不认输"的精神,显示为一种向上的"动力"。他特别强调:"没有宗教的形式不要紧。只要有产生宗教的那股永不屈服,永远向上追求的精神,换言之,就是那铁的生命意志,有了这个,任凭你向宗教以外任何方向发展都好,怕的是你这点意志,早被瘪死了,因此除了你那庸俗主义的儒家哲学以外,不但宗教没有,旁的东西也没有。"⑤闻一多的这番话里既糅合了他自己的信仰,也蕴含着他对中国文化内涵的深刻思考。他在乎的是宗教的超越精神,他认为健全的人生和健全的社会都必须具备这样的宗教精神。可是,在中国却恰恰见不到这样的宗教精神,闻一多觉得中国人缺少的不只是博爱、同情和真理的观念,更关键是缺少向上的意志和民族的凝聚力。所以,他热切地希望宗教能唤起中国人强生的意识,希望宗教激发一盘散沙似的民族"有组织的向着一个完整而绝对的生命追求"⑥,向着健康进取的方向发展。

---

① 鲁迅:《书信·180820致许寿裳》,《鲁迅全集》第11卷,人民文学出版社1981年版,第353页。
② 闻一多:《致梁实秋、吴景超》,《闻一多全集》第12卷,湖北人民出版社1993年版,第68页。
③ 闻一多:《致吴景超》,《闻一多全集》第12卷,湖北人民出版社1993年版,第132页。
④ 闻一多:《致梁实秋》,《闻一多全集》第12卷,湖北人民出版社1993年版,第159页。
⑤ 闻一多:《从宗教论中西风格》,《闻一多全集》第2卷,湖北人民出版社1993年版,第365页。
⑥ 闻一多:《从宗教论中西风格》,《闻一多全集》第2卷,湖北人民出版社1993年版,第363页。

闻一多对宗教之于民族兴衰绝对意义的观点，难免有夸大之处，但他对宗教精神凝聚人心的作用的看重，在那个时代不乏代表性。鲁迅很早即痛感中国"沙聚之邦"的涣散①，尤其对"中国的一些人，至少是上等人""善于变化，毫无特操，是什么也不信从，但却要摆出和内心两样的架子来"的做派②，极其反感。而针对"没有学问的下等人"的"脾气"，鲁迅指出："'不相信'就是'愚民'远害的堑壕，也是使他们成为散沙的毒素。"③忧愤之情力透纸背。在谈及中国人的命运观时，鲁迅认为："中国人自然有迷信，也有'信'，但好像很少'坚信'"，"崇孔的名儒，一面拜佛，信甲的战士，明天信丁。宗教战争是向来没有的"，"人而没有'坚信'，狐狐疑疑，也许并不是好事情，因为这也就是所谓'无特操'"。④鲁迅对中国人无坚信、无特操的精神剖析，旨在揭示形成国人散沙似的心理特性的根本原因，从而暴露传统庸俗文化的精神本质。"五四"时期鲁迅的理性立场和对科学的信心，使他不至于像闻一多那样，将民族凝聚力直接寄托于宗教，甚至也不会像周作人那样出于科学艺术尚不能替代大多数人宗教要求的考虑，而对基督教持比较积极的态度。但是，在赞同个人或民族应具备一种对信念的坚定、执着和真诚的看法上，他们的见解基本一致。

周作人曾经指斥"中国国民最大的毛病，除了好古自大以外，要算是没有坚实的人生观"⑤。他特别厌憎国人"没有一点理智与意志，一遇见外面的风浪，便要站立不住，非随波逐流而去不可"⑥，却欣赏欧洲文艺复兴时代法国的拉勃来(Rabelais)"固执他的主张，直到将要被人茶毗为止"⑦，他更推重俄国的陀斯妥也夫斯奇(Dostolevskl)历尽艰难"不独不绝望厌世，反因此而信念愈益

---

① 鲁迅：《坟·文化偏至论》，《鲁迅全集》第1卷，人民文学出版社1981年版，第56页。
② 鲁迅：《华盖集续编·马上支日记》，《鲁迅全集》第3卷，人民文学出版社1981年版，第328页。
③ 鲁迅：《且介亭杂文·难信和不信》，《鲁迅全集》第6卷，人民文学出版社1981年版，第51页。
④ 鲁迅：《且介亭杂文·运命》，《鲁迅全集》第6卷，人民文学出版社1981年版，第130—131页。
⑤ 周作人：《恶趣味的毒害》，《晨报副刊》，1922年10月2日。
⑥ 周作人：《"大人之危害"及其他》，《雨天的书》，岳麓书社1989年版，第81页。
⑦ 周作人：《净观》，《雨天的书》，岳麓书社1989年版，第97页。

坚定,造成他独一的爱之福音"①。周作人一贯反对偏狭的迷信和狂信,但对宗教背景下欧洲思想先贤坚执的信念、追求真理和理想的勇气意志,却不能不表示他由衷的感佩之情。陈独秀同样十分警惕宗教"盲目、超理性的危险",却仍然主张"拿美与宗教来利导我们的情感"。他认为,中国人由于偏于伦理的道义而缺少自然的纯情感,所以,"任你如何给他爱父母,爱乡里,爱国家,爱人类的伦理知识,总没有什么力量能叫他向前行动"。陈独秀觉得要"补救这个缺点",最好的办法就是把"耶稣崇高的、伟大的人格和热烈的深厚的情感",注入我们自己的血脉中②。由此可见,"五四"这一代人对宗教理念的认知各有侧重,可是对宗教精神益于西方近现代思想文化发展的事实,评价却并无太多的分歧,这也是他们常常不约而同反复将其引申而来比照中国"混乱的国民久伏在迷信的昏暗里"③的原因之一。

二

1921年夏天,养病期间的周作人借对山中苍蝇的两难的态度,来说明他自己内心无法调和的"情与知的冲突"。英国诗人勃来克"将蝇来与无常的人生相比",周作人颇有同感;至于"诚信的佛教徒"小林一茶"不要打哪……"的俳句,他平常也很是爱读。周作人虽然"笃信'赛老先生'的话",却"也不想拿了他的解剖刀去破坏诗人的美的世界"④。周作人心底里的矛盾,所谓"情与知"的冲突,何止反映在对苍蝇的态度上,在包括周作人在内的同时期新文化人有关宗教的言说中,也同样清晰可见。

陈独秀不喜欢"拜那泥塑木雕的佛像",但却表示"那佛教的道理,像这救

---

① 周作人:《三个文学家的纪念》,《谈龙集》,上海书店1987年影印版,第21页。
② 陈独秀:《基督教与中国人》,《新青年》第7卷第3号。
③ 周作人:《山中杂信》,《雨天的书》,岳麓书社1989年版,第138页。
④ 周作人:《山中杂信》,《雨天的书》,岳麓书社1989年版,第129页。

苦难的观世音，不生不灭的金刚佛，我是顶信服，顶敬重的"①；胡适自居为"无神论者"，却也依华严经作《回向》一诗，用世间法的话来表明一种超世间法的宏愿；如果说陈独秀和胡适愈益鲜明的科学立场使他们的宗教情感不至于走得太远，因而情与知的矛盾尚不突出，那么对那些宗教文化修养较深的新文化人来说，要领略宗教思想的精髓，情与知的冲突当更为明显。要化解或平衡这一矛盾，办法之一是让各自的宗教情感经受最低限度的科学理性的观照。因此，闻一多强调宗教的超越意志，却有意忽略宗教意义的超越本身具有向往彼岸的神学内涵；许地山景仰崇拜历史基督"高超的品格和一切道德的能力所表现的神格"，而对"由'童生''奇事''复活''预言应验'等说，而发生信仰"不以为然。② 至于周作人，他读出了《梵网经》中普亲观、平等观的"真而且美"，却不愿细究其六道轮回之说的佛学根基③，他对耶稣"爱邻如己"的博爱精神感受尤深，却无法认同"不是人所能为的""超人间的道德"④。由此看来，比之于对小小的苍蝇是扑杀还是留作欣赏的两难选择，宗教文化本身的丰富性似乎为这一代人提供了十分广阔的思维空间，他们共同的世俗化的视角使他们面对宗教时，也有了一个相对可行的取舍角度。尽管在对宗教体系及其价值观念进行判断时，他们显现出姿态上的某种从容，但是宗教的多义性和复杂性仍然带给他们不同程度的思想困惑，情与知的命题并没有因为他们对宗教内涵理性的取舍而消失，它有时隐伏在他们精神世界的某一个角落，有时也显形在他们的思维漏洞中。

对普遍抱有科学信念的新文化人来说，他们以智信的眼光看待宗教的实践意义，已经是思想上的极大让步。陈独秀曾这样表示："一切宗教，无裨治

---

① 陈独秀：《恶俗篇》，《陈独秀文章选编》(上)，生活·读书·新知三联书店1984年版，第31页。
② 张祝龄：《对于许地山教授的一个回忆》，周俟松、杜汝淼编《许地山研究集》，南京大学出版社1989年版，第376页。
③ 周作人：《山中杂信》，《雨天的书》，岳麓书社1989年版，第133页。
④ 周作人：《人的文学》，《艺术与生活》，岳麓书社1989年版，第12页。

化,等诸偶像,吾人可大胆宣言者也。今让一步言之,即浅化之民,宗教在所不废。"①在陈独秀看来,容忍宗教存在原本是迫不得已的,并非他所认可的理想化举措。在此前提下,他指出:"宗教之价值,自当以其利益社会之量为正比例。"②由于国人偏偏"最尊莫如孔老。一则崇封建之礼教,尚谦让以弱民性;一则以雌退柔弱为教,不为天下先",而魏晋以来流入的佛教因"佛徒取世界有为法一切否认之",又难免消极之弊③,在对诸教多相比较权衡后,陈独秀以为:"吾之社会,倘必需宗教,余虽非耶教徒,由良心判断之,敢曰推行耶教胜于崇奉孔子多矣。"④这个看法与其说是来自学理的严密论证,不如说还是出于益世觉民目标下的无奈。就在陈独秀表明这一态度的同一天,他在回复另一位读者的信中仍旧认为,"笃信宗教之民族,若犹太"等,"无不以宗教迷信,为其文明改进之障碍",所以感到宗教未必是"培养信心,以增进国民之人格"的理想途径。⑤ 陈独秀式的矛盾而无奈的心态在周作人那里也同样存在。他之所以倾向于以基督教来改进国民精神,也是基于大多数人尚无法以科学艺术或社会运动来替代宗教要求的现实,而基督教"能容受科学"这一点,令周作人稍感安慰,尽管他也明白"理想或者也只是空想"⑥,但为了民智发达的希望,不惜做出让步。

在陈独秀和周作人的阐述中,或隐或显地包含着一种不无类似的以科学代宗教的意向。陈独秀认为"宗教美文,皆想象时代之产物",而"近代欧洲之所以优越他族者","科学之兴",功不可没,所以,他郑重向青年阐明科学的而非想象的希望⑦,继而又直接提出了他的"以科学代宗教,开拓吾人真实之信

---

① 陈独秀:《宪法与孔教》,《新青年》第2卷第3号。
② 陈独秀:《答刘竞夫》,《新青年》第3卷第3号。
③ 陈独秀:《答李大槐》,《青年杂志》第1卷第3号。
④ 陈独秀:《答刘竞夫》,《新青年》第3卷第3号。
⑤ 陈独秀:《答俞颂华》,《新青年》第3卷第3号。
⑥ 周作人:《山中杂信》,《雨天的书》,岳麓书社1989年版,第138页。
⑦ 陈独秀:《敬告青年》,《青年杂志》第1卷第1号。

仰"的设想①。周作人坦承"不能想象有一个时代会完全没有宗教迷信",可他坚信"要破除迷信,当用教育的方法,养成科学思想"。② 鲁迅曾因所谓的神童"拿了儒、道士、和尚、耶教的糟粕"做《三千大千世图说》讲鬼话一事,十分愤慨,明确提出:"要救治这'几至国亡种灭'的中国","只有这鬼话的对头的科学!"③"五四"这一代人注重科学的实用功利性有现实的原因,但对科学内涵的理解更多停留在抽象意义上,因而难免夸大科学的功能。他们有时甚至把科学当成包医百病的救世良方,当然也就希望科学不但能解决信仰的危机,也能解决人生观的困惑。殊不知,科学与宗教并不归属于同一范畴,科学以求知为使命,宗教以求善为旨归;科学讲究怀疑,怀疑是科学进步的动力,宗教强调信奉,"因信得救"是宗教的基本要素;科学主要探究客观世界的规律、秩序,体现理性的原则,宗教重在解答人生的生存意义、终极价值,提供精神寄托。所以,科学与宗教在根本意义上是无法相互取代的。"五四"新文化人那种潜在或显在的意向,反映了他们急于寻求更有效的新人心、新社会方略的迫切愿望,但由于这一愿望本身缺乏可靠的依据,期求以科学代宗教来消解情与知的内心困惑,当然只能是一种空想。

"五四"新文化人自己何尝没有意识到这是一种空想,他们的让步就是一个证明。也许并不是每个人都像陈独秀那样理直气壮地断定"比量各教,无不弊多而益少"④,可是他们起码不会以为宗教如同科学是百利而无一害的,否则,周作人式的情知冲突也就无从谈起。既然宗教弊益集于一体,那么按照"五四"最通常的取其利避其害为我所用的思路,他们对宗教体系及其价值理念的理解判断就显得尤为重要,这也是改变过去"没有积极的十分得到宗教的

---

① 陈独秀:《再论孔教问题》,《新青年》第2卷第5号。
② 周作人:《拆毁东岳庙》,《语丝》第119期。
③ 鲁迅:《热风·随感录三十三》,《鲁迅全集》第1卷,人民文学出版社1981年版,第299、303页。
④ 陈独秀:《答俞颂华》,《新青年》第3卷第3号。

利益"①的状况的关键所在。

由于"五四"这一代人与各宗教的关系及其关系的程度并不一致,他们对宗教文化的认知和体悟也各有不同,但是,在对宗教思想的神性与世俗性的把握上,他们的侧重却并无明显的差异。陈独秀称自己"于世界一切宗教,悉怀尊敬之心"②。而其中尤以基督教最引他关注。他把"崇高的牺牲精神""伟大的宽恕精神"和"平等的博爱精神"看作基督教的根本教义③,认为除了这一由耶稣的人格、情感体现出来的基督教义之外,不必再知道别的什么基督教义。陈独秀简明扼要的择取,来自他对耶稣人格化符号的设想,虽然他的解释依据的是《圣经》原文,可他所反复强调的结论,却表明他从未真正用心于探究宗教意义的耶稣,以及他所代表的基督形象在基督教文化中的历史地位。只要了解了陈独秀一贯的果决脾性和偏于功利的立场,对他关于基督教思想的单一化诠释,也就不会感到突兀。

令人不解的是,一些与宗教关系较深的人在判断宗教利弊并做取舍时,居然也有与陈独秀类似的倾向。许地山认为"我们今日所需的宗教必要合于中国现在生活的需要",而"我们古代'礼'的宗教既多流弊,近代输入的佛耶两教又多背我们国情的部分"。可是,比较来说,尤其从"容易行的""群众能修习的""道德情操很强的""有科学精神的""富有感情的""有世界性质的""注重生活""合于情理"这八个角度来考察,许地山觉得"耶教近年发展的趋向"似乎更相契合积极的方面④。许地山本人对佛教的感悟极深,但基于宗教的实践性、科学性和伦理性价值的考虑,他还是推基督教为首选,这一态度与同时期周作人等基本相似。作为一个持有信仰的基督徒,他不看重信仰的形式,只看重人格的纯粹和心灵的真诚。他从"生活的需要"上去阐述宗教的意义,因而"不满

---

① 陈独秀:《基督教与中国人》,《新青年》第7卷第3号。
② 陈独秀:《答李大槐》,《青年杂志》第1卷第3号。
③ 陈独秀:《基督教与中国人》,《新青年》第7卷第3号。
④ 许地山:《我们要什么样的宗教?》,《晨报副刊》,1923年4月14日。

于现代教会固执的教义,和传统的仪文"①。他的信仰是真诚的,所以他相信耶稣本身上帝启示之证据;他真诚的信仰中又融入了理性的因素,所以他认为此证据必由业已实现的人格来证明未实现的神格。这种皈依信仰却不偏信盲信的宗教态度,正体现了许地山教徒身份以外求真的学者立场和个性化的诗人作家的精神追求。立足于现实,以生活的态度为衡,是许地山宗教思想的根基。他敬仰基督的道德精神和感化的力量,因此努力将宗教向世俗化方向推进,并尽可能引导信奉者把宗教精神当成人生态度和行为方式的依据。也许同时代作家中没有一个人能像许地山这样完美地协调了宗教和生活的关系,也没有一个人像许地山这样严丝合缝地弥合了由宗教而来的情与知的裂隙。这一方面取决于许地山无人可企及的对宗教认知和理解的深广度,另外一方面也取决于他建立在对神学理念精细研究基础上对宗教教义独特的把握和发挥。

同样持有基督教信仰的其他一些人如闻一多和冰心,宗教学养深浅不一,但在接受基督教价值观念方面,他们与许地山也颇为相近。闻一多虽然暂时无法解决他个体信仰中民族主义观念和宗教观念在终极追求上的分歧,但他将超越的宗教概念视为健全的民族必备的信念、精神和意志力,这种试图把宗教观念和民族观念整合为一的努力,清晰地凸现出闻一多执着于精神人格提升的宗教倾向。冰心曾设计了一个"我+基督=?"的公式,她认为人生的意义在于借着基督的真光,"发挥他特具的天才,贡献人类以伟大的效果"②,她强调的是人作为"光明之子"须具备耶稣那样济世的抱负与博爱的情怀。冰心的"爱的哲学"不单纯是教义的宣传,在相当程度上是她体悟现实人生后的思想的升华。显然,冰心和闻一多和许地山一样,更注重的是宗教精神的内在化。

就信与不信而言,陈独秀、周作人等与许地山、闻一多、冰心有天壤之别;

---

① 张祝龄:《对于许地山教授的一个回忆》,周俟松、杜汝淼编《许地山研究集》,南京大学出版社1989年版,第376页。
② 冰心:《我+基督=?》,《生命》第2卷第1册,1921年6月。

可是，在上帝的世界与人的世界之间，在此岸与彼岸之间，在基督的神性与耶稣的人格之间，他们的关注重心几乎别无二致。对"五四"新文化人和新文学作家来说，无论是否持有信仰，无论持有何种信仰，无论有无因宗教而生的情知困惑，他们对宗教价值的决断，对宗教利弊的取舍，必定都永远与他们对现实人生社会的关怀相联系。因此，他们即便信其所信，也很少受制于烦琐的教规教仪，当然更不可能一味沉迷于神性的宇宙。耶稣也好，佛陀也罢，他们之所以受到尊敬、崇拜，主要在于他们以一种人格神的形象昭示了高超的道德情感，执着的意志信念，以及受难牺牲的责任感和救世的精神。智信的态度、现实的眼光和用世的价值取向，决定了"五四"新文化人和新文学作家宗教文化心理的基本底蕴和格调：世俗化，它参与了这一代人的人格结构的塑造，它渗透在这一代人的生命感悟中，它也潜在而深刻地影响了这一代人的言说形态和方式，不只是宗教层面的，更有文学意义上的。

三

"五四"新文化人和新文学作家对宗教文化的理性思考多多少少融合了他们个人的宗教体验。他们接近宗教，既有宗教和文化本身的原因，也有与其相关的 20 世纪初期特定的中国社会政治、风尚习俗等历史和现实多方面的原因。个人与时代共同介入了对宗教思想文化的理解和接受，并规范、制约着理解和接受的过程。

由于传播方式、教义体系的差异，基督教和佛教在中国社会文化结构中的地位明显悬殊，它们对普通中国人精神世界的渗透和影响的程度，自然也不尽相同。佛教的兼容性，使其获得了中国化的可能，因而它能顺利地进入一般人日常生活的环节，继而进入他们道德情感的深层领域。晚清的佛学复兴运动更进一步激活了既有的思想生命力，使之成为能适应"五四"一代接受者的思想文化背景之一。而基督教的信仰和知识却一直未能在中国思想文化的精神层面展开，直到20世纪初基督教在传统中国面临的阻力逐渐消退，它的意义和价值的合理性才被予以重新认识。因为有了作为西方文化总背景的基督教文化的指涉，"五四"作家和新文学的精神探求及表达方式开始获得了现代转换的意义。

"五四"作家受染于基督教或佛教，与他们的生长环境、教育背景密不可分。由于基督教主要通过教会这样的组织机构以及《圣经》这样的宗教读物发生并扩大影响，所以，"五四"作家与基督教文化的接触也不外乎这两种途径。

教会学校的宗教教育对年轻学生的认知、情感和意志信念的影响力不容低估。"五四"作家中受过教会学校教育的有许地山、冰心、庐隐、陆志韦、闻一多、张资平、郁达夫、苏雪林、余上沅、徐志摩、熊佛西等人，在他们中间，相当一部分人曾皈依过基督教。尽管教会学校的经历不一定直接决定一个人的终身信仰，可即便如张资平这样对基督教尚无确定的主见，在小说中"有些地方固然反基督教很厉害。有些地方所表现的自己的思想却完全是基督教的思想"①，也多少说明教会学校的训练对他的道德意识和价值取向的作用。郁达夫留日之前在浙江曾先后进过两所教会学校，在日后的回忆中，他对刻板而烦琐的礼拜和祷告仪式表示极度的反感，指斥那是一种"信神的强迫"②，他的小说《沉沦》里如实记录了这一段生活，其厌憎的情绪充斥其间。自然，这种"信神的强迫"不可能感化孤傲敏感的郁达夫去皈依上帝，但从他以后对感伤主义特质的领悟以及对自我精神上迷羊似的困惑的宣泄来看，基督教作为一种文化素养显然早已植根于他的灵魂深处。同样接受教会学校的教育，冰心对她早年的学习生活回忆却显得平和而温馨："我们的圣经课已从《旧约》读到了《新约》，我从《福音》书里了解了耶稣基督这个'人'。"③"讲道"和"圣经故事"灌

---

① 阿英：《张资平的恋爱小说》，史秉慧编《张资平评传》，上海现代书局1932年版，第15—16页。
② 郁达夫：《孤独者——自传之六》，《郁达夫文集》第3卷（散文），花城出版社、生活·读书·新知三联书店香港分店1982年国内版，第411页。
③ 冰心：《我入了贝满中斋》，《世纪之忆》，南海出版公司1999年版，第108页。

输给了冰心系统而生动的基督教的知识,使她理解了《圣经》、耶稣和基督教的爱的含义,并就此启发她形成了影响她一生的为人处世的观念和方式。

除了教会学校的熏染,通过研读《圣经》接受基督教思想影响的"五四"作家则更为普遍。鲁迅日记中曾两次记载购买《圣经》(1925年2月21日和1928年12月12日),而他关于基督教思想的思考则早就出现在留学日本期间撰写的几篇论文里。他偏好《旧约》,对其中"以眼还眼,以牙还牙"的律令和原则感受尤深。周作人"在南京学堂读书的时候,就听前辈胡诗序说,学英文不可不看圣书",所以"虽不是基督徒,也在身边带着一册新旧约全书"。他的注意力一度集中在人道主义文学与基督教的关系上,"就是别的泛论中国事情的时候",他也"仿佛觉得基督教是有益于中国似的"。他"也知道宗教乃是鸦片,但不知怎的总还有点迷恋鸦片的香气,以为它有时可以医病"。① 周作人从对《圣经》的内容和语言形式的分析研究入手,试图探寻到基督教对现代中国思想文化的"医病"效用。

作为基督教教义的经典,同时又是一部语言简洁、文体多样、风格独特的文学经典,《圣经》对"五四"作家来说,具有神学和文学的双重意义。寄居异乡的郭沫若曾"每天只把庄子和王阳明与《新旧约全书》当做日课诵读"②,以此消解难耐的孤寂和心灵的痛苦。而《圣经》的精神启示不仅于此,在后来他撰写的《创造周报》第一号卷首诗里留下更鲜明的印记:"上帝,我们是不甘于这样缺陷充满的人生,/我们是要重新创造我们的自我。/我们自我创造的工程,/便从你贪懒好闲的第七天做起。"这一激情的宣告里洋溢着创造的无限自信,它是精神的誓言,也是艺术的誓词。而出身于牧师家庭又在教会大学读书的林语堂,假期回乡"登坛讲道"时,居然提出:"旧约《圣经》应当作各式的文学读,如《约伯记》是犹太戏剧,《列王记》是犹太历史,《雅歌》是情歌,而《创世纪》

---

① 周作人:《文学与宗教》,《周作人回忆录》,湖南人民出版社1982年版,第372—374页。
② 郭沫若:《沫若文集》第10卷,人民文学出版社1959年版,第143页。

和《出埃及记》是很好的、很有趣的犹太神化和传记。"①在林语堂的眼里,《圣经》的文学性至少可以与其宗教性等量齐观。这种看法或许会被正统的神学家视为大胆的冒犯甚至是亵渎,但对满怀文学热情的林语堂来说,却是十分自然的。

《圣经》的影响显然不只是局限于基督教会,像冰心、林语堂这样的教会学校的学生离不开《圣经》的诵读,一般人由于汉译《圣经》的逐渐普及,同样也有机会接触到《圣经》。"五四"作家对《圣经》的认同远远超过对基督教教义的理解,他们在阅读《圣经》的过程中,一方面不同程度地受到宗教精神的感染,另外一方面更多地获得了西方文化和文学的有益借鉴。他们认识到《圣经》"对于人类的道德与宗教的发展的影响比任何种文学都甚些",同时更关注它"艺术的精神已到达了极峰"②。《圣经》不同凡响的宗教和文学的魅力,吸引了相当一部分"五四"作家的兴趣,像郑振铎、沈雁冰、赵景深、王统照、田汉、成仿吾、徐志摩、梁实秋等人,都曾将《圣经》作为阅读和体验的对象,并在论著中予以引证、介绍和评述。至于由阅读《圣经》发展为阅读以《圣经》和基督教文化为精神根基的西方文学作品,其意义当然更是明显地超越了纯粹宗教性的领悟。对基督教文化的了解,成为吸取西方文化传统的精神养料以建构中国现代思想文化体系必备的前提之一。那些为"五四"作家所崇奉敬仰的与基督教关系密切的西方作家,如意大利的但丁、英国的莎士比亚、法国的卢梭、俄国的列夫·托尔斯泰、陀斯妥耶夫斯基,他们带来了基督教的思想意识,更带来了为基督教观念和情感所渗透的道德力量、哲学智慧和文化的菁华。"五四"作家由阅读《圣经》所建立的抽象平面的宗教印象在此获得了生动形象的感性认证,那些隐含在文学形式里的宗教精神——积淀在他们的人格结构中,继而体现在他们崭新的文学表述里。

---

① 林语堂:《林语堂自传》,《林语堂名著全集》第10卷,东北师范大学出版社1994年版,第20页。
② 郑振铎:《文学大纲·圣经的故事》,《小说月报》第15卷第2号。

"五四"作家借助于教会学校的教育和接触《圣经》与基督教发生关系的事实，说明他们所置身的环境因素中教育背景的作用尤其突出，这正与近代梁启超所言基督教"在国内事业颇多，尤注意教育"①之特点相吻合。与此有别，"五四"作家接受佛教文化的影响，途径则更为广泛，形式也更为自然。20世纪初期中国城乡寺庙佛塔遍布，佛教盛行为一部分"五四"作家的成长背景打上了浓重的佛教底色。

家庭常常是孩童接受文化熏陶的最初场所。信佛的家庭里长大的许地山、徐志摩、瞿秋白、柔石、郭沫若、郁达夫、庐隐、石评梅、废名、潘漠华等人，其中大部分虽未真正信佛，但他们以后的人生追求中多少折射出佛教文化的精神光影。许地山台湾籍的母亲笃信佛教，她对佛的虔诚给许地山留下深刻的记忆；许地山的父亲许南英自号留头发陀、毗舍耶客，他以佛家寻求本真的生活态度对许地山进行"要做有用的人，不要做伟大的、体面的人"的启蒙②，令许地山受益终生；许地山还有个舅舅是禅宗的和尚，他辅导年幼的许地山读过不少佛经，最早激发了许地山对佛学的兴趣，"还许因为这位舅舅的关系，他曾在仰光一带住过，给了他不少后来写小说的资料"③。许地山一生与宗教结有不解之缘，虽然成年后受洗为基督徒，但佛教的义理和思想始终是他的一种精神支撑，并在相当意义上决定了他文学创作的基调。家庭的文化气氛对一个人的人生和事业的方向选择，也许不一定构成关键或绝对性的影响，但孩童时期的耳濡目染毕竟是一种自在自为的接受教育的方式。幼年无意识中形成的印象和片段的感性记忆，终究会留在大脑皮层上，等待着被自觉意识激活的时刻。周作人直到晚年仍然拿他出生时老和尚"投胎转世"的传说，半真半假地解释他"不大懂得人世的情理"的"顽梗"。族人以讹传讹而来的典故令他太过

---

① 梁启超：《清代学术概论》，《中国现代学术经典·梁启超卷》，河北教育出版社1996年版，第208页。
② 许地山：《落花生》，《小说月报》第13卷第8号。
③ 老舍：《敬悼许地山》，《大公报》，1941年8月17日。

喜欢，以至于明知是讹，更不信灵魂轮回之说，却仍甘于陶醉在"前世出家今在家，不将袍子换袈裟"的虚幻境像里①。他对佛教始终有一种特别的亲近感，这种亲近感不同于他对基督教观念理性的价值认同，而带有不自觉的迷恋的成分。如果说成年后的周作人广泛涉猎佛学经典，强化了他精神世界里佛教思想的因素，那么制造和尚转世的周氏家族则为他的亲佛近佛烙好了先在的胎记，这一胎记日后以心理暗示的方式潜在地引导着周作人思想和情感的取向。

像许家和周家这样有着佛教氛围的家庭在中国并不少见。废名出生在禅宗圣地湖北黄梅，自六岁起，外祖母、母亲和姐姐就带他去五祖寺进香，他很小就特别喜欢家人从四祖寺、五祖寺带回的竹制喇叭、木鱼等物；徐志摩家中设有经堂，祖母和母亲长年茹素礼佛，父亲为即将去国的儿子更名"志摩"，就是为了应儿子周岁时摸过他头的一个和尚的预言；郁达夫从小就看着守寡的祖母吃斋念经，也常跟着她去庙里烧香拜佛；郭沫若的母亲能读弹词、说佛偈，其一生"有释子之行，而非趋于寂灭"，始终抱佛家大慈大悲之心②。最亲近的家人对佛教的虔诚信奉多少会对年幼者起到感染和感化的作用。"五四"一些作家尽管没有直接承继长辈的佛教信仰，成年后对佛教的迷信他们也常常持反感的态度，但儿时已耳熟能详的那些救苦救难、去恶扬善的菩萨形象必定一直刻印在脑海里，而佛教众生平等、慈悲为怀的观念也必定如春风化雨，点点滴滴润泽着年幼的心灵，成为他们以后宏大的人生抱负和深远的文学理想中不可欠缺的精神源泉。

相对于孩提时期受染于家庭佛教气氛的不自觉，稍长或成年后接受喜好佛文化的师友的影响，则是一些"五四"作家更加主动积极的行为。浙江白马湖作家群的成员如夏丏尊、丰子恺、朱自清、叶绍钧、俞平伯、朱光潜、刘大白等，他们对佛教普遍持有好感。与其说这是一种佛教情结，不如说是一种"弘一情结"。1918年，李叔同在经过断食的体验后，又经茹素、读经、供佛，最终正

---

① 参见周作人：《老人转世》，《周作人回忆录》，湖南人民出版社1982年版，第2—3页。
② 郭开文：《祭母文》，转引自秦川：《郭沫若评传》，重庆出版社2001年版，第3页。

式披剃出家。这一毅然遁入空门之举,对他的朋友和学生的震动可想而知。夏丏尊是李叔同任职于浙江第一师范时的同事兼好友,两人对佛学又有共同的兴味,李叔同的出家即与夏丏尊的助缘有关。所以,夏丏尊"一向为这责任之感所苦",但"因他的督励,也常亲近佛典",终究理解了"他的出家,他的弘法度生,都是夙愿使然,而且都是希有的福德"。为李叔同对信念的执着所感动,夏丏尊"和他作约,尽力护法,吃素一年"①。弘一法师出家后精修律宗,弘扬佛法,以普度众生为最高目的。他悲天悯人的情怀风范、超越世俗的理想追求,对那个时代陷于苦闷无以解脱的一些文人作家产生了一种具有典范意味的精神感召效应。夏丏尊折服于弘一法师在清苦简单的生活中达到的常人难以企及的境界,"在他,世间竟没有不好的东西,一切都好",即便吃萝卜白菜,也是一副喜悦的光景,"怕要算他才能如实尝到""萝卜白菜的全滋味、真滋味"。他"对于一切事物,不为因袭的成见束缚,都还他一个本来面目,如实观照领略"的做派,让夏丏尊悟到了什么是"真解脱"和"真享乐"②。丰子恺是弘一法师未出家时的受业弟子,与弘一法师一向过从密切。后来,他以居士身份处世,对弘一法师的信仰心、做人做事的极度认真以及对世间万物的俱怀同情,丰子恺体会最深③。至于叶绍钧,他是由丰子恺介绍结识弘一法师的,见面后,他坦承:"就如我,没有他的宗教的感情与信念,要过他的那样的生活是不可能的,然而我自以为有点儿了解他,而且真诚地敬佩他那种纯任自然的风度。"④

这一时期的一些文人作家由对弘一法师品行的敬重,延伸为对他所皈依的佛教产生兴趣,继而与佛学发生更深的精神联系。朱光潜在后来的回忆里称弘一法师是"当时一般朋友中""不常现身而人人感到他的影响的"人⑤。他

---

① 夏丏尊:《弘一法师之出家》,《夏丏尊散文全编》,浙江文艺出版社1992年版,第225、224页。
② 夏丏尊:《〈子恺漫画〉序》,《文学周报》第198期,1925年11月。
③ 参见丰子恺:《怀李叔同先生》,《丰子恺散文选集》,上海文艺出版社1981年版,第183页。
④ 叶绍钧:《两法师》,郁达夫选编《中国新文学大系·散文二集》,上海文艺出版社1981年影印版,第430页。
⑤ 朱光潜:《丰子恺先生的人品与画品》,《中学生》第66期,1943年8月。

解释自己所受的影响时说:"我自己在少年时代曾提出'以出世精神做入世事业'作为自己的人生理想,这个理想的形成当然不止一个原因,弘一法师替我写的《华严经》偈对我也是一种启发。佛终生说法,都是为救济众生,他正是以出世精神做入世事业的。入世事业在分工制下可以有多种,弘一法师从文化思想这个根本上着眼。他持律那样谨严,一生清风亮节会永远严顽立懦、为民族精神文化树立了丰碑。"①朱光潜这番肺腑之言道出了他们这一代人敬重弘一法师、接受佛教文化影响的根本原因。正由于对弘一法师"以出世精神做入世事业"的理解,本来就对佛教有亲近感的浙江一师学生柔石更进一步加深了探究佛学的兴趣,而一直声称"对于佛学""不感兴趣"的一师学生曹聚仁,也不得不承认,"弘一法师是我们所尊敬的人"②。

在中国传统人际关系结构中,师长的地位常常等同于尊亲的意义。弘一法师对白马湖作家群的近佛起到直接或间接的推动作用,在一定程度上源于他为师为长的身份。所以,"五四"作家从所敬仰的师长那里接受佛教的熏陶,实际上正是孩提时期家庭佛教氛围在他们走出家门后的延续和深化。鲁迅八个月大的时候就被家人抱到长庆寺拜和尚为师,并得法名"长庚",当然这个经历并不能说明什么大问题。可是,青年时期鲁迅一度改变对科学的沉迷态度,转而赞扬宗教"趣无限绝对之至上"的精神意义,并推崇佛教道"夫佛教崇高,凡有识者所同可"③,则不能不认为是与章太炎先生有关。鲁迅留学日本期间,章太炎正"在东京一面主持同盟会的机关报《民报》,一面办国学讲习会"④。《民报》是鲁迅当时最爱看的报纸,上面陆续刊载过章太炎的《俱分进化论》《无神论》《建立宗教论》《大乘佛教缘起论》《四惑论》等系列哲学、宗教、文化的研

---

① 朱光潜:《以出世的精神,做入世的事业》,《朱光潜全集》第16卷,安徽教育出版社1993年版,第524页。
② 参见曹聚仁:《朋友与我》《我们的教师》,《我与我的世界》,北岳文艺出版社2001年版,第592、154页。
③ 鲁迅:《集外集拾遗补编·破恶声论》,《鲁迅全集》第8卷,人民文学出版社1981年版,第27、30页。
④ 周作人:《〈民报〉社听讲》,《周作人回忆录》,湖南人民出版社1982年版,第204页。

究论文。鲁迅和周作人、许寿裳等八人在《民报》社听章太炎专门为他们开设的小班课,虽说是听《说文解字》,但得到的收获却不仅限于学术的训练。章太炎的理想之一是"用宗教发起信心,增进国民的道德",他显然是把宗教和他的政治主张联系在一起考虑的。他提倡佛学,宣讲佛法,就是因为"佛教最重平等,所以妨碍平等的东西,必要除去","佛教最恨君权……与恢复民权的话相合",他甚至断定:"佛教的理论,使上智人不能不信;佛教的戒律,使下愚人不能不信。通彻上下,这是最可用的。"①鲁迅在章太炎去世后虽然表示当年爱看《民报》及前往听讲并非为他"说佛法",主要"为了他是有学问的革命家"②,但章太炎对宗教的看法和对佛教的态度仍然多多少少得到做弟子的鲁迅的认同。鲁迅从章太炎先生那里不但继承了甘于艰苦不畏牺牲的道德作风,更重要的是,在倡宗教、重信仰、确定立人主张等方面都深受章太炎佛教思想的启发。写于1906至1908年的几篇论文,尤其是《破恶声论》在思想和文字上,更是直接可见《民报》之风格。师生二人在以后虽有较大的观念分歧,但弟子对先生始终保持高度的尊敬,鲁迅对自己在青年时代感受到的章太炎的历史作用,是十分珍视的。

正如章太炎对鲁迅的影响,梁启超对徐志摩思想和人生的引导作用也是显而易见的。1918年夏,徐志摩由内兄张君劢介绍入赘梁门,直到梁启超去世,始终执弟子礼。1922年的冬天,徐志摩在南京随梁启超听佛学大师欧阳竟无讲唯识论。佛教的微言奥义他暂时无法深刻领会,听高明的佛学讲座,对徐志摩来说,也只不过得到了一点似是而非的印象。可是同去听讲的梁启超对佛学勤勉恭敬的态度,却不得不让做学生的深为叹服。五十多岁的梁启超"认涵葆真理的学问为唯一努力的对象"的真纯执着,对年轻的徐志摩向往"无穷

---

① 章太炎:《东京留学生欢迎会演说录》,《章太炎学术文化随笔》,中国青年出版社1999年版,第91、94、92页。
② 鲁迅:《且介亭杂文末编·关于章太炎二三事》,《鲁迅全集》第6卷,人民文学出版社1981年版,第546页。

的真理的境界"起到精神点化的意义①。梁启超一度在清华讲授佛教史,时任《晨报副刊》主编的徐志摩索求恩师的讲义《佛教教理概要》以便刊载。他对梁启超深厚的佛学造诣佩服之至,由衷地感慨道:"梁先生不是会说话的人,但他的笔头却真是綮着花儿的。什么艰深的学理他都有法子讲得你点头;他可以讲佛学连着三四个钟头叫全堂听讲人不倦!在欧阳先生口里笔下我们摸不清路子的微言奥义,这里在梁先生的讲义里,我们至少可以一流顺水的往下看,那就不是易事。"②徐志摩为读者介绍梁启超的佛学论著,固然有弟子对先生的私谊成分,但更重要的是徐志摩对梁启超佛教思想的欣赏,他相信在这变幻莫测的时代,梁启超所讲的那些"超出时空超出一切的道理"③总会引发一些同道的共鸣,让他们无奈的人生在这难挨的日子里得到应有的精神依托。

四

虽然徐志摩觉得在"锋利的刀锋不时在我们眼前晃着,谁都不知道明天变出来的是什么玩艺"的境况下宣传佛法,有"不合时宜"之嫌④,可是,需要指出的是,"五四"文人作家无论从何种途径、以何种方式接受宗教文化的影响,大多是以其为现实苦难的应对为前提的,而宗教的意义正在于为迷茫和痛苦中的灵魂铺设排遣、超越的通道。"五四"前后的一些作家对基督教或佛教产生兴趣,教育背景、家庭环境和师友的关系固然有其重要的作用,但是,如果没有宗教的思想观念与他们精神人格的契合,宗教的影响也不可能进入他们心理

---

① 徐志摩:《梁启超〈佛教教理概要〉附志》,《徐志摩全集》第4卷,广西民族出版社1991年版,第391页。
② 徐志摩:《梁启超〈佛教教理概要〉附志》,《徐志摩全集》第4卷,广西民族出版社1991年版,第392页。
③ 徐志摩:《梁启超〈佛教教理概要〉附志》,《徐志摩全集》第4卷,广西民族出版社1991年版,第392页。
④ 徐志摩:《梁启超〈佛教教理概要〉附志》,《徐志摩全集》第4卷,广西民族出版社1991年版,第392页。

的深层,并规约着他们对自我人生的把握。

耶稣在十字架上受难,构成了整个基督教神学的中心。受难耶稣的处境和遭遇,在相当程度上与致力于思想启蒙的一些"五四"作家对当时的社会和环境的感受相仿佛。作为"人之子"的耶稣,他所受的屈辱和苦难在"五四"这一代人的心里激起了强烈的反响。苦难成为一种人生的价值判断。鲁迅在他的《颓败线的颤动》和《药》中设置了先觉者被抛入冷漠、背叛和弃绝的悲剧性困境,呈示了他自己对受难意义的深切感悟。鲁迅着眼于"垂老的女人"和夏瑜与环境的严重对立,突出体现了他对民众愚昧麻木现状的痛心和绝望。先觉者所承受的苦痛既是肉体的,更是精神的;既是历史和现实加予的,又是先知者自身的责任所决定的。耶稣以拯救众生为使命反被钉杀、被侮辱的悲剧命运,唤起了同样怀有满腔启蒙热情的鲁迅的苦涩记忆。从耶稣的遭遇,鲁迅深刻体味到自身的尴尬处境,呐喊得不到半点回音,他内心的凄楚悲凉并不亚于肉体被吞吃的苦痛。鲁迅对耶稣受难的感知,尽管仅止于世俗的层次,但他对钉在十字架上的耶稣透到心髓的孤独和悲哀的理解,显现出耶稣人格风范的启示痕迹。鲁迅的一生始终走不出孤独和悲哀的阴影,就是因为他始终难以卸却对现实苦难的自觉承担。

人生的痛苦驱使着"五四"这一代人去百般寻求某种可靠的精神支撑。虽然鲁迅对耶稣受难事件的独特感受并不关涉他对基督教的信仰,可他的特别关注在精神学意义上毕竟已经起到了缓解焦虑的作用;其他的一些"五四"作家将目光投向宗教,从宗教中获取安慰、汲取力量,或者真诚信奉,或者部分接受其中的思想观念,都与中国20世纪前三个十年社会动荡不安、观念意识激变、固有价值依据失落带来的普遍的精神危机相关。佛教的理论核心即苦、集、灭、道四谛,苦是第一义谛,其他三谛皆由苦谛引发延伸而来。佛教对人生本苦的价值认定,所谓人生皆苦,世事无常,人世茫茫,苦海无边,对那个时期觉醒了却彷徨无着的一些人来说,要比强调原罪说的基督教更具有亲和力。

辛亥革命以后和"五四"落潮后这两个阶段,有相当一部分人借学佛读经来排遣寂寞和苦闷。1912年以后,鲁迅在其日记里多次记载大量购买佛经典籍的情况。读古书、抄佛经,与佛教信徒密切往还,成为他那个阶段生活的重要组成部分。鲁迅在民国三年以后集中精力用功学佛,不仅仅只是出于对佛学研究的单纯兴趣,更主要的是把佛经"当做人类思想发达的史料看,藉以研究其人生观",他告诉有同好的许寿裳说:"释伽牟尼真是大哲,我平常对人生有许多难以解决的问题,而他居然大部分早已经明白启示了,真是大哲!"许寿裳评价认为"别人读佛经,容易趋于消极,而他独不然,始终是积极的"①。夏丏尊、朱自清、许地山、周作人等有意识学佛也多在"五四"之前。

瞿秋白的近佛经历颇具代表性。在经历了母亡家败的变故和社会理想的幻灭之后,瞿秋白感叹"痛、苦、愁、惨,与我生以俱来","人生的意义,昏昧极了","精神上判了无期徒刑"②。颓丧之至的心态表明他坠入了一生"最枯寂的生涯"。为求心灵得一安顿的境界,在表兄的引导下,他开始系统钻研佛学典籍。佛教"生存即苦"的教义印证了他不幸的人生际遇,但是,一切皆苦的价值判断也蕴含了生命有限、现世残缺的人生真义,因而有可能激发个人对人生痛苦的理性体认和积极应对。佛教的人生本苦没有令瞿秋白陷入消极遁世的泥淖,他以"'世间'的责任"和"'出世间'的功德"来勉励自己有限的人生,又以佛家的悲悯情怀和救世精神来糅合他对现实苦难的担当意识。"菩萨行的人生观,无常的社会观"为他指明了一条人生的"光明的路"。他"因研究佛学试解人生问题,而有就菩萨行而为佛教人间化的愿心"③,这种奋身入世、救度人生的胸襟和抱负,与儒家以天下为己任的道德信条有相似之处,但更具有精神的超越意味,因为世间苦是其基本前提。瞿秋白从强调修行以自利利他并重的大乘佛学以及上求菩提、下化有情、拯救众生脱离苦海的菩萨行中,汲取了奋发精进的力量,同时也使他的"心灵现象发生了变化"。

---

① 许寿裳:《亡友鲁迅印象记》,《鲁迅回忆录》(专著)(上),北京出版社1999年版,第247页。
② 瞿秋白:《饿乡纪程》,《瞿秋白散文》(上),中国广播电视出版社1997年版,第12、13页。
③ 瞿秋白:《饿乡纪程》,《瞿秋白散文》(上),中国广播电视出版社1997年版,第21页。

像瞿秋白这样因家事国事纷扰受困于极度精神苦痛而接近佛教的情形，在"五四"落潮后的一些文人作家那里相当普遍。个人的痛苦与时代的苦闷相联系，加剧了这个时期文人作家的心理困境。又由于西方现代主义思潮的引入，叔本华、尼采等人的悲观主义哲学观念在中国的环境里难免会与流行的佛教空苦观相融合。文人作家在吮吸"世纪末"汁液时，自然也同时推进了对佛教一切皆苦观念的领悟。郁达夫留日期间即读过《般若经》《正信偈》《屠仪》《真念净菩提》等佛经，曾萌生过"芦荻花间结净庵"①的念头。归国后，为谋生计四处奔波，精神屡受打击。对感情、人生和社会的多重失望，使他痛感"生而为人，已是绝大的不幸，生而为中国现代之人，更是不幸中之大不幸"②，他慨叹"在人世的无常里，死灭本来是一件常事，对于乱离的中国人，死灭且更是神明的最大恩赉"③，"想想人生的变化"，他再次生发"真想出家遁世，去做一个完全无系累，无责任的流人"的想法④。郁达夫崇拜卢梭，喜读劳伦斯和道生，他的幻灭感中多少也包含了对这些西方现代派作家的思想感悟。他认为劳伦斯"始终还是一个积极厌世的虚无主义者，这色彩在他的无论哪一部小说里，都可以看得出来，但在《却泰来夫人的爱人》里，表现得尤其深刻"，"空虚，空虚，人生万事，原不过是一个空虚！"⑤西方颓废唯美主义作家的厌世观绝妙地契合了郁达夫的悲观情绪，也助长了他本有的逃禅意向。30年代的郁达夫，更加向往"一念清净""身心皆空"的境界，他在山水之间参禅悟道，以求暂时的心灵

---

① 郁达夫：《新婚未几，病虐势危，斗室呻吟，百忧俱集。悲佳人之薄命，嗟贫士之无能，饮泣吞声，于焉有作》，《郁达夫文集》第10卷（诗词），花城出版社、生活·读书·新知三联书店香港分店1982年国内版，第236页。

② 郁达夫：《〈创造月刊〉卷头语》，《郁达夫文集》第7卷（文论、序跋），花城出版社、生活·读书·新知三联书店香港分店1982年国内版，第290页。

③ 郁达夫：《达夫全集自序》，《郁达夫文集》第7卷（文论、序跋），花城出版社、生活·读书·新知三联书店香港分店1982年国内版，第163页。

④ 郁达夫：《穷冬日记》，《郁达夫文集》第9卷（日记、书信），花城出版社、生活·读书·新知三联书店香港分店1982年国内版，第66页。

⑤ 郁达夫：《读劳伦斯的小说——〈却泰来夫人的爱人〉》，《郁达夫文集》第6卷（文论），花城出版社、生活·读书·新知三联书店香港分店1982年国内版，第221页。

平静。

郁达夫的亲佛心态里交杂了个人和时代的多重因素,同时期其他一些作家如庐隐、石评梅、冯至、朱自清、丰子恺、废名等人精神上也不断出现向佛倾斜的趋势。固然,因个人具体经历的差异,他们对人生的理解并不完全一致,但对人生之苦的体悟却基本相同,这其中虽不排除西方悲观主义哲学思潮的影响,如庐隐曾直言对叔本华"人生——苦海也"一语服膺甚深[1],但佛教"一切皆苦"的思想,仍然是相当一部分人对人生烦闷痛苦的最主要的解释。在此前提下,他们各自也随之形成了不同的应对和消解的方式。

朱自清以"刹那主义"来排遣难耐的苦闷。佛家认为刹那之间有生、住、异、灭四相,称作刹那无常,每一刹那都包含着丰富的生命历程。一切因缘和合的事物都在时时变化,永无止尽。佛教的刹那概念里本就充满了幻灭感。朱自清从佛教刹那含义里领悟到生命在每一刹那的独到的意义和价值。时日匆匆,生命转瞬即逝,置身于变动不居的时代,朱自清感到人生最重要的应是求得"小处"的和谐和满足。他认为:"这刹那以前的种种,我是追不回来,可以毋庸过问;这刹那以后还未到来,我也不必多费心思去筹虑……我现在是只管一步步走,最重要的是眼前的一步。"[2]朱自清不甘于屈服悲哀的侵袭,生活的负累和精神的疲惫,终于逼迫他拿"求段落的满足"的刹那观来做抵御的盾牌。这种撇开了回顾和前瞻,只重生活刹那间充实的调和态度,也深深地感染并影响了心境相似的他的好友,如俞平伯和叶绍钧。俞平伯说他从朱自清的长诗《毁灭》里"得益已多",其中的刹那主义给了他"至少两个重要的策略":"撇"与"执"。"撇是撇开","执是执住","撇开那些纠缠"、"牵萦",执着于现在这一刹那,"努力把握现在"[3]。

俞平伯关于"撇"与"执"的解释与许地山对人间苦的感怀相仿佛。生本不

---

[1] 庐隐:《庐隐自传》,《庐隐散文全集》,中原农民出版社1996年版,第510页。
[2] 转引自俞平伯:《读〈毁灭〉》,《燕郊集》,上海书店1990年影印版,第13—14页。
[3] 参见俞平伯:《读〈毁灭〉》,《燕郊集》,上海书店1990年影印版,第17—22页。

乐,命运弄人,许地山"看见底处处都是悲剧","所感底事事都是痛苦",他的办法是"不呻吟","避"与"顺"则是"不呻吟"的具体方式。"所谓避与顺不是消极的服从与躲避,乃是在不可抵挡的命运中求适应。"①许地山从佛教多苦观感悟到人生之苦不可回避,可他并未就此陷入不尽轮回的苦恼和消沉,而是力求在不可回避的人生苦中求得适应,求得内心的平静。他笔下的尚洁这样表述对人生的理解:"我像蜘蛛,命运就是我的网","'补缀补缀罢',世间没有一个不破的网"。②看似悲观消极,骨子里不乏积极的意向。借用宗教的哲理,他没有导向人生的否定,反而坚定了生存的意志和行动的欲望。许地山的补网哲学把佛教的人生本苦之意与侧重顺理益世自救救人的观念融合在一起,因为他看透了人世残缺、人类理智局限的本相,所以对超然于命运之上的神灵力量不得不怀有一种谦恭。和朱自清、俞平伯一样,他所追求的也只是有限却实在的满足。

如果说许地山是在"避"与"顺"之间找到了自己的精神出路,那么丰子恺则在"常"与"无常"的关系的思辨中释放了心理的压力。丰子恺在经历了一系列家庭的变故和人生颠簸之苦后,"痛恨之极,心中充满了对于无常的悲愤和疑惑。自己没有解除这惑和疑的能力,便堕入了颓唐的状态"③。所谓"无常",是佛教对世间万物都处在生起、变异、坏变之中,迁流不息,绝无常住性的定义。《涅槃经·寿命品》:"是身无常,念念不住,犹如电光暴水幻厌。"丰子恺无法忘却苦痛,"独怕听接触人生根本问题的话"④,他去拜访佛学大师马一浮先生,马一浮为他解说无常之理:"无常就是常。"犹如醍醐灌顶,本有佛学慧根的丰子恺顿时感到自己像是从无常的火宅中被救起,周身无限的清凉。对无常之恸的觉悟,令丰子恺对人间苦的真谛有了更透彻的理解,因而也使他对"一

---

① 许地山:《序〈野鸽的话〉》,《许地山文集》(下),新华出版社1998年版,第828—829页。
② 许地山:《缀网劳蛛》,《许地山文集》(上),新华出版社1998年版,第164页。
③ 丰子恺:《陋巷》,《丰子恺散文全编》(上),浙江文艺出版社1992年版,第204页。
④ 丰子恺:《陋巷》,《丰子恺散文全编》(上),浙江文艺出版社1992年版,第204页。

切慷慨的、忍苦的、慈悲的、舍身的、宗教的行为"更抱期待之心。①

基督教以苦难对人生做出价值判定,佛教以"一切皆苦"指向现世的残缺和人生的虚空。叹喟着人生苦痛、苦辛、苦难的"五四"这一代文人作家,即便不完全信奉基督教和佛教,可对基督教和佛教教义中有关苦与难的言说,却是极易认同的,对其中解脱精神之苦的思路和途径,更是各有领略和体验。承认现实的不完满,寻求弥合与超越,是这个时期文人作家与宗教结缘的心理基点。基督教和佛教对苦难的精辟阐释,贴切而准确地拍合了这一代人因社会结构解体、道德力量弱化、文化权威消失所产生的精神的迷惘、心理的失落和情绪的悲观,同时,宗教对现世有限性的明确认定,也深化了他们直面人生真相、追寻恒久生命意义的理性思考。基督教和佛教影响并引导着这一代人对人生的苦难做出有效的应对,显然不只是取决于他们客观受熏染的程度,更主要的还是取决于这个特定的时期基督教和佛教所显示出的不同于传统儒道之说的思想魅力。

---

① 丰子恺:《无常之恸》,《丰子恺散文全编》(上),浙江文艺出版社1992年版,第614页。

情趣的享乐：西方颓废思潮在"五四"的一面投影

一

相对于郁达夫等人以肉身化的享乐的书写去挑战外在的道德禁忌与社会压迫，展露出恶魔主义惊世骇俗的放达特征，"五四"另一些文人如周作人等则以情趣的享乐追求，来排遣内在的精神空虚与绝望，同样具有反抗的底蕴，但显得较为内敛，他们不以狂放不羁的恶魔面貌昭之于世，只以艺术化的个体性活动作为自我灵魂慰安的凭借。在颓废主义的享乐旨向层面上，这类对情思趣味的把玩、陶醉，与那种被认定散发出"狄卡丹"气味的对本能欲望刺激的迷恋，形态有别，而实际上并无本质差异，当属同源关系。

郭沫若在1923年的一次演讲中认为，王尔德喜欢穿奇装异服招摇过市，是偏于外部的"生活的艺术化"，而郭沫若自己则倾向于"要用艺术的精神来美化我们的内在的生活"，两者的意思"稍微不同"。尽管如此，郭沫若仍然毫不犹豫地把王尔德视为19世纪末唯美主义运动中主张"用艺术来使我们的日常的生活美化"的"一位健将"。① 对于王尔德崇奇尚怪的举止言行，郭沫若也许

---

① 郭沫若：《生活的艺术化——在上海美术专门学校讲》，《郭沫若论创作》，上海文艺出版社1983年版，第12页。

未能充分地领悟出其中所蕴含的精神内里,可他对王尔德"生活的艺术化"主张的认同,证明了王尔德在"五四"受到热捧,绝不仅仅因为他个体行为放浪乖张,以及仅仅沉沦于感官的享受。在自觉到生命的有限、残缺与人的求生意志之间的根本悖逆后,无论是追求本能欲望的满足,还是沉湎于情趣的迷惑和享乐,都不啻为缓释现实压抑和生命恐惧的途径。而王尔德"把灵魂的真珠投进酒杯中,在笛音里踏着莲馨花的花径"①,这种融官能及情趣的陶醉为一体的艺术至境,想必也会成为有着类似心境的"五四"文人念兹在兹的憧憬。

尽管个体气质、情感、经验和趣味的差异性,决定了不同的"五四"文人在把握生活和生命存在时的不同侧重,那种以肉感快乐的享受对抗外在压迫的颓废之举决然不会成为所有人的选择,但并不妨碍它仍然会得到相当一部分人的同情之理解。朱自清认为,"欧洲的颓废派,自荒于酒色,以求得刹那间官能的享乐为满足;在这些时候,他们见着美丽的幻象,认识了自己";"他们觉得现世的苦痛,已至忍无可忍的时候,才用颓废的方法,以求暂时的遗忘;正如糖面金鸡纳霜一般,面子上一点甜,里面却到心都是苦呀!"朱自清用"伤心人别有怀抱"来形容这类包含着苦味的"官能的享乐"②,这一体己的态度无疑出自他的感同身受,与周作人论及王尔德的散文时说其中"有苦的回味"③境界相仿。在另一个场合,朱自清更明确指出,王尔德"要'吃尽地球花园里的果子!'他要享乐,他要尽量享乐!他什么都不管!"因为"他是'人'","他的'要'在人情之中","有此要求,才成其为'人生'"。④ 朱自清不仅肯定了王尔德"要享乐"的人生取向,也高度评价了他反传统的精神实质。同样,周作人也称赞恣肆地歌咏性爱快乐的法国高蹈派诗人孟代,觉得他"老实的说他的撒旦的格言",连颓废派大师波德莱尔也掩不住对他的喜爱。周作人尤其欣赏孟代在《两枝雏

---

① 转引自周作人:《读〈纺轮的故事〉》,《雨天的书》,岳麓书社1987年版,第173页。
② 朱自清:《刹那》,《朱自清全集》第4卷,江苏教育出版社1988年版,第128页。
③ 周作人:《童话的讨论·四》,《晨报副刊》,1922年4月9日。
④ 朱自清:《"海阔天空"与"古今中外"》,《朱自清散文全编》,浙江文艺出版社1995年版,第104页。

菊》里所写的冷德莱的享乐生活:"他的生活的目的是在找一个尝遍人生的趣味的方法。他看见什么便要,他要什么便有。"周作人由衷地感叹:"这是对于生之快乐的怎样热烈的追求!"对于孟代个人生活里"无穷的恋爱的冒险",周作人认为,"比较'完全不曾有过青春期的回想',他的生活却是好得多了"①。除了推崇孟代,周作人还对罗马文明衰颓期"游惰而成名"的俾东抱有好感。他说这位"白天睡觉,夜里办事及行乐"的"丰仪的盟主",是"灵肉的冲突"的体现者,同时又是"美的终生的崇拜者",极易为"现代人所同感",因而被称为"近代的所谓颓废派诗人的祖师"。②不管是对孟代耽溺于性爱的刺激,还是对俾东奢华的任情,周作人观照和判定的尺度始终以人性和人情为依归,这与朱自清说"要享乐"的王尔德是"人"意思如出一辙。稍有不同的是,周作人似乎更注意他们生之享乐的"甜味里或是确有点毒性",在他的眼里,这种"毒性"恰是中国礼教压抑的一剂解药,尽管深知"传统的抗毒质已经太深了",周作人还是"希望这毒能有一点反应"③。

周作人和朱自清对王尔德等颓废派人物的享乐取向不同程度的理解,不仅基于他们共同的人本主义立场,也与他们作为现代人所共有的颓废情怀相关。周作人在1921年的一场大病后,体味到生命的脆弱易逝,之后"常感到人间的悲哀和惊恐"④,终于醒悟出"过去的蔷薇色的梦都是虚幻"⑤;而朱自清在1922年夏天以后,"家庭的穷困冲突与社会的压迫",再加上"人生原只是一种没来由的盲动"的思想的发展⑥,"感到诱惑的力量,颓废的滋味,与现代的懊恼"不断在侵袭着他,"因怅惘而感到空虚"。⑦"人生的意义与价值横竖是寻不

---

① 周作人:《读〈纺轮的故事〉》,《雨天的书》,岳麓书社1987年版,第172、173页。
② 周作人:《你往何处去》,《自己的园地》,岳麓书社1987年版,第69页。
③ 周作人:《读〈纺轮的故事〉》,《雨天的书》,岳麓书社1987年版,第174页。
④ 周作人:《昼梦》,《过去的生命》,岳麓书社1987年版,第59页。
⑤ 周作人:《〈自己的园地〉旧序》,《自己的园地》,岳麓书社1987年版,第3页。
⑥ 俞平伯:《读〈毁灭〉》,《燕郊集》,上海书店1990年影印版,第23、16页。
⑦ 朱自清1922年11月7日致俞平伯,《我与俞平伯》,吴周文编《朱自清自传》,江苏文艺出版社1997年版,第65页。

着的","而求生的意志却是人人都有的",这一人本困境的焦虑越来越缠绕于他的心底,让他饱受挣脱不得的煎熬。因为"既然求生,当然要求好好的生"①,那么,如何好好的生呢,王尔德般执着于官能快感的享受,未必不是一种途径,哪怕它仅仅只是一种不得已的解脱法。周作人很欣赏日本新派歌人的一首诗,"不必忧伤,倒出酒来,将来便把酒盖我的遗骸",他说"这歌写出了现代人的心里的悲哀,想借了欢乐逃避悲痛,成了一种厌世的乐天"。② 生命终将逝去的哀伤和现实烦扰的纠缠,暂且都为感官的刹那欢乐所替代。虽然"乐天"不过是"厌世"的幌子,但它同时也是挣扎着的人生的证明。正因为如此,周作人一再表示他对波德莱尔感到亲近,亲近他"'颓废'的心情,与所以表现这心情的一点著作的美",并断定"他的貌似的颓废,实在只是求生意志的表现,与东方式的泥醉的消遣生活,绝不相同"③。甚至对于"他吃印度大麻去造'人工的乐园'",周作人也觉得其中"寻求超现世的乐土的欲望,却要比绅士们的饱满的乐天主义更为人性,更为善的了"④。波德莱尔于恶丑病苦中寻美善,于官能刺激里求新异之享乐,确实无不与他置身的幻灭时代和他在这幻灭时代里产生的幻灭心情相联系。周作人的辩护,当然并不意味着他个人真的属意于那种吃大麻式的行为本身,他所首肯的其实是对生命虚无的自觉与求生意志的矛盾抗衡中不懈坚持和寻求超越的努力,王尔德也好,波德莱尔也罢,他们的意义和价值也更集中于此。

二

在享乐中忘却悲哀和烦恼的尝试,在20年代新文人那里并不鲜见。朱自

---

① 朱自清:《刹那》,《朱自清全集》第4卷,江苏教育出版社1988年版,第128页。
② 周作人:《日本的诗歌》,《艺术与生活》,岳麓书社1987年版,第118页。
③ 周作人:《三个文学家的记念》,《谈龙集》,上海书店1987年影印版,第24页。
④ 周作人:《诗的效用》,《自己的园地》,岳麓书社1987年版,第18页。

清曾向俞平伯谈及杭州Y君,说"他不管什么法律,什么道德,只求刹那的享乐。回顾与前瞻,在他都是可笑的"①。Y君无视一切束缚的及时行乐,在朱自清描述中已与王尔德的惟快乐是求无异,也与朱自清"人生向着死之路,那么未死前的一刹那总是生,总值得好好的体会一番"②的看法不相矛盾。"我既是活着,不愿死也不必死,死了也无意义;便总要活得舒服些","至于怎样叫做舒服,那可听各人的自由决定"。按朱自清的这个标准衡量,那些所谓的颓废派的"颓废的生活",他即便不能表示赞同,却也觉得"是可以理解的",毕竟"他们也正是求他们的舒服"③,他与Y君之类的区别其实在也仅在"舒服"方式的选择上。20年代后期当朱自清再次遭遇现实的"衰颓与骚动"引发的"惶惶然"时,他终于不得不承认:"享乐是最有效的麻醉剂",因为除了这"逃避的一法",就他个人而言,实在是别无选择。"乐得暂时忘却,做些自己爱做的事业;就是将来轮着灭亡,也总算有过称心的日子,不白活了一生",这就是朱自清享乐选择的行为依据。尽管较之以往他更清醒地意识到这是在"望'死路'上走",却还是坦然表示:"我乐意这么走。"④

借享乐的麻醉忘却现实困扰,求得内心的平静,从而感受活着的意味,这一思维逻辑几乎是幻灭时代里在死中求生的人共有的,只不过表现方式各有不同。有人这样质疑:"人们为什么不应该享乐呢?难道只有咀嚼悲哀与含辛茹苦才能称得上是人生的真义吗?如其人生的真义是这样的,那末,人生便是可诅咒的,人们都是愚蠢的动物。"人生是否应该被诅咒,想必质疑者并不糊涂,他不过是在为他"近于享乐"的"偏见"寻找一个借口。在证实了"过去的二十余年里幻想的甜美的梦,黄金的梦","不仅是一个梦,而且是丑恶的真实"

---

① 朱自清1922年11月7日致俞平伯,《我与俞平伯》,吴周文编《朱自清自传》,江苏文艺出版社1997年版,第66页。
② 朱自清:《刹那》,《朱自清全集》第4卷,江苏教育出版社1988年版,第128页。
③ 朱自清1923年1月13日致俞平伯,《我与俞平伯》,吴周文编《朱自清自传》,江苏文艺出版社1997年版,第67页。
④ 朱自清:《那里走》,《一般》第4卷第3期,1928年3月。

后,他期求自己悲哀和绝望的"损失"能在"幻美之乡"里得到代偿。① 因此,他声称"彻底的享乐者,是无处不运用他快乐的情思。所以他是伟大,无往而不可",于是,这位享乐者在春风夏雨秋空冬日里找寻快乐,在葱茏的深山和汪洋的大海中找寻快乐,最终发现,"但也无处失掉了他的存在"②。幻美之乡终究只是迷幻,在享乐的空气中麻醉,其结果恐怕连自己的面目也渐渐变得模糊不清,这大概是享乐者们最不愿意接受的事实,却也是他们早已经预料到的事实。朱自清就此认为:"你说这是美化人生。但懂得这道理的,能有几人? 还不是及时行乐,得过且过的多!"③想在享乐中体会人生的真义,原来也同咀嚼苦味没有什么两样。享乐者们不得不再次跌进虚空的深渊。

1923 年 7 月,自以为和朱自清"心境相接近"④的俞平伯在为俄国作家路卜洵的小说《灰色马》译本写的跋中表示,"深信佐治所谓'一切都是假的,一切都是空的'这句口号底十分痛快",生命正向着毁灭走;既然如此,"如我们能实行《灰色马》中依梨娜发的口令:'接吻吧,不要思想。'大家如绿草般的生活着,春天生了,秋天死了,一概由他! 这是何等的幸运呢!"对此安然自如的生命方式,俞平伯也像朱自清那样有着足够的清醒,最终只能叹一声,"可惜,这种绮语徒劳我们底想望"。这是因为人"多有了灵明","一切遍染上灰色"。⑤ 俞平伯"陷入矛盾的泥中",决计不想也不讲。可他知道,生命既然存在,而"谁都想好好的活着,这是人情",毕竟"我们站在爱人的立场上,有爱自己的理由"。⑥ 为了"自爱",俞平伯希望能学一学"放恣"的明代张宗子,"于针芥之微莫不低徊体玩,所谓'天上一夜好月与得火候一杯好茶,只可供一刻受用,其实珍惜之

---

① 萍霞:《墨痕·损失》,《语丝》第 7 期,1924 年 12 月 29 日。
② 萍霞:《墨痕·寻觅》,《语丝》第 7 期,1924 年 12 月 29 日。
③ 朱自清:《那里走》,《一般》第 4 卷第 3 期,1928 年 3 月。
④ 俞平伯在《读〈毁灭〉》中说,"我自信对于这诗多少能了解一点——因我们心境相接近的缘故——冒昧地为解析一下"。又说《毁灭》作者提出的"刹那主义"人生观念"对于他自己,对于同病相怜的我们,极容易,极切实,极其有用……"《燕郊集》,上海书店 1990 年影印版,第 10、25 页。
⑤ 俞平伯:《跋〈灰色马〉译本》,《杂拌儿之一》,江西人民出版社 1982 年版,第 106、111 页。
⑥ 俞平伯:《代拟吾庐约言草稿》,《杂拌儿之二》,江西人民出版社 1983 年版,第 128 页。

不尽也'"①；也可以试着改一改"先民是不大懂得'风流'的"毛病，不妨利用一下"以为有重大意义"的节日，"大家去寻开心"②；当然也可以从陶诗"世短意恒多，斯人乐久生"里，直接体会"兴高采烈地活着"的意味。③ 俞平伯的"自爱"里确实交汇了不少的享乐因子，他自己也并不讳言。虽然他知道，那张宗子的心境自己恐怕"无一缘领略"，而"今日所谓的佳节"其实并非古人"无故装点出来玩玩的"，即便自己真成了"古色古香的人"，也与所谓的"风流旖旎"无涉，至于陶潜的"达人之言"，也"无非没理由的一种偏执而已"。那么，该如何是好呢？俞平伯确实有点像《灰色马》里的佐治，没奈何了！可他毕竟不是俄国的虚无党啊，用俞平伯自己的话来说，是"既没有勇气去沉沦，/又没有勇气去自杀"，只因为与生俱有的灵明不断诱发出他的怀疑和厌倦，他就想用"灵智底闭塞"之法来弃绝这怀疑和厌倦，违心地"只得微微的吟或高高的唱那'努力于光明'底歌。/明知道这是一杯甜甘醇美的，红色的酒，/专给弱者们去喝的"，他"竟含羞忍辱地把它咽下了"！④ 在酒醉中遗忘人间的酷虐和人生的虚无，是彻头彻尾的无奈之举，因为他明白，如果"梦澜酒醒，还算个什么呢；千金一刻是正在醉梦之中央"⑤。

说来说去，在享乐的麻醉中忘却烦恼也只在一时片刻，人生的虚空却总是如影随性，相伴永远。既然痛苦和烦恼永远无法彻底解脱，那么哪怕是短暂的欢娱也是享乐者求之不得的。有人在《语丝》上直接表明决不计较快乐的代价，"因为我所希望的/不过是刹那的欢娱"⑥。俞平伯对"千金一刻"之酒醉境界的期待，无非出于同样的动机。

举杯浇愁，借酒尽欢，原本也是中国文人自古即有的传统。晋代左思在

---

① 俞平伯：《重印〈陶庵梦忆〉跋》，《杂拌儿之一》，江西人民出版社1982年版，第120页。
② 俞平伯：《与绍原论袚》，《杂拌儿之一》，江西人民出版社1982年版，第142页。
③ 俞平伯：《重过西园码头》，《燕知草》，上海书店1984年影印版，第112页。
④ 俞平伯：《迷途的鸟底赞颂·十》，《俞平伯诗全编》，浙江文艺出版社1992年版，第187页。
⑤ 俞平伯：《清河坊》，《燕知草》，上海书店1984年影印版，第59页。
⑥ 刘廷芳：《快乐》，《语丝》第19期，1925年3月23日。

《咏史》中感慨:"荆轲饮燕市,酒酣气益震。哀歌和渐离,谓若旁无人。虽无壮士节,与世亦殊伦。"荆轲和高渐离醉酒后,旁若无人地时而欢笑,时而悲泣,完全沉浸在自己的世界里。在左思看来,他们虽然没有理想中的"壮士节",但较之那些俗人来,还是高出一筹。这两位侠客醉酒后以他们外在的放任恣肆的形态,表现了内在的愤激反抗的血性,而酒醉本身也恰恰带给他们一吐心中积郁的快感。左思在对荆轲和高渐离形象的描摹中不无对借酒浇愁意义的判断,这种判断与之后的诗人如李白"但愿长醉不复醒"的向往,在本义上并无二致。俞平伯心仪的宋代周邦彦也有"憔悴江南倦客,不堪听,急管繁弦。歌筵畔,先安簟枕,容我醉时眠"的佳句(《满庭芳·夏日溧水无想山作》),词人那落寞、慵倦的情态,颓唐、感伤的心理,借助"醉时眠"的感慨,表露无遗。如此的情境,想必俞平伯这样时常感到人生之惆怅与空虚的"五四"文人也不会有什么隔膜,他的心中必定也会激起阵阵涟漪的。

包含了酒饮与人生意象的中国诗词传统对 20 年代新文人的潜在影响是毋庸置疑的,但是,即便如俞平伯,他的思想资源中相当部分仍然较明显地指向西方近代颓废唯美主义观念。在俞平伯总共四首译诗里,有两首出自波德莱尔,其中之一题为《醉着吧》,诗中这样叹道:

老是醉着吧。不管其余的一切,这儿可只有一个问题。假使你不欲两肩荷着时间底重负,而匍匐于泥土前,则莫如常醉着吧。

以什么去醉着呢?酒呵,诗啊,或以德行啊,随你底便。但是醉着吧。①

波德莱尔用"这是应当醉着的时光",来回应时间对人生的无情主宰。醉,虽然遮蔽了现实中"其余的一切",却为你赢得了快意的享受,它构成了对生命倏忽和有限性的直接反动。俞平伯对这首诗的选择不可能是随意的,按照周作人

---

① 俞平伯译波德莱尔:《醉着吧》,《俞平伯诗全编》,浙江文艺出版社1992年版,第333页。

"真的翻译之制作动机应当完全由于译者与作者之共鸣"①的说法,俞平伯对波德莱尔自有一份惺惺相惜似的羡慕。《恶之花》的作者求助于酒的麻醉和幻觉,品味希望、青春和生命,追寻与神祇比肩的骄傲,这是诗人与世界对抗的途径,也是证明灵魂存在的方式。波德莱尔在酒意中停留于梦想的天堂,对自认为"迷途的鸟"的俞平伯来说,恐怕很难说不存在一种诱惑,虽然明明知道不过是短暂的幻境,他也会心甘情愿地追随前往:"今天,我姑且,暂且以为我是醉着呢,做着梦呢,反正我想是一个样的。"②情境仿佛,心灵相通,俞平伯情不自禁地就把波德莱尔当成了效仿的对象,并在《醉着吧》等诗行里读出了属于自己的声音。在波德莱尔那里,酒醉阻隔了人无法控制、难以捕捉的时间,让人暂时成为自己生命的主人;而在俞平伯这里,酒醉形同于踯躅在现世烦恼的路途上可以稍稍歇脚的亭阁,片刻的享乐,就是他们共同追寻的境界。

对于"五四"文人来说,醉酒的作用当然更主要体现在对于种种人生烦扰的暂时排遣。以周作人的说法,"酒的趣味只是在饮的时候,我想悦乐大抵在做的这一刹那,倘若说是陶然那也当是杯在口的一刻吧"③。周作人看重"一口美酒里的耽溺之力",而章衣萍向往醉酒后忘却现世忧患的陶然。他的《醉酒歌》一而再、再而三地咏叹:"喝酒吧,不要想!"④既然高飞无羽翼,现实困苦却无数,不如一醉方休。醉意中不再想自身的飘零、亲人的困顿,也不再想东西南北处处兵匪扰攘、血肉满地。"不要想"是愁苦难言的章衣萍自我安慰的对策,而酒醉恰是他"不要想"的法宝,和俞平伯钦羡的《灰色的鸟》中依梨娜的指令"接吻吧,不要思想",可堪一比。生理上的迷醉与精神上的陶醉对接,带来的是思想的短暂停顿。当然,酒醉之外,另有乐园。章衣萍在回顾了荆棘丛中挣扎的生活后深感厌倦,迫切地表示,"让我闲坐在藤萝花下,让我闲听小鸟们

---

① 周作人:《〈艺术与生活〉自序》,《艺术与生活》,岳麓书社1989年版,第2页。
② 俞平伯:《飘泊者底愿望》,《俞平伯诗全编》,浙江文艺出版社1992年版,第235页。
③ 周作人:《谈酒》,《泽泻集》,岳麓书社1987年版,第24页。
④ 衣萍:《醉酒歌》,《语丝》第54期,1925年11月23日。

的清歌,让我斜倚在我爱的人儿的胸前",感官享乐之种种,都只为平息内心纷乱,然而结果呢,"我的心,无可奈何的我的心情,怎样怎样也不能平静"①,章衣萍的哀叹该是所有抱着享乐幻想的人都难免的吧。

三

对于类似色欲或酒醉的官能满足的享乐方式,朱自清觉得"都只是诱惑的纠缠,都只是迷眩人的烟尘而已。他虽不根本反对这些麻醉剂,但他却明白证明它们的无效"②。一方面,朱自清认为,"王尔德的要求专属于感觉的世界,我总以为太单调了"。毕竟"人生如万花筒",人的要求可以在多方面展开,而相对于感官世界,另有更宽博高雅的精神境界值得追求探寻。③ 另一方面,他认为,仅仅专注于感官享乐的满足,其实犹如"慢性的自杀",那些欧洲颓废派"面前的满足安慰他们的力量,决不抵他们背后的不满足压迫他们的力量;他们终于不能解脱自己,仅足使自己沉沦得更深而已"④;表面上看来,他们确实是在求享乐,求舒服,而"实在是强颜欢笑",且恶性循环,最后强颜的欢笑让位给实有的悲哀,这也就从根本上验证了享乐的无效。⑤ 暂且抛开朱自清对欧洲颓废派享乐行为笼而概之的粗疏,他对这种片面追求官能刺激的消极后果的预计,确有其一定的道理。较之朱自清,周作人的态度更为委婉,他本着对传统礼教迫害的强烈反感,不愿对在人情以内、却不免"耽溺"之嫌的感官享乐做过于苛刻的评价,但他在称赞孟代放浪形骸地追逐恋爱快乐的同时,也认为"毫不经

---

① 衣萍:《记所遇》,《语丝》第37期,1925年7月27日。
② 俞平伯:《读〈毁灭〉》,《燕郊集》,上海书店1990年影印版,第17页。
③ 朱自清:《"海阔天空"与"古今中外"》,《朱自清散文全编》,浙江文艺出版社1995年版,第104页。
④ 朱自清:《刹那》,《朱自清全集》第4卷,江苏教育出版社1988年版,第128页。
⑤ 朱自清1923年1月13日致俞平伯,《我与俞平伯》,吴周文编《朱自清自传》,江苏文艺出版社1997年版,第67页。

心地将他的青春耗费，原是不足训的"①，而波德莱尔"染绿的头发与变态的性欲"，他也"只承认是一种传说"②，而避免做更多的解释。从周作人对孟代的惋惜和对波德莱尔不无保留的判断来看，他的态度不难体味。

无论是周作人还是朱自清，他们对王尔德及欧洲颓废派的解析评议，其目的都是为自己的人生寻找精神支撑，在王尔德等欧洲颓废唯美派提供的颓废经验里，他们发现了适合他们自己的消解苦恼和虚空的权宜之策。周作人假借英国的佩特的话说，"我们生活的目的不是经验之果而是经验本身"③，站在这样的价值立场上，可以清楚地看到，"五四"这些新文人对根本解决人生苦恼和虚空的对策从来都不奢望。在彻悟了生命的颓废性本质之后，他们抱定的信念是既要享乐生活，又要尊重生活，这就是周作人所谓的"生活的艺术"。

西方颓废唯美主义思潮及时适应了"五四"一部分文人对于人生和艺术的心理需求，而王尔德、波德莱尔等人身上体现出来的那种以超然的审美态度调和人生及艺术的智慧，也成为"五四"落潮后的相当一部分文人应对颓废人生的艺术策略。情趣的享乐，原本就是苦中作乐，彰显出超然的态度，但其实它也不失为一种对待个体生命的务实态度，因为它的前提是人对于情趣享乐效用的清醒认知，以及对"甜味里或是确有点毒性"的理性判定，这与郁达夫这派文人"写放荡无节制的颓废，作为苦闷的解决"④具有同样的起点和目的。然而，尽管如此，值得注意的是，从总体上看，"五四"这一代人的启蒙实践精神、浪漫理想热情其实并未完全褪去，虽然他们中的一些人青睐或倾心于某些颓废唯美派人物，同情他们的人生，感染他们的气息，赞同他们的某些见解，但是这些"五四"新文人却不会真正把自己视为波德莱尔或王尔德的精神后裔。置

---

① 周作人：《读〈纺轮的故事〉》，《雨天的书》，岳麓书社1987年版，第174页。
② 周作人：《三个文学家的记念》，《谈龙集》，上海书店1987年影印版，第24页。
③ 周作人：《上下身》，《雨天的书》，岳麓书社1987年版，第69页。
④ 沈从文：《论中国创作小说》，《沈从文文集》第11卷（文论），花城出版社、生活·读书·新知三联书店香港分店1984年版，第173页。

身在中国"五四"的时代氛围中,他们很清楚对情趣享乐的追求即便蕴涵着反叛的本质,但其中毕竟包含了明显的回避现实的成分,所以他们不可能去高调标榜一种与强调社会价值的文学意图存有距离而专注于生活艺术化的颓废唯美主义和享乐主义。在他们的笔下,那些歧路彷徨的茫然感,无所作为的乏力感,对于生命及未来的惶恐、神秘感,尽管在一定程度上与西方颓废思潮相呼应,也确实因此打开了"五四"文学现代性的另一空间;但是,"五四"文人对享乐颓废的关注相当一部分仍然聚焦于对传统礼教的批判,并与对现实的控诉相关联,而自我的消遣和逃避最终都归咎于社会境遇的迫压,实际的人生困厄仍然最有可能成为他们同情醉酒游惰的理由和借口。正因为如此,即便在自感颓废的人生宿命上,在以艺术化的个性方式对抗社会上,他们显现出与西方颓废派人物的亲近;但在根本性的"自我原则"无条件恪守和超越现实矛盾的境界上,这些别有怀抱的"五四"新文人与王尔德、波德莱尔们仍然呈现出明显的精神差异。他们不过是王尔德、波德莱尔的追捧者而已,他们的心灵世界留有那些心仪的颓废唯美作家各具个性的颓废印记,他们的艺术抉择多少受到那些西方唯美观念的影响,但他们的精神和艺术行为最终还是受制于中国的现实原则。

情趣的享乐追求,是"五四"新文人解除社会压抑的方式,是实现人生之醉的艺术,对于深陷幻灭泥淖中的人来说,哪怕只是饮鸩止渴,他们也会毅然决然!至于人生的终极意义,作为现代人,他们明知追寻无果,却仍然不懈追寻。有谁能理解这一代文人内心的绝望呢,又有谁能断定这种绝望仅仅是"五四"文人专属的呢。其实,对任何想用真理、智慧和美来充实个体价值的现代人来说,人生的意义恐怕原本就在永恒的追寻中吧。

论"五四"文学中性爱意识的局限

在"五四"时代,"争写着恋爱的悲欢"①的个性解放主题文学,以它对传统伦理道德的无情冲击,表现了史无前例的现代意识和现代精神,体现了真正意义上的"人的文学"的特征。然而,处在思想文化转型期的"五四"作家,在显意识层次毫无例外地倾向于现代,在潜意识层次却常常不能摆脱传统的纠缠。他们关注恋爱自由、人格独立的问题,肯定爱情和婚姻作为个人权利的意义和价值,而在诠释性爱的内涵、外延时,却又难免出现些许误区,反映了"五四"这个时代思想文化驳杂的特点。"五四"文学中性爱意识的局限,虽然在整个"五四"创作中不占突出的位置,但它的存在仍然在一定程度上影响了新文学对压抑人性的传统伦理道德的批判力度。

一

"五四"思想界曾经兴起过一场关于贞操伦理标准的讨论。1918年5月《新青年》刊载了日本与谢野晶子的《贞操论》,这篇文章反对把贞操当作一种道德标准,这对当时新文化人产生了极大的思想震撼。受与谢野晶子的启发,胡适和鲁迅分别写了《贞操问题》和《我之节烈观》予以响应。他们抨击了当时

---

① 鲁迅:《现代小说导论(二)》,蔡元培等:《中国新文学大系导论集》,上海书店1982年影印版,第141页。

中国社会仍大肆推崇的节烈观,指斥其为荒谬的贞操迷信;他们还设身处地站在弱者的立场,就与谢野晶子质疑的"贞操是否单是女子必要的道德"问题,分析了男权主导的社会下男女在贞操问题上不平等的现象,揭示了女子应守贞节而男子却可多妻这种畸形道德的实质。而周作人作为《贞操论》的译者,更是吸收了与谢野晶子有关贞操和妇女问题的观点,提出了女人的发现和小儿的发现的命题,为中国前所未有的"辟人荒"提供了理论依据。

中国人奉为天经地义的传统性道德、性意识,以及婚姻家庭观念虽然受到"五四"新文化人的质疑,但现实中人们的行为方式却没有发生明显的变化。"五四"文学中对节妇贞女无辜牺牲的命运多有同情,对从一而终等礼教习俗的愚昧和麻木也有所揭露,如鲁迅的《祝福》中祥林嫂因被迫再嫁的经历不仅为鲁四老爷嫌恶,还被柳妈奚落,失节和不贞就是她无可逃脱的罪名,她最终被这个世界逼疯、吞噬。《祝福》深刻揭示了中国社会普遍存在的"无主名无意识的杀人团"对祥林嫂这样的妇女的迫害。和鲁迅一样认识到礼教吃人本质的"五四"作家不在少数,孙俍工和黎锦明分别也以《家风》《铁塔》等小说反映了贞节观念下中国女性一代代不断重复的悲剧。然而,尽管大多数新文学作家在贞操问题上表现了尊重人格、敬畏生命的取向,但仍然有一些作品在新旧价值取舍时不经意地流露了道德选择上的困惑和犹疑。

欧阳予倩的独幕剧《回家以后》因对留学生"喜新厌旧"作风的辛辣嘲讽而引人注目,但作者却并未采用现代的人道主义理念作为批判武器。剧作特意设置了"德高望重"的祖母顾氏这一人物,让她承担了道德说教义务。这位年轻即守寡、含辛茹苦终于让儿子拔了贡、又让孙子漂洋过海去美国留学的老祖母,被称为"慷慨义烈的女丈夫",是剧作者竭力推崇的传统道德的楷模。顾氏的道德光圈,照出了孙子陆治平的"不孝",也照出了他的"不贞"。只是,作为男性,陆治平停妻再娶的"不贞"顶多算"胡闹",在中国社会和家庭都不会受到什么谴责。剧作者极力要抨击的是身为纽约大学学生的陆治平置祖母大恩于不顾,因为他的"胡闹"是对祖母一生贞节的背叛。"想不到你会败坏我们的家风到这步田地",这是他父亲在得知儿子另外讨了"洋婆子"后的慨叹。

为了强化祖母顾氏的道德力量,剧中还安排了声称"最佩服祖母的为人"的陆治平的发妻吴自芳,使其成为继承祖母顾氏衣钵的传人。虽然她在为海归的丈夫收拾衣服时,已发现了他衣袋夹层里写在花瓣上的给别的女人的情书,而其反应不过是"低头吟思"。原本是这一事件主要受害者,她竟像一个局外人或者旁观者,始终从容淡定,只担心祖母她老人家因宝贝孙儿未能满足其显亲扬名之愿而伤心。家中上下均称赞少奶奶"度量宽宏""颇知自重"。较之于祖母顾氏,吴自芳显然是更能满足那些在外头"偶然有些不大妥当"的男子对新时代贤妻想象的人物,用陆治平的话来说,就是"自芳实在真是一个很有思想的女子",而所谓"有思想",即她不同于过去哭哭啼啼、寻死觅活的怨妇或弃妇,她是那么识大体、懂进退,任劳任怨,顾全大局,尤其对丈夫无限包容。通过吴自芳这一角色,剧作者甚至还传递了对两性组成的婚姻家庭伦理的"新见"。吴自芳说:"我们乡下人从来不懂得什么叫爱情,这不过是热闹场中的一句俏皮话。我不幸认识几行字,就在书里报里见着多少女人都死在这种俏皮话底下。"当然这可以理解为吴自芳对丈夫移情别恋的讥嘲,但事实上,她描述自己和陆治平的婚姻时说:"我父亲跟治平的老人家是好朋友,我嫁到这里来,好比送我寄住在父亲的朋友家里一样。"她在这个家庭种花念书,安之若素,丈夫回家或不回家,于她而言,无足轻重。"我常常想,结婚跟离婚,都不过是一种形式,我是从来没有在这种形式里求幸福。"原来,吴自芳对自己作为妻子在夫妻关系中权利的缺失是十分清楚的,但作者尽管不以为陆治平与吴自芳"相敬如宾"是理想的夫妻相处方式,但仍然以此去讽刺"永久的爱情,才能够维持永久的生活"的海誓山盟,这无疑是对以爱为基础的现代婚姻理念的偏离。吴自芳可以容忍丈夫另娶,但当听到丈夫说要与她离婚时,"不免愕然"。她不那么在乎丈夫用情不专,她更关心的是保有妻子的名义。当得知丈夫回心转意后,她又主动提出从已成事实的一夫双妻格局中退出,只是希望能常常来安慰祖母她老人家,"想法子娱她老人家的晚年"。看来,与"慷慨义烈的女丈夫"的顾氏相比,吴自芳是青出于蓝更胜于蓝。这样的女性形象出现在"五四"激进空气下,自然会受到质疑。当时致力于妇女问题研究并倡导新性道德的一班年轻文化人曾对该剧进行过讨论,有评论者直指吴自芳"是家族主义下的女性型"①。在欧阳予倩的独幕剧中,家族主义下的祖母顾氏宁愿大家帮忙为孙子弄个官费读书而不要贞节牌楼,而剧作者始终不忘表彰顾氏的立节完孤。同样,家族主义下的孙媳妇吴自芳无论丈夫与自己是否离婚,都无怨无悔地要留在陆家,剧作者也一直对吴自芳的守贞尽孝给予褒扬。欧阳予倩让大家欣赏到她们用个体的尊严、人格换来的荣耀,却唯独掩藏了她们心里难言的屈辱、苦涩和无助。

《回家以后》以一种"非人"的道德去否定一种"非理"的道德,这无疑使剧作原本所要体现的现代精神陷入尴尬。欧阳予倩对东方乡村文明无比怀恋,他把吴自芳的"很有思想"归之于她对乡间耕读生活的沉迷,这种向后看的价值取向使他对西方文明持一种保留甚至拒绝的态度。作者借剧中人之口表示,"像我们这种乡村,只要没有西洋人物质的势力来压迫我们,我们真是别有天地,极其快乐",既然有这样的自我陶醉和美化,作者钦敬赞美顾氏和吴自芳的"妇德"也就不难理解了。这一老一小均为女流之辈,作者却那么开明,把她俩视为世道人心不可测之时能挽回颓风的"中流砥柱的人",也算难为他了。对《回家以后》所反映出的价值迷失,十多年后洪深仍然记忆犹新,他认为"作者是从吴自芳的观点描写的",陆治平最终并没有与吴自芳离成婚,因而剧本"所暗示的自芳的胜利,所以成为一个喜剧了。这出戏,演得轻重稍有不合,就会弄成一个崇扬旧道德讥骂留学生的浅薄的东西"②。

贞操观的本质是将女性"无欲化",《回家以后》中祖母顾氏和孙媳妇吴自芳就是典型的无欲的存在。这部独幕剧对贞节观的渲染并非孤立现象,还有

---

① 建人:《吴自芳究竟是家族主义下的女性型不是?》,《妇女周报》第66期,1925年1月4日。
② 洪深:《现代戏剧集导论》,蔡元培等:《中国新文学大系导论集》,上海书店1982年影印版,第308页。

一些作品虽然表现了鲜明的现代立场,但内里还是散发出丝丝缕缕的陈旧气味,诸如女子必须守身如玉之类的看法,在某种意义上其实也不自觉地迎合了传统礼教对女性性权利的无视和剥夺。

冯沅君对传统伦理道德的反叛不可谓不坚决。小说《旅行》中的男女主人公为完成爱的使命而去外地旅行,这本身具备了惊世骇俗的反动意味,他们为自己的行为感到骄傲是可以理解的。小说大胆涉及男女学生的旅行同居,特别涉及女性的隐秘心理,显示了作者的无畏和率真。沈从文在30年代提到冯沅君的影响:"用有感情的文字,写当时人懵懂的两性问题,由于作者的女性身份,使作品活泼于一切读者印象中。……淦女士作品,在精神的雄强泼辣上,给了读者极大的惊讶与欢喜",她"暴露了自己生活最炫目的一面"。[①] 但是,冯沅君的"雄强泼辣"也有限,其原因同样来自传统性爱观的影响。小说中男女主人公同居十天,他们虽然夜夜同衾共枕,但"爱情在肉体方面的表现,也只是限于相偎相倚时的微笑,喁喁的细语,甜蜜热烈的接吻"。从未有越轨的行为,成为女主人公反复申明的关键。爱情的伟大或纯洁,是否一定以不越轨为标准,答案不会只有一个。作者借主人公热情地赞赏爱情的纯洁,称之为"最高的灵魂的表现"。冯沅君当然不是小说中的女主角,但她显然是认同她的人物的,至少是认同那种两性之间只有精神和灵魂上的和谐才是真正的爱情的看法。这看法本身没有什么不对,问题是爱情的根本意义不可能忽视身体的欲望。作者描述即将到达目的地女主人公的心理时写道:"我只觉得对于晚上要实现的情况很可怕,——但是仅仅用害怕二字来形容我所觉得的也不甚妥当,因为害怕的情绪中,实含有希望的成分。"这说明女主人公对可能来临的性体验已经有了心理准备,作者对她心理现实的揭示真实而到位,但这种正常的人之欲很快被剪灭并否定,"爱情能使人不做爱人不同意的事,无论这事是他怎样企慕的"。这样的道德解释显然矛盾而含混,缺乏说服力。对女主人公抑制

[①] 沈从文:《论中国创作小说》,《沫沫集》,《沈从文文集》第11卷,花城出版社、生活·读书·新知三联书店香港分店1984年版,第175—176页。

欲望冲动的赞许,对相恋双方守身如玉不逾矩的首肯,反映了作者对人的正当欲望的回避甚至恐惧的态度。

无性的恋爱,当然也是恋爱的一种,是精神恋爱,但却很难被认为是常态的恋爱。纯粹精神的爱恋,如柏拉图式的恋爱即为非常态的爱情。周作人评价《沉沦》时指出:"所谓灵肉的冲突原只是说情欲与迫压的对抗,并不含有批判的意思,以为灵优而肉劣;老实说来超凡入圣的思想倒反于我们凡夫觉得稍远了,难得十分理解,譬如中古诗里的'柏拉图的爱',我们如不将他解作性的崇拜,便不免要疑是自欺的饰词。"①周作人言辞犀利,从中足以见出他将回避肉欲的性爱视为虚妄的态度。从现代立场来看,把守贞如玉当成纯洁爱情的标志,如果男女双方都自觉认同并恪守,不存在任何强迫,当然无可厚非,与谢野晶子即把贞操当作"趣味""信仰""洁癖"来看待,就像爱艺术的美、学问的真一样。但若是单方面的要求,是一方对另一方的要求,而不是出于本人的意愿,那就是片面而畸形的贞节观,是违反个人主义精神原则的。《旅行》的主人公可以为她的爱情骄傲,但冯沅君却没有必要把男女主人公的不越轨当作骄傲的资本。

另外,冯沅君还以"爱情是自私的"这一定律,试图拔高《旅行》男女主人公的爱情境界。小说叙述男主人公要求他的恋人不要再爱别人,纵使他的躯壳已经消灭,也不能爱别人,"因为万一死而有知,他的灵魂会难受的"。如果说男女双方互许终身,相期白首偕老属于正常,那么,这里是男性恋人要求所爱的女性从一而终,甚而自己死后她也要保持贞节,却一字不提自己是否也受同样的约束,这就是强人所难了。周作人在评论与谢野晶子的《爱的创作》时认为,那种"以为爱是永久不变的"看法不过是道学家拿来唬人的,他们不知道爱情时时进化方能杜绝敌手,"他们反对两性的解放,便因为自知如没有传统的迫压他必要放纵不能自制,如恋爱上有了自由竞争他必没有侥幸的希望。

---

① 周作人:《〈沉沦〉》,《自己的园地》,岳麓书社1987年版,第62页。

他们所希冀的是异性一时不慎上了他的钩,于是便可凭了永久不变的恋爱的神圣之名把她占有专利,更不怕再会逃脱。这好像是'出店不认货'的店铺,专卖次货,生怕买主后来看出破绽要来退还,所以立下这样规则,强迫不慎的买主收纳有破绽的次货。真正用爱者当如园丁,想培养出好花,先须用上相当的精力,这些道学家却只是性的渔人罢了。"周作人辛辣地讽刺了那些自己不求进取却拿恋爱来捆绑对方的道学家的虚伪,直接亮出了"爱是给予,不是酬报"的现代爱情观。① 《旅行》的男主人公或许不能等同于那种道学家,他可能只是在热恋中说了昏话,但唯其是下意识的表现,更能反映作者未必意识到的内心潜埋着的毒素。小说重复了传统文学中常见的所谓爱情忠贞不渝的神话,这个饱含着礼教规范女性为名为节做无谓牺牲的神话,是与作者对坚守童贞的赞许如出一辙的,同样显示了传统性道德的污染的痕迹。

  所谓贞节,在男女恋人或夫妻关系上,是专用于女性对男性专一的伦理规范,因此在本质上它是专为束缚女性人格、剥夺女性尊严、摧残女性身心的意识形态工具。冯沅君的《旅行》中只有男主人公要求其恋人忠贞不贰,而《回家以后》中的陆治平坚决否认停妻另娶是不知自爱,并大言不惭地声称美国也有一夫多妻的宗教,法国为人口问题也有奖励一夫多妻的制度。父权文化赋予男性对女性绝对的支配权、控制权,无论是《旅行》中的男主人公,还是《回家以后》的陆治平,他们都是接受过现代男女平等教育的男性,但他们对与生俱有的男性特权仍然保有高度的自觉。欧阳予倩对陆治平的另娶尚进行了嘲讽,虽说原因仍不乏维护男权中心的嫌疑;而冯沅君却由衷地称许男主人公对其恋人无论生死都不能移情别恋的要求。就一位女作者而言,这种对正统贞操观的首肯和维护尤其值得深思的。鲁迅曾评价过《旅行》,说它"实在是'五四'运动之后,将毅然和传统战斗,而又怕敢毅然和传统战斗,遂不得不复活其'缠

---

 ① 周作人:《〈爱的创作〉》,《自己的园地》,岳麓书社1987年版,第128—129页。

绵悱恻之情'的青年们的真实的写照"。①鲁迅称赞冯沅君的"自然"和"真实",却也点出了她笔下男女主人公那种"毅然"与"怕敢毅然"的矛盾,而这其实也正是作者内心纠结的显露。

中国对女性的道德约束在周、汉典籍中即已出现,"三从""四德"成为几千年男尊女卑的基础及得以延续的根源。尤其宋代理学兴起后,"饿死事小,失节事大"之说将贞操观推向了极端,贞操观遂成为儒家道德观的重要部分。女性的悲剧从此层出不穷。她们被禁锢在黑暗的牢笼中,看不见一丝亮光。"五四"思想启蒙运动终于迎来了个人的发现,"节烈"的枷锁开始松动。"节烈这事是:极难,极苦,不愿身受,然而不利自他,无益社会国家,于人生将来又毫无意义的行为,现在已经失了存在的生命和价值。"②从人道主义原则出发,"五四"新文化人对传统贞操观进行了根本性否定。然而,现实中新女性寻求解放的路程依然无比艰难。

对作为女性的苦痛,庐隐有切身的感受。在她的笔下,无爱是困苦,有爱是烦恼,结婚是不堪回首的"前尘"。唯一的解脱,是没有异性侵扰,不必承担社会规定的女性为妻为母为女为媳等繁杂责任的同性之爱。这种姐妹间的同性爱,区别于性心理意义上的性倒错的同性恋,不过是一种对异性恋的回避或替代。《海滨故人》《或人的悲哀》《丽石的日记》等小说凸显了一帧帧女性清丽哀伤的面影。无论丽石和沅青,还是露沙和她的女友们,她们的爱虽然如此的脆弱,经不起时间的一点点碰撞,但她们所得到的哪怕是暂时的欢愉和清静,也足以展现庐隐在焦灼无奈的心境下为女性自己设置的美丽梦境。这是庐隐对传统礼教、道德规范的反叛,她搁置了男性中心的视角,而选择女性的自我言说方式。然而这种洁身自好、冰清玉洁的姐妹情谊,却也是一种女性角色的自我放逐,在试图逃避社会加予女性的不人道的责任和片面的义务之时,也把

---

① 鲁迅:《中国新文学大系·小说二集·导言》,《中国新文学大系·小说二集》,上海文艺出版社1980年影印版,第15页。

② 鲁迅:《坟·我之节烈观》,《鲁迅全集》第1卷,人民文学出版社1981年版,第124—125页。

自己划入中性或无性之列,而这其实也可能附和了传统社会对女性的规范:贞洁。庐隐反叛的结果竟然透出了顺从的意味。这真是庐隐无法走出的怪圈。庐隐抛弃了那种同行们所以为的性爱自由即为一切自由的天真,也没有使她的人物沉湎于虚幻的姐妹之爱而难以自拔,她取材的特点显示了她对女性角色在社会位置的特有关注,但尽管如此,庐隐的笔仍和冯沅君一样,并没有真正触及女性作为一个独立的精神个体之外女性作为女性的权利问题。"五四"文学对妇女给予了从未有过的同情和关注,它打开了妇女身上的"三纲五常"等枷锁,使社会底层的女性重见天日,使其有可能与男性并肩站立在一起,成为真正的"人",这是"五四"带给女性的珍贵礼物。但女性成为和男性一样大写的人,仅仅是人性解放范畴中女性解放的起点,而不是终端。女性是女性,有自己独特的生理心理特征。如果是为了追求男女平等,而抹去自己的性别标志,这本身就不是平等,也谈不上真正意义上的女性解放。大部分"五四"作者,包括女性作者自己显然还没有领略到现代女性解放的要义,他们(她们)有时不自觉地遵从了男权社会中的条例和准则。另外,与庐隐齐名的常被冠之以"闺秀"名号的女作家,她们贤淑温婉的风格承续了温柔敦厚的审美传统,值得肯定,她们写母爱、写自然爱、写儿童爱,却唯独不愿触碰两性之爱,其女性自觉的匮乏以及对女性性别符号的刻意回避,也多少不等地反映出传统礼教规范对"五四"新女性的潜在拘囿。

传统的贞操观在"五四"受到质疑的同时,也出现了某种新的认识误区。许地山的《黄昏后》把专一和忠贞的爱情解释为永远而普遍的囚牢。当作者在强调男女平等时,不是把"从一而终"的绳索从女性身上解除掉,而是推到男性身上。小说中丧妻的男主人公关怀问女儿,"阿欢你以为再婚好是么?"又自己回答道:"我想你也不以为然。一个女人再醮,若是人家要轻看她,一个男子续娶,难道就不应当受轻视吗? 所以当时凡劝我续弦底,都被我拒绝了。"关怀无法使自己从追怀挚爱亡妻的情绪里走出来,暂不续弦,这是他个人的选择,可视为与谢野晶子说的"洁癖",本无可非议;但若是为了避免受如寡妇再嫁般的轻视而不走鳏夫再娶之路,则远离与谢野晶子说的"趣味"和"信仰",而属于被迫的自我道德绑架了。许地山意图营造一个贞操问题上男女平等的气氛,但他忽视了贞操本身的"非人"性,用鲁迅的话来说就是,"节烈很难很苦,既不利人,又不利己。说是本人愿意,实在不合人情"[①]。因此,在男权主导的社会,让男性服从贞操观的规训以和女性保持一致,以修正道德片面性的缺陷,不仅是理想化的,也是荒诞的。

二

《诗经·小雅·斯干》是这样区别男女的:"乃生男子,载寝之床,载衣之裳,载弄之璋。其泣喤喤,朱芾斯皇,室家君王。乃生女子,载寝之地。载衣之裼,载弄之瓦。无非无仪,唯酒食是议,无父母诒罹。"中国最古老的文学已为刚落地的男女划分了"璋"和"瓦"的界线。男女一脱离母胎,"尊卑之位定矣"。中国的宗法伦理社会成为神圣的男子世界。为了维护并延续这个神圣的男子世界,女性必须沦为附庸。按照"三纲五常"之说,"夫为妻纲,则妻于夫为附属品,而无独立自主之人格矣",在夫妻或男女关系中,一方"以己属人",而另一方"奴隶他人",同样丧失了自由自尊之人格。"率天下之男女,为君,为子,为妻,而不见有一独立自主之人者,三纲之说为之也。"[②]原来神圣的男子世界,仍然不过是奴隶世界。"以己属人"的奴隶道德最有效之处在于对人性的扑杀。

在中国传统社会里,尽管各朝代风气不一,但在儒家思想愈益体系化之下,人的自然属性很容易被社会属性遮蔽,人的自然欲求也基本被伦理责任覆盖。即便夫妻关系的维系,也主要不在男欢女爱的情感,而在传宗接代的家族责任。《礼记·礼运篇》中"饮食、男女,人之大欲存焉"之说,《孟子·告子上》中"食、色,性也"之说,说明儒家的创立者承认性为人之大欲和天性,是合理

[①] 鲁迅:《坟·我之节烈观》,《鲁迅全集》第1卷,人民文学出版社1981年版,第124页。
[②] 陈独秀:《一九一六年》,《青年杂志》第1卷第5号,1916年1月15日。

的,当然也和饮食一样,不应放纵。但到了宋明理学家倡导"存天理、灭人欲"的修养之时,对"人欲"的约束提升到稳定社会秩序的政治层面,儒家对性的态度终于从节制变成了禁绝。除了占据主导地位的儒家工具化的性观念外,道家阴阳并重的性观念较之儒家更为开明,但基本局限在民间状态。而在民间同样产生影响的是汉代传入中国的佛文化,佛教主张断除包括淫欲在内的所有其他欲望以解脱轮回,这对挣扎于苦海中的众生具有更大的诱惑力。

性的污名化导致人们谈性色变。性禁忌的文化在文学中的通常反应是,要么避之不及,要么视为洪水猛兽。当然,明清小说话本中也不乏对人之欲流露同情的,如"三言二拍"对禁欲主义有反抗的姿态,却终究难脱劝善果报的窠白。至于《金瓶梅》揭示了一个欲望泛滥横流的世界,但第一回中作者即用大篇幅确立色空观以表讥讽规谏之意,以淫戒淫,目的是劝诫、教化。说到底,中国文学中少有对人的自然欲望的正视,而对两性间由恋慕而生的情又慎之又慎,因此严格意义上的单纯的爱情歌咏之作并不多见,这也是朱自清在30年代感慨"中国缺少情诗,有的只是'忆内''寄内',或曲喻隐指之作"[①]的原因。到了"五四"时代,压抑人性的传统道德信条开始失去效用,人的本能欲望以及本能欲望推动下的生命力被关注,对自由爱情的向往成为这个时代年轻人的共识,也成了这个时代文学表现的中心内容。

郁达夫《沉沦》中的主人公对爱情的呼唤几乎达到呼天抢地的地步:"我所要求的就是爱情!""我所要求的就是异性的爱情",郁达夫把中国人不敢堂而皇之提及的爱的权利喊了出来,他的大胆和勇敢在他的那个时代极其难得,这也可以解释为什么他的小说集一出来就出现毁誉交加的情况,一方面他道出了许多人想说而不敢说的心里话,另一方面这种对爱情的直白呼吁方式明显挑战了既有的传统,引起了传统维护者们的巨大惊恐。但尽管如此,《沉沦》在赤裸裸地自我暴露里,还是留下了一些传统道德禁锢的印记。

---

① 朱自清:《现代诗歌导论》,蔡元培等:《中国新文学大系导论集》,上海书店1982年影印版,第352页。

小说主人公的抑郁病症主要源于性的苦闷——"始祖传来的苦闷",他对此本能的冲动无法抵御,也无法理性认知。他痛恨自己缺乏自制力,所以一次次做出那些他清醒时认为不该做但当时却不得不做的事情,诸如自慰、偷窥、酗酒、恋物、出入娼门,直至蹈海自杀,这些行为令其羞愧万分,自责不已。小说主人公总是这样对自己发誓:"我以后决不再犯罪了。过去的事实是没法,我以后总不再犯罪了。""犯罪"一词反复多次出现在他"贪欢"后的自我谴责里。作者将人物的本能冲动和"犯罪"勾连,在某种程度上透露了小说对人之欲的道德评价,这与小说高调张扬的爱情主题未免有些抵牾。作为一篇自叙传小说,《沉沦》多少透露了郁达夫自身性爱观念的矛盾和混杂。小说主人公除了为性的罪恶感笼罩,还有无可名状的恐惧。小说中写道:

　　　　他的自责心同恐惧心,竟一日也不使他安闲……暑假的两个月内,他受的苦闷,更甚于平时;到了学校开课的时候,他的两颊的颧骨更高起来,他的青灰色的眼窝更大起来,他的一双灵活的瞳人,变了同死鱼的眼睛一样了。

这显然附和了"色是刮骨钢刀"的中国俗语。恐惧不仅来自对自己无法自控行为本身,更来自其后果——身体严重受损。他坚信"于身体最有害的就是这一种犯罪。从此之后,他的恐惧心也一天一天地增加起来了"。伤身和犯罪不可分,因为他从小服膺"身体发肤不敢毁伤"的圣训。为了解除这种恐惧,作者安排"他又不得不吃鸡子和牛乳了"。《沉沦》主人公还深受另一重心理折磨,小说不止一次提及主人公在"邪念"发作后去"剃头洗澡",表面上说是留个"改过自新的记号",而其实是为洗濯身心的污秽,以还他"一个爱高尚爱洁净的人"的本相。性的不洁感伴随着这个忧郁病症者,使他如同深陷在肮脏的泥淖中不能自拔。

因为他是非常爱洁净的,所以他每天总要去洗澡一次,因为他是非常爱惜身体的,所以他每天总要去吃几个生鸡子和牛乳;然而他去洗澡或吃牛乳鸡子的时候,他总觉得惭愧得很,因为这都是他的犯罪的证据。

日复一日,恶性循环,罪恶感、恐惧感、污秽感合力推动着这个苦闷的青年走向覆没。他的蹈海固然反映了身为弱国子民的绝望,却也不乏传统道德、性观念的精神绞杀因素。《沉沦》对性本能的解释带有性压抑时代的蒙昧色泽,作者不能坦然地视情欲为人的自然而正常的生理、心理现象,具有天然的合理性,那就很容易把它当作可怕的、无耻的、值得羞愧的秽行甚至罪行。《沉沦》应该是"五四"时期打破传统道德压迫最有代表性的文本,却仍然闪现出陈旧的光影。

真正走出传统性束缚的樊篱,对冯沅君、庐隐这样的新女性来说,固然遥远;对郁达夫这样"把一些假道学家、假才子们震惊得至于狂怒了"①的男作家来说,也仍然是尚需进取的目标。爱的书写是"五四"新文学最突出的现象,而郁达夫们尤其"用一种坦白的自暴方法",展现"神经质的人格,混合美恶,糅杂爱憎,不完全处,缺憾处","放肆的无所忌惮的为生活有所喊叫"②渐成风气。《沉沦》里有一系列出格的行为和病态性心理的展示,《茫茫夜》《秋柳》中主人公旺盛的性欲换了一个方向伸张,同性恋和双性恋被处理成排解现实压迫和精神危机的出口。这些小说都意图用惊世骇俗的方式来对抗"非人"的现存秩序,表现出现代性的精神取向,但作者在同情主人公的苦闷和悲哀之时,有时也下意识地把小说人物当成自己感性趣味上的同道,以至于无法理性评估主人公的放达和任情。郁达夫的追随者们在很大程度上复制了郁达夫的颓废,包括病态的性心理描写,只是有些文本在态度和趣味上留下更明显的瑕疵。

---

① 郭沫若:《论郁达夫》,陈子善、王自立编《回忆郁达夫》,湖南文艺出版社 1986 年版,第 3 页。
② 沈从文:《论中国创作小说》,《沫沫集》,《沈从文文集》第 11 卷,花城出版社、生活·读书·新知三联书店香港分店 1984 年版,第 173 页。

同性恋或双性恋叙写在"五四"不那么流行,但也不是空白。庐隐《丽石的日记》偏于女性间冰清玉洁的精神爱恋,凌叔华《说有这么一回事》也难得地为两个女孩的浓情蜜意营造出"甜支支醉人"的性感氛围,两位女作家均以最后悲剧性结局表现了对病态的道德秩序的鄙夷。郁达夫也让于质夫因"半生沦落未曾遇着一个真心女人"而对吴迟生产生恋情,以反映他对社会压抑人性的谴责。如果说这类涉及同性恋的叙写尽管未回避追求感官刺激的享乐因素,可作者的态度依然严守着诚挚的本分,那么,其他的某些文本中相关的描写则令人生出暧昧的感觉。叶鼎洛的《男友》记录了某校一男先生与学生间同性恋的全过程。先生要补偿脱离了繁华之地的心理失落,也想增添黄昏娱乐时的趣味,遂将某学生确定为追逐的目标。接下来所发生的与异性恋没有什么区别,包括性的吸引,色的诱惑,也不失情的交流。就叶鼎洛对同性恋现象的认识来看,他无疑已经超越了当时许多人尚未摈弃的歧视和偏见,但小说字里行间透出的那种风流自赏的意味(在郁达夫那里也时而可见),以及游戏轻飘的笔调,仍然致使《男友》偏离了自审的重心而削弱了反叛的力度。

　　基于由露骨的直率来闪击颓败现实的动机,在"五四"另外一些变态或病态的性关系描写中,主人公出入于花街柳巷被给予了过多的同情。《沉沦》之后,郁达夫在《茫茫夜》《秋柳》等作品里对主人公眠花宿柳情节描摹愈益精细,安庆的海棠成为人物不可或缺的陪衬和安慰者;而在《街灯》《寒宵》《祈愿》中,则有北京的银弟。郁达夫小说的情节常常是抽取了他自身的经历加工而成,因此他的人物大体可看成他的自画像。对这个银弟,郁达夫后来回忆说,"若硬要说出一点好处来,那只有她的娇小的年纪和她的尚不十分腐化的童心",至于他自己与银弟的关系,郁达夫解释说,"当然说不上是什么恋爱,然而和平常的人肉买卖,仿佛也有点分别"。[①] 这种说法固然不乏人情味,但归根到底改变不了"人肉买卖"的本质。在人生的凄凉和孤独的感喟同时,作者不忘提及

[①] 郁达夫:《南行杂记》,《郁达夫文集》第3卷,花城出版社、生活·读书·新知三联书店香港分店1982年版,第127、128页。

自己两三个月在银弟处即开销几百块钱而被银弟视为"恩客",得意的形色还是掩饰不住地闪露出来。无论如何,以金钱买笑,再高调的道德标榜也是徒劳。和郁达夫类似,叶鼎洛在《大庆里之一夜》《姐夫》《友情》里都写到主人公与卖笑女子的交往和纠缠,他同样也喜欢把主人公自身的孤苦与妓女的不幸进行比照,表现出"同是天涯沦落人"的感伤情怀。但他对"一夜之恩"的认同,进一步坐实了宿娼的事实。小说中一再渲染钱色关系中的"她是知恩图报的",又表示"钱是她应得的酬劳",将钱色交易与道德捆绑,导致对男女双方人格的亵渎。"五四"这类大多出自男性作者之手的文本,当然不乏西方世纪末颓废主义以恶抗恶的模仿痕迹,可精神上还是与中国文人的艳情传统有着更深层的联系。

在两性关系上,男权社会一方面为女性特别规定了贞操、节烈,另一方面却让男性享受绝对的优遇,包括对男性的性特权的允可。再加上传统中国社会又一直给予读书人较高的社会地位,因而诗人墨客出入青楼倚红偎翠在古代中国被视为如诗酒风流一般的风雅之举。文人学士与风尘女子交往,虽然在本质上就是为寻求婚外的情色满足,社会评价却相当宽容。"狎妓"是传统士大夫享受性特权的专属词汇,尽管"狎"之本义暴露了对"妓"的游戏、玩弄性质,但人们印象中,它是风流而不是下流,因此历代相关的浪漫传奇或传说数不胜数。"五四"新知识分子理性上当然主张男女平等的性爱关系,但骨子里传统士大夫那种于酒色中追求飘逸潇洒的意识和趣味并未消除殆尽,或者是基于社交的需要,或者是为了情感的安慰,不少人并不把出入风月场当作可耻的事情。"曾因酒醉鞭名马,生怕情多累美人"①,蕴含其中的与其说是现代诗人的浪漫蒂克,不如说是古代名士的倜傥风流。他们意识不到把女性当狎玩对象不仅偏离了他们所信仰的男女平等的轨道,其实也折损了他们自己的人

---

① 郁达夫:《旧友二三,相逢海上,席间偶谈时事,嗒然若失,为之衔杯不能饮者久之。或问昔年走马章台,痛饮狂歌意气今安在耶,因而有作》,《郁达夫文集》第10卷,花城出版社、生活·读书·新知三联书店香港分店1982年版,第265页。

格和尊严，必将很难通过现代文明的道德评估。

人们常常批评张资平，因为他作品中泛滥成灾的色情描写，其实张资平的局限不在于他详尽描摹了两性关系，而在于他对两性关系的态度常常是由男性中心的意识支配的。尽管他许多作品的主人公都是女性，但这并不能掩盖作者在评述事物时一贯的男性视点。在《性的屈服者》这篇小说里，张资平无疑是表现了他对女性的同情，对"虚伪的恋爱者"的憎恨，而这篇小说给人们更深印象的是，作者似乎在有意无意地强调一个事实：吉轩始乱终弃的结局是有馨儿失身的前提的，吉轩固然卑怯，而馨儿也是自食其果。于是，失身成了小说情节发展的关键，成了人物善恶标准的焦点，而处女膜意识就成了全部内容的道德支柱。这种站在男性立场，用是否童贞来判断女性对自己的吸引或威胁的男性中心观念，在张资平的其他小说如《梅岭之春》《最后的幸福》等作品中也有不同程度的流露。而其他一些作家如叶灵凤在《浴》中、汪静之在《伤心的祈祷》中意图表现恋爱自由、青春幸福的主题，但赞许叛逆旧礼教行为时，又情不自禁地赞赏"处女美"，新旧杂糅，反映了这一代新知识分子内心尚未祛除的陈旧道德阴影。

三

男性中心观念常常导致对女性这一性别符号的轻视和歪曲。在传统的男性视野里，女性通常处于两极状态，要么是圣母，要么是娼妓，如此迥异的形象均产生于男性的想象，是男性对女性欲望和恐惧的投射。作为男性的附属，女性应该无保留地为男性奉献和牺牲，纯洁无瑕，又温柔娇弱，顺从可控，否则即从天使变成妖孽。而无论是将女性神圣化还是妖魔化，其目的无非是建构并稳固男性中心的统治秩序。因此，在任何条件下，女性必须作为被动的弱者而存在。"五四"新文学作家对这种观念进行了一定程度的修正和颠覆，作为独立精神个体的女性正式亮相，她们不仅在社会、家庭中开始占据个体本有的位置,在两性关系中,也能理直气壮地争取应有的权利。欧阳予倩的五幕剧《潘金莲》将潘金莲塑造成"一个个性很强而聪明伶俐的女子",她不顾传统的叔嫂禁忌,疯狂地爱上了武松,甚至面对武松的尖刀也无所畏惧地宣称:"你杀我,我还是爱你!"欧阳予倩赋予潘金莲作为女性的主体性,并肯定了她作为个体的独立精神和意志。类似的剧作还有郭沫若的独幕剧《卓文君》等。郭沫若称赞卓文君勇敢地打破了"'从一而终'的不合理的教条","完全背叛了旧式的道德","是不肯服从男性中心道德的叛逆的女性"。① 除了这类为"淫妇""荡娃"正名的翻案剧,还有一些小说也涉及女性尤其是已婚女性无视礼教为情色满足不惜玉石俱焚的决绝。叶灵凤的《女娲氏之遗孽》《内疚》都写中年有夫之妇对婚外年轻男子的疯狂迷恋,这些"孽缘"主要源于她们对男女欢情和肉欲的大胆追求。在传统礼教和既存道德之下,"性"之于爱情和婚姻的先决地位和主导作用是被遮蔽、被忽视的,而对女性来说,对性的主动要求尤其有违贞顺的妇德,无异于娼妓的淫荡。这类新文学作品对传统的挑战不言而喻,但其间除了作家对自然情欲过于夸张的书写外(如叶灵凤《昙花庵的春风》写尼姑无法克制本能的冲动,偷看暂居庵中的一对男女的亲热后,因受刺激突发脑溢血而死),对女性居高临下的姿态,也还是流露出男权意识的痕迹。

黎烈文的小说《舟中》详细地记叙了一位已婚妇女和一个年轻男子的越轨经历。舟中,这个脱离了寻常尊贵有序、男女有别的纷杂动荡的场所,为不期而遇的人隐藏既有的背景而暂时仅以男人、女人身份接触提供了可能。于是,一个涉世未深而欲望膨胀的青年终于抵挡不住同舱女子的色相诱惑,乖乖就范。男子不知如何收场,深感内疚,又无心承担责任,最后只得借故偷偷上岸,一逃了之,成为"没有良心,也没有灵魂"的人。小说终究还是未脱"痴情女子负心汉"的窠臼。值得注意的是,作者对年轻人懦弱自私却又色胆包天、始乱终弃加以谴责的同时,给予了那位颇有点阅历的女子较多的同情。因为她是

---

① 郭沫若:《写在〈三个叛逆的女性〉之后》,《郭沫若论创作》,上海文艺出版社1983年版,第357、358、355页。

弃妇,其命运无疑是悲剧性的。但在小说里,客船中的这位男客和这位女客从萍水相逢的闲谈直至最后双双落入人欲之网,其实都是按照这位自称是被掌柜贬回娘家的女客的意愿按部就班进行的,年轻男子倒更像是个被裹挟者。在这场半推半就、你情我愿的两性游戏里,女人应该说比男人得到更多心理生理的满足,尽管前路茫茫,在舟中她至少成功地操控了一夜风流。可奇怪的是,作者却偏偏无视她对情欲的投入,决计要把她打扮成可怜兮兮的"受欺负"者,只因为她再次陷于被男人遗弃的处境。这无疑披露了作者的一个看法,女性与男女欢情、肉欲追求无关;在两性活动中,无论什么情况下,女性只能是处于消极地位的角色,只能是男性泄欲的工具,而不可能是和男性同样的性的推动者、享有者。"五四"作品中常见的这类对女性的怜悯同情,以现代意识审视,有时恰恰表现出男性对女性的无知和偏见。

　　在另外一些作者尤其是男性作者笔下,女性被他者化、工具化的情形也时有显现。郁达夫和他的追随者最喜欢抱怨"金钱、女人、名誉"的压迫,"金钱"和"名誉"是他们内心渴望所得却必定要表现无比蔑视的,而"女人"和这两项并列时,"女人"在他们心中的位置也可见一斑。王以仁小说《流浪》的主人公在走投无路时还嫉妒托尔斯泰长得比自己漂亮不了多少,家中却既多金,身边还有一个为他抄写《战争与和平》七遍仍不厌烦的美丽夫人,所以主人公表示,"渴求着一个女子的爱情来调和我的生活",甚至幻想:"今天我的身边若有一张五元钱的钞票,我定要赶到大世界中去享乐了一回:或者在里面我找到了一个鸠形鹄面藏在红脂白粉中的妓女,虽然谈不到什么爱情不爱情,肉体的快乐总尽够我享受的了;纵然遍体发生了梅毒,比现在这样追求不到的痛苦总好得多了。"之所以有这种只想满足肉欲刺激的嫖妓念头,是因为他认定"世界上一切的爱和美都建筑在金钱的上面",而世上多的是"双眼专注在钱孔里面的女人",没有女人会爱上像他这样落魄的男人。王以仁的小说是王以仁的自叙传,所以《流浪》中的人物也可看作王以仁的自我写照。他从郁达夫那里模仿来的风流腔调,形象地传递出中国古代落魄文人自暴自弃的精神底色,也真切地表明了他的男权立场：女人不过是男人可以任意把玩、消遣的玩偶，哪怕落魄到穷途末路的男人，依旧可以借助女人实现他享乐的目标。于是，女性遂成了他者化的异己存在，永远被动、消极，而且没有灵魂。那些无法满足男人欲望的女人，越具诱惑力，也就越是等同于淫荡的娼妓。《流浪》确实表现了对异性的强烈渴求，"只要有一个女人能够真心真意的怜惜我，就叫我即时死在她的面前我也心甘"，这种直白的爱情表达极具"五四"特征，但同时又表现出对女人的鄙视和贬抑，其矛盾反映了男性中心话语思维的虚伪和脆弱。

王以仁的《流浪》和郁达夫的一些小说中心主题当然是要表现对现实的反抗，反抗社会黑暗，反抗制度不公，反抗道德虚伪，这些都属于他们自我表现的印证。他们写羁旅的孤寂，囊中羞涩的穷愁，再加上异性（女性）的势利寡情。他们诅咒这个所置身的环境，凸显了自我与环境的对抗，却也连带诅咒了和他们一样置身在这个环境里的女人，将女人视为对抗的客体，更甚至把所有对现实的不满和怨恨都发泄转移到女人身上。郁达夫在追求所爱者未获允可时，无法抑制怒火而破口大骂："女人终究是下等动物，她们只晓得要金钱，要虚空的荣誉。"① 把女人与金钱相联系的辱骂，是这类男作家显示自尊的本能反应，毕竟父权制给予男性的权威根基于保障男性经济权的拥有和支配，女人任何逾越规范的自主性表达，都可能被视为对男性经济权的侵犯。郭沫若曾分析认为："女性困于男性中心的道德束缚之下，起而对于男性提出男女对等的要求，然而男性中心道德的支持者依然视以为狂妄而痛加阻遏。……他们以为私有财产制度和男性中心道德好像天经地义一样，只要这经义一破，人类便要变成禽兽，文明便要破产。"②

对此，"五四"一些敏感的女性作家不可能没有反应。庐隐笔下的女主人

---

① 郁达夫：《穷冬日记》，《郁达夫文集》第9卷，花城出版社、生活·读书·新知三联书店香港分店1982年版，第70页。
② 郭沫若：《写在〈三个叛逆的女性〉之后》，《郭沫若论创作》，上海文艺出版社1983年版，第353—354页。

公之所以视婚姻为畏途,即与此相关。在庐隐看来,与男性结合而组成的家庭不过是一座埋葬朝气、青春甚而生命的坟墓,虽然她无法抑制天然的对异性的爱恋,但因难以达成永久的幸福,所以爱恋之后,紧接着的就是憎恨,对整个社会的憎恨,也包括了对男性的憎恨。从女性的角度看,是男性让她们重又回到客厅、厨房和育婴室。所以云青说:"我向来没有和男子们交谈,我觉得男子可以相信的很少。"(《海滨故人》)这种对男性的恐惧心理,正如郁达夫、王以仁对女性的鄙视显示出懦弱一样,也显示了庐隐作为现代女性的自卑,它们同是传统人格的再现。

当然,出于对男权体系的维护,将一切罪过都归结于女人,终究是父权制社会的思维定式和集体无意识。而中国的"女人祸水"观千百年来尤其根深蒂固。妲己亡商,褒姒亡周,连鲁迅笔下的阿Q那样一无所有的光棍汉也要感慨,"女人是害人的东西","中国的男人,本来大半都可以做圣贤,可惜全被女人毁掉了"[①]。毫无疑问,郁达夫、王以仁等"五四"作家并不等同于阿Q,但作为男人自命不凡的心理及优越感却还是不同程度地投射在他们对女人的想象和塑造中。王独清的《杨贵妃》试图用对杨贵妃的"献身精神"和爱情追求的肯定来确立"提高女性"的现实主题。但这种创作企图并没有如愿以偿。《杨贵妃》虽然不再照搬帝王因女人而荒淫误国的老套,但剧中安禄山"只为践月下之誓言"以及表明"将此身献于皇后"的心迹而起兵举事,剧中的杨贵妃表示,"祸事全由我而起",这虽是杨贵妃的自供状,却也是王独清的指控辞,"女人祸水"观在剧作者心中终究未能消除殆尽。传统社会的道德卫士惯于把世风日下、亡国灭代的责任推给女人,鲁迅对此曾质疑:"何以救世的责任,全在女子?"他认为这与书写并鼓吹女人亡国的文人脱不开干系:"历史上亡国败家的原因,每每归咎女子。糊糊涂涂的代担全体的罪恶,已经三千多年了。男子既然不负责任,又不能自己反省,自然放心诱惑;文人著作,反将他传为美谈。"[②]

[①] 鲁迅:《呐喊·阿Q正传》,《鲁迅全集》第1卷,人民文学出版社1981年版,第499页。
[②] 鲁迅:《坟·我之节烈观》,《鲁迅全集》第1卷,人民文学出版社1981年版,第123页。

王独清虽然赋予了杨玉环这样贵为帝王妃的女性追求爱情的权利和自由,却仍旧不能免除她作为女人令异族男人迷恋而使长安覆灭的罪责。

"女人祸水"观虽然主要针对的是魅惑帝王而导致朝代灭亡的女人,但事实上这样的观念下人们也习惯把女人看作所有困扰、不幸和厄运的源头。在家国同构的框架下,亡国和灭家的含义彼此关联且相通。

欧阳予倩的《回家以后》中造成三角婚姻的主要责任本应该由陆治平担当,是他觉得与发妻感情不甚浓厚而生离弃之心,是他在异国他乡情感寂寞而寻找安慰,是他羡慕欧美女性的活泼温柔,是他向顾盼对象隐瞒了已婚实情,但作者却把矛头指向了他后娶的"女洋人"刘玛利。通过陆家人之口,剧本指责刘玛利"不知自爱",甚而质问受骗上当的刘玛利"跟治平结婚的时候为什么不打听明白","一生的大事能够那样儿草率,随随便便就跟人家结婚吗?"为了减轻甚至抹除陆治平的责任,剧中刘玛利形象被刻意丑化,"引诱""堕落""措辞失当"等直接或间接地用于对她的贬低。剧开始不久即为陆治平的"糊涂"找借口——"一定有洋婆子来灌迷魂汤,喝了就叫你忘掉本国";又安排老祖母顾氏讲她做的噩梦,为陆治平另寻新欢做辩解——祖母拼老命救出掉进海里的孙儿,却不料来了一个西洋婆子将手伸进孙儿的膀子里,把他拉走了。这些铺垫和烘托都旨在让读者或观众相信,陆治平于国于家"偶然有些不大妥当的地方",非他本人所愿,都是被迫的,都是"洋婆子"诱惑拉拢的结果。"洋婆子"成了陆治平及整个陆家最大的威胁。就剧情本身而言,"洋太太"刘玛利尚未登场,她的形象已在观众心中定位。而之后再与贤淑宽容的陆治平发妻吴自芳对照,搅得陆家上下不宁、老少不安的刘玛利自私浅薄又蛮横跋扈,直接成了人神共愤的角色,这就为陆治平"浪子回头金不换"的喜剧收场打下了稳妥的根基。和通常诋毁女性的男性叙事一样,作者也不忘提及"洋太太"对金钱的敏感。剧中的刘玛利看不惯陆家长辈对陆治平的教训,所以她张口就问:"老先生,您有多少遗产给治平?"其依据是,"儿子过了二十一岁,就不归父母管束。如今的年月,除非是父亲有很多的遗产,才有资格管束儿女呢"。这是欧阳予倩所理解的金钱至上的西方社会里成年子女与家庭的关系方式。暂且搁置其间中国式刻板印象的成分，剧作者以刘玛利用遗产的有无或多寡来评估陆父的管教资格，确实可显现这个"洋太太"的无知、愚蠢和势利，因为这不仅明显挑战了中国的孝道传统，也有违西方家庭里爱与尊重的结构模式。作为一个闯进陆家的"女洋人"，贸然将遗产挂在嘴上，还多少暴露出她对陆家财产的觊觎之心，这不仅是毁了陆治平大有作为的前程的过错，更有让三代单传的陆家陷入灭顶之灾的罪责。于是，不愿意听命做妾，不做"软弱无能，随便让人欺负的女子"的刘玛利，不只是"野人"，更是祸人败事的罪人了。对这个刘玛利，怎么能不逐出家门而后快呢？而把刘玛利设置为"女洋人"——既是女人，又是洋人，不仅为"女人祸水"的性别歧视提供了演绎空间，同时还为"非我族类，其心必异"的血统偏见和文化隔膜提供了展示的平台。①

《回家以后》这部"反映湖南乡间'书香人家'的生活的喜剧"②，是欧阳予倩致敬中国耕读传家的乡土文明的作品。他对简单朴实的传统生活的缅怀无可厚非，对浮躁激进的时代风气的不满也可以理解，但他将批判的锋芒指向"女洋人"及其所代表的现代价值理念，而去赞赏并认同带有明显宗法制思想烙印的男性中心观念、华夏中心意识，其道德立场和文化视野的偏失、缺憾，无论如何都是难以否认的。

---

① 《回家以后》中刘玛利角色因剧本人物介绍中只有"其再婚妻"的头衔，读者理解时会有分歧。一般评论者认为她是接受了美国教育的中国女留学生，是与陆治平生活在乡下的结发妻子吴自芳相对应的中国"新式女子"。但笔者认为刘玛利的身份设定是西洋女人。从细节看，剧中刘玛利出场前，报信的村农王三说得很清楚，是"女洋人"，而且特别提到"女洋人说的好像中国话"，他"怕听不懂"。如果刘玛利是中国女人面孔，王三不会特别强调她是说中国话的。另外，从剧本整体意义看，作者借陆治平的婚姻事件，不仅反映新旧、城乡之间的冲突，也反映了中西文明之间的冲突，而后者尤其凸显。剧中陆家上下包括祖母顾氏的焦虑都集中在陆治平被"西洋婆子"——外国女人诱惑上，她们当然也可视为通常意义上的"新式女子"，但应该不等同于在中国城市接受现代教育的所谓的女性"洋学生"，而是地道的"女洋人"。

② 洪深：《现代戏剧集导论》，蔡元培等：《中国新文学大系导论集》，上海书店1982年影印版，第308页。

四

恩格斯评述意大利人文主义先驱但丁的巨作《神曲》时指出，但丁是"中世纪的最后一位诗人，同时又是新时代的最初一位诗人"①。这是因为《神曲》以对中世纪教会的揭发和批判，第一次鲜明表达了新时代的人文主义理想。恩格斯并不因为《神曲》宗教观念上的缺陷，掩饰自己对《神曲》的喜爱。在某种程度上，"五四"创作者也处于与但丁相似的历史位置上，他们一方面猛烈抨击传统礼教对人性的压迫，高张起个性解放的旗帜，另一方面又无法彻底挣脱旧的性道德观念的羁绊。正如但丁在信仰及道德上的探索具有明显的二重性，"五四"新文学对性爱意识的表达同样反映了新一代知识者个性觉醒后仍然难以避免的茫然、矛盾心理。

在"五四"大部涉及性爱问题的作品里，爱情是推动个体精神升华的崇高信念，但爱情到底是什么，新文学最初十年对相关意义的探究并未显示足够的深广度。在新文学作品里，作家热衷于营造爱的氛围，爱情主要以美好未来的象征目标而存在，但追求爱情目标的新青年们似乎很难将其对象化，无论是对作为一个精神个体的主人公自己，还是对作为另一个精神个体的爱的对象。在冯沅君的《旅行》及其前文本《隔绝》《隔绝之后》里，几乎没有出现个性鲜明的形象，即便爱情故事的主人公有名有姓，但不管是青霭、士轸，还是隽华，他们也仅仅只具备名姓的意义，因为这些人物均未提供给读者任何可留下印象的特征，他们是为演绎爱情这个概念而生成的符号。庐隐的小说里有一大串晶莹剔透的珍珠般的名字：露沙、莲裳、玲玉、云青、宗莹、丽石、亚侠、曼丽、梓青、剑卿、彬彩、师旭、松文……这些爱与被爱者同样缺乏明晰的个性界定。庐隐的种种爱情解说，无非在告诉人们：爱与被爱者是同一主体，如果爱的个体

---

① ［德］恩格斯：《致意大利读者》，《马克思恩格斯全集》（第22卷），人民出版社1965年版，第430页。

是一个真实的存在，那么爱的对象——另一个个体就是一个想象的幻影。因此与其说是爱"人"，不如说是爱那个"爱情"的概念。概念本身显出了它无与伦比的重要性。这样，恋人们相爱的基础不是植于双方的感情，植于性格上的互相吸引和性别间的互相需求，而是植于抽象的以现代爱情为标志的意识形态。白薇的《琳丽》中的青年音乐家琴澜说："我至今并不是爱了一个甚么女子，只是爱了我幻想上构成的那个幻影。"不仅琴澜所爱的琳丽、璃丽是爱情的幻影，连年轻音乐家本人也不是有血有肉的存在。白薇借这三人演出的爱情悲剧，只是为了表达本人处于爱情危机时对爱情的双重态度。显然，"五四"作者尚未学会或很少使用以"自我"和"他"来定位两个相爱的个体，并塑造出"自我"与"他"各自独立的灵魂。当"五四"作家们把现代爱情概念作为使命般的信念，而又对区别爱情字眼下两个独立的主体感到无能为力时，这一现代概念本身就显示出它的脆弱，而崇尚这一概念的"五四"作者也同样显示出他的脆弱，主体意识的脆弱。

"五四"最著名的爱情吁求来自郁达夫的《沉沦》："知识我也不要，名誉我也不要，我只要一个安慰我体谅我的'心'。一副白热的心肠！从这一副心肠里生出来的同情！从同情而来的爱情！"小说主人公对爱情的解说，标示了"五四"时代经典的爱情理念。它与知识、名誉无关，却有安慰、体谅的功能，它来自同情。虽然毫无掩饰地袒露内心的欲求，显示了真率和勇敢，但把爱情当成安慰、体谅的近义词，同情的衍生词，不仅姿态卑微、被动，也暴露了对爱之本义理解上的片面、褊狭。爱情原本是爱欲和情感的高度凝聚，是发生在两个独立的个体间不可抑制的强烈的相互吸引、亲近的生命现象。它固然包含了同情，但肯定不都是来自同情。爱情不仅指向被人所爱，更指向爱人，仅仅单方面地希望得到爱的照拂的个体，与其说寻求的是爱，不如说寻求的是依靠。《沉沦》的主人公曾感慨："世间的一般庸人都在那里妒忌你、轻笑你、愚弄你，只有这大自然……还是你的朋友，还是你的慈母，还是你的情人。"他不屑与"庸人"为伍，其主体性毋庸置疑，但这个主体却是孱弱的，需要从可给予依靠的所在获得支撑。大自然从来都是中国文人的逃遁薮,而郁达夫把作为大自然替代的"情人"与"朋友""慈母"相提并论时,"情人"的意义也不言而喻了。

《沉沦》主人公对爱情的理解在20年代并非个别。年轻诗人徐雉在他题为《失恋》的诗里流露了同样的情愫。诗人感叹:"我年轻的时候,/我的心紧紧地系在母亲身上,/母亲死了,/我闲空的心便到处流浪!/后来碰着了一个美丽的姑娘,/就把她缠住了。/但是,亲爱的姑娘,请告诉我,/假使你不爱我,/我的心更向何处去寻求归宿?"从依傍"母亲"到依傍"姑娘",中间几乎没有过渡,直接表明的就是"寻求归宿"。郁达夫和徐雉在呼唤爱情时都不约而同地追寻到母亲的怀抱,而对母爱的歌咏也曾是"五四"作者广为关注的"青年的上帝":"我在母亲的怀里,母亲在小舟里,小舟在月明的大海里。"(冰心《春水·一〇五》)母亲的怀抱可提供最可靠的安全感、归宿感,对"母爱"的期求在一定层面上反映了这个叛逆的时代新青年心里不时涌现出的回归冲动,它印证了那个时代冲决思想网罗、击破现实坚壁的艰难。冯沅君的《慈母》、叶绍钧的《潜隐的爱》、王统照《醉后》等作品中,都闪现过母爱的光辉,它温暖并照耀了黑暗中的孤独者/觉醒者。在男性中心的社会里,母亲是被压迫的弱者形象,"五四"知识者出于对强暴专制的父权秩序的自觉反抗,他们从争取自身人格权益的角度,倾向于同是弱者的母亲的慈爱,这也是一种离经叛道之举。但是,尽管如此,值得注意的是,"五四"一代人包括作家自己寻找母爱,不是为了寻求对母亲作为精神个体的价值和人格的重新认定,而是因为从自身的价值和人格返照了母亲作为母亲的意义。正像徐雉的小诗中所写的,母亲是诗人最初的庇护者和依赖者,成年的个体仍然依依不舍母亲的怀抱,这反映了他精神哺乳期的延长。而当母亲离世后,失掉了依附的心又去寻觅新的温暖平安的所在,于是异性的爱成了母爱的替代物。爱的追求者把自己像包裹一样,交付给所爱的对象去保护时,自身的独立性、主体性和创造性在无形中削弱,爱情的本体意义也无疑被曲解、被置换了。

针对20年代初文学创作领域婚恋题材的盛行,沈雁冰在《创作的前途》中不满一些作品对性爱意义的片面解释,特别提到"试看主张自由结婚者的言论都以自由能得快乐为第一义,而毫不讲到人格独立的问题"①。虽然他对年轻一代享乐主义趋势的判断不一定准确,但他对自由婚姻与人格独立关系的注重还是显示了思想的敏锐和独到。庐隐《海滨故人》里露沙劝云青接受蔚然的感情时说:"他信里说他十分苦闷,你猜为什么?就是精神无处寄托,打算找个志同道合的女朋友,安慰他灵魂的孤寂!"追求爱情的动机首先不是为了"爱",不是为了通过"爱"来完成对自我实现的证明,而是为了获取安慰、体谅和同情,是为了精神有寄托、灵魂有依赖。这种把爱情作为人生苦难的唯一盾牌的理解,不只疏离了现代性爱的本质,更显露了信奉人格独立的一些"五四"作家自身人格的矛盾。由这样的人格去追求爱,必然只局限在狭小的感情世界,而失去了对更为广阔天地的关注。爱情的意义在每个时代和每种文化中解释可能有所不同。西方文学里常常把爱情视为个体通过征服另一异性(也可能是同性)个体,甚至超越对方获得证明自我价值的象征。如歌德笔下的浮士德对玛甘泪的爱情,更主要表现出爱情与自我发展的冲突,最终以自我发展超越了爱情。歌德在浮士德的人格展示中把爱情的意义推至哲学的境界,拓展并深化了爱情的意义。而与此相对照,"五四"的爱情解释不仅显得单薄清浅,也未免工具化了。

以寻找依靠为基点的爱情观,不仅模糊了性爱概念本身,也在一定意义上抽离了"五四"高调张扬的个人主义精神,一种自由选择、自我负责的精神。对社会和制度压抑人性、阻碍青年爱情自由的弊端,"五四"作者差不多都有清醒的认识。在挖掘婚姻悲剧的根源时,他们习惯于从社会文化历史的角度加以审视观照。但从整体上来看,新文学作者似乎普遍缺少一种自我反省和自我担当的意识。"五四"时期的爱情叙事虽然将性爱自然属性纳入关注视野,但

---

① 沈雁冰:《创作的前途》,《小说月报》第12卷第7号,1921年7月10日。

对"五四"作家来说,他们从来没有奢想有一种脱离了人群关联的纯粹源自自我内心要求的爱情。爱情的社会属性仍然是他们最喜欢探讨的话题。这是与中国"五四"式的个人主义理念相吻合的。他们从来无法从容地把自己看作一个可以独立存在,不受任何人和任何环境束缚、支配、主宰的个人。因此,在具体的婚姻爱情问题上,所有悲剧的根源最终都被笼统地归咎于外界的阻力。柳建的小说《早晨》中主人公眼看所爱的人远去,只能慨叹:"这是怎么一回恨事!这自然不是她的错处,这也不是她父母的错处;这都是我们所托生的社会赐给她的呀!她纵违抗她的父母,她还是脱不了它的范围呀!"爱情是最具个人性的事件,其得失成败如何不与个人关联呢?"五四"文本不约而同地只肯定爱情的自由选择部分,却忽略了对爱情结局的自我负责部分。罗家伦的《是爱情还是苦痛?》、王统照的《遗音》、陈翔鹤的《西风吹到了枕边》、许地山的《命命鸟》、建南的《爱兰》、顾一樵的《芝兰与茉莉》,无不如此。创作者似乎少有例外地都将婚恋悲剧中的男女主人公视作社会和制度的无辜牺牲品,他们作为个人,并不需要承担什么责任,而直接插手干预儿女婚恋的父母,也好像说不上有什么错处。在作者看来,这些父母所作所为的出发点都是为子女着想,这一点与父母意见相左的子女辈应该是能体谅的,因此潜意识里也认同了父母之命、媒妁之言的旧式婚姻的合情性。但是,悲剧的结局总要有承担的对象,除了外力外,自我的责任难道就轻易豁免了吗?而对于婚姻爱情的当事人,作者基本上持一味同情的态度,同情主人公的身世不幸,其实就是同情作者自己,这样他们自然不会对爱情悲剧中的多重原因做出冷静的分析、理性的评判,只能听任情感的宣泄,其结果必然导致抒情主体自我反省精神的缺席。

众所周知,爱情融最深层的原欲和最美的人生理想为一体,潜藏着最大的活力和能量,它聚集了罕见的破坏性、理想至上的精神和超越现实秩序的气魄。西方的爱情常常是破坏、理想和超越三位一体的产物,而其中主人公不屈不挠的反抗和争取的意志是西方文学自古至今赞美讴歌的对象,无论结局是喜是悲,最重要的是对于目标的不懈追寻,意志的胜利是最后的胜利。但中国文学从《诗经》开始,《蒹葭》中伊人作为爱情的意象,始终是个具体但缥缈的目标,尽管其中也不乏追求,但最终不得不在无法克服的阻碍前退缩。抒情主体的主体性被遮蔽在层层迷雾的笼罩中,无形的阻力和压力逼迫主体放弃理想的追寻,当然也包括爱情。《蒹葭》中已经留下了解读"五四"爱情叙事的遗传密码。尽管以迂回、隐忍的方式来争取权利和幸福,有可能是一种智慧的选择,但也有可能是退却、颓败、舍弃的掩饰。"五四"屡见不鲜的爱情故事最终都以主人公的妥协而悲剧性地收场。《是爱情还是苦痛?》中的程叔平、《西风吹到了枕边》中的C先生、《遗音》中的乡村小学教员,他们追求婚姻自主、恋爱自由,却无例外地最终囚禁在父母之命、媒妁之言的牢笼中不能越雷池一步。妥协,成了年轻一代最通常的婚恋结局,同时也是人生结局。"五四"作者通过演绎这种爱非所爱、欲罢不忍的爱情叙事模式来咀嚼个人的不幸、宣泄个人的苦闷,觉醒者形象几乎有着共同的命运轨迹。可是,妥协毕竟不能从根本上消解个人内心的痛苦,只能再一次证明个人的软弱无力。以牺牲自我的幸福和正当的权利为代价,这样的软弱退却,无疑昭示了传统人格意识的根深蒂固。即使像冯沅君《旅行》这样的被公认为显示出鲜明反传统精神的创作,也依旧可以寻觅到其中病弱人格的遗迹。这不仅反映在女主人公旅行时"想拉他的手,但是我不敢"的犹豫胆怯心态中,更反映在回到学校后的男女主角竟然是"照旧的未旅行以前的生活状态过下去"的结局里。

当"爱情"不是首先爱人,而是寻求同情,寻求怜悯,爱情主体的孱弱人格已暴露无遗。当爱情主体只要求异性的爱情而麻木到对其他一切都无视时,那么爱情也失去了附丽变得无比苍白而空洞。从"五四"文学中性爱意识的反映,可以见出自诩为"新青年"的新一代知识者,外表虽勇猛,但内里却仍然十分脆弱。依附的爱情是他们依附人格最有力的注脚。千百年来中国士大夫阶层走不出君君臣臣、父父子子的圈子,因为专制集权为读书人早已规定了士的人格:依附。"五四"知识者虽然自觉否定了传统的专制思想体系,但现代个性意识的薄弱，使他们难以彻底摆脱传统依附人格的影响。"五四"文学中性爱意识的局限表明，"要除去虚伪的脸谱。要除去世上害己害人的昏迷和强暴"，中国的觉醒者们必须前赴后继、矢志不移地努力奋进，只有这样，"人类都受正当的幸福"那一天才有可能到来。①

---

① 鲁迅：《坟·我之节烈观》，《鲁迅全集》第1卷，人民文学出版社1981年版，第125页。

"浓得化不开"——论徐志摩的散文创作

一

中国现代散文史是一部五彩缤纷的画集。30年代郁达夫在回顾前十年中国散文的发展时说:"现代散文之最大特征,是每一个作家的每一篇散文里所表现的个性,比从前的任何散文都来得强。"①新月派领袖诗人徐志摩的散文就以其独特的个性,占据了画集中绚丽的一页。

徐志摩是20年代初期即开始尝试用白话写新诗的诗人,1922年他自英国留学回国后因对新格律诗的倡导及实践而一举成名。徐志摩虽然也曾接受过中国传统的教育,但留学英美使他对西方思想文化产生更大的兴趣,因而他的世界观、人生观属于民主主义、人道主义范畴。他的理想和终身奋斗的目标就是英美式的民主政治,在他的诗歌和散文中处处闪耀着理想主义光辉,以及他自己为之奋斗过程中的痛苦自剖。应该指出的是,徐志摩的创作态度是值得肯定的,他的目标在于"发现国魂",唤起民心,这种思想在当时来说是有一定积极意义的。

从时间上看,徐志摩白话散文的写作几乎与诗歌创作同时。后来出版的

---

① 郁达夫:《中国新文学大系·散文二集·导言》,《中国新文学大系·散文二集》,上海文艺出版社1981年影印版,第5页。

散文集有《落叶》(1926)、《巴黎的鳞爪》(1927)、《自剖》(1928)，外带一篇《秋》(1931)，以及小说集《轮盘》(1930)中的几篇散文(《"浓得化不开"·星加坡》《"浓得化不开"之二·香港》《死城·北京的一晚》等)。除《秋》写于1929年外，集子中的大部分写于1925年左右。实际上，徐志摩还有更多的散文未能结集，而其中有相当一部分也十分精彩。徐志摩的散文最有特色的是那些抒情性的篇章，那些带着徐志摩个人标志的"浓得化不开"的散文，在中国现代抒情小品领域是另树一帜的。

20年代中国的散文小品出现了各种创作主张和艺术风格。文学研究会中如冰心、朱自清、周作人、叶绍钧等作家的一些小品，主要探索人生的意义，现实感较强。冰心小品写得清新婉丽，朱自清的质朴缜密，富有动人的情致，周作人的冲淡平和，叶绍钧的纯朴流畅。尽管这些作家风格有些不同，但都侧重于描摹人生，抒发人生的感慨。创造社的小品作家如郭沫若、郁达夫等，都受西方浪漫主义思潮的影响，要求解放个性，反对封建束缚。他们的特点是赤裸裸地展示自我内心的情感。其他一些小品作家如钟敬文、梁遇春、许地山、丰子恺等，也都具有不同的特色。新月派诗人徐志摩有一篇散文题目叫"浓得化不开"，倒是可以说明徐志摩散文的特色，浓烈是他抒情诗式散文的重要标志。同时，他散文中所表现出来的感情和对社会的思考也很独特，他的思想通过美化的形式以浓烈的风格表现出来，因而形成了志摩式的散文特征。他的这种"浓得化不开"的散文，奠定了他在现代散文史上的地位，也为新时期白话散文的提倡和发展做出了贡献。

首先是语言方面的成就。"五四"时期徐志摩的散文全部采用白话，这对当时的复古派是一种打击，对提倡白话文、反对文言文的文学革新起到了实际推进的作用。徐志摩是一个开新语汇先锋，他的散文都是由珠玑般的文字组成的。1949年陈从周在编写《徐志摩年谱》时特别指出："在五四运动后，他对白话文，白话诗的提倡，尤其是以方言入诗，入文，开现在诗文中运用新语汇的先锋，这些都向着传统的旧文学挑战。虽然形式上过于唯美，但他的行动方面,仍然是前进的。"①这个评论是比较切合实际的。现在看来,用白话作文已不是什么问题,而在当时确实具有开创性意义。徐志摩的语言具有独特的风采,在吸收方言土语的同时,还面向西方,把欧化的词句和欧化的语法结构引进中国现代散文,中西合璧,形成了徐志摩式的语言风格。这其中当然也有失之生硬、堆砌的地方。

其次是对散文小品题材的拓展。过去的文人小品多闲适之作,推崇的格调是简洁清淡。徐志摩的散文则与此迥异,他拓宽了小品文的表现领域,一改过去文人最擅长的吟风弄月、无病呻吟之风,把批评社会、解剖人生的见解引入了现代散文。他用抒情诗的形式表现政论性的内容,不仅使抒情散文表现领域别开天地,也使一般人感到枯燥的政论焕发了异彩。在同时代作家中,冰心的母爱、自然爱、儿童爱的诠释充溢着温情,而对整个社会,尤其是对政治的关注略显不够;周作人则专注于轻松的风物描写,自然也缺少徐志摩那种慷慨激昂的抒情式的政论气魄。

第三是对民主主义思想的传播,以及对外国优秀作家作品的介绍和翻译。在徐志摩的散文中,表现出来的是一种民主主义世界观。他的一个朋友曾经说他"思想之杂,使他不能为文人"②,但他的人生观是昂扬上进的,他不遗余力地传播民主主义进步主张,如积极的个人主义和人道主义,给予当时的读者相当的鼓舞力量。

徐志摩的那几个散文集里,还收了几篇专门介绍外国作家、艺术家的散文。如《拜伦》《罗曼·罗兰》《达文謇的剪影》《济慈的夜莺歌》,有的是对作家、艺术家生平思想、创作态度的介绍,有的是对作家作品的分析,写法形式都不一样,表现了徐志摩处理这类题材的独到之处。另外,《巴黎的鳞爪》中有两篇翻译文章,一篇是英国随笔作家赫孙(W. H. Hudson)的《鹞鹰与芙蓉雀》,另

---

① 陈从周:《徐志摩年谱·编者自序》,《徐志摩年谱》,上海书店1981年影印版,第8页。
② 此语出自徐志摩自述,《翡冷翠的一夜·给陆小曼——代序》,转引自陈从周:《徐志摩年谱》,上海书店1981年影印版,第54页。

一篇是马莱尼(Yol Maraini)的小说《生命的报酬》。这些译作从不同层面上显现了徐志摩从西方盗取民主、自由的火种的意义。

最后一点是徐志摩的散文具有独特的风格和个性。他强烈的主观感情的抒发，对完美形式的追求是别有特色的。因为，他同时又是一位杰出的诗人，所以作为他诗歌的另一种形式——散文，也就处处镌刻着志摩诗的痕迹：诗的灵魂，诗的意境，诗的形式。他的散文给人的是一种芳醇的感觉，腴厚，但不乏清香。它们既不同于那种清新婉丽的作品，叫人心境怡悦，也不同于那种幽默诙谐的作品，叫人忍俊不禁。他的作品都是感情浓缩的结晶，极富感染力。

二

徐志摩在《落叶》一文中描述自己："我是一个信仰感情的人，也许我自己天生就是一个感情性的人。"而他的朋友这样评价他："志摩，情才，亦一奇才也，以诗著，更以散文著，吾于白话诗念不下去，独于志摩诗念得下去，其散文尤奇，运句措辞，得力于传奇，而参任西洋语句，了无痕迹，然知之者皆谓其人尤奇，志摩与余善，亦与人无不善，其说话爽，多出于狂叫暴跳之间，乍愁乍喜，愁则天崩地裂，喜则叱咤风云，自为天地自如。"[①]中国历来就有"文如其人"的说法，诗人气质的徐志摩在他的散文里也迸发出诗人的炽热火花。

作者曾多次说他的笔是"没法驾驭"的"最不受羁勒的一匹野马"。他的抒情散文到处都萦回着他自信的歌唱，理想的呐喊，在此期间，他的民主主义思想达到了最高峰，充满了奋进向上的精神。

写于1924年秋的《落叶》，是一篇散发着青春朝气的演说辞。作者从民主主义的角度，提出了改革现代中国社会的理论主张。他说："我们要盼望一个洁白的肥胖的活泼的婴儿出世！"这个"婴儿"是指什么呢？作者不想给读者明

[①] 林语堂：《新丰折臂翁·跋》，转引自陈从周：《徐志摩年谱》，上海书店1981年影印版，第76页。

确的导向,他形象地描述了他的"希冀":从黑暗和痛苦中挣扎出"一个更光荣的将来"。为了证明这个"婴儿"出世的可能性,徐志摩讲述了两件事。一是俄国公使馆挂起的红旗,他感叹"那红色是一个伟大的象征,代表人类史里伟大的一个时期",由此"想象到百数十年前法国革命时的狂热","巴黎市民攻破巴士梯亚牢狱时的疯癫",为他们"自由、平等、友爱"的呐喊感怀不已;另一件是大震灾后的邻居日本"不等运命的残酷的手臂松放,他们已经宣言他们积极的态度对运命宣战",徐志摩表示他不能不佩服邻居的精神人格。从俄国革命和日本地震中,徐志摩说他得到深刻的感悟,前者"告诉我们什么是有意义的牺牲",而后者让我们看到了自己"精神的穷乏"。徐志摩的"婴儿"代表了一种积极向上的精神,他急切地希望青年立即"宣布我们对于生活基本的态度",而积极向上是唯一可行的选择。这篇文章徐志摩虽然没有明确表示自己的政治立场,却显现了他对中国现实和历史的反思,以及对于"全社会的运命"的责任担当意识。他热情地呼吁:"我们要负我们应负的责任,我们要来补织我们已经破烂的大网子,我们要在我们各个人的生活里抽出人道的同情的纤维来合成强有力的绳索,……我们要修养我们的精神与道德的人格,预备忍受将来最难堪的试验。"这些近似于宣言的语句,在他的散文中俯拾皆是,其中凝聚着他狂放热烈的感情,这种感情是以对社会的冷静观察和思考为前提的。就是在这篇《落叶》中,作者感慨我们已经破烂的大网子再也不能"在时代的急流里,捞起什么有价值的东西",他也关注灾难里讨生活的普通人,注意到落叶纷飞的深秋"一般饥荒贫苦的社会里一定格外的凄惨",对劳苦者"迟早免不了树上叶子的命运"深表同情。徐志摩散文有扬有抑,有感情奔放的抒发,也有客观现实的人生探索。思想的庞杂、情感的浓烈、精神的乐观,集于一体。

徐志摩还有一组写得非常真挚感人的悼亡文章,那就是收在《自剖集》中的哀思辑。他写悼亡时,总是把对亲友的追念与他对人生的感叹及自我灵魂的解剖结合在一起,写得温柔、醇厚,感人至深。《我的彼得》完全是真情的吐露,散发着父爱的温馨。《吊刘叔和》是难得的浓极趋淡的写法,真诚的悲哀,通过客观的追叙表现出来，貌似冷静，实则流淌着感情的潜流。"近年来我已经见惯了死，我再也不觉着它的可怕，可怕是这烦嚣的尘世：蛇蝎在我们脚下，鬼祟在市街上，霹雳在我们的头顶，恶梦在我们的周遭。在这伟大的迷阵中，最难得的是健忘；只有在简短的遗忘时我们才有机会恢复呼吸的自由与心神的愉快。谁说死不就是悠久的遗忘的境界？谁说墓窟不就是真解放的进门？"徐志摩从活着的人所受的折磨，联想到死去人的幸运；在对死者的祝福的同时，表现了他对现实黑暗的厌弃和愤慨。

如果作者一味抒发情感，而缺乏透彻的分析，深层的解剖，那文章就会失之空泛。徐志摩在抒写自己对社会、人生的感受时，也敢于发表自己的政治见解。他在《再剖》中说过："我也决不掩讳我的原形，我就是我。"尽管他的某些见解并不一定高明，但他不愿随波逐流，而是坦诚地表露出自己的看法。

在《落叶》《青年运动》《政治生活与王家三阿嫂》和《秋》等文中，他解剖了生活的现状，意图揭破事实的真相，激励中国人为改变卑劣的社会、晦暗的环境而努力。

在《落叶》中，他宣告了"我们民族的破产"，认为"道德、政治、社会、宗教、文艺，一切都是破产了的……我们张开眼来看时，差不多更没有一块干净的土地，哪一处不是叫鲜血与眼泪冲毁了的；更没有平安的所在"。这一切是怎么造成的呢？他说"不要以为这样混沌的现象是原因于经济的不平等，或是政治的不安定，或是少数人的放肆的野心"，其实"我们自身就是我们运命的原因"，这种解释是有其独到之处的，他不把原因推之于抽象的概念来开脱我们自己的过错，这表明了他头脑的清醒和意识的清明。正如他再三表示"我们已经含糊了好久，现在再不容含糊的了"，他希望中国人能像英国普通公众那样热心讨论政治问题，采取积极的态度。作者幻想唤醒国民的自信心，切中肯綮地道出了我们每个人自身的问题，这是有积极意义的。然而他也未能多方面地考虑中国的现状，"我们自身"是什么？是生活在一定经济政治状况之下的人，是打着各种社会思想烙印的人，我们自身也不是抽象的概念，每个人的缺陷和罪恶与社会的弊病是紧紧连在一起的。除了勇敢地承担罪恶，扫除灵魂的丑陋，我们的任务也应包括社会制度的改造，而不是仅仅注重个人的修养。至于《秋》中提出的实施主张，即打破"无形的阶级界限和省份界限"的"通婚和婚"，即便是出于对民族衰歇和活力单薄的焦虑，仍然显得有些幼稚，而在此生发出的"理想"当然更近乎"幻想"："假如国家的力量可以干涉到个人婚姻的话，我们尽可以用强迫的方法叫你们这些翩翩的少年都娶乡下大姑娘，而同时把我们窈窕风流的女郎去嫁给农民做媳妇。"这样的见解不仅荒唐可笑，而且已逾越甚至背离了徐志摩自己所崇仰的自由原则。当然，在整体上，徐志摩关切民族、国家的命运以及中国文化的发展，其心情可以理解，其真诚也是无可置疑的。

徐志摩的政治理想在《政治生活与王家三阿嫂》中得以表露。他感慨希腊人"在几千年前，在现代欧美文明没有出娘胎以前，就已经为未来政治的人类定下了一个最完善的模型，一个理想的标准，也可以说是标准的理想——实行的民主政治，或是实现的共和国"，而东方人却那么可怜，因为根性里连民主习惯的影子都没有。而对现代政治生活的状况，徐志摩赞赏"英国人的政治，好比白蚁蛀柱石，一直啮入他们生活的根里"。"自由"和"保守"是英国政治生活的两大原则，唯其如此，英国"历史上并没有大流血的痕迹，而却有革命的实在"。显而易见，英国式渐进改良的民主政治是徐志摩心中理想的国家政治形态。他尤其欣赏英国人参与政治的热情，"不说有知识阶层，就这次等阶级社会的妇女，王家三阿嫂和李家四大妈等等，都感觉到政治的兴味"，这是因为政治和全体英国人的日常生活相关。而中国却只见"'卖野人头'的革命大家与做统一梦的武人"，因而他感叹我们试验民主政治的资格都没拿到。虽然失望无奈，但徐志摩明确反对悲观主义的堕落，他还是对未来中国怀抱希望，期冀"中国的政治能够进化到量米烧饭的平民都有一天感觉到政治与自身的关系"，他认为这将是中国政治家和教育家的责任。

与这种对英国式民主政治的向往有关，《列宁忌日——谈革命》里从另一个角度进一步阐明了徐志摩的政治观点。在这篇为回应陈毅《纪念列宁》而写的文章里,徐志摩表现出对中国共产党的怀疑。他反感陈毅把国民革命运动的成绩都认作"直接是中国共产党的功劳,间接是俄国革命或列宁自身的灵感",表示他所崇尚的信仰或主义都应有激发个人灵性的作用:"我们要的是觉悟,是警醒我们的势力,不论是谁,不论是什么力量,只要他能够替我们移去我们灵性的一块昏沉,能给我们一种新的自我意识,能启发我们潜伏的天才与力量,来做真的创造的工作,建设真的人的生活与活的文化——不论是谁,我们说,我们都拜倒。列宁、基督、洛克佛拉、甘地;耶稣教、拜金主义、觉善社、共产党、三民主义;——什么都行,只要他能替我们实现我们所最需要最想望的——一个重新发见的国魂。"徐志摩认为,"自从马克思的发现以来,最时行的意识论不再是个人,不再是民族,而是阶级了",但在中国,他认为阶级的绝对性是说不上的,"革命总应得含有全体国民参加的意义",它"起源于我们内心的不安,一种灵性的要求"。因此,徐志摩推测,共产革命是"盲从于一种根据不完全靠得住的学理",盲从于对革命背景、革命姿势、永远不可能的境界的"幻想",所以他判定其为"迂执""书呆"。"五四"落潮后的徐志摩仍然坚定不移地持守"五四"时代的个性理念,而不愿追随"时行的意识论",从历史发展的角度看,当然毫无疑问地印证了他自己的"迂执"和"书呆"。而其实也应该看到的一点是,正因为徐志摩有这种对个人性灵的执着,对各种不同的主义和信仰他才可能即便不接受也能有一份理解。他去莫斯科专门拜谒过列宁的遗体,认为"列宁,他的伟大,有如耶稣的伟大,是不容否认的……他的精神竟可说是弥漫自宇宙间,至少在近百年内是决不会消散的"。

不仅对列宁,徐志摩对为主义而牺牲的人都怀有敬意,他对俄国革命的认识也包含在内。在《落叶》中,他说俄国公使馆挂出的红旗"不仅标示俄国民族流血的成绩,却也为人类立下了一个勇敢尝试的榜样"。在《欧游漫录》里,他承认,"在前往二十个世纪的漫游中,莫斯科是领路的南针,在未来文明变化的经程中,莫斯科是时代的象征"。但是,个人自由和人道主义信仰使徐志摩对狂热盲从和血腥暴力保持高度的警惕。他认为列宁特强的意志力反倒构成他的危险性,而莫斯科则是"一座着火的血红的大城",即便俄国有理由以杀戮去铲除世界的罪孽,去实现它的理想。只是,徐志摩表示他难以想象,在中国"个人自由有一天叫无形的国家权威取缔到零度以下"。他尤其不能接受的是中国人要救度自己,而理想和方法却向人家去借,"讲和平,讲人道主义,许可以加上国际的字样,那也待考,至于杀人流血有什么国际?"这样的观点表现了徐志摩自己对"五四"以后中国变革趋势的思考,其中对个人自由、民族独立精神的强调无不根植于"五四"思想启蒙传统。徐志摩在《列宁忌日——谈革命》中激情洋溢地重申他的立场:"我是一个不可教训的个人主义者,这并不高深,这只是说我只知道个人,只认得清个人,只信得过个人,我信奉德谟克拉西的意义只是普遍的个人主义;在各个人自觉的意识与自觉的努力中涵有纯德谟克拉西的精神:我要求每一朵花实现它可能的色香,我也要求各个人实现他可能的色香。……我们总得从有根据处起手。我知道唯一的根据处是我自己,认识你自己!我认定了这不热闹的小径上走去。"既然认定要走寂寞小道,徐志摩之后疏离于波澜壮阔的左翼思想大潮,也就是必然的了。

徐志摩把解剖刀指向社会,同时也将这把刀指向自己。他针砭社会痼弊、抨击政治黑暗都与他对自我责任的强调连接在一起。而《自剖》集中的《自剖辑·第一》更是地道的自剖文。除《北戴河海滨的幻想》发表较早外,其余的五篇都相继写于1925年末至1926年4月,这正是作者思想最为苦闷的阶段。在《求医》中,他说,"我的自剖文不是解剖体的闲文,那是我个人真的感到绝望的呼声"。除了1925年底发表的《迎上前去》外,《自剖》《再剖》《求医》《想飞》,都程度不同地发出了内心痛苦无法排遣的呻吟,透露了从幻梦中苏醒过来趋向现实的感慨。他分析了自己思想的变化:爱动变成了拘谨,活跃的心也变得沉闷了。他接受了朋友的两剂药方:隐居和上帝。在《求医》中,他引了英国女作家曼殊斐儿的日记:"我不是晶莹的透彻","我什么都不愿意的。全是灰色的,重的,闷的"。徐志摩说:"她这苦难的企求内心的莹彻与生活的调谐,那一个字不在我此时此地更'散漫,含糊,不积极'的心境里引起同情的回响!"这种消极在后期散文《秋》中更加明显,"肥胖的婴儿"的理想终于成为泡影,这不能不使作家备受打击,不能不哀叹,"这里没有什么人情的表现,太黑暗了,我要希望也无从希望。太阳给天狗吃了去,我们只能在无边的黑暗中沉默着,永远的沉默着"。但是,徐志摩终究是不甘沉沦的。在《自剖》一文中,他仍幻想"理想中的革命"。就是在《秋》里,作者也还在千方百计地寻求医治社会病患的药方,表现了不气馁的精神。

三

作品有无鲜明独特的风格,是衡量作家创作才能的标志之一。"五四"散文小品的兴盛,正是因为出现了一大批各具独特风格的散文作家作品。徐志摩在一大批散文作家群中别具一格,正是因为他的散文有自己的创作个性。徐志摩对他的散文形式是费尽苦心的。他曾说过:"我们信完美的形体是完美的精神唯一的表现。"①虽然这主要针对诗体来说,但对他的散文同样合适。

徐志摩散文极具画面美和哲理性。他不仅是抒情的天才,也是写景的能手。他散文中展示的优美境界常使人不忍释手。王国维把境界分成"有我之境"和"无我之境",很显然,徐志摩的境界是饱含自我的,"一切景语皆情语",作者熟谙此中三昧。他从来不做单纯的风景复映,而是注意把自己的情感渗透于自然风光的呈现之中,把读者悄悄带进那美妙的境界。他用文字描绘出的画面同样体现了浓烈的风格,常常是色彩繁杂、浓郁,光怪陆离。并且随着情感的流动不断变幻,叫人眼花缭乱、目不暇接,画面的色彩感与运动极强。《浓得化不开》《我所知道的康桥》《巴黎的鳞爪》《海滩上种花》《翡冷翠山居闲话》《天目山中笔记》都是比较优秀的篇章,其中一个个的"有我之境"给人留下

---

① 徐志摩:《诗刊弁言》,《晨报副刊·诗镌》第1号,1926年4月1日。

难忘的印象。在《吸烟与文化》中，徐志摩表示，"我敢说的只是——就我个人说，我的眼是康桥教我睁的，我的求知欲是康桥给我拨动，我的自我的意识是康桥给我胚胎的"。因此，作者笔下的康桥处处流露着"无限的柔情"，具有浓烈的亲切感。在《我所知道的康桥》里，作者描写康河："水是澈底的清澄，深不足四尺，匀匀的长着长条的水草。这岸边的草坪又是我的爱宠，在清朝，在傍晚，我常去这天然的织锦上坐地，有时读书，有时看水；有时仰卧着看天空的行云，有时反仆着搂抱大地的温软。"这一有我之境的画面表现了作者与大自然融为一体的惬意，到底是写景，还是写我，已经无关紧要了。《"浓得化不开"·星加坡》中的画面正如题目，浓自不必说，还带着一种紧迫的节奏感，如写小草："它们这才真漏着喜色哪，绿得发亮，绿得生油，绿得发光。它们这才乐哪。"有时画面如风驰电掣的列车在人们面前闪过，"快快，芭蕉的巨灵掌，椰子树的旗头，橡皮树的白鼓眼，棕榈树的毛大腿，合欢树的红花痢，无花果树的要饭腔，蹲着脖子，弯着臂膊……快，快：马来人的花棚，中国人家的氅灯，西洋人家的牛奶瓶，回子的回子帽，依恋的黑化猫活像一只煨灶的猫……"这种转瞬即逝的画面出自乘车人的视角，与急速驶过的场景贴合，读者读来如同置身其境，在经受视觉美感的强烈冲击的同时，也真切地品味这热带风光下五光十色的人情风貌。

优美又浓烈的画面描写，一方面使读者获得了美的享受，另一方面也使读者对作家的思想有更为广泛的了解。徐志摩是一个大自然的爱好者，甚至还受了一点自然拜物教的影响，而有感于西方过度发展的物质文明抑塞了人类的活力，他主张回向自然的单纯，因而他歌颂大自然，赞美未受现代文明熏染的乡村。他对得了"现代文明"病的人提出了疗救的方法。在《"话"》中，他说："大自然才是一大本绝妙的奇书，每张上都写有无穷无尽的意义，我们只要学会了研究这一大本书的方法，多少能够了解他内容的奥义，我们的精神生活就不怕没有资粮，我理想的人格就不怕没有基础。"在《青年运动》中，他写自己与友伴假扮堂·吉诃德和桑丘在乡间野游的趣事，充满了对那种淳朴的鸡鸣狗吠乡村生活的羡慕憧憬之情。但在谈到"农民乐趣"与"过分文明"的人的问题时，他却从唯美的角度来理解农民的生活，说什么"原始性就是他们的健康，朴素是他们幸福的保障"，这种看法暴露了身为知识阶层的徐志摩与农民的隔膜，说明他并没有真正体会到农民的疾苦。他对乡村生活的美化，只不过是为了衬托他对现代文明弊端的不满。

徐志摩散文文字具有相当的哲理性。他在《想飞》里说："诗是翅膀上出世的。哲理是在空中盘旋的。"这是说从飞翔的鸟类身上可以得到人生的启迪，促使人类去思考探索自己的前途和命运，而广阔的天空正是诗意和哲理翱翔的空间。在徐志摩作品里，常常会看到一些高度凝练的警句，形式考究，而其哲理性也极为丰富。如果说徐志摩擅长的大段抒情是"染"的话，那么那些哲理性的警句则起到了"点"的作用，"点""染"的融汇，使作品更具光彩。他在《北戴河海滨的幻想》里说"幻象消灭是人生里命定的悲剧；青年的幻灭，更是悲剧中的悲剧"；他在《"话"》里说"整个的宇宙，只是不断的创造；所有的生命，只是个性的表现"。这些格言式的句子，简洁凝练，蕴含深远，使读者既能得到思想的启迪，也能得到美的陶冶。对散文中哲理式的议论，可能有人不以为然，觉得是一种累赘，其实不能一概而论。徐志摩的哲理性议论，表现了他那种勇于探索的精神，这种议论在作品中起的是画龙点睛的作用。

徐志摩对散文完美形态的追求也体现在对修辞的讲究上。他采用多种修辞手法来建筑他的散文宫殿，用得最多的是排比和比喻。他的散文文字具备一种汉赋的华丽繁复，同时又不失流利潇洒。《巴黎的鳞爪》开篇不久就写道："香草在你的脚下，春风在你的脸上，微笑在你的周遭，不拘束你，不责备你，不督饬你，不窘你，不揉你。"抒情和描写融为一体，具有优雅别致的意蕴。但徐志摩散文中有的排比用同义词硬凑，有点拖沓、呆板，缺少生气。还有的排比句单句过多，铺陈过繁，感情的流淌多少受到阻滞，如《北戴河海滨的幻想》最后部分谈及暂时忘却自身的种种，集中于对个人生涯的回顾、精神历程的追忆，作者用十七个"忘却我"开头的单句表达，内容有些重复，段落也显得臃肿。

和排比一样,比喻也是徐志摩喜欢采用的表现方法,或明喻,或暗喻,或连喻,形式多样,交错使用。他用天然的织锦来比喻康河,用娇柔的小草比喻天真,用落叶比喻思想,用大网比喻社会结构,用"春雷声响不曾停止时破绽出来的鲜花"比喻青年,用蛛网中胶住了的细虫比喻勉强挣扎苟且偷生的人们;他把在康河边度过一个黄昏比作服灵魂的补剂,把让人通体舒泰的巴黎比作一床野鸭绒的垫褥,把西伯利亚凛冽尖锐的空气比作直透人气管的钢丝。他的比喻新巧生动,不仅渗透了他浓烈真挚的情感,也承载了他对纷繁人世的理性判断。它们打开了读者的想象天地,也提供了精神的滋养。在《"浓得化不开"·星加坡》一文中,有一段"浓得化不开"的比喻,描写新加坡的街景:"焦桃片似的店房,黑芝麻长条似的街,野兽似的汽车,磕头虫似的人力车,长人似的树,矮树似的人。"这些比喻真是浓缩到了极点,将乖张的物、物化的人与混沌凌乱压抑的色感组合在一起,形象地勾勒出这个开化和野蛮杂陈的都市底色,让读者体味到身处其间的旅人头晕目眩的感觉。像这样巧妙精致的比喻,在徐志摩散文里有很多。

周作人在评价俞平伯的散文时指出:"小品文,不专说理叙事而以抒情分子为主的,有人称它为'絮语'过的那种散文上,我想必须有涩味与简单味,这才耐读,所以他的文词还得变化一点。以口语为进本,再加上欧化语,古文,方言等分子,杂揉调和,适宜地或吝啬地安排起来,有知识与趣味的两重的统制,才可以造成有雅致的俗语文来。"[①]周作人是针对小品文这个概念来谈的,其实各个作家各有自己的语言特色。像周作人的语言就属于平易质朴一类,而徐志摩则属于浓艳华丽的一类,他们都吸收了欧化语的成分,但着重点却不一样。徐志摩的学生赵景深在《徐志摩年谱·志摩诗哀辞》中说:"像徐师这样文彩华丽,连吐一长串的珠玑的散文作者,在现代我还找不到第二个。"[②]这个评

---

① 周作人:《〈燕知草〉跋》,《中国新文学大系·散文二集》,上海文艺出版社 1981 年影印版,第 219 页。
② 赵景深:《志摩诗哀辞(代序)》,陈从周:《徐志摩年谱》,上海书店 1981 年影印版,第 5 页。

价不管是否过誉,却的确说明了徐志摩散文的语言风格。徐志摩散文中有不少新语汇,主要以典雅的文学语言为基础,适当吸收文言、欧化语言加以改进,也采用了少量的方言土语。句式有不少是欧化的,倒装句、长句很多。他比较注意声韵的和谐,讲究韵律美、节奏美。所以徐志摩散文读起来朗朗上口,铿锵有力。他是一个态度认真的作者,喜欢字斟句酌,有相当的炼字功夫。但是有的地方雕琢过分,读来就有佶屈聱牙的感觉。此外,他喜欢长串的形容词,有时堆砌现象比较严重,比如《翡冷翠山居闲话》中的这一句:"什么伟大的深沉的鼓舞的清明的优美的思想的根源不是可以在风籁中,云彩里,山势与地形的起伏里,花草的颜色与香息里寻得?"读者很难顺畅地读下去。还有的地方,一些方言用得也不很高明。

有人认为徐志摩散文结构松散,失之严谨,其实不尽然。虽然他的文章有时详略失当,但其实有独到之处。徐志摩早期散文章法形式趋于"定型"化,后期的则娴熟灵巧许多。在布局上,他文章的开头通常都写得妙趣横生,大多会叙写个人经历过的趣事,如《我所知道的康桥》《政治生活与王家三阿嫂》《青年运动》《拜伦》《求医》《未来派的诗》《再谈管孩子》等,有时也会讲述从别处得知的消息或传闻,如《吸烟与文化》《论自杀》《开痕司》,这样的开头一下子就能把读者吸引住,之后的抒情或议论也就顺风顺水,如春风化雨,自自然然地沁入读者的心脾。甚至他为刊物写的宣言开头也非常吸人眼球,如《诗刊弁言》一开始为解释创办诗刊的起因,为读者描绘了闻一多画室的布置:"他把墙壁涂成一体抹黑,狭狭的给镶上金边,像一个裸体的非洲女子手臂上脚踝上套着细金圈似的情调。"闻一多既是画家,又是倡导新格律诗的代表人物,读者从徐志摩的描绘中一下子就能感受到一种非凡独特的视觉震撼,因而从感性到理性逐渐领略徐志摩对诗的唯美性、创造性的追求。徐志摩另外介绍外国作家作品的四篇文章,形式布局也都各呈其姿,写法新颖,不落俗套,颇见作者的匠心。

对徐志摩散文的看法,过去的评价不一。有人恶嫌志摩式的"华丽",他的浓烈华美的风格，固然有失之过分的地方，但总体来说，还是有独特之处的，能给人美的享受的。

四

在创作思想上，徐志摩主要受19世纪欧洲浪漫主义和唯美主义的影响。

19世纪初期是西方浪漫主义文学的鼎盛时代。浪漫主义运动的兴起是18世纪启蒙主义运动后理性力量衰弱、人们对现实产生不满情绪的一种反响。在创作上表现为描写理想，抒发强烈的个人感情，运用美丽的辞藻和丰富的比喻，着力描写大自然的景色，抒写作家对大自然的感受。徐志摩在英国时期为英国浪漫派的流风余韵所感染，他仰慕浪漫诗人的纯真性灵，甚至纵情地想象穿越到上个世纪与他们相会。在1922年写的长诗《夜》里，徐志摩抒写"幻想"感受了神秘的冲动，飞回一百多年的光阴，到了"湖滨诗侣"的故乡，听到诗人骚塞、华兹华斯的声音，还看到来做客的柯勒律治，他们"解释大自然的精神、美妙与诗歌的欢乐，以及苏解人间爱困"，展现出"旷达的情怀"。徐志摩借助与英国浪漫派诗人的情感交会，彰显出返归自然的情趣和崇尚自我的格调。徐志摩诗作中充沛的热情、瑰丽的想象和灵动的笔调，与他自觉地承传英国浪漫主义诗歌传统相关，而其实他散文中浪漫艺术个性的形成也如此。

他在《拜伦》一文中称赞拜伦是"一个美丽的恶魔，一个光荣的叛儿"，因为"他不是神，他是凡人，比神更可怕更可爱的凡人，他生前在红尘的狂涛中沐浴，洗涤他的遍体的斑点，最后他踏脚在浪花的顶尖，在阳光中呈露他的无瑕的肌肤，他的骄傲，他的力量，他的壮丽，是天上瑳奕司与玖必德的忧愁"。徐志摩对生前出尽风头的浪漫诗人十分羡慕，觉得活在一百多年后的人们已经失去了追悼他的资格，但拜伦争自由的精神却是不朽的，永远值得揄扬传布。徐志摩脱略不羁的气质，以及诗文中奔放豪迈、乐观向上的格调，多少可见出他对拜伦的追随。

至于济慈、雪莱、华兹华斯这些浪漫诗人，徐志摩更是钦敬不已。他在《济慈的夜莺歌》里，高度评价济慈的贡献："即使有那一天大英帝国破裂成无可记认的断片时，夜莺歌依旧保有他无比的价值……济慈的夜莺歌永远在人类的记忆里存着。"他认为济慈写出这样的杰作受益于他置身的时代、淳朴的环境，"百年前的伦敦与现在的英京大不相同，那时候'文明'的沾染比较的不深，所以华次华士站在威士明治德桥上，还可以放心的讴歌清晨的伦敦，还有福气在'无烟的空气'里呼吸，望出去也还看得见'田地、小山、石头、旷野，一直开拓到天边'。那时候的人，我猜想，也一定比较的不野蛮，近人情，爱自然，所以白天听得着满天的云雀，夜里听得着夜莺的妙乐"。徐志摩无比向往上个世纪那未受工业文明侵扰的田园以及散发出田园气息的城市，他认为"济慈与雪莱有与自然谐合的变术"，因而才成就了《夜莺歌》和《西风颂》《致云雀》。英国浪漫派诗人与大自然的融合无间明显影响了徐志摩的价值取向，虽然生不逢时的感触在他心里一次次涌现，但他还是很乐意把自己当作那些英国浪漫诗人一百年后在中国的传人，为自己可以传递他们的歌声而无比自豪。相对于济慈"听着夜莺不断的唱声也可以忘却这现世界的种种烦恼"，徐志摩对大自然的讴歌，就像他在《青年运动》中说的，是希望看到"大自然调剂人生的影响"，摆脱现代文明病的苦痛，自寻救渡，以实现一个"完全的再生"。因此，和19世纪浪漫派诗人有所不同，徐志摩很少把大自然当作精神上的寄托，他对自然美的讴歌，除了对山川河流、鲜花小草由衷的喜爱外，也旨在对堕落的、淤塞了人的性灵的物质文明的批判。

除了浪漫主义，徐志摩也接受了现代主义思潮的熏陶。19世纪下半叶流行的尼采的超人哲学，对徐志摩曾发生过影响。《吊刘叔和》一文谈到与刘叔和同船去美国时说："那时我正迷上尼采，开口就是那一套沾血的字句。"徐志摩赴美的时间是在1918年，写这篇文章已是1925年10月，可见作家对尼采态度有所改变。但相隔二十天，他在《迎上前去》一文中，又对尼采的"受苦的人没有悲观的权利"这句话感受到"异样的惊心"，"异样的彻悟"，因为这"极简单的几个字即涵有无穷的意义与强悍的力量,正如天上星斗的纵横与山川的经纬,在无声中暗示你人生的奥义,祛除你的迷惘,照亮你的路"。这说明徐志摩并未从尼采的影子中走出,或者说他根本无意走出,毕竟尼采强调生存欲望和创造本能的思想,给了屡遭人生痛创的徐志摩提升信心和勇气的资源,让他可以大声宣示:"是的,我从今起要迎上前去!"

尼采的哲学和18世纪末叶叔本华的"唯意志论",以及柏格森的直觉主义,对20世纪初的西欧文坛产生极大影响,文学中的主观因素增多,心理分析加强,产生了唯美主义等现代派文艺思潮,像法国的罗曼·罗兰、英国的哈代、曼殊斐儿、意大利的丹农雪乌(现译邓南遮——笔者注)这样一些为徐志摩所崇拜的作家,都不同程度地吸收了尼采以及现代主义哲学的成分,艺术特征转向或者主要侧重于对人的精神世界的剖析上,在探索人的心理的深度和精确性上。徐志摩不仅大量译介过这些作家作品,同时也身体力行,将他们观照心灵的方式借用到自己的散文创作中。

徐志摩1922年即对意大利作家丹农雪乌产生极大兴趣,在1925年他有机会向读者集中推介丹农雪乌的作品。徐志摩称赞丹农雪乌深受尼采哲学影响的诗、散文、戏剧和小说"都有独到的境界"。在《意大利与丹农雪乌》中,徐志摩说丹农雪乌"他永远在幻想的飓风中飞舞,永远在热情的狂涛中旋转。他自居是超人;拿破仑的雄图是戟刺他的想象。他是最浪漫的飞行家……他是近代奢侈、怪诞的文明的一个象征"。对尼采和丹农雪乌的关系,徐志摩在《丹农雪乌的作品》中认为,"他不是尼采全部思想的承袭者,他只节取了他的超人的理想……他的小说与戏剧里的人物,只是他的理想中超人的化身"。从徐志摩的解读,可以发现徐志摩自己接受尼采哲学的重心,这也是徐志摩将丹农雪乌引为同道的原因之一。他翻译了丹农雪乌的剧作《死城》的第一幕,在《丹农雪乌的戏剧》中,徐志摩解释,"美、恋爱,死,总是他做文章的骨子……希望这一点微博的劳力或亦可以供给热心的青年一些美感的兴奋与艺术的戟刺"。

丹农雪乌以"超人主义"贯彻他的生活和创作,与欧洲文艺界处在转型期息息相关。丹农雪乌几乎接受了所有19世纪中后期欧洲唯美派、颓废派人物的影响，其中当然也包括法国的波特莱尔、英国的王尔德。在《波特莱的散文诗》中，徐志摩感叹波特莱尔"创造了一种新的战栗（A new thrill）"，说他是"十九世纪的忏悔者"，是真的"灵魂的探险者"，起点是他自身的意识，"终点是一个时代全人类的性灵的总和"。而对王尔德，徐志摩在《近代英文文学》一文中称王尔德"是一个殉道者。他愤世嫉俗，乱为而死"。王尔德的主导思想具唯美享乐的倾向，他主张为艺术而艺术。对颓废唯美主义先驱反抗或抗议的姿态，徐志摩并非完全赞同。在《丹农雪乌的作品》中，他认为丹农雪乌"理想的生活当然是有偏激的；他的纵欲主义，如其不经过诗的想象的清滤，容易流入丑恶的兽道，他的唯美主义，如其没有高尚的思想的基筑，也容易流入琐屑的饰伪"。在爱欲的描写方面，"丹农雪乌与王尔德一样，偏重了肉体的感觉，他所谓灵魂只是感觉的本体"。这些看法表明了持守理性主义原则的徐志摩，与颓废唯美主义还是有着明显距离的。

在1922年7月即将离开英国的时候，徐志摩有幸拜访了当时英国短篇小说方面最有成就的女作家曼殊斐儿。曼殊斐儿的作品主要表现生活不完善所引起的苦闷和悲痛，充满浓厚的抒情味，尤其是在心理分析上显示出极高的造诣。在已经极度衰弱的女作家病榻前，徐志摩倾听了她对当时英国几个小说家的批评，并与她交谈了有关中国诗、中国人对俄国作家的看法等。之后徐志摩写了散文，也写了诗，将这二十分钟的会面，称作"那二十分不死的时间"。在《曼殊斐儿》中，徐志摩回忆说："她希望我不进政治，她愤愤地说现代政治的世界，不论那一国，只是一乱堆的残暴和罪恶。"而当徐志摩说她的作品"太是纯粹的艺术，恐怕一般人反而不认识"时，她回答"That's just it, then of course, popularity is never the thing for us"[①]。曼殊斐儿美丽的容貌、浪漫的气质，以及她对现实政治的敏感、对纯艺术的执着，让徐志摩受到心灵的震撼

[①] 译文为："这就是问题所在，当然，流行从来不是我们的事。"笔者译。

和启示,推进了他对爱与美的理想追求。徐志摩接受了翻译她小说的重托。这位女作家对人的内心和情感的深度关注,令徐志摩敬佩不已。在《再说一说曼殊斐儿》中,他指出:"曼殊斐儿是个心理的写实家,她不仅写实,她简直是在写真。……她的天才是无可置疑的;她至少是二十世纪最重要的作者的一个。她的字一个个都是活的,一个个都是有意义的,在她最精粹的作品里我们简直不能增也不能减更不能改动她一个字;随他怎样奥妙的细微的曲折的,有时刻薄的心理她都有恰好的法子来表现,她手里擒住的不是一个个的字,是人的心灵变化的真实……她的艺术,是在时间和空间的缝道里下功夫,她的方法不是用镜子反映,不是用笔白描,更不是从容幻想,她分明是伸出两个不容情的指头到人的脑筋里去生生的捉住成形不露面的思想的影子,逼住他们现原形!"曼殊斐儿直逼人灵魂深处的犀利眼光和高超技巧,在徐志摩看来,就是"纯粹的美术(不止是艺术)"。徐志摩自己后来的诗文,尤其是散文自剖意识的形成和发展,多少可以见出受曼殊斐儿感染的痕迹。

在徐志摩仰慕的欧洲作家的名单里,少不了法国的罗曼·罗兰与英国的哈代。他在《罗曼·罗兰》中,高度评价罗兰为实现人类的基本信念和理想所做的贡献,"在这无形的精神价值的战场上罗兰永远是一个不仆的英雄",是"勇敢的人道的战士","解脱怨毒的束缚来实现思想的自由;反抗时代的压迫来恢复性灵的尊严,这是罗兰与他的理想者的教训"。徐志摩也感怀罗曼·罗兰把同情给予了世上所有的受苦者,感怀"他这辈子就是不断的奋斗"。这种在痛苦中不断奋斗的精神正是徐志摩大力倡导的,它几乎构成了《落叶》《迎上前去》等一系列散文的主旋律。徐志摩对哈代的接受,同样基于哈代对劳苦者的同情和对个人思想自由的追求。他在《哈代的悲观》中,讽刺了"世界是'可能的最好'"这种"浅薄的乐观",认为哈代发现他对于人生的不满足,暴露人类灵魂的隐秘和短处,是在"大胆的,无畏的尽他诗人,思想家应尽的责任……反映着最深刻的也是最真切的,这时代心智的度量"。罗曼·罗兰和哈代面对时代丑陋和人生黑暗的勇敢担当,是徐志摩潜心学习的典范。

徐志摩在1921年摆脱了美国哥伦比亚大学博士头衔的诱惑来到英国,是为了追随他的偶像罗素。虽然未能如愿做成罗素的入室弟子,但徐志摩还是一有机会就到伦敦去拜访他,听他演讲。除了认同罗素对工业文明资本制度所产生的恶现象的批判外,徐志摩更为罗素倡言人道的精神、崇尚和平的思想所感召,为罗素尊重创作、厌恶压抑的意志所折服。徐志摩在《罗素又来说话了》中分析罗素的人生观,他认为,"罗素对于人生并不失望",他救渡人生的方法,"决计是平和的,不是暴烈的,暴烈只能产生暴烈"。罗素这种渐进改良社会的观点对徐志摩影响颇深,甚至可以说,从根本上决定了徐志摩对俄国革命暴力流血方式的保留态度。罗素对人生光明的期待,也让徐志摩受到极大鼓舞。罗素认为:"只要有四个基本条件存在,人生便是光明的。第一是生命的乐趣——天然的幸福。第二是友谊的感情。第三是爱美与欣赏艺术的能力,第四是爱纯粹的学问和知识。这四个条件只要能推及平民——他相信是可以普遍的——天下就会太平,人生就有颜色。"罗素的人生理想,对徐志摩由爱、美、自由为核心的信仰的形成、发展,无疑起到了推进的作用。

在小说集《轮盘·自叙》中,徐志摩说,常常想写一篇像抒情诗一样的小说,所以读了福楼拜、康奈德、契诃夫、曼殊斐儿,很佩服也很神往,"我用同样的眼光念司德策謇(Lytton Strachcy)、梅耐尔夫人(Mrs. Alice Mcynell)、山潭野衲(George Santayana)、乔治马(George Moore)、赫孙(W. H. Hudson)等的散文,我没有得话说。看,这些大家的作品,我自己对自己说,这才是文章!文章是要这样写的,完美的字句表达完美的意境。高抑列奇界说诗是Best word in best order,但那样的散文何尝不是Best word in best order。他们把散文做成一种独立的艺术,他们是魔术家。在他们的笔下,没有一个字不是活的。他们能使古奥的字变成新鲜,粗俗的雅驯,生硬的灵动"。从徐志摩对这些散文大家的敬佩来看,除了对散文文体的自觉外,他关注散文的文字和境界的完美,关注散文的独立品质,关注散文艺术的创新。虽然不能说徐志摩自己的散文每一篇都完全符合这样的标准,但自始至终,他在自己创作中贯彻了这样的理念,将这样的理念当成了自己追求的目标,这是毫无疑问的。这些散文大家的作品,不只是给人美感的享受,更让人领悟到人生的哲理。

徐志摩将赫孙的《鹞鹰与芙蓉雀》译成中文,编进了《巴黎的鳞爪》集中。这篇散文通过论述鹞鹰与芙蓉雀的习性,表现人类精神的束缚与自由,体现了作者不要像芙蓉雀那样痛苦地被束缚在金丝笼里,而要像鹞鹰一样在天空自由翱翔的愿望。徐志摩对此感触颇深,他在课堂上朗诵赫孙的这篇散文,后来他的学生在回忆中说,那时候,"你举起了你的右手,指着碧蓝的天空,风动的树林。你说:'让我们有一天,大家变成了鹞鹰,一齐对伟大的天空,去度我们自由轻快的生涯,这空气的牢笼是不够人们翱翔的。'当这一个学期里,我们的灵魂真的像每天是跟了你,和一大群大鹏要日行十万八千里。"①赫孙的作品激发了徐志摩对生命、自由的无限想象,他希望自己也希望中国的年轻人,能如鹞鹰一般"需要无际的蓝空与稀淡的冷气",供给无限量的精力与能耐去自由发展。追逐磅礴的风云的鹞鹰成为徐志摩心中理想人格的象征。赫孙给予徐志摩的影响,当然不只限于视野和精神,同样也表现于文字风格。《鹞鹰与芙蓉雀》的章法既严饬又活泼,而文笔浓烈华美,格调平易亲切,语句流畅自然,整体上抒情性很浓。而徐志摩的《拜伦》《翡冷翠山居闲话》《我所知道的康桥》等作品也无疑是对赫孙这类英国随笔(Essay)直接借鉴的产物。

徐志摩对西方文化思潮及英国随笔的接受,决定了他散文风格的定位。朱自清曾指出,"现代散文所受的直接影响,还是外国的影响",而外国的影响显得比一般作家还要多些的,"像鲁迅先生,像徐志摩先生",他还说现代散文的样式流派"有中国名士风,有外国绅士风"。② 看来,徐志摩是应该归入"外国绅士风"一类的。中国现代小品作家包括徐志摩取法英国 Essay 这种体裁,一

---

① 赵家璧:《写给飞去了的志摩》,转引自陈从周《徐志摩年谱》,上海书店 1981 年影印版,第 83 页。
② 朱自清:《〈背影〉序》,《中国新文学大系·散文二集》,上海文艺出版社 1981 年影印版,第 378 页。

方面是因为当时中国吸收外国文化最早从英国开始,因而他们对英国文学中比较流行的随笔更为熟悉,另一方面英国随笔与中国古典文学和近代新体文有相近的地方。对徐志摩来说,倡导新体文的梁启超是具有导师般意义的人物,新体文方面的影响不过是诸多方面之一。新体文在风格上打破传统形式,自由抒写,并以新思想、新知识、新名词和口语入文,在当时风行一时。梁启超的新体散文,时杂以俚语韵语外国语法,纵笔所至不检束;条理明晰,平易畅达;笔锋常带感情;善于运用排比和比喻来加强文章的生动性和形象性。徐志摩的散文明显已吸收消化了上述特点。他把英国的随笔与梁启超的新体散文的特点结合起来,融为一体,加以改造创新,形成了他自己特有的风格:浓烈华美。这种浓烈华美的风格不仅使徐志摩散文在 20 年代的中国散文领域里显现了特有的价值,而且对后来 30 年代的一些小品作家也产生了一定的影响。

(原文刊载于《中国现代文学研究丛刊》1983 年第 2 辑,修订稿完成于 2019 年 3 月 1 日)

前期延安文学(1937—1942)的题材取向

1937年,随着全面抗战的爆发,新文学也进入第三个十年,题材与主题相应发生变化。这种变化迅速而全方位地反映在前期抗战文学书写中,当然也反映在当时尚不免幼稚的延安文学里。救亡热情的抒发和抗战事实的记录,成为中国共产党领导下的抗日民主根据地以及国统区文人作家共同而首要的选择。如果说卢沟桥事变后由于抗日统一战线背景下国共合作的推动,根据地与根据地以外区域的文学保持了一段时间的联系,不乏共性存在;那么随着国共关系的紧张、摩擦和对抗加剧,40年代初中国共产党领导下的抗日民主根据地文学开始朝着自身的趋势发展,并逐渐显示出它独有的个性。尽管延安作家和其他区域的作家共处同一个时代,但无论是社会体系还是政治环境,都致使延安文人的创作难以与其他区域的文学混为一谈。延安文人的身份归属、政治信仰、价值追求决定了他们的艺术审美抉择,在创作中最直接的反映是新的题材主题取向。尽管这种新的主题与题材取向不过是整个延安文学众多得失兼具的特征之一,但这一特征无疑是反映延安文学原初面貌的最佳视点。

1942年5月,延安文艺整风正式展开,毛泽东以中国共产党最高领导人身份在延安文艺座谈会做了两次演讲,之后两次演讲的内容以《在延安文艺座谈会上的讲话》(简称《讲话》)之名公开发表。毛泽东出席延安文艺座谈会并发表《讲话》,就延安文坛而言,可谓1937年以来最为重大的事件,它是整个中国共产党领导区域的文学同时也是国统区左翼文学前后期的界碑,甚至也是整个新文学发展进程中一个划时代意义的转折标志。《讲话》是特定历史条件和战争环境下的产物,但作为中共最高领导人对文艺问题发表的意见和指示,作为毛泽东文艺思想的核心,它奠定了中国共产党领导下中国文艺的理论基础。《讲话》明确了文艺为工农兵服务的总方针以及如何为工农兵的条例细则,它成为延安以及其他区域里所有左翼文人作家必须遵循的写作规范和行动指南。1942年5月后,延安文坛曾一度思想纷呈的局面迅速为思想一统所取代,延安文人全身心地投入和工农群众相结合的政治活动中,延安文学也开始全方位地被纳入中国共产党领导的革命实践和政治斗争的轨道,显现了前所未有的风貌。

1937年到1949年的延安文学,确实属于第三个十年的新文学的一部分,它作为中国共产党领导下的根据地/解放区文学,被视为一个整体对待,是十分自然的。但很长一段时间里,有关延安的文学研究多以1942年毛泽东《讲话》之后的延安文学涵盖整段延安文学,这未免简单化之嫌,直接构成对前期延安文学(1937—1942)的遮蔽。尤其40年代初的延安创作状况,官方文学史对此要么语焉不详,要么只在说明延安整风必要性时用于负面举证。前期延安文学情况究竟怎样呢?本文从题材取向入手对前期延安创作的考察,或许可在一定程度上接近事实真相。

一

1937年1月,中共中央进驻延安。从此,延安成为中国共产党领导下的人民革命斗争的"落脚点和出发点",同时苏区文艺也进入延安时代。在延安文学最初的转型阶段,由于抗战全面爆发,为延安高举的抗日民主大旗所吸引,一批批知识青年和思想激进的文人作家投奔延安,他们逐渐成为延安文学的中坚力量。新鲜因素的输入,使过去的苏区文学获得新的概念认定,逐步向着成熟的现代革命文学方向发展。全面抗战的时代是延安文学的催生剂。

1937—1940年期间,国共合作携手抗日的政治形势为中国文坛涂抹了一层暖色。无论是对已去了延安的作家,仍留在国统区的作家,还是来来往往于根据地、前线和大后方的作家来说,这段日子都是难以忘却的。民族危机的急剧上升暂时局部消融了各党派、各团体间复杂的纷争和冲突,他们暂时站在了同一条抗日战壕里。抗日既然已成为全民生活的主旋律,当然也毋庸置疑地成了压倒一切的文学主题。中国共产党领导下的抗日民主根据地的文学创作也不例外,在民族解放的旗帜下,延安文学迈出了第一步。

最早的延安文学作品,其表现的内容大多与红军生活、救亡活动有关,这是由当时政局动荡和民族危机的形势所决定的。刊载于1937年1月《红中副刊》的《深夜》,是莫休为纪念"一二·九"周年而作的速写。它刻画了抗战前夕一位身体残疾的红军战士波澜迭起的内心世界,凸现了主人公的家国情怀和历史使命感。这时中日全面战事尚未爆发,但中国人民的抗日情绪蕴积已久。《深夜》明显反映了莫休的政治敏感和远见。"九一八"日本侵占东北三省之后,民族危机日益严重,救亡热潮也随之此起彼伏。但当时国民政府推行的是"攘外必先安内"的政策,强调国民党内的统一和国民政府的"中央一体化",从而达到充实国力和加强战备的目的。蒋介石政府图存御侮的策略在激进的国人眼中,显现为暧昧的态度和摇摆的立场,全国范围内的不安和焦虑的情绪在不断蔓延、不断加剧。为了求得自身的生存发展空间,中国共产党利用局部抗战向全面抗战转化的形势,积极向民众宣传抗日,阐明各党派只有联合起来团结一致才能挽救国家于危亡的道理。这在安抚并鼓舞了民众心理的同时,也在相当程度上扩展了中国共产党的影响力。抗战前夜,曾跟随中央红军长征至陕北的成仿吾满怀激愤写下《爱国犯》一诗,揭露国民党以"违反了"三民主义的罪名,拘捕主张各党联合、抗日救亡的爱国绅士的行径,诗人发出战斗的呼号:"中华民族不亡!"这样的诗作顺应了全中国急切救亡的社会思潮,为中共赢得更多团体和个人的同情与支持也起到极其重要的作用。

在根据地，莫休、成仿吾等人的创作较早表露了全民团结御侮的意愿，也显示了这一时代趋势的现实基础。丁玲在这方面的表现尤为突出。1937年4月丁玲在中共中央机关理论刊物《解放》周刊的创刊号发表了小说《一颗未出膛的子弹》。小说讲述了一个十三岁的小红军因掉队落入东北军手中却毫无畏惧，性命攸关之时还正义凛然地进行抗日宣传的故事。丁玲意图阐明的道理是：在日本侵略者大军压境之下，中国人唯一的选择必定是结束军阀混战、携手共同抗日。丁玲用小红军的故事形象演绎了中国共产党的抗日立场和态度。小说写东北军连长威胁小红军要枪杀他时，小红军镇静地回答："连长！还是留着一颗枪弹吧，留着去打日本！你可以用刀杀掉我！"小红军刚强不屈的个性和无所畏惧的爱国境界终于使这一连东北军迷途知返。丁玲于1936年11月到陕北保安，当即就上了前线。这期间毛泽东以《临江仙》词相赠，给予这位"昨天文小姐，今日武将军"①极高礼遇之时，对丁玲的从军选择也表示了赞赏。丁玲后来参加了大型回忆录《红军长征记》的编纂工作，她感动地说："我对这些伟大的事迹惊奇，受它的感动。我觉得没有好好地多做一点事情，所以惭愧。"②1937年春天丁玲因陪同史沫特莱从前线回到延安，之后不久又随杨尚昆的部队上了陇东前线。这篇小说显然是丁玲从军生活间隙完成的。在塑造小红军形象的同时，丁玲不仅表明了她的抗日救亡热情，同时也表明了她融入延安新秩序和红军新生活的决心，表明了她坚定不移地拥护支持中国共产党政治立场的实际行动。

"七七"卢沟桥枪声引爆了全国大多数良心未泯的人的抗日热望。当战争全面铺开时，一些诗人作家选择了投笔从戎之路，为了亲临华北前线而转道延安，如1938年8月到延安的何其芳、卞之琳等；而更多的文人作家立志以笔为刀枪，决计为抗日事业的最终成功贡献一己之力，如1938年3月到延安的萧军。作家队伍不断壮大，延安文学创作也逐渐兴盛起来。丁玲是最早到延安

---

① 毛泽东：《临江仙》，《新观察》1980年第7期。
② 参见艾克恩编纂《延安文艺运动纪盛》，文化艺术出版社1987年版，第16页。

的一位知名作家,她虽有过上前线的红军生活经验,但最终还是将自己的岗位安放在文学创作上。丁玲写于抗战开始不久的独幕剧《重逢》,浓墨渲染了主人公白兰的民族立场,记叙了她为抗日而大义绝"爱"的故事。这个一心抗日的女青年在不幸被捕后,意外重逢了失散了一年多的爱人,由于不明真相,愤怒的女主人公竟刺杀了这个打入敌人内部的自己的同志。作者或许想通过这个剧作告诉国人,群众的抗日热情固然值得肯定,但简单盲动不讲斗争策略只能延误甚至危害抗日救亡本身。丁玲有这样的理性认知实属难能可贵。一般说来,大部分初期的救亡主题作品尤其那些短剧、诗歌基本停留在情绪宣泄上,这主要是因为受当时全民热血沸腾同仇敌忾的气氛的影响,压抑了多年的情感宛如决堤的洪水汹涌而出,作者根本来不及作冷静的理智过滤。这种情形下的创作,在传递作者激越昂扬、奔放有力的情感魅力的同时,更重要的是展示鲜明的宣传鼓动取向。对抗日宣传的注重,也是那个时段中国相当一部分文人作家的共识。

1937年底写下当时最具影响力的抗日长诗《给战斗者》的田间于次年春天辗转来到延安,不久诗人的足迹和他的诗一起遍及了晋察冀边区的每一寸土地。田间和他的诗友们把抗日的心声刷写到街头、墙壁和岩崖上,那《假使我们不去打仗》《义勇军》《烧掉旧的,盖新的……》等短小有力的诗行,如一面面旗帜,鼓起了根据地民众杀敌的决心和勇气。已伫立在宝塔山下,却还未从亡国奴的阴影里彻底摆脱出来的东北诗人师田手,回忆起几年前那个耻辱的日子,写下了《"九・一八"之歌》。诗人表示:"在地狱里,/建造起天堂,/从战争中,/夺来人类的和平!/我们要把'九・一八'这奴隶的枷锁打破!"另一位诗人余修为纪念"一二・九"四周年写了《十二月的记忆》,他吐露的是同样的痛苦和愤激。诗人回溯了1935年年底北平学生为呼吁"停止内战,一致对外"而不惜牺牲生命的壮举,激励人们"今天快骑上战马,陷阵冲锋"。连"不能走路"的残疾作家高士其,也以他《不能走路的人的呐喊》,昭示了他和所有健全的同胞一样的抗日信念。诗人们在抒写他们炽热如火的抗日激情时,已自觉地把自我汇入全体抗日民众的海洋之中。抗日广阔图景的展示,民众救亡斗争的讴歌,战争胜利前景的预言,成为抗战初期的文学写作最集中涉及的内容。热情的呼唤,猛烈的呼号,袒露了不愿做亡国奴的人们对祖国的赤子之心。这些诗作形式不事雕琢,语言质朴无华,其中难免嵌入标语口号,总体风格直露而粗放。

在抒写作家自我和民众共同的抗日热情的同时,一些作品也开始反映出延安人对团结御侮与分裂投降的是非问题的思考。尽管抗日统一战线刚刚建立,国共合作也刚刚起步,但一些敏感的作者已经从一丝丝不正常的政治气息里,预见了不为人所望的结局。他们有意识地引导读者对抗战复杂性进行理性估价,特别强调万众一心共同抵御外来侵略的意义,启发全体国民救亡图存、匹夫有责的觉悟。他们的创作开始超越最初单纯的煽动。前期延安文学中十分出色的小说作家孔厥曾写过一篇不太为人注意的作品《收枪的人》。这个短篇记叙了一位曾驰名同蒲线、威震敌胆的杨支队长巧用计谋从奸商手中"买"枪的故事。孔厥在刻画支队长机智狡黠、沉着老练的性格和战士们不畏困苦、坚韧顽强的抗日意志的同时,虽然没有直接抨击国民党中央政府对抗日的冷淡与漠视,却着意描述了这支抗日部队匮乏的装备现状,描述了他们不得不截获收取溃退的中央军和老阎军丢散的武器的情节,从中明显反射出国民党政府与民众不尽相同的态度,作者的政治敏感可见一斑。与孔厥笔下的支队长一样,天蓝的叙事长诗《队长骑马去了》中的主人公,也是一位坚持抗日的英雄。他在晋西南争取到一批溃散的匪军,成立了一支战功卓著的游击队,最后献出了自己的生命。他的身影远去了,但是他正义的声音却永远萦绕在曾经野蛮的一群士兵的耳边。这位队长的形象似乎可以重叠在丁玲小说中那位可敬可爱的小红军的身影上,当然比小红军更加成熟、更具威慑力。

孔厥和天蓝塑造的两个抗日队长的形象,实际上是抗战岁月里无数不畏险阻坚持斗争的抗日英雄中平凡而又不平凡的两位。他们的身上,凝聚着民族的希望,也凝聚着作家的理想。然而,现实中黑暗和丑恶从来不会自行退场，在民族危亡局势的高压下反而暴露得更加彻底。王震之执笔的三幕剧《流寇队长》，在批判流寇队长山贼意识的同时，剖露了他妄图投靠日本人的汉奸行径。李伯钊创作的二幕剧《母亲》曾在延安频频上演，它也从一个独特的角度暴露了汉奸的奴颜媚骨，并预示了这些民族败类被万人唾弃的下场。这些剧作在艺术技巧上十分稚嫩粗疏，但由于反映了当时政治生活中极为严峻的问题，阐明了中共的抗日方针和原则，所以在延安仍然广受欢迎。较深一层揭露政治黑暗的是沙汀1939年3月登载在《文艺突击》上的小说《联保主任的消遣》。这位资深的中共党员曾一度来到延安并奔赴前线，他在这篇小说里为根据地读者勾画了一个任意鱼肉百姓、腐蚀抗战的国民党基层官吏的形象，把矛头直指国民党政权机构。沙汀的小说同样具有浓重的政治色彩，但他把对政治黑暗的揭露与对社会黑暗的剖析交织在一起，不仅避免了一些以暴露为主的创作的公式化和脸谱化，而且写活了人物，增强了批判力度。从某种意义上来说，对国共两党在抗日问题上不同态度的反映，是文人作家在投奔延安后对自己政治立场的自觉甄别和自我审查的方式，所以建构中国共产党积极抗战的形象，抨击国民党政府消极抗战的行径，成为初期延安创作不可分割的表现内容。这些文本体现了写作者在斗争实践中对现实生活的体味和政治自觉，也在一定程度上反映了抗战初期的政治现实和社会动向，达到了作者想要达到的教化民众、打击敌人的宣传目的。

抗战初期，尚未恶化的政治环境为延安根据地和国民党统治区域大后方的作家提供了空前活跃的创作气氛。尽管根据地的物质条件较差，但出版还算便利（有些根据地的杂志和延安作家的作品可在大后方出版，国统区作家的作品也常发表在延安等根据地的报刊上），交通也算顺畅（作家、记者可以随意来往于延安、大后方和前线）。这些比之后来较为优越的条件，使延安和延安以外的创作者们得到了相互交流和相互切磋的良好前提。随之带来的结果是各地域创作在不失个性的同时，也渐渐形成了一些共同拥有的特征，比如取材的相似，这固然和抗战既来时几乎人人共有的热烈情绪有关，但在相当程度上取决于创作的彼此影响和彼此借鉴。不过,1941年以前延安和延安以外的创作仍然各具特色,虽然同是抗日的内容,但在延安这个环境里,作家笔下的文字自然会留下特有的痕迹。

战争环境中边区普通群众的觉醒与成长,是置身延安的作家十分关注的文学表现领域之一。丁玲的小说《新的信念》以一个目睹了日军暴行的农妇,在自己和亲人惨遭蹂躏之后的觉悟、奋起,展示了中国百姓勇敢坚强的反侵略信念。在延安曾传唱一时的柯仲平的长篇叙事诗《边区自卫军》,歌咏了激烈的对敌斗争故事,表现了韩娃这个边区雇农为保护分得的土地,"也为着抗日革命潮的高涨","打日本、勇敢上战场"的自觉行动和精神境界。丁玲、柯仲平的作品着重揭示的是民众民族意识的觉醒,以及在日军刺刀下中国人民不得不起来抗争的历史现实。民族的解放是抗战爆发后中国文坛最重要的话题,也是作家创作中最醒目的主题。延安和其他根据地的作家从一开始就自觉地履行着这一创作的使命。他们更着意从民族解放的主体——普通大众的形象中,挖掘民族解放精神的内蕴,尽可能地开拓并深化这一具有现实和历史意义的命题。对民众力量及其影响的充分肯定,反映了延安文学对30年代左翼文学精神的承传和发扬。

力群的《野姑娘的故事》和梁彦的《磨麦女》,是两个较细致地表现根据地普通人命运的改观和人性意识萌生的短篇小说。力群讲述了一个苦命而无知的山村野姑娘成长为中国共产党党员的故事。主人公的变化不仅在于她政治生命的获得,更重要的是她获得了对自身价值不同以往的全新认识。当昔日的野姑娘最后一次向那留着她的不幸和屈辱的村庄告别时,她在墙上写下"不愿做奴隶的妇女们快起来吧"十三个歪歪扭扭的大字,这已经不是一条纯粹向乡亲们做宣传的政治标语,而凝聚了她对自己从被摧残、被侮辱的奴隶到决定自己命运的主人的经历的全部感受。梁彦的《磨麦女》把更多的注意力集中于主人公摆脱旧家庭对她的束缚的心理过程上。这个终日在磨坊中与驴为伴的戴家儿媳妇,在一墙之隔的妇女训练班的读书声中,嗅到自由解放的气息。在章同志等人帮助下,她终于战胜了自己的怯弱,迈出了阴森森的戴家大宅。"我……我也要自由",这是磨麦女聚集在心头的愿望。小说值得称道的地方在于作者揭示主人公走进革命行列的原因,不仅是厌恶婆家名声不佳(有人是杀人越货的土匪),更是要逃脱公婆加于她的种种非人的肉体与精神的虐待,这就把主人公人性的觉醒、对自由的向往与革命、政治解放结合了起来,赋予了小说思想主题耐人寻味的内涵。《磨麦女》对人物心理成长过程的关注,以及它与同时期作品相比更为细腻的艺术表现,使这篇小说颇受好评,它荣获了第二年(1941年)延安"五四"青年征文小说首奖,可谓实至名归。同类内容的作品在这一时期还有不少,比如莎寨的《红五月的补充教材》、野蕻的《新垦地》、柳林的《转变》、荒煤的《只是一个人》、刘白羽的《四箱子弹的缘故》、严文井的《一家人》等,或是表现八路军战士的思想转变,或是描写一般群众对抗战、对八路军的认识过程,这些创作都在相当程度上反映了延安文学的取材特色。

  对刚刚投身延安的文人来说,延安的一草一木都显得格外亲切。从沉闷的国统区来到这里的诗人、作家,大多会从心底赞美这里的一切。这种赞美包含着对延安的现在和对中国的未来的憧憬,也交织着作者新生的喜悦和乐观向上的激情。有的作家直接抒写对延安的赤诚之情:丁玲在《七月的延安》里,反复吟唱延安和美的环境以及"澎湃在延安城中"的"杀敌的情绪"。何其芳在《我歌唱延安》中,赞叹延安"自由的空气。快活的空气。宽大的空气"。师田手在《延安》里,热情称呼延安是"真理的标志,光明的象征"。还有许多人不约而同地唱出心里对延安的祝福:《延安》(白原)、《延安的秋》(陈学昭)、《延安散歌》(鲁藜)、《一个礼赞》(曹葆华)、《延安与中国青年》(柯仲平)、《"五四"的火焰在延安燃烧着》(果力)、《西行的向往》(舒湮)等,它们不仅是作者献给延安的赞美诗,同时也是追求民主自由的中国知识分子献给革命的赞美诗。另有一些诗作把对延安的情感融合在对革命的向往和探索之中:《延水》(余修)、《我要栽一株榴树来纪念它》(海陵)、《我登上了革命的大船》(徐明)、《守我战斗的岗位》(陈辉)、《边区工人歌》(刘御)、《星》(井岩盾)、《原野小歌》(李雷)、《修筑飞机场的工人》(卞之琳),这些诗作常常借用延安和根据地特有的形象,表达诗人们真挚热烈的情感,使抽象的意念化作了具体可感的画面。更多的抒情之作,反映了延安人在学习、工作和劳动中兴奋喜悦的情绪,如《我们笑了》(贾芝)、《春的消息》(窦隐夫)、《战斗与劳动》(林山)、《秋收的一天》(左齐)、《烧炭》(戈壁舟)、《十月》(贺敬之)、《鲁艺一日》(曹葆华)、《春天,劳动在西北高原上》(纪坚搏)、《生产插曲》(夏蕾)等,这些诗歌、散文初步反映了延安人新生活的各个侧面,也初步反映了他们置身根据地后的思想轨迹。

1941年之前延安相对清新自由的空气,使那些从大后方走出的文人学者和青年学生们喜出望外,也为已经亲历战争炮火洗礼的作家和记者们提供了一个安静的身心休整的环境。在那一段时间里,绝大部分踏上延安土地的知识者都受到了当时宽容政策下社会的尊重和礼遇。初到延安的文化人仿佛回到了无忧无虑的少年时代,仿佛都成了诗人。延安抒情之作洋溢着健康活泼的青春朝气,不管是对延安本身的赞颂,还是对延安生活图景的描绘,大都回荡着抒情主人公单纯、开朗、欢快的心弦伴唱。这种乐观的情调不仅反映在抒情性创作中,同样也体现在其他写实叙事性作品里。和国统区创作在抗战初期因对抗战前景过于乐观的估计而出现的兴奋情绪有别,这段时间延安文学创作中的乐观,一方面来自作者改变环境后曾被压抑的心情陡然释放后的轻松感和新鲜感,另一方面也来自作者对延安社会认识得不够深入和过于理想化。随着时间的推移,一部分文人作家如丁玲、何其芳等人重新觉悟到自身作为知识分子不可推卸的现代启蒙职责,意识到民主自由的价值目标尚未在延安秩序中得到真正意义上的实现,玫瑰色的幻想即渐渐褪去,40年代初期的创作无论在深度和广度上都有所改观。

1937—1940年的延安文学,从纵的方面看,是转型期文学,由小型红军歌舞为主的苏区文艺过渡为作家队伍壮大、各种文学样式基本齐全并初有收效的延安文学,在过渡阶段,苏区文艺的特点在最初的延安文学中当然仍然可见,譬如强调宣传鼓动性功能、主要面对的是接受能力较低的受众,以及通俗化的形式选择等,但延安相对稳定的环境还是为文人创作提供了较为有利的条件,因而其整体上的丰富多样性以及艺术表现更为精细,这些都是苏区文艺不能比拟的。而从横的方面看,延安文学是草创期文学,由国统区左翼文学中分化出来逐渐取得自身符号意义的抗日民主根据地文学,因此国统区左翼文学的特点在初期延安文学中有进一步强化的趋向,如文人和文学对中国共产党政治的主动服从,文学对抗战现实的直接介入等,但同时中国共产党在抗战初期礼遇文化人的政策也为文人写作营造了相对宽松的环境,这无疑对延安文学本身的建设具有积极的意义。当然,这一时段的文学尚在新生阶段,成长之路曲折而漫长。

二

40年代初期中国政治的天空乌云密布,国共间军事摩擦日益加剧,延安和其他抗日民主根据地逐渐处于日蒋的严密封锁和多重包围之中。大后方形势迅速逆转,作家奔赴前线已十分困难。到1941年,延安汇聚了大批知识分子和文人,延安文学的主力军得以基本稳定。整个中国政治气候的严重恶化,造成延安文学健康正常发展的阻碍也就在所难免。自40年代开始,延安文学基本局限在各根据地之间,甚至仅局限在延安和陕甘宁边区的十分狭小的范围之中,开放的格局已成明日黄花。尽管封闭的客观状态,使整个延安文学的成长出现了种种不尽如人意的状态,但延安文学仍然葆有着活力和朝气。政治的开明,文艺政策一段时间的相对宽松,至少在1942年前因封闭极易生成的缺氧征兆尚未明显出现在延安创作里。在物质条件极为艰苦的环境里,1940年的延安文艺界却十分活跃。不仅文艺活动有声有色,成立了不少有助于延安文学发展的团体和协会,而且创作队伍也大大扩展。资深作家又写出了更有分量的作品,一些文学爱好者也开始崭露头角。在创作领域,题材的开拓,角度的更新，与前一段时间相比，明显大有起色。

从 30 年代末到 40 年代初，延安创作者们从狂热的情感宣泄转为对诸多问题进行冷静的思考。作为抗日革命的一分子和现代知识分子，他们对民族国家命运的思考，对自我人生道路的思考，贯穿了 1941 年和 1942 年的创作。在大部分作品里，那种曾泛滥了的兴奋和冲动已基本消失，更多的是对正在进行着的战争以及战争中可歌可泣的人与事的平实记录，更多的是对处在苦难中和正在摆脱苦难的中国民众尤其是北方农民的群像雕塑。也有一些创作是投身延安后的知识分子自我灵魂的剖析和反思，以及对往日生活的回顾追忆与对未来生活的向往和展望。

1. 八路军、根据地抗日事实的平实记录

随着抗战进入更为艰巨而复杂的相持阶段，抗日主题有了更丰富的诠释。当国统区的抗日题材的创作因正面战场中国军队不断失利而日趋沉寂时，延安及其他抗日民主根据地的抗日文学因八路军及其领导下的民众灵活有效的游击战的深入而推进了这一题材与主题的扩展。对抗日游击战争的描述，对抗战最困难时期军人和百姓顽强不屈意志的颂扬，以及对共产党、八路军和边区民众彼此关系的揭示，构成了 40 年代初期延安创作不可欠缺的组成部分，进而显现出整个延安战争题材文学的基本特色。

简洁而生动的战争速写，在抗战全面爆发后不久就已诞生在八路军将士和走上前线的记者作家手中。最初的描述大多是零碎而片段的，但即使如此，那些战争现实的折射，也起到了单纯的抗日宣传鼓动之作不能起到的作用。陆定一的《上前线去》和肖华的《前线一日》，使任何未上过前线的读者都能沉浸到那紧张热烈的前线气氛中，并强烈地感受到战争既来的特有气息。即将奔赴前线的军民抗战的决心以及已经置身前线的官兵的一日战绩交叠在一起，组成了一幅典型的抗战图画。与这两篇速写的粗犷风格有所区别，诗人卞之琳的两篇速写《石门阵》和《进城·出城》，堪称灵巧之作。作者以老百姓妙计设圈愚弄迷惑日军的两个小故事，淋漓尽致地展示了中国民众的智慧和勇敢、日本侵略者的愚蠢和怯弱。继 30 年代末并不太多的战争速写之后,到 40 年代初,《前线一日》和《石门阵》式的作品逐渐增加,并出现了一些更全面反映八路军抗战的系列特写,比如黄钢的《雨——陈赓兵团是怎样作战的之二》、韦明的《掩护——百团大战的战斗报告之一》。还有田间的《最后一颗手榴弹——出击正太线战役报告》、田野的《军邮在敌后》、马加的《萧克将军在马兰》等,这些特写报告常常是具有重要历史意义的精彩战争局面的浓缩,有的不仅记叙了热烈的战斗场面,也生动刻画了八路军官兵英勇机智的形象。在黄钢的《雨》中,读者几乎可以听到激烈的枪炮声,也能依稀望见挂在陈赓将军脸上的笑容。

与强调新闻性为主的特写报告相比,文学性更强的叙事写人的作品在数和量上都略胜一筹。战争中的人和事,尤其是八路军队伍里战士的成长与进步、生活与战斗,是去过前线和未去过前线现在都滞留在延安的作家都很愿意选择的表现内容。黄既的《老实人》叙述了一个一心牵挂大伙儿冬天烧烤的炭火,到处奔波差点冻坏身体的老实人的故事;马加的《过梁》刻画了一个为执行任务不畏严寒翻越了冰封雪锁的甸子梁的通讯员形象;柳青的《废物》摄取了一个热爱部队不愿当废物最后用一颗手榴弹与敌人同归于尽的老马夫的悲壮身影。还有鲁藜的《记一个孩子》、屈曲夫的《二疙瘩的命运——记 X 同志的夜谈》、李欣的《一个通讯员的身世》、莫耶的《"我这里还有一挺"》、恽和的《刘进的故事》、左林的《王小鬼》等,都从不同的角度,突现了这些八路军战士可敬可爱的精神风貌。

另有一些创作则侧重表现普通士兵在八路军队伍的熔炉里锤炼的过程。林风的《一个农民出身的士兵》就是比较典型的例子。出身农村的老刘在接到婆姨诉说小儿子夭折的家信后,不禁动了回家的念头。林风在对这个丢不下小家也舍不得大家的老兵的刻画中,提出了一个值得重视的问题:虽然八路军是抗日革命的军队,但其成员大多是农民出身的士兵,他们有着朴实、勇敢的优点,也存在眼光狭小、患得患失的弱点。老刘看上去只是因一念之差铸成大错,这一念却暴露了问题的症结。其他一些作家显然也注意到了这一方面的情况。平若的《兵油子》写了曾在旧军队里混过几年的机关枪手吴凤山的自由散漫,柯蓝的《背乌龟的小兵》写小战士刘金的"工作调皮"不安心,军右的《李炳龙》写马夫的小偷小摸,陆荧的《高长明》写主人公对学文化的藐视,晋驼的《蒸馏》写干部的居功自傲。这些作品里的人物最后当然无一例外地改变了自己的过去,成为抗日军队中优秀的一员。但是,他们走进八路军行列后仍然保留着农民的目光短浅、自私狭隘、迷信保守等精神缺陷,事实上不仅影响了他们的觉悟,也影响了抗日队伍的纯洁性、战斗力。特别是在新的环境里,在革命的旗号下滋生出来的夜郎自大、墨守成规、躺在功劳簿上颐指气使等行为,更是历代农民革命失败的前车之鉴。当然,对抗日队伍里士兵思想弱点的揭示,最终是为了引起关注,帮助这些农民出身的战士克服弱点。作品的主人公们最后富有光彩的亮相,可以充分说明创作者的写作意图。他们大多很注重人物转变前后的行动对比,表现主人公最终摆脱过去的阴影获得精神涅槃的结果。这当然是作家就自身所观照的现实进行的记录、做出的判断,但更是他们作为延安秩序中的一分子对中国共产党领导的抗日革命未来美好企盼的反映。但是,由于很少有作者愿意或者有能力去细腻地表现这种人物思想转变的过程,因而这些小说的内涵难免显出浅露和无力。不过,这其中有些创作在文艺整风期间受到非议的地方却不在于此。陆地的《落伍者》,因较多地渲染了一个曾在旧军队里待过二十多年的八路军伙夫的精神阴影,而被指责为对八路军形象的歪曲。尽管包括《落伍者》在内的大多数描写战士成长的作品不是完美无缺,但1942年5月以后延安文艺界对这类作品上纲上线的批评,不仅无助于抗日军队中战士觉悟的提高,也扼杀了创作者进一步探究八路军中作为个体的军人心灵历程的热情。

在战争题材里占据了极为重要位置的是反映八路军与普通民众彼此关系的创作。在抗战最艰苦的日子里,军队与民众的关系是决定抗战成败的关键因素之一。延安文人中大多亲眼看见或亲身体验过这种非常时代对人与人之间关系的严峻考验,因而很少不去关注军民间的情感现实。

　　一贯以写随军报道著称的刘白羽写过一篇题为《同志》的小说。在涨了水的漳河边,掉了队的某战士一筹莫展,儿子也在部队上的一位老人家见此热心伸以援手。小说在跌宕起伏的情节中传达出唇齿相依的军民之情。另一位年轻作者均伦则一气写出了《村妇》《村姑》《村童》三篇系列式小说,反映老百姓对抗日军队的关心和帮助。三篇小说是三个化险为夷的故事。均伦的笔法还显得有些稚嫩,情节设置过于巧合、重复。均伦意图反映良好军民关系的初衷十分清楚,他提示读者注意的是,八路军是抗日的军队,是保护老百姓的军队,这就是八路军能得到民众爱戴的根本原因。老百姓机智掩护八路军或革命同志的故事,在延安创作中屡见不鲜。舒非的短剧《军民之间》、麦播的《人山的故事》、洪洁的《"屋顶没有人"》、西戎的《我掉了队后》、傅雨萍的《夜渡》、孙健秋的《汾河东岸》、余志平的《一个间长》、潘省的《村庄》等,蜂拥般地出现在1942年下半年的延安报刊的文艺栏中。延安文艺整风后扎堆似的表现军民关系,这自然与年轻作者缺乏独立观照现实的眼光因而选材雷同有关,但更重要的还是与《讲话》后不久写作者竭力表现对毛泽东文艺思想的领悟有关,凸现普通百姓的政治觉悟是显示他们诚心诚意接受工农兵再教育的一种方式。基本相似的纪实特征,几乎一致的叙述角度,少有例外的表现民众对子弟兵一片真情的中心主题,使为数众多的这类作品在说明一个事实——边区军民共同保护根据地的生存和发展之外,缺少更多的思想启迪和艺术的感染力。在这类作品中,杨朔的《月黑夜》堪称一枝独秀。小说的情节与同类作品相比并不起眼,而精彩之笔却时而可见。作者颇具匠心的顺叙、倒叙交叉的结构安排和月黑夜骑兵班滞留在敌占区的紧张气氛烘托,以及对人物庆爷爷形象细腻真实的描绘,足以使同类作品相形见绌。在一度出现的对事件的注重远远超过对人物的关怀的创作风气下,杨朔不仅将事件叙述得有声有色,也使人物显现出不凡光彩。小说的价值也就已不只是局限于表现一个人民群众不惜生命支持八路军的泛泛主题。

在抗战最艰难的日子里，边区民众对八路军的关心和帮助，确保了根据地抗战伟业的正常进行，其意义是不可估量的。然而，一般群众对八路军和革命同志的关心、帮助都有着认识理解这支队伍的思想前提。和上述作品表现角度有所不同的是另一些作品，它们以更多的笔墨去揭示普通百姓对八路军队伍的认识和理解过程，有的甚至一针见血地指出了由于各种原因造成的彼此间隔膜。尽管问题远未达到严重的地步，但对这种隔膜的揭示，至少在认识功能意义上有益于延安读者对今后处理与民众关系时采取一种更为慎重的态度。一切以人民利益为重，原本是中国共产党抗日革命的承诺，自然也应是革命人的行为准则。抗战爆发不久，柳林以一篇题为《转变》的小说，描写了拥有万贯家财的绅士梁先生对八路军从忧惧、疑惑到释然、信任、拥护的心理变化。即使主要反映群众抗日觉悟和革命自觉性的均伦的《村姑》，也客观表露了村姑的母亲尚待教育的精神境界。普通百姓对抗战、对八路军的认识不是一朝定型的，这需要民众和中国共产党领导的革命阵营中的成员共同协心努力。

雷加写了一系列反映老百姓与抗日革命者关系的小说，他避开了已套式化的情节设置，融进了自己许多独到的见解。《孩子》写的虽是很普通的农妇帮助革命同志带小孩而引发的一些琐事，却反映了老百姓与革命同志间的情感距离。尹棠因为农妇听说带小孩可以另外领到粮食而提出额外条件，嫌弃农妇觉悟太低，毅然把小孩从农妇那里接回来，却忽视了农妇此时已对小孩产生母亲般的感情，竟把前来探望的农妇拒之门外；而农妇最初虽是为多得粮食才去带养公家人的后代的，但现在为了她所爱的尹棠的孩子，自己饿着肚子，却把别人给她充饥的仅有的一块锅盔留在了并不饥饿的孩子手中。尹棠与农妇间的隔膜，不仅仅是因一场误会而起，根源是本应沟通的情感之流的人为阻隔。彼此间的无法对话，只是说明双方都拘囿于自己的天地，而对自己以外的世界所知渺渺。革命者尹棠似乎因遵循着某种崇高原则而显得冠冕堂皇，而农妇则因徘徊在物质与精神的两极而难以免去善良天性之外的怯弱。虽然作者似乎没有偏袒两人中的任何一方，小说在农妇身上还花费了更多的笔墨，但农妇不具姓名本身即表明她没有个体存在的价值,她是作为革命者尹棠的对应者——大众群体而存在的。雷加借助这样一个保姆雇佣事件,对革命者与民众关系进行了难得的反思。在读者眼里,尹棠和农妇虽同为女性,雇主和保姆在本质上地位也应是平等的,但尹棠公家人的身份已使她天然地拥有高高在上的姿态和心态,她所从事的抗日工作本身的神圣性质让她理所当然地占据了道德的高位,加上边区农民穷困的经济现状,保姆雇佣的供求关系不平衡,因此很显然,尹棠对双方不欢而散的结局尤其对农妇的委屈理应承担更多的责任。一般民众固然有其不可避免的愚昧狭隘的缺陷,但以劳动换取物质权益符合最基本的经济学原理,也符合人性的基本法则,任何人都无权以任何理由藐视这种正当权利的伸张。在延安革命者与一般群众之间,每个人作为个体都是平等的,抗日革命工作不应该成为延安革命者对百姓颐指气使的借口,反而应该成为连接双方需求的纽带。政策宣传会起到使老百姓正确认识抗战、正确理解革命的作用,就如《转变》中梁先生的转变一样。但革命者如果不主动与民众在平等的基点上进行心与心的交流,那么,彼此的关系必将是脆弱浮泛的。军民感情不仅仅建立在共同的民族立场、政治立场、经济立场上,更应该建立在共同的人性立场上。在《孩子》之后,雷加还写过相似角度的《平常的故事》,它搁置了军民鱼水情的话题,表现了作者真切独特的现实体验和细致严肃的理性思索。雷加对这类题材的处理,使他并不成熟的作品显出了不同一般的思想意义。

在漫长的反侵略战争中,深受苦难而奋起的民众发挥了巨大的作用。为了捍卫国土的安宁,保卫边区的生存,他们组织了民兵、游击队,还有儿童团等抗日基层组织,配合八路军正规部队在敌后英勇作战,显示了人民战争的威力。在1942年以前,游击队、民兵和儿童团以及一般老百姓的抗敌故事已相当可观,它们展现了正面战场之外的另一支不可忽视的抗日力量。《参加"八路"来了》(陆地)中的村游击队小组长,探情报、割电线、炸碉堡、抬担架样样身手不凡,最后抛下他一直舍不得抛下的漂亮媳妇参加了八路军。《良民证》(李庄)中的游击队员赵小虎在哥哥牺牲后,依靠有"良民证"的群众的协助,带领游击队连续打胜仗。《儿童团员的故事》(苏冬)中的儿童团员宝栓无视鬼子的威逼利诱,宁愿被砍掉一条手臂,也拒不说出抗日组织的名单。《小洪的故事》(邵挺军)中的儿童团员为自己的"抗日小学"放哨站岗,巧妙掩护险落敌手的区抗同志,并引诱鬼子钻进他们自己的埋伏圈。此外还有时晓的独幕剧《民兵》、韦明的独幕剧《他俩口子——北中国断片之三》和速写《哨岗上》、林采的《"谁是区长"》、仲苞的《自卫队的故事》、白朗的《诱》等创作,其中有的突出显示抗日民众的聪明机智,有的着重表现抗日民众的威武不屈,它们都从不同角度,挖掘了普通民众抗日的潜力,塑造了在这场抗击外来侵略的战争中普通群众的高大形象。这类创作在当时虽未产生广泛影响,但为抗战胜利之后大量新英雄传奇的出现打下了基础。如果没有这些试笔之作,很难想象40年代中后期延安文学抗战题材作品的兴盛。

表现抗日主题的作品之所以在初期延安文学中占了绝对的比重,是因为延安文人认为抗战本身已成为包括延安人在内的中国人生活中占绝对比重的内容,延安文学应该成为抗战政治实践的手段和载体。置身延安以及其他各根据地的文人作家正亲身经历着战争的洗礼,反映抗战成了他们刻不容缓、义不容辞的责任和义务。他们以此来表现自己的抗日热情,鼓舞民众的抗日斗志,这是他们无力也无法与抗日将士亲赴前线持枪退敌的另一种选择。而就其所反映的战争实际的规模而言,就其反映的抗战对全国民众(不仅仅只是根据地一隅)生活渗透的深广度而言,延安的这批创作都是远远不够的;即便如此,融注了延安作家热烈情感的八路军生活的展示,以及游击战中边区民众的积极行动的记录,不仅使这批创作成为延安文学不可或缺的一部分,也成为整个中国抗战文学的一部分。它以对根据地军民游击抗战的揭示,充实了正面战场敌我交锋之外同样值得肯定的抗日景象。

2. 变动中的边区农村面影写真

除了表现抗战内容的创作,延安文学1941—1942年的创作主要集中在对边区农村生活的描摹和刻绘上。边区农民以及根据地普通百姓政治生活、精神世界的展露,构成了较之红军、八路军抗战事实记录更具新鲜感的文学表现天地。在这方面,延安创作者付出了同样的融入新生活、反映新生活的心力。

尽管自"五四"乡土文学起,中国农村现实一直是文人作家热衷表现的领域,二三十年代中国农村社会的变动在新文学中更是占据了相当显要的位置;但是,对30年代末至40年代民主根据地乡村生活的描述,对延安作家来说,依然是一个全新的挑战。旧有的眼光、惯常的思路,已经不适于边区民众形象的刻画。抗战中以农民为主体的民众巨大能量的展示足以让知识者身份的文人作家深感自我的渺小,从大后方来到延安的如丁玲、何其芳等人都有过类似的感慨,因而他们开始自觉地去调整与曾经的启蒙对象——民众(农民)的关系方式。而延安新秩序对农民积极性人格的张扬成为延安时代的主导精神之一,文人作家很自然地会被感染并趋附其中。30年代末周扬初到延安时,毛泽东与他交流对鲁迅的看法:"鲁迅表现农民着重其黑暗面,封建主义的一面,忽略其英勇斗争、反抗地主,即民主主义的一面,这是因为他未曾经验过农民斗争的缘故。"毛泽东告诫周扬,现在的农民是革命的主力军,"新中国恰恰只剩下了农村"。[①] 在这种情况下,延安文学对农民的表现和作家对农民的态度,当然不可能再继续鲁迅那种思路了。

在延安文人的笔下,边区农村的变化最典型地体现在边区农民成了政治生活中的主人。根据地农民的新面貌也集中体现于此。一些敏感又敏锐的作家在一开始就捕捉到获得了实实在在的政治经济利益的农民的精神面影,并将其列入首选的描摹范畴。1938年,刚到延安不久的作家孔厥率先创作了《农民会长》,这是较早反映边区农村现实的一篇小说。它以对一个经历过新旧两重天地的农村干部的形象塑造,揭示了新政权带给边区农村新变化的具体所在。小说的主人公在兵匪横行的年月里,被绑过架,被打伤过腰,最后丢了地

[①] 参见荣天屿:《金无足赤 人无完人——毛泽东与周扬的交往》中1939年11月毛泽东给周扬的回信,《新文学史料》2009年第3期。

靠租地主的田过活。八路军来了后,新政权给了他安乐和尊严,他对新政权的热爱和拥护全部贯穿在他对新政府工作的积极支持上。为了把区上的指示尽早传达给全村人,他一家家窑洞去通知。"月亮叠有三个,满天的星斗都生角;而他的身影还曲折地拖上石阶,就连半山腰张家和李家那两个瞎眼似的窑洞里也得到了通知。有些庄稼人还被他的髭须触得耳朵痒痒地,听到低声的关照:'区上来人了……'"这真是一个踏实认真的农民会长,他对工作的投入、对生活的珍惜,显示出有着痛苦的过往的边区农民对新政权的由衷感戴。没有边区农村受苦人对昔日政治压迫、经济剥削的摆脱,就不可能产生老会长主人翁般的生活姿态。孔厥为延安文学提供了最初的,但同时也是典型的关于边区新农村、新农民的创作样本。

在孔厥等延安作家看来,老会长对工作的热情,一方面来自他对民主政府的感情,一方面也来自他作为边区农民政治地位提高后的政治自觉性,因此强调农民的政治觉醒以及对边区政府工作的切实支持,成为重要的表现内容之一。在《农民会长》之后,孔厥又写了反映农村基层干部献身工作的小说《病了的郝二虎》。这位优抗主任(旧称优红主任),尽管是一条身体强壮得被称为"活金刚"的汉子,但繁重的工作终于还是累倒了他。心急如焚的郝二虎连夜在家召集优抗委员妥善安排代耕工作,而自己的地里却长满了杂草。郝二虎忘我工作的前提是他对优抗政策的无条件服从和贯彻,也是他对自己作为边区农民中的一个带头人政治义务和责任的无条件担当和履行。郝二虎视优抗工作为自己的生命,实际上是视抗日政治为自己的生命,因为优待抗属本身和抗日大目标紧紧相连。一个单纯的公而忘私的农村干部形象添加到新文学农民形象画廊里,虽然其中不免理想化成分,但对农民在抗战生活中自豪地行使政治权利的反映,还是颇具新意的。边区农民的政治解放,不仅体现在人人拥有了政治选举权的形式,更体现在农民对拥有的政治权利的态度。孔厥的小说尽管对人物精神世界的挖掘还不够深入,但他的小说无疑弥补了同类文本仅仅满足于摄录农村基层政府选举的热闹场面的不足,而把农民政治地位的获得直接引向农民对政治义务、政治权利责无旁贷的体悟和把握。老会长和郝二虎是孔厥精心打造的两个富有政治责任感和自豪感的农民代表,他们的故事就是孔厥面对边区农村政治变动的现实写下的两页心得。

和40年代初大部分延安作家不同的是,孔厥拥有更多的边区乡村生活的经验。他所选择的直接进入边区"受苦人"世界的创作体验方式,使他避免了靠偶尔下乡蜻蜓点水、跑马观花获取生活感受的肤浅与空洞。他以一个真正的农村基层领导的身份,切实地观察乡村现实的点滴,切实地了解翻了身的边区农民的感受和精神追求。他的艺术敏感是和他繁复而有意义的日常工作紧紧联系在一起的。那一连串地方色彩浓郁的陕北乡村故事,为变动初期的根据地农村社会留下了珍贵的历史资料。这种着重于描写农民政治自觉性和责任感的创作角度,也启示并影响了同时代另一些矢志反映边区农村新面貌的创作者的素材剪辑。马加的《距离》、灼石的《二不浪夫妇》虽不像《农民会长》和《病了的郝二虎》专以农村干部为主角,却也从平凡的生活琐事的描述中,反映了政治解放、经济翻身的边区农民的抗战觉悟。《距离》中王老五的老婆、《二不浪夫妇》里的"二不浪"女人,她俩都是妇救会干部,一个坚决与顽固的丈夫决裂,主动认购七石公粮,一个不怕落后丈夫的胡搅蛮缠,热心做军鞋并鼓励全村妇女积极投身劳军工作。两篇小说都以较生动的笔墨凸显了当家做主的农村女性热心抗战工作的无私品质。这类作品在40年代初期还有许多,如《父与子》(孔厥)、《爷爷》(萧平)、《夜》(丁玲),都从不同的侧面反映变动的边区农村现实中走在最前列、起着榜样作用的农民的崇高精神境界。在孔厥、丁玲、萧平等作家看来,这些农民积极分子身上,凝聚了根据地农民值得骄傲和自豪的闪光点,将这些闪光点发散开来,可以起到教育根据地其他农民同时也教育作者自己的目的。

延安作家对边区农村变化的认识,体现在他们不仅反映边区农民对属于自己的政治权利的把握和对政治义务的承担,也反映边区农民在日常生活场景中新的价值追求。在1942年以前,有关边区乡村生活的创作很大一部分是有关翻身农民反叛封建宗法制规范、捍卫个人权益的内容。在延安文人心里，边区农民的当家做主，不仅是他们作为一个阶级、一个整体在政治生活和经济活动中占据主角的地位，更意味着他们作为个人在包括了政治、经济生活在内的所有现实领域所具备的主角身份。尽管边区农民做了新生活的主人这一概念在相当意义上只具初步的程度，但延安的创作者还是努力去揭示了这一概念对于边区农民的价值意义所在。生活在新社会，相当一部分贫苦农民终于拥有了祖辈们无法奢想的衣食温饱，新政权为边区农民获取自由、行使个人权利也提供了一定程度的保障，这都会使得他们自然而然地产生拥护并支持新制度的觉悟。《婚事》（周民英）以牡丹不信媒妁之言，自己选定心上人的事实，证明了新政权对农民人身权利的维护。《自由——新野风景之一》以烈属金兰勇敢地又与"那边过来的"刘福相恋相爱的事例，反映了边区乡村正逐步确立的文明的婚姻道德观念带给边区农村女性的人生实惠。这类素描式的作品，洋溢着新社会的温馨气息。

  40年代初的延安创作对边区农村新的道德风尚的关注，表现了延安文人对边区农民政治、经济地位的尊重。作为变动中的边区农村风貌的一个重要景色——边区农民政治觉醒同时某种程度的人性复苏，延安创作对此也做了一定程度的揭示，其中包含着创作者们比面对政治经济的翻天覆地更复杂的感受与体味。

  人格的尊严、个人的自由，虽然是属于"五四"的提法，但40年代初的延安作家在考察翻身农民现实状况的过程中，却发现了它们在根据地依然具有不可忽略的现实意义。孔厥的《凤仙花》没有把民主政权的建立与边区农民个体获得解放处理成简单的因果关系，而以一个农村小姑娘曲折的人生经历说明人格的尊严和个人的自由相对于政治经济的解放而言意义更为重要。主人公凤儿虽然生活在已解放了的新社会，但一直被后爹的魔影笼罩无法动弹。乡村自由解放的空气对她个人的生活转变并无太大的影响。偶然的一个机会，她走进了革命同志的生活天地，这才明白了什么是自由，什么是解放。她从被压迫、被虐待的奴隶生活中解脱出来,在获得了作为一个人应有的自由权利的同时,也获得了属于她自己的政治经济的解放。小说以"凤仙花,恶鬼抓了她"开篇,以"凤仙花,恶鬼奈何她"结束,生动概括了解放了的边区农村像凤儿那样的弱者获得解放的过程。孔厥的另外一篇与《凤仙花》题材相近的小说《二娃子》写的是一个十一岁的苦孩子的成长经历。他曾经种过地、跟过工、驮过炭、拦过牛羊、赶过毛驴,旧时代沉重苦难的生活摧残了小男孩的身体,也摧残了他的心灵。解放后生活的改变使他不再继续那些成人的劳动,但没有改变成人化的坏习气。和《凤仙花》着重揭示外在压迫对凤儿个性觉醒的束缚不同,《二娃子》着重表现的是自身精神缺陷对小男孩确立人格尊严的阻碍。在孔厥看来,凤儿的个性自由,二娃子的自尊自爱,同样应包容在农民翻身解放的概念中。孔厥的认识,代表了40年代初关心根据地农村变革趋势、关心根据地农民翻身解放的实际进程的许多延安文人的共同见解。

　　如果说《凤仙花》和《二娃子》以主人公新生的经历,正面阐述了人格独立和人格尊严对于边区农民当家做主的意义,那么包括孔厥的《苦人儿》在内的一批作品,则以主人公政治经济翻身后仍然无法解脱的抑郁和心灵苦痛,说明了亟待改变的边区农村意识形态的现状。40年代初延安乡村的变动,既是巨大的,又是初步的。所谓巨大,是指建立了抗日民主新政权,使最为贫苦的那个群体摆脱了祖辈所受的沉重压迫;所谓初步,是指巨大的变动仅仅是开端,更急剧、更深刻的政治经济的革命还在后面,而更艰难、更漫长的思想革命则几乎是一片空白。对40年代初根据地农民的精神状况,相当一批延安作家以现实主义眼光进行了真切而理性的观照。在讴歌新政权的建立带给边区农村新的景象的同时,40年代初的延安文学也敏锐而及时地指出了边区农民身上仍然残留的与时代不相协调的精神弊病,及其对边区农民彻底翻身解放的阻碍。作为变动中的乡村面影的写真,对边区农民精神缺陷的指正,集中体现了这段时间延安创作对现实生活清醒而准确的审视和把握。这一点正是1942年5月以后的延安文学无法触及的,它显现了延安文学在人性基准下所达到的思想高度。

新民主主义政权的建立,为新的社会风气的传播与新的人生准则的确定提供了前提。边区农村不少敢为天下先的人曾为一己的幸福,以新政权作后盾,初战告捷,从此开始了一幅幅边区乡村新风俗图景的展示。然而,民主思想观念的真正深入人心在40年代初的边区还属于理想范畴。极为严峻的农民的精神现实,带给对边区农村寄予极大热情和期待的文人们无法排遣的焦虑和担忧。丁玲、孔厥、蒋弼等作家都曾以相似的角度揭示了边区农村依然浓厚的封建道德、礼教观念对边区农民尤其是妇女的禁锢,因此严肃地提出了政治经济上当家做主的农民如何在个人生活中当家做主的问题。

1941年6月10日、11日,《解放日报》文艺副刊连载了晓涵的《夜》,这篇实为丁玲所作的小说从表面上看与孔厥的《农民会长》类似,都是写农村基层干部热心工作的,实际上《夜》中蕴含着更值得回味和思考的内容。小说的主人公乡指导员何华明,为选举工作已经忙得二十多天顾不上家,地也荒芜了。他内心聚集着许多难言之苦,他的痛楚其实不在于他无法分身耕种自家的田地,也不在于因为自己不识字,工作遇到许多困难,而在于他无法解决感情的烦恼和困惑。他不想再继续和"落后拖后腿"的妻子在一起,但他又无法结束这场无爱的婚姻。每当夜里,他起来喂牛时,间壁的青联主任的妻子侯桂英也总跟着来喂牛。侯桂英和丈夫也无感情可言。当何华明望着月光下的侯桂英时,"感到一个可怕的东西在自己身上生长出来了,他几乎要去做一件吓人的事,他可以什么都不怕,但忽然另一个东西压住了他"。他不得不一把推开身边的侯桂英:"咱们都是干部,要受批评的。"然后头也不回地走进自己的窑里。"闹离婚影响不好",是何华明加给自己也加给所爱的人的一副精神镣铐,他不能战胜环境更无法战胜自我。何华明的痛苦证实了一个确凿的事实,那就是晴朗的新民主主义的天空下仍游荡着旧世界阴暗的思想幽灵,禁锢人性的婚姻制度和政治教条还在阻碍着边区社会中的个体对人生幸福的追求。何华明,作为农民的领头人,他不敢正视自己的正当情感和正当权益,既受限于传统的婚姻道德观念,又受缚于革命者的政治名誉,他即便能承受喜新厌旧的社会道德评价,却不敢触碰共产党人纯洁形象的理性规约,不能因个人情感小事去妨害革命集体大业。何华明的婚姻危机、何华明的苦恼里映现出丁玲的忧虑:在边区农村,封建道德观念仍然奴役着个体的身心,而个人欲望和权益必须完全彻底地服从革命、服从政治的原则是否又成为人的解放的一道枷锁呢?

比起何华明难言的心灵隐痛,一些边区妇女遭受陈腐的伦理道德的残害的悲剧更令读者慨叹。在《"我要做公民"》(蒋弼)里,寡妇周七嫂面对那些讥笑她是"破鞋",并剥夺了她的公民权利的往日的嫖客、今天的农会会员时,心中的悲哀和愤怒几乎使她发疯;在《苦人儿》(孔厥)里,当贵女儿无奈之中只得与大她十多岁又奇丑的未婚夫成亲时,她灵魂世界里满是苦涩与绝望;在《我在霞村的时候》(丁玲)中,失了身的贞贞重返故乡后,饱受乡亲们的白眼,她倔强而超脱的背后,隐而未露的是伤心的泪水和无尽的悲伤。比起何华明,作为女人,她们承受着旧社会遗留下来的对妇女单方面的道德规范的压力,她们的灵肉苦难是何华明们所不能比拟的。当现代意义的民主观念和思想被阻挡在乡村的篱笆外时,戕害人性的各种道德行为准则就会在边区畅通无阻。延安的一些文人作家发现,虽然边区已进入新民主主义的社会,但边区乡村的传统精神阴影仍相当浓重。在这里,大家可以容忍童养媳风俗的继续,容忍汉子打婆姨,但决不容忍捆绑夫妻的离婚,甚至退婚;大家可以原谅男人的一时风流,但决不原谅妇女无奈之下的失贞。男人们天经地义地把自己的秽行洗刷得一干二净,女人们唯一值得自豪与炫耀的就是没有被强奸而失身。这种打着明显的男权中心思想烙印以及散发出腐臭气味的贞操意识、愚昧习俗,还在阻碍着边区民众尤其是女人的人性觉醒,影响着他们应有的自身权益和个人幸福的真正获得。边区农村的阴暗面虽然令读者触目惊心,但它们是现实的存在,在延安作家看来,选择性的盲视或掩盖都无助于边区社会的健康发展。热爱边区的文人知识者不可能去夸大这些他们也不愿看到的事实,但革命者的责任与作家的良知,使他们无法不去正视现实,揭示边区农民仍然具有的愚昧麻木的精神弊病，予以重视，进而促进改变，这就是他们做出如此选择的根本用意。

新旧交替的时代，是根据地农村变动的客观环境，也是根据地农民思想观念、行为标准新旧交杂的原因。正如边区农民仍然无法彻底挣脱传统道德伦理的束缚不足为奇，边区一部分农民仍然无法挣脱宗法制社会里小生产者的私有观念影响，也是可以理解的。《驮盐的故事》（夏葵）中的主人公刘海海爱驴如命，以烂驴充好驴去三边驮盐，结果颗粒无归，眼睁睁看别人净赚二百元，以后再也不敢对政府乱猜疑了。《孙光亮和黑驴子》（洪荒）里绰号"黑驴子"的朱金富，埋怨他的好朋友优抗主任孙光亮动员他交公粮不够交情，又仗着儿子在前方想赖掉五石公粮，不料，不仅孙光亮把他藏粮的地点抖落个一清二楚，连儿子也发回一封批评父亲的电报。洪荒另一篇小说《宋海娃》中的父亲和沙隆《最后一垛》中的赵老头也是舍不得纳公粮的农民。这些小说着重反映了边区农村里老一代农民头脑里无法根除的小农意识。他们都是本分、勤勉的农民，他们的过错在于他们对新的社会、新的制度无法理解，眼前只有鼻尖下的世界，心里只有自家的一亩三分地，他们的祖辈们就是这样过来的，这样了此一生。但是，新政权要求农民承担必须承担的义务和责任，并以此作为他们权益的保障。随之而生的新的生活方式，已决定了边区农民固有的一切都必然面临着与历史步伐相适应的调整。如果与新秩序疏离，他们的苦恼必将如影随形。小农意识与过去的生产方式是相匹配的，在边区乡村还未彻底改变生产方式之时，这种小农意识的存在其实很自然。这段时间由于全民抗战的特殊背景，给予自给自足的小生产者理想以极大冲击的土地革命还未展开，因而延安创作里对小有家产的农民不适之感的反映尚比较肤泛浅露，但夏葵、洪荒的创作毕竟还是为后来的某些史诗性作品提供了值得借鉴的经验。

在1942年前延安还不忌讳批评的日子里，延安作家们对边区农村残留的和新生的精神缺陷的揭示，显示了作家们敏锐的洞察力和高度的责任心，他们对边区民众人性解放的期待，是在延安秩序下继承"五四"人的文学精神传统的体现,在一定程度上也构成了对核心政治话语的超越。当然,延安创作中涉及未经现代民主思想启蒙的农民愚昧落后精神弊端的内容,不仅仅局限在对非人的伦理道德观的抨击,对小农意识的指摘,还有一些作品对个别农民政治上的糊涂、抗战意识的薄弱以及个人品质上的好逸恶劳也进行了讽刺鞭挞(如马加的《距离》、灼石的《迷路》、柳青的《在故乡》等),这些批评之作尽管谈不上有多少深刻、丰富的内涵,但多多少少反映了延安文人对边区农村思想现实严肃认真的思考。

"因为有了新政权,人和人间,已经有了一种只有生活的圆满和快乐,才能带来的亲切的温暖的东西。"①不管边区农村还有多少旧社会的遗迹需要清扫,这种"亲切的温暖的东西"仍然是大多数边区乡村书写的主调,这是毋庸置疑的。前期延安创作无论是揭示边区农村的巨大进步,还是揭示边区农村暂时的停滞,都紧紧维系着延安作家对边区农村"亲切的温暖的东西"弘扬光大的期待。农村正在变革中,农民也在觉醒成长中。洪流的《乡长夫妇》中的乡长战胜私情和财产的诱惑,重新站到革命的行列。立波的《牛》中的懒汉变成了爱孩子、爱牛的勤快人。葛洛的《我的主家》里的昔日的长工在主家被枪决后,终于有了做自己主人的自信。历史的前进步伐带给边区每一个农民对未来命运的不同想象,但对大多数受苦人来说,尽管路途上荆棘丛生,但他们只要迈出一步,就能获得更多一份"亲切的温暖的东西",这就是他们生活信心的体现。延安文人大多愿意以受苦人的代言者身份,将他们的心愿和信心呈现出来,而延安文人也在这传递过程中表达并强化着自己的心愿和信心。

3. 延安知识者自画像

与浩瀚如海的反映战争现实和边区乡村生活的作品相比,1942年以前延安文学里有关知识者的自我描摹之作实在微乎其微。长期以来,一些现代文学史著对这方面的描述不免过于夸张。投奔延安的文人作家最关心的是什

---

① 周立波:《牛》,《解放日报》,1941年6月7日。

么？是抗战的前景和变革中的根据地农民的解放,他们不惜笔墨的叙述就是具有说服力的依据。决计献身抗战革命事业的知识者,在延安环境下不再有可能把自己的小天地当作他全部的世界,这不是单纯的推测,而是不容歪曲的事实。为了维护某种经典理论的神圣,不惜以牺牲事实为代价,这本身是对经典的亵渎。延安的知识者到底是怎样看待自己的,是怎样看待自己与抗日革命的关系的,这不是谜。在创作数量远不能与抗战和边区农村题材相抗衡的延安知识者题材的作品中,读者可以清楚地看到这个谜底。

如果说1937年至1940年这段时间的延安文学由于抗战初期的形势以及文人投奔延安的热情,较多传达了延安知识者开朗乐观的情绪,那么,1940年以后抗战形势的转变和文人作家偏于一隅的主客观条件,都使得延安创作对知识者形象的描摹和对知识分子本身的价值判断有所变化。虽然诗人们发自内心的对延安、对革命的讴歌之作依然源源不断,但这绝不是有关知识者题材的全部。范围在扩大,角度也在更新。一个已献身于抗日革命的中国知识分子,将怎样改变既有的观念、最大限度地发挥自己的作用? 这几乎是大部分延安文人都必须面对的问题。曾经上了前线又回到延安的何其芳为此反复思虑过。他写了七首《夜歌》,又写了《叹息三章》,以及分别以"我想谈说种种纯洁的事情""什么东西能够永存""多少次呵离开了我日常生活"为首句的《诗三首》,这些诗作无非是想更准确地回答有关知识分子与革命的问题。诗人赤裸裸地袒露了自己的内心情怀,热情、希望、欢乐,还有烦恼、困惑和矛盾。他想证实自己:"到底是怎样一个人?"(《解释自己》)他说:"我是如此快活地爱好我自己,而又如此痛苦地想突破我自己,提高我自己。"他的快乐是为自己终于诀别了旧世界,走上新生之路而生,他的苦闷是为自己不知如何走完新路而起。延安整风期间《叹息三章》和《诗三首》被批评,被说成是"无益的歌声"[①],那是因为批评者不理解何其芳的写作初衷,漠视他的快乐,而将他的苦闷仅仅归之

---

① 吴时韵:《〈叹息三章〉与〈诗三首〉读后》,《解放日报》,1942年6月19日。

于诗人对过去生活的依恋。何其芳也写过朝气蓬勃的《生活是多么广阔》,写过抒发昂扬斗志的《革命——向旧世界进军》,虽然后者在当时即被同行当作"狂喊乱叫"的"欢乐诗"看待,但其实诗行间同样跳动着一颗滚烫的赤诚之心,其中没有矫饰、没有做作,但相比《夜歌》和《叹息三章》《诗三首》,这些诗还是明显缺少一种诗人在新旧自我蜕变中灵魂搏斗的展示所带来的情感冲击力,更谈不上思考的启发性。何其芳的抒情诗中热情吐露自我情感,是因为延安已成了诗人的家,革命已成了诗人的灵魂归宿。他对自我与革命关系的描述,因为脱去了抗战初期那些抒情之作的狂热浮露,唯其稳重,唯其深厚,才愈加显出诗人探索知识者革命道路的严肃。何其芳以他特有的抒情格调,为40年代初的延安文人绘出了一帧清晰的可敬可爱的形象素描。

初期到达延安的文人作家,不少人会为自己无法像士兵一样杀敌于前线而内疚,这种内疚在后来构成了新形势下知识者文人一味自贬自斥的原因之一。对知识分子角色的厌恶,至少在延安文学里是先由知识分子自己表达出来的。文人的自卑情绪在延安文学里衍生、膨胀,最后终于成了"五四"以降新文学的一大奇观。1942年之前,文人的自卑情绪却主要来自文人的自我感觉和自我认知,他们因无法参透文人的职业与新秩序的内在联系而产生了种种自怨自艾。30年代中后期丁玲写的《入伍》、孔厥写的《过来人》,不约而同地对出现在抗战中的知识分子形象做了近乎苛刻的嘲弄。他们以为:小资产阶级出身的知识分子如果不改正固有的缺陷,就不可能全身心地投身抗战,他们的思想作风、品质习气都会与抗战的要求存在距离。为了表示作家自己对知识者角色的决裂,丁玲和孔厥共同选择了局外人的视角,对主流政治话语认定的知识分子惯有的诸如脆弱、胆怯、夸夸其谈、华而不实等,竭尽挖苦之能事。小说对知识分子的态度十分消极,也过于冷漠。追根究底,作品的倾向性是和丁玲、孔厥面对抗战现实自惭形秽的心理直接对接的。作家淡漠的神情下是不安又无奈的灵魂。丁玲、孔厥在抗战爆发前后的愧疚心态,在40年代初得以继续。不过,这种继续不再以简单的自贬出现,而表现为严格的自律。因此,在当时的报纸杂志上,读者仍然可以读到不少关于知识分子弱点的检讨,只是检讨中融进了更多善意的期待。《一个钉子》(严文井)写无所事事的马飞和任正为一个钉子的小事闹别扭;《情绪》(贺敬之)写不满延安平静气氛的牟藻在他上前线的申请批下来之后的失态;《躺在睡椅里的人》(雷加)写精神永远疲倦的医院领导钟正枝,总是躺在睡椅里漫无边际地神游,而对亟待解决的问题熟视无睹;《结婚后》(葛陵)写一心奔赴前线的杜廉和马莉在结婚生子后的一片忙乱以及上前线应有意志的匮乏。这些小说俨然一把把锋利的手术刀,对知识分子缺点做了无情的剖析,并严肃指出了它们对抗日革命和知识分子自身发展的不利影响。知识分子出身的延安作家极为清楚地意识到自身的不足,也竭力想解决这些问题,所以他们的自我反思和自我批评无不真挚诚恳。对既已皈依的政治信仰的忠贞是延安文人审视自我、评估自我的出发点。在何其芳的《黎明之前》、周立波的《我凝望着人生》、赵自评的《带露珠的心情》里,读者可以清晰地感受到这些诗人革命者跳动的心音:"和着旧世界一起,我将埋葬我自己,/而又快乐地去经历/我的再一次痛苦的投生。"(何其芳《〈北中国在燃烧〉断片·二》)

延安知识者勇于自我批评的姿态,在某种意义上看,显示了延安知识者与他们前辈自我定位上的巨大差异。投奔延安的意义是必须融入政治秩序中,这使他们在根本上不可能像一些"五四"新文学作家那样无拘无束地张扬自我、表现自我,也不可能像30年代自诩为民众领路人的文人作家在"化大众"的过程中体会个人存在的价值。三四十年代之交的延安文人已丧失了作为知识者原先的社会地位,甚至连文化上的优位感也变得模糊不清,但是,他们中大多数人毕竟经历过"五四"精神的洗礼,因而作为知识分子的他们并没有放弃思想启蒙的责任,他们对自我的审视是与对现实的审视同步进行的。这也就决定了40年代初期延安文学中有关知识者自我批评和现实批评相关联的文本所具有的难得的现代性价值。

在这方面,丁玲的《在医院中》堪称典范之作。小说没有和同时期一些同类题材作品取同一视点。产科医院的女医生陆萍在小说里不再是一个否定性的形象。丁玲显然改变了曾在《入伍》里表现出来的对知识分子的偏见,而在陆萍身上投入了更多公允客观、符合事实的理性评判。陆萍热情、聪明、富有责任心,但有时也不免脆弱、急躁。她在医院的经历,就是她走入革命行列后精神成长的横截面。在对人物的心理做解剖时,丁玲也解剖了她的人物所在的医院的环境。在丁玲看来,即使新制度新秩序的内部也不是尽善尽美的。陆萍所在医院的环境,由于农民出身的医院领导的狭隘和官僚作风,出现了与延安社会积极进取不相协调的气氛。外行领导固有的小生产者的习气和掌控权力后自然而然养成的不负责任的做派,不仅挫伤了陆萍式的知识分子同志热心工作的积极性,更严重地妨害了医院的正常工作。在沉闷压抑的环境里,陆萍的苦恼远不止是因为自己的工作不被重视反而受到打击,更主要是因为那些亟待完成的工作被耽误、被搁置。丁玲深刻针砭了死水一潭、需待改进的医院环境,也真实袒露了这个热情的知识女性的精神世界。在写这篇小说之时,丁玲就曾解释过作为作者的自己与笔下人物的关系,她是这样说的:"(陆萍)始终缺乏马克思主义,她的情绪是个人的,她的斗争是唯心的,孤孤另另的。我曾经说过我并不爱那个真的产科助手(即人物原型——笔者注),也曾经说过觉得女主人公走了样,但我却不能不承认我是爱陆萍的,虽说也的确觉得有些不合我的打算,但却只能照我的思维与意志去安排。陆萍正是我的逻辑里生长出来的人物。她还残留着我的初期小说里女主人公的纤细而热烈的情感,对生活的崇敬与执着,是的,她已经比那些过去的人物更进了一步。""陆萍与我分不开。她是我的代言人,我以我的思想给她以生命。"[①]丁玲剖析的与其说是她笔下的陆萍,不如说就是她自己。她从来也没有把陆萍当成一个完美的人看待,所以她也指出了陆萍的毛病,但丁玲想要表达的是,延安环境里是否完全不容个人的思维与意志的存在,不容任何纤细而热烈情感的存在,哪

---

① 王增如、李向东:《读丁玲〈关于《在医院中》(草稿)〉》,《中国现代文学研究丛刊》2007年第6期。

怕这些个人因素不但无害延安秩序，反而有助于抗日革命工作的推进呢？事实上，相比陆萍的急躁、脆弱，医院外行领导的官僚作风、不负责任的推诿以及整个医院环境中不良风气的蔓延，这些才是最值得警醒的。丁玲的针砭和抨击，无疑显现了她对知识分子自我在延安秩序中的准确定位。无论从思想的深刻性角度看，还是从文学功用的角度看，《在医院中》的价值都是不容忽略的，而之后文艺整风时这篇小说被扣上"宣传了个人主义"①的大帽子，无疑是对丁玲初心的抹煞。

事实上，不仅在延安，在整个中国共产党领导的革命进程中，知识分子都立下了不可磨灭的功勋。延安知识者为了寻求真理而投奔延安，他们中许多人放弃了优裕的物质生活，放弃了在父母妻儿身边的天伦之乐，放弃了职业、爱好，在这里一切听从组织安排，发出自己所有的光和热。与在战场上出生入死的士兵相比，他们有时会感到愧疚，但他们在延安根据地所从事的不拿枪的工作，也并不是士兵和工农群众所能代替的。延安文人在对知识者自我形象作了严苛检讨时，也感受到知识分子在新秩序中的重要价值。因此，人们才看到了像丁玲的《在医院中》这样的延安知识者自画像。

黄地的《第二代》描述的是一个和陆萍相仿佛的女护士的故事。聪明又热情的史玮曾经为放下了心爱的五线谱和速写本被安排做看护而委屈，但最终她的"责任心"还是让她很快忘记了个人的不快。在白天八小时紧张繁重的学习工作之后，晚上的全部时间都花在细心照料一个父亲牺牲、母亲病重的新生儿上面，自觉主动地承担起"小妈妈"的责任。从孩子的身上，史玮更深刻地理解了看护工作的意义。史玮的身上留有许许多多从国统区来到延安的知识女性的影子。"为了革命的利益"，她们几乎无例外地听从召唤，从事着原本并不擅长的种种服务性工作，毫不怜惜地牺牲了个人的情趣和个人的志向，把自己的一切全部融入抗战和革命事业之中。史玮不过是这许多值得敬佩的年轻知

---

① 燎荧：《"人……在艰苦中成长"——评丁玲底"在医院中时"》，《解放日报》，1942年6月10日。

识女性中的一个。

在敌后抗日民主根据地,为了工作需要,许多知识革命者牺牲的不仅仅是个人的爱好,同样也包括个人情感如夫妇间的温情。在革命工作与个人情感发生冲突之时,延安创作者都会让笔下的人物做出符合革命利益的选择,这应该也是延安文人自己的选择。《温情》(平若)中北平学生出身的教导员夏森,一旦意识到妻子的温情已成为工作的绊脚石时,他毅然振作起来,解脱了感情债务的纠缠,在大炮声中赶上了出发的队伍。20年代末30年代初革命加恋爱的小说曾风行一时,革命战胜恋爱的结局是基本的套路。但和早期知识者革命者形象建构中铺展主人公在革命与恋爱之间反复权衡、痛苦抉择的心理不同,延安文学已经褪去了个人化的浪漫色泽,单独的个体与群体性的革命两者孰轻孰重已不需要写作者费力去衡量。《温情》中夏森的内心冲突转瞬即逝,不会再构成小说的中心线索。在平若看来,置身抗日民主根据地的知识革命者夏森,他和十多年前那些投身工农运动的脸色憔悴、精神苍白的诗人革命家前辈大不相同,在一个崭新的时代和环境中,个人服从组织、服从集体、服从抗战是延安人精神品质的标配,政治立场和革命信仰不允许个人对男女温情有任何奢望。而在一般的读者眼里,夏森果断坚决地追赶队伍的身影固然值得敬佩,但同时也印证了战争压抑人性的残酷,印证了那个时代个人感情不得不献祭于革命圣坛的悲壮。平若讲述的这个学生出身的教导员故事,是一个革命者成长的故事,它也披露出平若对知识分子自我形象再构和重塑的意图。

比起不脱学生气的夏森,《结合》(晋驼)中的主人公李民则显得更加老练。他的外貌酷似农村里寻常可见的"明白二大爷",但他的"严肃、热情、爽直、耐心、有学问、有经验"的"大知识分子"的风度,却在他那个团尽人皆知。他也曾有过"凑热闹、出风头"的青葱岁月,但残酷的斗争现实改变了他。于是他决定把自己的一切无保留地献给伟大的中国革命事业,献给"他设想着的未来"。这位绰号"老姜"的八路军干部启发他的战友明白了一个道理:"不是人们为了使自己伟大起来才干革命的,而是伟大的革命正在拯救着人类子孙和他们自己。"这也是延安知识者对融入革命秩序中的自我身份认同的前提,那就是革命可以达成拯救自己也拯救人类的崇高目标。李民以他阳光健康又老练沉着的形象进入革命者楷模的行列。40年代初期延安知识者在自我形象把握时的犹疑以及对知识革命者存在价值理解上的困惑致使李民似的形象在文学中并不多见,而对于1942年以后的文学来说,李民的形象不断被改写,那种情智理兼具的成熟气质不再有可能出现在知识分子人物身上,李民的故事自然也就成了一代绝唱。《结合》并不是一篇完美的小说,但它对李民形象的精彩勾勒,使读者看清了延安时代知识分子在实际革命中的真实面影,这是《结合》最有价值的地方。

涉及延安知识者生活的40年代初期的延安创作,在1942年5月以后常被诟病为过于看重一己悲欢和过于浓重地渲染小资情调,这实在是一种想当然的误解。也许从某种意义上来说,延安文人自画像的缺陷恰恰反映在作者对知识分子自我形象的矮化。可是,没有了自我和个性的文学,还会是文学吗?与数不胜数的描写抗战、描写边区农村生活的宏大叙事创作相比,40年代初期延安知识者生活展示不是过分,而是不足,这不仅是就展示的深广度而言,也是就反映的真实性而言。这个不足正与长期以来已成定论的指责和习惯性评价南辕北辙。

4."熟悉的题材"——"回忆琐记"

曾被非议、被误解的40年代初的延安创作,除了一部分所谓专事"身边琐事"的知识分子题材的文本,就要算是一些专以往事追述为主的作品了。这类被称作"回忆琐记"式的"熟悉的题材",在文艺整风期间,被指控为"有非常坏的影响"。这类作品回忆的到底是怎样的往昔?过去了的那些历史带给延安创作者怎样的感觉?是欢欣快乐的品味,还是痛苦愤慨的倾诉?读者只要沉浸到那些文本里,应该不难找到答案。

周立波有一组关于在上海提篮桥监狱囚禁生活的回忆。这是五篇独立而又有联系的小说,组成了"铁门里"的五个断片:《第一夜》《麻雀》《阿金的病》

《夏天的晚上》和《纪念》。周立波打开了记忆的闸门,以深沉的笔触记下了黑暗世界里被囚禁者对光明自由的向往与渴望,记下了黑暗世界里压迫者主子及其帮凶的暴虐和凶残。在这五篇小说的字里行间,始终贯穿着作者对身陷囹圄的革命者爱憎分明的立场和不屈的英雄气概的颂扬,对丑恶败类种种灭绝人性的罪恶的控诉。《麻雀》记叙了一只飞进铁门里的麻雀引发的故事。这只麻雀像不速之客前来造访,使难友们暂时忘却了眼前的逼仄和灰暗。尽管对应不应该玩麻雀,大家各执一词,但一致同意留到第二天再放走。这一小小的精神享受却不属于被囚禁的人们,麻雀被踩死在笑面虎狱卒的硬底皮鞋下。压迫者扼杀了一只可爱的小鸟,但扼杀不了永远飞翔在难友们灵魂世界中的自由的精灵。周立波以亲身的经历,追述了记忆中的革命者坚强乐观的往事,往事里渗透了作者对革命事业的无比热爱和忠诚。相似的内容在草明的《疯子同志》里一样存在。草明笔下的两个"疯子同志",都是经过了多年铁窗生活的革命者,禁锢和压迫可以击垮他们的肉体,却无法击垮他们革命的信念。草明的小说反映了与周立波作品相同的主题。虽然他们的主人公生活在黑暗的环境里,但他们自己不属于那个黑暗环境,他们是黑暗中的光明。有了他们的前仆后继,才有了根据地的今天。周立波和草明以他们的往事追忆,表达了他们独特的对昨天的革命家们的"纪念"。

和上述作品的侧重点有所不同,还有一部分回忆性的创作更集中在揭露黑暗专制统治下的悲剧现实。萧涵写过一篇题为《不幸的遭遇》的小说,记叙了一件沉郁又恐怖的往事。十六岁的俞琛为追求光明悄悄离家出走,在前往延安的途中,突然无声息地失踪于西安。这个天真活泼的姑娘就这样在友人的眼皮底下淹没在无边的黑暗里,从此再未露面。作者以较多的笔墨细致地描绘了俞琛可爱的面容,这种方式最具体生动地表露了作者对一个青春生命被吞噬而感到的无可言喻的痛苦与愤懑。俞琛的失踪,是作者亲身经历的国民党特务组织随意戕害向往自由进步的青年的事实,它披露的是并非虚构的历史真相。

白朗的小说《开除——大后方风景之一》则从另一个角度揭露国民党政权下的黑暗现实。陈保长因弟弟陈子云被征壮丁情急之下以一百元贿赂了张保长,当陈子云装病被人揭发出来时,张保长竟以他未上阵即退缩无打仗的资格为由,大喝一声:开除！喜剧性的情节带给读者的不单是轻蔑的一笑,更多的是对国民党自上而下的腐败使抗战事业蒙辱的愤恨。草明的《陈念慈》同样暴露了国民党基层组织的黑暗。一个在偷窃财政厅厅长公馆时失风的小偷被抓获后,又在严密保护下送进医院治伤。这个滑稽开端的故事,接着按这样的逻辑展开:原来不是厅长大发慈悲怜惜小贼,而是为了他能在伤愈后充当送上门来的替罪羊。因为厅长的妻弟也是厅长的秘书贪污公款一万三千五百元,东窗事发后,厅长索性再送他一万一千五百元,然后以"劫去公款二万五千元"的罪名,把那个倒霉的小偷押赴刑场。仁爱医院的外科主任在荒僻的郊外,目睹了他的病人的尸体,恍然大悟,明白了这个阴谋背后的一切。于是,一生以仁爱为准则的陈念慈无法再在这地狱般的环境里苟且偷生,他最后出现在华北前线的伤兵医院里。通过陈念慈的眼睛,读者可以清楚地看到一幅国民党机构的奇丑图。陈念慈的愤然出走,实际上就是一个国民党自取垮台命运的预言。另外,罗烽的《山庄中》、奚如的《未了的旅程》等小说也以各自不同的侧重点,揭露了国民党专制独裁统治造成的大后方黑暗恐怖的现实状况。作者无不刻意地让国统区弥漫着的压抑气氛与他们身处的延安根据地生活中的明朗空气构成鲜明对照。

最初的延安生活带给来自国统区的文人作家和煦温暖的感觉,他们时常会抚今追昔。和周立波、草明、白朗、罗烽一样,荒煤也品尝过新旧两个世界的不同滋味。《在教堂歌唱的人》中的主人公,从延安鲁艺学生在挂满了领袖画像的教堂里快乐地歌唱,回想起年少时与外祖母去教堂礼拜时所遭受的嘲笑和耻辱；《无声的歌》的主人公在放声高唱《国际歌》时,体会到"犹如一个和母亲隔绝了一个长时期的孩子重回到母亲怀抱时的感情",他回想起过去六年监狱生活里无数人唱着这首歌英勇就义的悲壮情景。荒煤在他今昔对比的小说里情不自禁地感慨昔日的苦难和今日的幸福。他以特有的抒情笔调表达了他对新生命的无比珍爱,其中浓缩了他对往昔痛苦生活的回味咀嚼。与荒煤的小说内容相近的,还有《时代所给予我们》(林风),作者望着保小学生无忧无虑的笑脸,想起1937年冬天杭州城失陷时面对无数啼哭着的孤儿却无能为力的往事,由衷地感怀相同生命不相同的价值。《猎人的故事》(叶克)也与此相仿。作者在根据地打猎时,联想起过去随父狩猎误入财主林子所受的难以忘却的人格侮辱。这些作品从不同的角度,表现了作者对往昔丑恶现实生活共同的厌恶和唾弃。因为是"熟悉的题材",作品的描写真切感人,气氛的渲染恰到好处,作家的创作智慧也得以比较充分地体现。

在这批作品里,陈企霞的《星夜曲——一个走夜路的同伴所讲的故事》在倾向上比较特别。主人公克南,一个1927年间知识分子出身的革命者,当他走出监狱时,已变得与从前判若两人,安逸和满足成了他追求的全部。作者讲述这个故事的目的是告诉读者这样一个道理:"像我们这一类人(所谓的小资产阶级呵!)自己生活的一种狭小的圈子,如果不跳出来,或不想跳出来,在紧要的关头,它会拉你回到莫明的地方去。"陈企霞打破了常见的忆苦思甜的格局,却也开始了后来的读者司空见惯的逢"知识"必忏悔的另一套路。从小说发表的时间看,这个小说可称作延安文人在创作中贯彻执行《讲话》精神的最早产物。

回忆琐记类创作叙述的是在作者记忆中的旧事,这些旧事随着时间的飞逝反而在他们的脑海里越来越清晰。在完成了一定的生活、思想和艺术的准备之后,新的环境加剧了作者追忆那些早已感怀颇深的旧事的冲动,他们不吐不快,因而感情极为丰富,爱与憎了了分明,表达的手段也多姿多彩。

1941年和1942年的延安文学经过前几年的积累得以发展并获得最初的丰收。新的人物、新的事件作为根据地引以为荣的社会真实的一部分,出现在延安文学的表现天地里,它们为阻隔在延安以外的世界展现了延安天地里特有的风采。尤其弥足珍贵的是,40年代初延安作家对自我、对延安社会的严格剖析，显示了他们在新秩序下对主导规范某种程度的超越，对"五四"直面现实的现代知识分子精神传统的继承发扬。这些作品不仅为产生发展了十多年的左翼文学提供了新鲜经验，也为产生发展了二十余年的整个新文学增添了光彩。

三

在相当长的一段时间里，研究者对"解放区文学"很感兴趣，但却习惯性地漠视前期延安文学(1937—1942)的存在，并将袭用具有经典理论的评价视作天经地义。从题材角度看，这五年的创作确实有不尽如人意的遗憾，但也有不少令人快慰和欣喜的地方。

一个不难觉察的事实是：在前期延安文学抗战的大主题下，纷繁多绪的延安生活题材都来自作者的自由选择。尽管相对的题材选择自由自"五四"新文学产生后就一直断断续续地存在着，但对 30 年代末 40 年代初的延安文人来说，还是十分难得。这不仅是由于 1942 年以后延安文艺方针的调整，同时也由于自由选择本身正面临着危机。作家选择题材的自由度正随着作家本身对政治信仰的崇尚和追求以及特殊战争环境下作为职业作家独立意识的逐渐淡化，而受到相应的限制和挑战。外在和内在的原因都在不断侵蚀着这一选择空间。但不管怎么样，至少在 1942 年以前这一空间毕竟还存在着。40 年代初相对温和与宽松的延安气氛，烘托着文人们相对自由洒脱的创作心境。与延安以外的国统区文人相比，延安的供给制使作家在一定程度上免除了基本的衣食温饱的困压，文艺政策的宽松也使文人作家少受具体政策的干预。凭着各自的生活基础和对生活的观察，他们可以巧妙取舍，自如挥洒。当然，对于这批抱着追求真理愿望投奔延安的文人作家来说，即使他们仍葆有着独立的现代文人意识，也仍然尽最大的努力，将创作融入他们崇敬的事业之中。因此，延安文人对表现对象创作素材的剔取裁剪，既是一种题材的选择，同时也是他们既为作家也为延安秩序中的一员的政治选择和道德选择。

题材选择的相对自由为前期延安创作提供了相对开阔的表现空间，及时而真实地反映抗日民主根据地的现实生活，成为延安文人创作的主要目标。尽管由于客观条件的限制，前期文学的题材范围还算不上十分宽广，但在延安文学从起步到发展的五年间，延安创作所涉及的方方面面以及方方面面里的各式人物，足以支撑起根据地的整体形象。这是延安文学不能不被认可的地方。

在前期延安文学着力描写的形象系列里，边区民众形象最为引人注目。他们的翻身经历、思想解放的艰难过程，在延安作家笔下得以初步展示。这样的展示，不仅继承了鲁迅开创的揭示 20 世纪前两个十年中国农民精神物质困境的乡土文学的传统，也汲取了茅盾等前进作家刻画严重阶级对垒情形下农民觉醒和反抗主题的左翼文学的创作经验。依据历史提供的新鲜感受，三四十年代延安文学中的农民形象塑造扩展了新文学二十多年来两大题材之一的农民题材领域。在这里，即使仍有闰土和老通宝似的旧式农民，如孔厥笔下的郝二虎的娘、李三儿的爸，作家的侧重点已明显转移。如果说鲁迅和茅盾主要揭示的是农民的迷信与守旧，那么，延安文人主要反映的是农民的自私与狭隘。鲁迅们为思想启蒙下农民一仍旧贯的愚昧麻木状态而焦心，延安文人更为群体斗争中农民眷恋于一己私利的小生产者思想现状而忧虑。尽管不能以表现侧重点的差异来衡量作品的高低，从艺术的成熟度看，延安的创作与鲁迅的小说也无法比拟，但显而易见，延安文人回应了延安这个时代农民所面临的敏感问题，这正如鲁迅当年对他所处时代的农民问题的准确揭示一样。在这个意义上，延安文学客观上还是拓宽了这一题材的面向。他们写新政权下一些农民面对"公"与"私"冲突时的无知和失措，表现了他们对新秩序下暂时跟不上秩序节奏的农民的期待。在对平凡普通的农民形象塑造中，延安文人融进了他们对时代和历史趋势的理解和感受。

与此对照，延安创作里层出不穷的新型农民则是一种新的人物类型。孔厥、丁玲赋予了老会长、何华明等农村带头人闪光的品质：公而忘私，舍己为人，不仅让他们处于政治高位，也处于道德高位。这种美化过的拔高了的形象描摹，既是作家对农村现实中最先接受革命教诲并付之于行动的人物的认可，同时也是对新制度下未来中国农民（也包括其他社会成员）政治和道德品格理想化的想象。

虽然前期延安文学里农民积极分子的诞生反映了延安文人对边区农民未来道路和命运的设定，但根据地新制度建立初期边区农村的客观现实还是使得他们去关注农民向旧世界告别的艰难历程。在不少作家的笔下，历程的艰难不仅来自过去了的社会带给农民的梦魇，也来自没有经历过思想启蒙过程的边区农民尚无法从梦魇中惊醒的精神现状。这些作品站在拥护新政权的立场上，严肃地提出了边区农民在摆脱旧有的政治经济压迫同时必须摆脱压抑人性的各种专制思想观念的新命题。《夜》《我在霞村的时候》《苦人儿》等小说将作者的忧心与希望发挥尽致。

至于与抗战主题紧密相连的八路军将士的形象塑造，也是这段延安文学提供给现代革命文学的新内容。在这之前，记叙红军生活的作品也偶尔可见，但八路军的名称还是被赋予了不同的历史意义。这个称号是和抗战紧紧连在一起的。曾有幸走上前线与八路军将士们同甘共苦的延安作家对抗日炮火中英勇善战的八路军指战员有过不少形象的记录与描述。丁玲的《南下军中一页》和《彭德怀速写》、沙汀的《我所见之 H 将军》、刘白羽的《记左权同志》、黄钢的《我看见了八路军》等特写，留下了极为难得的八路军官兵艰苦斗争的侧影。40 年代初日军与国民党政府的多重封锁，阻断了更多想了解战争进程、了解八路军敌后游击战的作家自由来往各战区的道路。所以，前期文学中有关八路军形象的刻绘，大多数集中于留守根据地的部分官兵的日常生活与日常工作的展示。但这些创作也带给读者比较鲜明的印象，这支军队的性质，这支军队与战争的关系，都在这些纪实性的作品中显露无遗。

客观而言，前期延安文学对八路军形象的描写并不精致，但延安作家对八路军将士的认识和理解，使他们在动笔之时充满了对这支抗日军队的敬佩之情。这种敬佩不仅仅停留在对八路军将士英勇善战的外在形象描述上，也深入他们的内心，挖掘出他们潜在的精神源泉。一些并不太为人注意的小小报道，却映现了八路军将士鲜为人知的博大胸怀。《两个幼小的生灵——北中国断片之二》（韦明），报告的是一则真人真事：战士们冒着危险从炮火中救出了两个日本小姑娘，她们因侵华战争随父母踏上中国的土地，又因战争陷于炮火之中。尽管战士们对侵略者无不切齿痛恨，但他们却在X司令员的关照下，以宽广的人道胸怀，精心爱护着这两个无辜的日本孩子，最后司令员又亲笔致信，由专人将她们送还日方。这个真实的故事，突现了八路军英勇顽强品质之外无比崇高的人道主义精神，它向世人证实：八路军是一支百折不挠的钢铁队伍，也是一个对无辜弱小者深怀同情的人道的大家庭。罗曼的《小看护——田家会战斗小故事之一》，同样也以一个小看护员在特殊条件下的善良之举，映示了八路军战士的人性之光。这样的故事，虽然没有直接渲染那种紧张激愤的杀敌情绪，却使人更明确了日本侵略者的罪恶和中国抗战的意义，也更立体地展现了八路军的鲜明形象。

边区农民、八路军将士的生活和战斗，相对集中了延安文学最主要的表现内容，但显然不是全部。在当时战争环境里，根据地工业尚处于萌芽阶段的情况下，仍然出现了一些工人题材作品。卞之琳的《修筑飞机场的工人》是较早出现的有关边区工人的抒情诗。这首诗不但抒发了修筑机场的工人们的抗敌决心："空中来捣乱的给他空中打回去"，同时也抒发了诗人对像"母亲给孩子铺床"般"一铲土一铲泥"修筑机场的工人们辛勤劳动的无限敬意。《解放日报》文艺栏曾陆续刊载了一些有关边区工厂情况的通讯报道。《一架机器的诞生》（林风）、《纺织机的响声》（师田手）、《一千二百四十四张》（祁四）等，这些作品有的着重写工人们为战胜敌人的封锁，创新发明机器流汗出力，有的着重写工人们自发组织热火朝天的劳动竞赛，它们虽还不能全面充分地反映边区工人的生活面貌，但从这些作品里，工人们的工作热情和工作干劲已见一斑。这些艺术上尚不成熟的创作,从题材的角度看,为前期延安文学提供了除边区农村、军营和一般中央机关之外的另一种场景,填补了这段时间延安创作工人题材的缺漏。

相对而言,与较为薄弱的工人形象的刻绘相比,一直为延安创作关注的边区妇女生活表现十分丰富。实际上,在前期延安文学的表现空间里,妇女题材是与其他题材交叉叠合的。对边区农村妇女人性解放的同情,对知识女性人生价值的肯定,贯穿在许多较优秀的创作里。《凤仙花》《磨麦女》《我在霞村的时候》《在医院中》等小说,延续并发展了"五四"以来新文学作家不断探索着的妇女解放的命题,并揭示了妇女解放在新环境里所面临的新考验。对已获得了政治翻身的边区妇女来说,她们不会像鲁迅《伤逝》中的子君最终因生活的窘困重回父辈的家庭,但是她们有可能因为内在和外在的专制思想观念的奴役,无法迈出子君式的第一步,致使表面上与男人们一样刚刚获得的翻身成为徒有虚名的摆设。前期延安文学有关妇女题材作品,在量与质上都值得称道。尤其是一些创作对妇女精神世界的关心和对妇女个人命运的关怀,在现代革命文学中既是空前的,也是绝后的。它们不仅仅表现出对"五四"个性解放精神的发扬光大,更表现为对真正意义上的同属于人的解放范畴的阶级解放内容的大胆拓展。

众多反映根据地现实生活面貌的创作,无不显示出延安文人对延安的热爱和对革命的忠贞。他们几乎一致的政治倾向,都来自他们自身的抉择,这反映了延安对这些知识分子卓有成效的感召和影响。出于对伟大的抗日革命事业的拥戴,出于对民主自由的未来理想社会的希冀,延安文人在反映根据地现实时,在总体肯定之外,也对新政权下出现的一些与时代不协调的旧痕迹进行了披露与揭示。丁玲的杂文《"三八"节有感》对有碍革命队伍中女性正常发展的世俗偏见作了猛烈的回击,鸿迅(朱寨)的小说《厂长追猪去了》对不分工作轻重的事务主义的厂长予以善意的讽刺,王实味的杂文《野百合花》尖锐批判了在新的制度下逐渐滋生的种种弊端:特权思想、自私自利、居功自傲、对同志漠不关心……丁玲、王实味等延安作家为延安生活中客观存在的阴暗面深感痛心,同时也对延安会尽快解决这些问题充满信心。在 40 年代初较为平和的氛围里,他们的道德勇气和使命意识使他们不可能更不愿意文过饰非。如果说广泛地反映新制度建立后根据地民众健康向上的生活是延安作家贴近现实的结果,那么,深刻地揭示新制度的不完善以唤起一些沉湎于成功喜悦中的人们的醒悟,则是更深意义上贴近现实的选择。不同的方式、不同的角度传达出的却是共同的对延安、对新政权爱之深深的情愫,对延安现实的勇敢解剖,使得这份情感更具分量。

从延安文学对延安生活最主要方面的揭示,读者可以感觉到延安文学与延安现实间的密切联系。对于前期延安文学来说,还有什么比记录这个新时代新世界更值得炫耀,何况这段文学生长在怎样的客观环境里!尽管由于种种原因,延安前期文学对根据地生活的展示还不十分全面,也谈不上怎样深刻,但即使是粗疏的勾勒,也凝聚了延安较早一代文人不可漠视的探索与心力。对知识分子以外其他民众生活,尤其是对农民生活的关注,虽然在 20 年代中期新文学中已经开始涌现,30 年代普罗文艺也大力加以倡导,但真正把大众的生活作为文学主要表现范围的作家并不太多,对知识分子以外生活的陌生制约了他们的取材;而刚进入延安不久的文人作家虽同样存在这样的问题,但创作主导思想的明确,使他们发挥了最大限度的能量,去直接描写他们周围的士兵、农民。他们的作品洋溢着浓厚的抗战时代的生活气息,而在文学的表现内容上,也真正开始了文学与大众的贴近。

延安前期文学把对知识分子以外民众的生活当作创作的中心,不仅仅是一种题材的转变,更是观念的嬗变。如果说二三十年代的作家以觉醒者和社会精英自居,把普通民众看作启蒙和引导的对象;那么在 30 年代末 40 年代初的延安,投身革命的知识分子作家更多地看到了成为抗战主体和主力的民众在实际战争和革命过程中发挥的巨大作用,原先的自我优越感逐渐丧失。他们对根据地民众的态度,已超越了一般意义上纯粹的作家对表现主体的关心,他们把表现民众生活、塑造具有积极性人格的民众形象当成他们自己获得新秩序认可的一种方式,这种作为职业作家主体性立场的动摇,在某种意义上也预示了以后的文学与生活、与大众、与政治的界线愈益模糊的趋势。

前期延安文学在表现延安根据地生活现实方面仍然存在值得探讨的问题。事实上,脱胎于苏区文艺以及对30年代左翼革命文学经验的借鉴本身即表示延安文学尚处在试验期,它需要一定时间去完善,那些无法避免的幼稚与粗糙并不值得大惊小怪,正视问题所在并探究问题的根源,才是促进文学健康发展的关键。

尽可能广泛地反映根据地现实生活,固然是前期延安文学的成绩之一,但在进一步探索根据地民众精神世界方面,这段文学也显示出它的薄弱。不少表现边区农村现实的文本,过于迷恋农民生活表层变化的叙述,而对翻身农民内心深处的反应缺乏必要的揭示。在表达上,一些文本满足于肤浅的外在行为叙述,而忽略了支配人物外在行为的价值观念的分析。叙述事件的来龙去脉的热情,在某种条件下,越过了对事件中心人物的关注,人物形象显得单薄而缺乏立体感。譬如一些小说批评守旧的老派农民,作者只一味罗列他们只顾小家、不顾大家的"落后"细节,而不挖掘这种"落后"行为的心理基础;譬如一些小说写新人成长,人物思想的提高和行动转变常常显得易如反掌,作者没有耐心去展示这些新人变化的过程,展示他们转变过程中灵魂搏斗的痛苦和新生的喜悦。像丁玲的《夜》、蒋弼的《"我要做公民"》这样体现了历史和人性深广度的作品,实在太少太少。对人物心灵世界的漠视,使得一些作品停留于程式化了的规定场景的演绎,难得有独具慧眼的发现。在前期延安创作中,葛洛专事描述佃主回村引起村民情绪起落的《风波》即便存有明显模仿的痕迹,也极为少见。葛洛聚焦于主家和雇农关系的转变,《风波》反映了被推翻的昔日的主家对刚分得田地的农民仍具有威慑力,这样的叙事视角选择和心理铺陈,真实地还原了乡村社会变动中的复杂性,可谓同类小说中的佼佼者。而像狄耕的《腊月二十一》这样的小说,则更属凤毛麟角。小说写的是发生在晋绥游击区的故事,着重刻画了一个叫纪有康的村长的形象。作者对人物的成功塑造,尤其是对特殊环境下人物心理的细腻揭示,使小说在当时众多的以纪实代替描写的同类创作中显示出独到的艺术魅力。《腊月二十一》中的主人公纪有康是一个在敌我犬牙交错地带被日伪、中央政府以及"牺盟会"三方认可的村长,他会因各方交给他的负担过于沉重而有所抱怨,但若是碰到敌人进村、中国政府官员有生命之危时,他几乎毫不犹豫地利用他的身份去掩护自己的同胞,不再计较其中有些人平时怎样打着政府的招牌对他呼来喝去的无礼。狄耕没有在这个村长身上贴标签,而是对人物进行了多角度的精细解析,这实际上在更深刻的意义上揭示了任何情形下中国人抗战信念坚不可摧的主题。然而很遗憾,这篇小说的独到不仅没有得到评论家们的青睐,反而受到简单粗暴的批评。延安的创作风气使创作者更愿意选择敌我友了了分明的形象打造,观念上的随大流,心理描写的欠缺,艺术思维的粗疏,不仅影响了人物形象的真实性,其实也影响了主题的表现。很明显,不能认为这是纯技巧的问题,而应视作作家生活积累和创作思想上的问题。延安文人虽然已开始面向大众,但仅限于面向的姿态,并没有真正走进他们中间。文人作家一方面急切地想要反映边区民众生活,另一方面他们和民众的生活思想还存在较大的隔阂,这样的情形下"煮夹生饭"就在所难免。前期延安文学在塑造人物形象上的不足,除了心理描写的欠缺,也和一些作品囿于真人真事地纪实、缺乏艺术提炼以及叙述方法的呆板、表现手法的单一有关。

由于作家思想认识上的局限,不少前期延安创作在主题开掘上也缺乏足够的深度。封闭的外在环境、褊狭僵化的思想视野,使延安创作无法产生如鲁迅笔下阿Q式的具有无限广延性和无限伸展性的形象,也就无法产生《阿Q正传》似的从人类社会和人类思想发展的高度去揭示中国现实、思考中国命运的伟大作品。尽管丁玲等人的一部分作品也表现出相当精彩的精神追求,但从大部分的延安作品来看,思想的贫困显而易见。在既定的革命目标和政治信仰下,文人作家对边区生活未能进行根本性的理性探索。为了显现自身革命意识的获得，他们用文学的手段和方式去乐观地展望中国革命的前景。延安文学的主体内容都凝聚于对民众尚处初步的翻身过程的平面叙述上。对更微妙复杂的民众精神发展状态的淡漠，不仅造成了反映边区生活的创作主题的浅露，也直接影响了根据地文学本应具备的广泛而深刻的意义体现。在反映战争生活的作品中存在着同样的问题。抗战热情的抒发，人民群众机智勇敢杀敌故事的叙述，作为宣传手段，当然是必要的，但又是远远不够的。面对中日之间的这场战争，是与非，正义与非正义，当然毋庸置疑。但作为一种战争文学来表现，作家有必要去更充分地揭示这场战争的性质，让中国以外更多的人来了解中国抗战的意义。抗日战争不是一场孤立的战争，它有着第二次世界大战的背景；中国的全民抗日也不是孤立无援的单方面的保家卫国，而是归属于全世界反法西斯的民族民主运动的洪流。而前期延安文学显然缺少更宽阔的胸怀和更深邃的目光，因而未能对战争本质做出最具说服力的理性思考。很少有作家去挖掘日军侵华的原因，去揭露战争的罪恶根源，也很少有作家去表现这场中日战争给中国人带来深重灾难的同时，也给日本国民以及整个东南亚的普通百姓带来种种不幸，以此更全面更深刻地暴露日本军国主义的罪行。谢庭宇的《去国》一反被侵略的受难者的视角，从日本人自身的厄运，写出一般士兵"去国"的悲哀与厌战的情绪。这篇小说艺术上虽平淡无奇，取材上却独树一帜。可惜这样的作品在前期抗战文学中极为罕见。民族主义精神孕育出的是爱国主义的抗战文学，人类和平精神孕育出的是与整个人类生存和命运紧密相关的反战文学。对于刚刚起步的延安前期文学来说，几乎与战争同步的纪实描写，当然已经相当不易，但不苛求历史，并不意味着历史没有缺憾。

　　作家自由选择题材的有益条件，本应促使文学表现范围得以最大限度的拓展，但事实并非如此，反而犹如规范过了的集中。前期延安文学不乏个性化的创作，但也有相当一部分雷同化、公式化的文本。如表现军民鱼水情，读者通常看到的模式是：八路军有难（或负伤掉队，或雪天迷路，或陷入敌阵），老百姓救援(或嘘寒问暖,或舍身掩护),最后共同携手战胜危险和困难。这种千篇一律的模式,也许确是当时军民关系的再现,但由于对人物关系所做的先行符号界定,作品的艺术感染力大为减弱。当作家对新生活的感受尚停留在粗浅阶段上时,他笔下富有自身光彩的鲜活的生命也失去了本有的亮色,文学的雷同化(缺少作家自己对生活的鉴别和思考)和公式化(图解概念和图解政策)也因此在所难免。这些文学艺术创作的大忌,通常会产生在舆论一律的时代,但前期延安文学同样提供了这类样本。前期延安文学的不足,还突出表现在作家对艺术追求的松懈,有些作品构思不求新颖,格式不求立异,语言不求生动活泼,这些毛病的产生固然有种种客观原因可以解释,但也不能排除作家主观上忽视文学审美功能的因素。如果在作家的心目中宣传和教育意义掩盖了文学的审美本质属性,粗制滥造之作的出现也就不奇怪了。

以上对前期延安文学的评价,或许过于挑剔了,这是因为前期的延安文学毕竟仍归属在文学的范畴中。不人为地拔高这段文学的价值,也不刻意遮蔽这段文学的存在,掸去尘土,还其本来的面目,这是正常的观照延安文学的学术态度。从前期延安文学主题和题材的选择取向,有心人起码可以获得一些有价值的启示,以便于对1942年以后的延安文学进行再认识。

关于延安文学的现代化和民族化问题

延安文学被公认的成绩之一,是它以对民众的贴近,改变了"五四"以来一直存在的新文学与大众,尤其是与农民的隔膜状态。因此,对延安文学的评价常常与文学的通俗化、大众化乃至民族化相联系,也似乎显得十分自然。但是,正如过去出于某种考虑,将"五四"文学完全视作"欧化"的产物是一种偏见一样,为了突出延安文学在寻求农民读者的认同方面的努力,对延安文学在民族化建设上的过分赞誉,同样包含着相当程度的误解。1942年毛泽东的《在延安文艺座谈会上的讲话》确立了文学为工农兵服务的方针,强化了文学的普及意义,此后,延安文学致力于与农民的沟通,改变了文学的面貌。然而,不可忽视的是:大众化不等于民族化,更不能代替现代化。当延安作家以对传统形式的回归,尤其是对传统民间形式的重新关注,加之对当地农村生活的展示,赢得农民读者的掌声时,他们中的一部分却也不自觉地放松了对文学现代性的追求,致使延安文学在相当意义上偏离了新文学的现代化方向。与此相关,现代文学民族化的道路也愈益显出其狭窄。不管怎么说,在40年代的延安,文学的民族化依然是一个目标,依然是一种理想,而不是那许多人陶醉其间的已成的事实。延安作家以及延安以外的许多文人在有意识构筑民族化文学时的严重倾斜心理和实际操作的结果,为此提供了不乏说服力的依据。

一

尽管民族化口号的正式提出，是随三四十年代那场沸沸扬扬的民族形式的讨论而来的，但作为一种实践，它是与现代文学的崛起与发展相伴而行的。"五四"文学对异域文学的开放融合，对传统文化的扬弃更新，既是具有现代意义的革命，也是具备了民族底蕴的创新。"五四"的举措，显然主要立足于文学的现代化，思想文化的现代转型，乃至整个社会生活现代文明的进化，但从客观上看来，"五四"对外来文学营养的大胆汲取，以及在反传统旗号下对传统文化某些成分的抉取与革新，也为中国现代文学的民族化定下了最初的格局和基调。当然，"五四"作家建设新的民族化的意识远不如对文学现代意义的追求来得自觉，虽然这是两个彼此相关又彼此兼容的文学目标。

然而，无论如何，"五四"新文学不为知识者以外的读者群所认可，毕竟是一个事实。为了弥补这一缺陷，在"五四"后30年里，学者和作家接连不断地展开了种种讨论："大众化"的讨论，"旧瓶装新酒"的讨论，以及涉及民族化概念的民族形式问题的讨论，等等。无论是从社会历史背景对文学的要求，还是从文学本身发展的规律来看，这些讨论不仅十分及时，也十分必要。由于种种讨论都共同关系到如何将文学的影响扩展到普通民众中间的问题，所以，许多讨论者很自然地将"五四"作为立论的参照系。不过，在检讨"五四"时，有些看法显得并不公允。譬如有的人本身尽管是"五四"文学的发动者和参与者，但为了帮助推出某种时尚的通俗作品，不惜大大夸张"五四"的弱点，情绪化地认为"五四以来的文艺作家虽然推翻了文言，然而欧化到比文言还要难懂"①，这不仅将"五四"文学直接与"欧化"画上等号，也全盘抹煞了新文学的意义和价值。"五四"文学的形象，在有关讨论以及讨论外的文艺评论中之所以一再被

---

① 郭沫若：《读了〈李家庄的变迁〉》，《北方杂志》第2期，1946年9月。

扭曲,一方面是"五四"文学本身原因,一方面则是由于一些人对民族化问题理解的模糊和偏颇。

尽管"五四"作家,除鲁迅等少数人之外,建设民族化的中国文学的观念并不十分清晰,但他们创造现代意义的中国文学的惊人自觉,也体现了一代先驱对本民族文化的更新所寄寓的远大理想。为了摆脱传统的阴影,消除旧的文化心理的烙印,"五四"作家以前所未有的开放姿态,吸纳融合了大量的异域文化的养料。这种"不拘一格"的"拿来"做法,正是以催生现代的民族精神和民族文化为前提的。因此,无论是欧美的,还是日本、印度等其他国家的,无论是古典的,还是现代的,只要为我所用,"五四"作家都引进吸收,而所谓的"唯我所用",也就意味着有"一定之规"。这就是引进吸收的域外文化从观念意识到形式方法,都必须适合并有助于中国社会生活和思想文化的现代性的根本转化。需要指出的是,当时的创作者在一开始不免出现一些囫囵吞枣、"全盘西化"的学步迷误。但在以后的摸索实践中,单一的模仿不断减少,那种吸收了外来营养后熔铸成的从内容到形式都更加"中国化"的艺术作品逐渐产生,因此而构成了"五四"文学不同于中国传统文学也不同于异域近代文学的独特风貌。"五四"文学的成功探索说明:经过"中国化"融合收纳的外来因素,已不再是异己的身外之物,而是构成中国现代文学走向世界的民族特色的成分。所以,"五四"时期的对外开放融合,既是中国文学现代化的必然途径,也是中国文学进入民族化的必然通道。注入中国民族文学肌体的外来养分,不仅为中国文学的现代性呈现提供了保障,也为中国文学打通了与世界文学相沟通的经络。

任何异域文化要进入、扎根并作用于本民族,必然都需要经过"本土化"的过程。"五四"文学创作大多是借鉴了外来文学经验之后变异的结果,它们和借鉴的对象之间已经有了相当的距离;当然,"五四"的那些"中国化"了的作品,又决然迥异于老模老样、旧韵旧调的中国传统文学。所以,对大多数从未感受过异域现代文明气息、又早已习惯于传统旧文学内容与形式的普通大众来说,新文学确确实实是一个陌生的异数。对文学本身现代化的强烈关注、热情投入,使得大多数"五四"作家暂时无暇考虑一部分物质与精神都处于极低水准的接受群体的接受能力,但这并不妨碍"五四"文学在建构中国特色方面的努力。虽然鲁迅的《呐喊》和《彷徨》在当时未能被更多读者欣赏,虽然郭沫若的《女神》也只能打动少数热心于时代变革和个性解放的知识者,但有谁能否认《呐喊》《彷徨》和《女神》是那个时代最具民族性的中国文学呢?又有谁能否认这些作品也是新文学民族化发展进程的初步收获呢?看来,"五四"文学缺少大众的反响,并不能说明"五四"缺乏新时代的民族化的实践,两个方面虽互有影响,却并非同一件事。

既然文学的"大众化"是有别于"民族化"的另一个概念,那么对新文学与民众的隔膜状态的认识,就不应当再单纯纠缠于"五四"文学的所谓"欧化",应该从更宽阔的视野和更立体的角度去考察和探究。40年代初,在相当热闹的旧形式利用问题的讨论中,周扬曾于肯定了新文艺的发生发展趋势并非与大众相远离而是与之相接近之后,评述过新文艺与大众隔膜的两大原因:"一面是固然归因于大众文化水平低下,一面却要由新文艺本身的缺点负责。"但在分析后一个原因时,他仍然感到其中"单纯不大众化的缺点",有些在艺术上并不是缺点,反而是"构成大艺术作品所必需的"。周扬对"五四"新文学不够大众化的批评,显然是以对"五四"创作主体和接受主体两方面的客观状况细致分析为前提的。当然,他同样认为新文学有责任改变这一状态,尤其应该克服由文艺作家对现实认识和表现力量不够造成的"写得不像"和"看起来难懂"的缺陷。[①]较之当时和以后一些人将"五四"与大众隔膜,或者简单归之于新文艺作家刻意模仿西洋作风、中了"洋八股"的毒的结果[②],或者笼统地斥为新文学作家与生俱有的害怕通俗的"通病"的产物的说法[③],周扬这时期的评述似乎更

---

① 参见周扬:《对旧形式利用在文学上的一个看法》,《中国文化》创刊号,1940年2月15日。
② 萧三:《论诗歌的民族形式》,《文艺战线》第1卷第5号,1939年11月16日。
③ 郭沫若:《读了〈李家庄的变迁〉》,《北方杂志》第2期,1946年9月。

全面,更具说服力。

正如"五四"作家对外开放融合并非也不可能"全盘西化"一样,当时的"反传统"实际上也绝非对传统"否定一切"。为了顺应时势,促使文学步入现代征程,"五四"先驱一方面广泛吸收异域文化营养,另一方面也对传统文化重新审视并进行必要的更新改造。在个性解放的旗帜下,"五四"文学摒弃了封建文化压抑人性的本质,确立了与现代文明趋向相契合的人的文学主题。这一新的主题迥异于传统,不仅符合当时中国的"人的自觉"的要求,而且也符合当时民族的自觉的要求①。因此,新的文学内容同样归属于文学现代化和民族化的范围。着眼于破旧立新的文学革命的需要,在对传统文学再评估再批判的基础上,"五四"全面否定了封建性的传统思想体系,而对传统文学中具有民主色泽的因素予以科学的检视和现代意识的烛照,有条件地摄取了其中有生命力的部分。譬如对秦汉六朝时期反映民间疾苦的古体诗价值的重新挖掘,对明清时期启蒙思想家张扬个性的诗文的重新重视,这些都属于"五四"知识者在新的基点上,对传统文学中有别于思想正统的文化因素的肯定。也许,像这样有意识地对传统文化中精华因素的摄取,远不如对异域更富有现代气息的文化的吸纳,"五四"知识者对传统激烈批判的态度直接来自尽快更新传统的企盼,因而对传统内部的评估显得有些急躁而缺乏耐心。但是,"五四"文学对传统并非无所保留,这不仅反映在对一些个别文学现象的肯定上,更反映在"五四"作家本身对早已潜移默化的传统文化的影响的无法彻底拒斥上。显意识层次里激烈的反传统与潜意识层次中难以摆脱传统的纠缠,构成了"五四"一辈知识者灵魂深处无以排遣的冲突与痛苦,而观念上对传统的鄙薄,不能等同于创作实践中对传统文化的彻底弃置。恰恰相反的是,传统文学中可利用的内容和形式带给"五四"文学的积极作用却是众所周知的事实。仅以"五四"最成功的体裁——散文这一过去被视作正统文体的文学类型为例,就可以发现

---

① 参见周扬:《对旧形式利用在文学上的一个看法》,《中国文化》创刊号,1940年2月15日。

"五四"散文是最具现代个性特色的样式,同时也是最具传统审美精神的样式。没有对外来文化的广泛借鉴,不会有"五四"散文的出现;没有对传统文化的深厚继承,也不会有"五四"散文的成功。新文学正是在批判旧文学的同时,凭借异域先进文化的催化,依靠传统民族文化种种养分的滋润,才得以掀开现代历史的第一页的。

二

既然"五四"文学在迈向现代化之路的同时,也开始了新时代的文学民族化的尝试,那么,"五四"文学是否完美地解决了文学现代化与民族化的关系问题呢？答案当然不可能是肯定的。否则,三四十年代特别是民族形式和民族化的问题被关注就无法解释。一些"五四"作家在民族化观念上的自然状态,致使他们不能进入民族传统文化的深层,这直接会影响到新文学与普通民众的沟通,自然也影响了新文学民族化道路的拓展。历史常常以片面性为自己开道,而对后来者来说,超越前人的关键就在于是否能避免他们的片面性,而自身也力免产生新的片面性。

随着30年代中后期空前的民族战争背景的出现,"五四"文学接受群过于狭小的局限愈益突出。出于大众化的目的,理论界和创作界开始了对民族传统形式的重新关注,尤其强调了文学的民族精神和民族情感。与"五四"作家相比,三四十年代的文人作家显示出更为自觉的建设民族化中国文学的倾向,这不仅与他们对"五四"不约而同的反省有关,更与整个社会历史大环境的骤变相关。但是,民族化意识的明确,仍然不意味着民族化概念本身被理性诠释。

以大众化为前导,30年代中后期至40年代初有关旧形式利用和民族形式等问题的讨论,在很大程度上是为了推进左翼文化的发展,其目的当然不等同于简单的复古倒退。这一点无论是当时讨论者们的主观意愿,还是客观实践的主导倾向,都显示得十分清楚。艾思奇曾在《旧形式,新问题》一文中明确告白:"旧形式的提起,绝不是要简单地恢复旧文艺,也不仅仅为着暂时应付宣传的要求,而是中国新文艺发展以来所走上的一个新阶段的标志。这一阶段是要把'五四'以来所获得的成绩,和中国优秀的文艺传统综合起来,使它向着建立中国自己的新的民族文艺的方向发展,是为着建立适合于中国老百姓及抗战要求的进一步的发展。"①艾思奇一方面廓清了利用旧形式与恢复旧文艺的界限,另一方面也明确了利用旧形式的最终目的。和30年代末大多数热情投入大众化问题探讨的人士一样,艾思奇也特别强调传统文化在建立新的民族文艺过程中的作用,这种观念明显有别于"五四"新文化人的设想。胡适、陈独秀、鲁迅等人把文化、文学的现代化构建当作最重要的使命,因而他们尤其看重借鉴外来先进文化的内容与形式;而艾思奇所处的环境,使他更自觉地感受到建设为大众能普遍接受的中国文学的重要性和迫切性,因此从"适合于中国老百姓及抗战要求"的角度,十分自觉地重新关注起早为"五四"作家淡漠了的民间旧形式。30年代中后期,理论界试图以"旧瓶装新酒"来解决文学面临的问题,即把新的抗战内容与旧的文艺形式相融合,来唤起一般民众对抗战文学的兴趣与热情。这种设想虽然和40年代初民族形式问题讨论中的一些看法有所区别,但它们确立今后民族文学中主要抉择面的蓝图却大体相似。三四十年代的文学,尤其是延安文学,开始走上了一条与"五四"相异的道路。

　　自30年代中后期至40年代初,左翼理论家和创作者有一种普遍的看法,他们认为在那个时代继承传统文学中的优秀成分,尤其是利用大众所能接受和欣赏的民间形式,可能要比借鉴欧洲现代文学的经验对中国文学发展更有效,但是也毕竟到此为止,他们尚未将向外借鉴视作畏途。因此,大多数人对"五四"新文学仍持基本肯定的态度。在根据地延安,1942年以前的创作局面总体上呈多样姿态,既有丁玲《我在霞村的时候》式的现代感极强的小说,也有

---

① 艾思奇:《旧形式,新问题》,《文艺突击》第1卷第2期,1939年6月25日。

柯仲平《平汉路工人破坏大队的产生》式的民歌体诗作。一方面，与"五四"血脉相承，又补充进新鲜的民族精神成分的作品触目皆是；另一方面，"旧瓶装新酒"类的尝试之作也应运而生。不过，虽然柯仲平的同行们对他亲自广为朗诵的长诗表现出理解和宽容，但这类民歌体的作品在当时仍未成大气候。这一是源于延安文人在如何把握利用民间形式的度上尚存分歧，二是源于他们在对中外文化遗产取舍上的犹疑。利用旧民间形式的理论倡导，起码在一开始并没有获得同步的实践反应。以何其芳为例，作为理论家时，他认为"目前所提出来的民族形式"，应是"有意识地再到旧文学和民间文学里去找更多的营养"；作为诗人时，他却仍然更热衷于抒写自我意识与民族精神兼具的抒情诗。对柯仲平的得意之作，何其芳也以他诗人的直觉提出忠告，希望"他的诗的形式更现代化一些"①。前期延安文坛观念与运作上的某种悖逆状态，实际映示的是观念本身的无序与含混，而创作生态则更多地顺应了创作者对作家职业角色的自觉选择。

既然新文学只被知识阶层拥有的局面在延安这个时空下必定要打破，那么，文学向大众靠拢就是一种必然。问题是文学如何靠拢大众。由于大众对新文学的陌生，单从文本角度看，主要源于新文学中大量存在的与固有文化异质的内容与形式，这些"异物"就是那些早已融化和正在融化的外来文化成分。为了使文学为大众读者欢迎，全盘放弃这些渗透了民主精神和自由意识的"异物"，是不现实的。唯有从形式上想办法，暂时放弃大众陌生的表达外壳，而取法于大众习惯的民间通俗形式。柯仲平等人曾进行过最初的尝试。但是，也有作家在设想以传统通俗手段促进文学与大众的沟通可行性时产生了顾虑。丁玲在谈到作家"与大众打成一片"之时，就提到不应忘记自己的艺术使命，不能仅仅变成"大众的一员"。丁玲认为："文学不只是在今天教育着大众，对将来也含有重大意义，它并非与草木同朽，而应该有其永存的品质。"②正因为文

---

① 何其芳：《论文学上的民族形式》，《文艺战线》第1卷第5号，1939年11月16日。
② 丁玲：《作家与大众》，《大众文艺》第1卷第1期，1940年5月15日。

学具备广远时空的认识价值和审美魅力,所以作家不应该随便降低文学的标准。丁玲出于她的某种担忧,写下了一系列远离流行理论的创作。在何华明的隐痛(《夜》)、贞贞的泪痕(《我在霞村的时候》)、陆萍的困惑(《在医院中》)里,丁玲超越了单纯的形式问题,提出了民族解放和阶级解放过程中农民思想解放的严峻命题。那些小说虽不以取悦大众为目的,却是真正为大众深思熟虑的属于大众的作品。

遗憾的是,丁玲侧重的角度并不为时人所看重。郭沫若在《"民族形式"商兑》这篇具有总结性的文章中认为:"在中国所被提起的'民族形式',意思却有些不同,在这儿我相信不外是'中国化'或'大众化'的同义语。"①这种将民族形式等同于大众化,甚至中国化的看法,是当时理论界对文学表现中国气派中国作风的强调的结果,也是抗战时期格外重视文学宣传功能的产物。既然大众化就是民族形式,那么民族形式具体又包含哪些成分呢?由于大众化是要使文学能为普通大众所接受,而新文学中借鉴了外来文学经验的内容形式又暂时无法被大众欣赏,因此,虽然理论界普遍将"五四"新文学当作民族形式的基点,但事实上对"五四"的肯定和建构民族形式的想象,只能回归到一般老百姓耳熟能详的旧形式和固有的民间形式中去。

由于最初的旧形式和固有民间形式毕竟是与中国封建传统相适应的,其间存有千丝万缕的内在联系,因此,利用旧形式将会给新文学以怎样的影响,讨论者中有人表示疑问。譬如沙汀就提出"不同意把旧形式利用在文艺上的价值抬得过高","不能奢望利用旧形式可以立刻收到丰富新文艺的效果"②。这种审慎的见解是以科学估价旧文学性质为前提的,但在当时尤其是后来愈益被人轻视。1942年后,中国共产党领袖对此类问题正式介入,终于使十多年来自大众化运动始至民族形式问题讨论终的一切纷扰有了了结。毛泽东在延安文艺座谈会上,为文艺制定了为工农兵服务的总方针,并规定了如何为工农

---

① 郭沫若:《"民族形式"商兑》,重庆《大公报》,1940年6月9日。
② 沙汀:《民族形式问题》,《文艺战线》第1卷第5号,1939年11月16日。

兵服务的条条具体细则。《讲话》虽然没有直白地列出大众化就是民族化的等式,但它对文学普及意义的再三强调,对继承中国传统民族文化的特别关注,已明确隐示了今后以民间传统形式为主导的大众化方向的文艺发展之路。《讲话》后大批量涌现的通俗作品也已证实了这一点。

三

40年代初,延安和延安以外进步文艺界对新文学大众化和民族化的前景,是相当敏感而又相当关心的,但由于创作者本身对这些问题认识尚处于较肤浅的层次,所以真正有影响又有独到艺术价值的创作还不多见。在这种情况下,毛泽东的《讲话》不可能是为表彰多年来理论倡导的功绩而发的,而恰恰是他不满当时延安文艺界的现状,尤其是不满文学不能为农民和士兵所接受因而不能充分发挥其政治功用的结果。延安整风后,痛感愧疚的延安文人以全身心的投入,将实践毛主席的理论当作生命的唯一需要。1943年春节,延安的大街小巷到处喧腾着秧歌剧的锣鼓声,政治领袖赞许的目光和老百姓万人空巷的踊跃参与,使有心者从这一以民间形式演绎新人新事的小剧种里,发现了一条可行的延安文艺发展的路子。但是,秧歌剧毕竟只是小型歌舞样式,在它之外,延安文学界当然另有所期待,期待更具典范意义的作家出现,期待更具规范价值的作品产生。这种期待的结果在为时不远的一天应运而来。作为政治家和农民接受群体共同认可的模式,作为创作的时尚,解放区文学主导的创作方向从此被确定下来。

1946年9月,远在大后方的茅盾以欣喜的口吻,宣布解放区土生土长的作家赵树理写出了一部"大众化"的作品,这就是《李有才板话》,并称颂这本小说"标志了进向民族形式的一步"[①]。两个月之后,茅盾以更兴奋的心情再次介绍

---

① 茅盾:《关于〈李有才板话〉》,《群众》第12卷第10期,1946年9月。

赵树理的通俗化作品,高度赞扬《李家庄的变迁》是"'整风'以后文艺作品所达到的高度水准之例证","这是走向民族形式的一个里程碑"①。几乎与茅盾同时,权威评论家郭沫若、周扬等纷纷撰文表示相似的看法。1946年至1947年,赵树理和他1943年《小二黑结婚》以来的创作,在延安和延安以外的根据地以及国统区左翼文化界刮起了一阵强劲的旋风。中共西北局将《李有才板话》定作"模范作品",晋冀鲁豫边区文联大会一致"认为赵树理的创作精神及其成果,实应为边区文艺工作者实践毛泽东文艺思想的具体方向"②。赵树理的创作得到了空前的肯定和颂扬,他那些运用了民间形式的通俗易懂的作品,使延安许多人以为就是那长期困扰他们身心的民族化、大众化问题的答案,并认定《讲话》中的严厉批评和谆谆教导终于有了一个初步的交代。

赵树理以及与他经历相近的更年轻的一些根据地作家对农民、对边区农村的谙熟,使他们在编写农民喜爱的通俗故事时显示出极大的优势,而这恰恰是那些曾热衷于大众化、民族形式问题讨论的外来作家所欠缺的。因此,赵树理们对新旧交替时期边区农民革命斗争过程的展示,对斗争过程中各种不同类型农民精神状态的描述,以及对边区农村社会大变革中某些现实问题的揭示,确实让那些竭尽全力扎进农民堆中的知识者身份的外来作家自叹弗如。然而,值得注意的是:以赵树理在文学通俗化方面的成功实践为由,就判断新文学民族形式问题民族化问题业已解决,似乎为时过早。来自农民群的根据地本土作家在表现出他们对农村生活、民间艺术的熟悉的长处之外,思想观念、审美品位上的局限也同样存在,而且这些局限已妨碍了他们在新文学现代化和民族化进程中的步伐,只不过他们的不足大多为如潮的赞语所遮蔽,无人察觉或察觉了也不愿指摘而已。

评论家们理直气壮地将赵树理的成名作《小二黑结婚》和稍后的《李有才板话》当作《讲话》后最直接的实绩。其实,这两篇尚属优秀的小说在作者读到

---

① 茅盾:《论赵树理的小说》,《文萃》第2卷第10期,1946年12月。
② 参见黄修己编《赵树理研究资料》,北岳文艺出版社1985年版,第588页。

《讲话》之前就已写就。早在1934年,对农民了解颇深又对他们十分同情的赵树理就立志于农民喜爱的通俗故事的创作,在后来也常以"通俗"或"农民故事"来归纳自己的作品。可以说,赵树理对农民容易接受的新通俗创作的看重,在某种意义上,正与毛泽东希望创造老百姓喜闻乐见的具有中国作风、中国气派的新文艺的观点不谋而合。难能可贵的是,这位根据地自己培养出来的作家身体力行,在借传统形式和民间形式来"载"根据地农民革命之"道"方面,起了表率的作用。40年代中后期,赵树理被政治家与本土和外来的文艺家们共同推崇,与其说是因为赵树理的创作显示了延安创作界前所未有的艺术超越,不如说是因为赵树理作品的思想与其表现方式正好符合这个时代文艺的主导原则,更准确地说,"是因为他能够比较深入地实践了毛主席的文艺方向的缘故"①。

以赵树理为代表的根据地本土作家确实给1942年后的延安文坛带来了新的活力,至少在解决文学与农民沟通问题上提供了一条成功的经验。不同文化背景下成长起来的作家完全可以依据自身不同的情况,从中获得启发,创造多样化的现代性、民族性兼备的文学风格。然而,也许连曾为《小二黑结婚》的命运担过忧的赵树理自己,也没有料到他的通俗化的创作之路日后几乎成了根据地及其以外大多数作家创作的主要途径。权威评论家们断定赵树理的评话体小说,不仅解放区,连"解放区以外的作者们"也"足资借鉴"②,并号召"向赵树理的方向大踏步前进"③。虽然他们也认识到"方向不是模型",但实际发生的恰恰与这种天真预想相反,那种学习赵树理,"绝不会限制了文艺更进一步的自由发展,限制文艺创作的形式的多样性"的许诺④,简直成了一句可以从反面理解的谶语。

---

① 参见王瑶:《中国新文学史稿》第十九章第一节,新文艺出版社1954年版。
② 茅盾:《论赵树理的小说》,《文萃》第2卷第10期,1946年12月。
③ 陈荒煤:《向赵树理方向迈进》,《人民日报》,1947年8月10日。
④ 陈荒煤:《向赵树理方向迈进》,《人民日报》,1947年8月10日。

虽然延安文学的创作并不完全符合赵树理的模式，虽然对赵树理模式的评价也存在着一些分歧，但延安文学单一化发展的趋势，确实在各方面的推波助澜下愈益加剧。根据地大多数文人的精神状态和包围了他们的社会环境、创作环境，是文学多样性消失的最主要因素。在一些外来知识者作家的潜意识里，向赵树理方向迈进与遵循《讲话》的精神几乎是同一概念。这种出自对新文学发展和自身政治生命的关注而形成的创作趋同，在一定程度上也取决于当时政治宣传的声势。在精心安排下，赵树理这位曾一度受冷落的根据地作家频频出现在各种各类的文艺座谈会上，他的名字也频频出现在延安以及延安以外的根据地和国统区文艺界的大小刊物上。

最为人称道的根据地文艺作品很少不与通俗形式相联系。诗歌移植民歌尤其是陕北信天游的成分，戏剧借鉴秧歌剧等地方小型剧种的因素，小说则重新捡拾起传统话本等章回体小说的"古董"。虽然《王贵与李香香》（李季）、《漳河水》（阮章竞）、《兄妹开荒》（王大化、李波）、《夫妻识字》（马可）、《抗日英雄洋铁桶》（柯蓝）、《新儿女英雄传》（袁静、孔厥）等作品在利用固有民间形式方面取得的成绩不容轻视，但延安文学的发展道路难道仅限于此？曾在前期写过极具现代感又不乏民族性的作品的丁玲和周立波，在后来写出了与前期风格迥异的有关土改的长篇巨作。虽然它们不是移植民间形式的产物，其中作家所受的"五四"熏陶的痕迹也隐约可见，但作者对通俗化的重视与借鉴固有民间形式创作的作家的观念并无二致。特别是周立波为求农民读懂，堆砌大量方言土语以至到了损伤艺术性的程度。丁玲、周立波等外来作家的创作转向，来自他们创作观念的转向。如果说前期他们中有些人也出现过将群众化的尺度等同于民族化的尺度的倾向，但那时并未否定吸收旧形式以外的其他因素，也未放弃对文学启发大众觉悟的思想价值和文学本身审美价值的追求，那么，到了中后期，大部分人对农民能懂的过分看重以及符合政策法规的顾忌，常常使他们不惜以牺牲文学的现代精神和作家的独立人格为代价。在这个时期，一般老百姓是否喜闻乐见已成了衡量民族文学的最主要标准，正因为如此，宣称就是写给农民看的赵树理式的通俗故事和其他利用民间通俗形式写成的作品，才成了主流的文学典范。

赵树理等本土作家或以说书人的口吻，或以其他曲艺的形式，编写的那些富有生活实感的农民的故事，无疑有它鲜明的地方色彩，也不乏某种新意。但是，因此而将赵树理及其创作视作样板，却并不可取。不仅仅是由于样板的树立常会带来多样性的失落，同时也是由于样板本身存在的局限对整个根据地创作的不良影响。40年代初理论家和作家曾纷纷声讨过以民间形式作为民族形式的中心源泉的极端观点，而在短短的几年之后，极端片面性未消除，反而以批量的创作实践来迎合，难道这不是可怕的倒退吗？这一根据地文学的事实，足以使人们看到只以民间形式为基点，其文学发展的河道必将越来越狭窄、越来越清浅，而文学现代化和民族化的目标也只能更加遥远。

四

当延安文学以对传统民间形式的重新容纳初步改变了"五四"以来新文学与农民大众的隔膜状态时，创作者对固有旧形式的依赖也已到了非它莫可的程度。只要是对中国文学稍有了解的人都明白，传统的旧形式和传统文化究竟是何种关系。虽然延安以外对传统文化保持清醒立场的人士如胡风，也曾担忧是否因此引发弱化现代意识的倾向，但由于缺乏正反两面的实践论据，这种担忧并未引起警惕。1942年后延安文学的发展状态则证实了这种担忧绝非杞人忧天。

作为抗战文学的一部分，前期延安文学对民族精神的强调自然甚于对民主自由精神的张扬，毕竟延安和当时整个中国一样，当务之急是争取民族的独立和解放。但抗战结束后，最初为延安"抗日"和"民主"两面旗帜召唤而来的知识分子作家，却没有将注意力集中于民主自由思想的传播，而显现出文学走回头路的苗头。尤其值得注意的是，根据地文学主要面对的是广大的农民读者群,这一群体正迫切地需要接受现代观念的启蒙和教育。《讲话》以后,文人所面临的唯有与昔日的启蒙对象作角色的转换,接受工农兵大众的再教育,为工农兵服务成为文学创作的首要任务。有一位延安作家对面向工农兵的理解是"要写给他们读,读得懂,或是听得懂,读得高兴,或是听得高兴,甚至非读非听不可",并断定"这是新文艺发展的必然道路,我们要走的必然道路"①。

什么样的创作可以达到这样的要求,除了改编过的小型民间文艺形式外,赵树理等本土作家的通俗化创作可以提供代表性的样本。延安是在有意识有选择地培植一批符合延安秩序的作家,他们不是成名于来延安前也不是在延安以外,赵树理是其中最符合标准的一个。虽然赵树理和他的同道多少接触过"五四"文学,赵树理本人也有过新文学方面的尝试经验,但长期置身农民群的经历,以及长期置身封闭山区的处境,使他们从文化心理到思维方式,一方面十分顾及农民的特点,另一方面自己也潜移默化地接受了影响。其结果是他们对农民的书写,一方面果真收到了农民读得懂、读得高兴的效果,而另一方面,却因对农民精神取向和欣赏品位的过分认同,致使文学出现难以弥补的漏洞:现代意识的淡化,这一点成为延安代表性创作的主要问题。

赵树理和他的同道,对"五四"文学形式有意识的排斥,必然导致他们对新文学现代个性意识的回避,因为任何文学形式都不会脱离内容而存在。30年代末,就曾有人天真地认为"只要配上新内容,旧形式就不成其为完全的旧形式了"②,这真是形而上学的幻想。根据地一些作家潜意识中将民间形式与"五四"文学看作敌对的关系,严重忽视了"五四"现代形式产生的意义以及它与现代民主思想体系相适应的关系。然而,"五四"文学中曾大肆渲染的现代民主思想意识,却恰恰是医治仍未彻底摆脱思想束缚的农民愚昧病症的良药。当一些根据地作家将民间形式得心应手地运用于自以为是的新内容的表现,而不对传统加以现代目光的审视时,回归旧传统就在所难免了。延安文学的代

---

① 舒群:《必须改造自己》,《解放日报》,1943年3月31日。
② 徐懋庸:《民间形式的采用》,《新中华报》,1938年4月20日。

表性作品试图以对传统民间形式的采用,构筑新的民族形式,并推进文学民族化的进程,这种尝试本无可非议。正如"五四"作家对外来文化广为吸纳造成文学现代化的可喜声势一样,延安文学可以看作中国作家在40年代对民族化文学目标不同侧面的建设。但正像"五四"的对外借鉴不可脱离民族文学的根基,延安文学对传统的重新起用,也决不可缺少现代意识的关照,否则只能重复传统老套。在这方面,一些根据地文学创作确实已留下了"足资借鉴"的教训。

一般而言,现代化需要开放宽容的气度,而民族化则需要丰富拓展的格局。检视延安文学的发展轨迹,其结果显然并不尽如人意。1942年后,文学风向的改变对作家继承借鉴对象的选择产生了深刻的影响。尽管规范创作的《讲话》也要求新的文艺应继承"中国和外国过去时代所遗留下来的丰富的文学艺术遗产和优良的文学艺术传统"[①],但在创作实践中,创作者却越来越漠视对"外国"那方面遗产的继承和借鉴,除"苏俄"以外的"外国"在大多数作家心中成了不祥的字眼。由于对外来新鲜空气缺乏自觉而有意识的吸纳,延安某些创作显现出营养不良的羸弱症状,不仅失去了应有的深厚内涵,更失去了应有的现代气魄。这种近乎自戕的做法,为20年后文学的全面窒息留下最初的预兆。

实际上,对外来文化的拒斥,并不是延安文学与生俱来的。30年代中后期以及40年代的最初两年,延安文化界在极其艰苦的条件下,为外国先进文化和文学的传播做出过多种努力。虽然客观环境的局限,延安的对外借鉴不可能如"五四"那样规模浩大,但那种对外来因素"拿来主义"的精神与"五四"并无两样。40年代初延安和其他条件稍好的根据地,新华书店照样出版并销售《西洋哲学史》等外国理论和历史的书籍,《解放日报》等报刊上照样刊载毕加索、菲尔丁等外国艺术家和文学家的译介文章,鲁迅艺术学院的课堂上,教师

---

① 毛泽东:《在延安文艺座谈会上的讲话》,《毛泽东选集》(合订本),人民出版社1964年版,第812页。

照样讲述着包括歌德、巴尔扎克、司汤达、莫泊桑、梅里美、纪德等西欧作家，也包括普希金、莱蒙托夫、果戈理、托尔斯泰、肖洛霍夫、高尔基、法捷耶夫等苏俄作家最有代表性的作品，而更加热闹的是大大小小剧团一场接一场通宵上演着《婚事》《钦差大臣》《新木马记》《第四十一》等外国名剧……初期延安创作对外国文学的吸收融合，就是在这种对世界各国最优秀的文化遗产多方位品鉴的开明空气中形成的。文化氛围的自由开放，使得大多数来自都市，并不同程度具有外国文学素养的延安文人，在根据地被全面封锁前夕，仍能接触到他们各自喜爱的外国名著，了解到最新的世界文坛信息，以此促进并激发延安文学的新发展。

延安最初几年的创作大多与对外来因素的糅合有关，一方面取决于当时延安文学的主要力量——外来知识者作家群的文化素质，另一方面则取决于他们勇于创新、博采众长的眼光。周立波优美的短篇中细腻的心理刻绘、别致的抒情描写，既有西洋风味，更有俄国作家屠格涅夫的气氛，然而它们又确确实实是显示了延安时代感的延安自己的作品；黄钢的报告文学则以最直接、最迅捷的方式，展示了红土地上发生的巨大变化，开阔的视野，精细的描摹，显然受惠于捷克报告文学大师基希的影响，外来的营养已自然淌进延安最出色的报告文学作品的肌体。更有延安前期无数热情奔放的抒情之歌，或散发着惠特曼新鲜豪迈的气息，或颤动着马雅可夫斯基雄健刚劲的节奏，也有些诗作将西方象征派的悲观剔去，而将其深远的意象内涵和强烈的生命感触引进歌唱革命的诗行中，这些华美的诗章构成了延安前期文学最辉煌的一组风景。大胆的选择，有效的借鉴，不仅没有削弱延安创作的延安本色，反而使延安创作丰富并拓宽了所包容的世界，使许多作品超越了狭隘的地域文学的界限。这些作品以特定环境下中国人具体的生活形态，映现出一定意义上人类共有的永恒情感和生生不息的生命光芒。延安文学的现代性和民族性正是在这种状态上得以显示并弘扬的。

如果说30年代中后期至40年代初期，延安文学创作仍然保留了民族形式问题讨论中有关积极吸收外来影响的见解，使这段文学呈现出杂交、融合的开放局面，那么，随着延安以及其他根据地客观环境的急剧恶化，更随着延安作家主体意识的旁落，引进外来文化和借鉴外国文学的经验，越来越成为作家选择的盲区。1942年《讲话》以后，前期最活跃的外来知识者作家开始对自己的思想和创作进行全面的清理和反省。几乎很少有人不把所谓的小资产阶级知识分子自由主义和个人主义习气与自己所接受过的外国文化相联系。外来文化从此被人们避之唯恐不及。而在创作上，由于文学为工农兵服务的方针业已确定，而工农兵对引入外国文学成分的新文学格格不入早就尽人皆知，所以，这些作家不得不有意识地放弃对外借鉴，尤其是对西方的借鉴，而较多地考虑选取大众喜闻乐见的通俗形式。在这过程中，拒斥对外借鉴成了为工农兵服务的更直白的解释。

虽然丁玲以朴素的《田保霖》最早获得毛泽东的称赞，但事实上《讲话》后独领风骚的并不是丁玲式的外来知识者作家。40年代中后期延安作家的队伍状况有所变化，突出表现在以赵树理为代表的本土作家的异军突起。如果考察他们对外来文化的取舍态度，就可以发现这些本土作家中一些人显然缺少更雍容、更开放的气派。立志做"文摊"作家的赵树理把农民能懂作为创作的第一尺度，这本无可指责，但是，因此不做具体分析地去贬低高层次的"文坛"，其做法是不可取的。而所谓的高不可攀的"文坛"，不过就是融合了外来文学内容和形式的"五四"以来的新文艺而已。几十年后，另一位根据地作家孙犁认为赵树理"对民间文艺形式，热爱到了近于偏执的程度。对于'五四'以后发展起来的各种新的文学样式，他好象有比一比看的想法。这是不必要的"。[①]同样属于本土作家，生长在开阔平原又有都市生活阅历的孙犁，和几乎从未走出过封闭山区的赵树理，在对外借鉴问题上态度显然有所区别。尽管孙犁的文学影响不如赵树理，但孙犁小说里那种因借鉴了梅里美和普希金等外国作

---

① 孙犁：《谈赵树理》，《天津日报》，1979年1月4日。

家的经验而形成的浪漫抒情和精美灵秀的笔法,是赵树理难以企及的。当然最重要的是,赵树理无福享受孙犁的那份融合新机的快乐,又失去了除了采用民间形式之外的另一个拓展创作的机会。

对民间形式的过于偏好,使赵树理放弃了对除此以外许多有价值的养分的吸收。1949年后,赵树理多次回顾自己的创作,多次表明自己对借鉴外国文化经验的态度,他认为:"我们本来没有的,比如电影,可以接受外国的,把它拿过来";但是"小说咱们有,诗歌咱们有,为什么要丢掉自己的,去学人家的?"[①]赵树理的疑问在今天也许显得幼稚而可笑,但在当时难道就不是一种封闭狭隘的偏见吗?对外来文化的拒斥,实际上也源于对外来文化的无知。赵树理擅长采用抑恶扬善的情节模式和有头有尾的大团圆单线条结构方式,他对这种艺术形式的偏好是可以理解的。但是,赵树理却要将大团圆比照西方19世纪批判现实主义作家悲剧作品的悲剧结局,并自以为是地指责外国人不懂大团圆的妙处,实在是缺乏艺术辩证法的见解。在50年代,赵树理将他之前对外来文化的冷漠发展到了极端。尽管其间他也有所疑惑,也感到矛盾,但最终还是无法真正认识到学习外国文学的必要性和重要性,"看起来总觉得别扭"已根深蒂固。[②] 因而他的眼光被限制,他的创作也被局限了。

1942年后根据地创作界普遍存在的对外借鉴上的粗暴、简单化的态度,严重影响了延安文学正常发展。虽然40年代末外来知识者作家重振旗鼓,写出了与时代精神相吻合又不免吸收过外来养料的作品,如《太阳照在桑干河上》《暴风骤雨》。但是,无论是丁玲还是周立波,他们的作品中肖洛霍夫、契诃夫等外国作家的影响,只是作家过去长期积累下来的外来文化经验的自然表露,而他们作品所受益的作家范围也没有逾越那个时代尚能接受的苏俄作家范畴。从整体上看,延安文学对西方文化,尤其是对西方近现代文化基本上是持排斥否定态度的。尽管一般说来,任何一种外来文化的被吸纳都是因为它本

---

① 赵树理:《从曲艺中吸取营养》,《人民文学》1958年10月号。
② 王亚平:《赵树理的创作生活》,《新文学史料》第5辑,1979年11月。

身具备某些被吸纳的条件。在40年代的延安，苏联政治军事的经验已成为中国学习的模式，而苏俄文学的成长环境在一定程度上与现代中国革命文学相仿佛，再加上延安与苏联的联系客观上较为密切，这些都为延安文学借鉴苏俄文学提供了有利的条件。相比较而言，延安文学对西方文学的陌生，就有着彼此间因封锁而带来的隔绝这一客观上的劣势。而更重要的原因取决于延安对西方的态度，对西方资本主义思想文化的恐惧和憎恶，以及由此而引发的对西方先进的民主、科学的现代意识和现代形式的轻率否定和摈弃。延安并不是停止了所有的对外借鉴，只是就延安文学应占据的反法西斯的、展示着民族民主潮流趋势的世界现代文学的位置而言，实在是过于闭锁了。后来的读者不但不能从那个时代的创作中感受到延安文学与"二战"期间整个世界民众共命运的脉搏的跳动，也无法体味到延安文学比之前的"五四"更加宏阔开放的气势和更兼容并包的意识。延安文学为它这方面的过失付出了沉重的代价。

40年代中后期的延安作家试图以对民间形式的回归和对外来文化的拒斥去获取文学民族化道路的通行证。舆论界和评论界对符合主导原则的作家作品竭尽颂扬之能事，正是他们文学企图的注脚。但是，这种用几乎隔绝的目光去追寻民族化的方式，最终只能是对民族化的扭曲。延安文学在民族化方面的成绩并非一无所有，但不在当时的文艺家和以后的研究者们津津乐道之处，而主要体现在它对40年代延安和其他根据地民众的民族精神和民族意志的揭示和反映上，与丢弃了现代精神的单纯回归旧传统和通俗形式并无太多的关联。虽然在文学民族化方面，40年代延安作家表现出比"五四"以及30年代左翼作家更自觉、更鲜明的意识，并因此做出有别于"五四"的另一种尝试，但由于不是建立在吸取"五四"以来的有效经验的基础上的，不是以"五四"形成并不断发展的现代民主思想来指导对中国传统俗文化遗产的有条件的继承的，而是一意孤行钻入自我封闭的死胡同，所以，这种尝试不仅丢失了现代文学开放兼容的新传统，也招致了现代文学民族化工程的劫数，其教训已不言而喻。

五

  中国文学的现代化和民族化一直是人们关注的问题。因为其重要,所以才被关注;因为被关注,常常又变得纠缠不清。任何概念的产生都与特定的历史现实相联系。无论是现代化,还是民族化,它们都是中国文学不同层面上的共同目标。不过,作为口号被提出,它们显然分别源于文学发展过程中不同阶段不同文学选择的侧重。现代常常相对传统而言,而民族常常相对世界而言。对"五四"来说,没有比使传统文学步入现代、实现现代的转化更为当务之急的了,因而在新的起点上,参照西方文学变革传统成为那个时代最突出的文学现实。所以,现代化是"五四"知识者最迫切实现的理想。而到了三四十年代延安文学阶段,基于民族解放战争的特殊形势,也基于"使马克思主义在中国具体化、使之在其每一表现中带着必须有的中国的特性"①的政治理论的启发,使中国文学体现民族特色、民族风格,成为延安时代文学的最主要的任务。因而在创作取向上,民族传统重新受到重视。民族化也就成为延安文学当然的最明确的要求。"五四"文学与延安文学各自角度上的目标侧重,同时也自然体现在文学抉择的侧重。因反传统,"五四"文学放开度量,广纳百川,世界各种文学新潮纷纷涌入;因强调"中国作风"和"中国气派",延安文学再次挖掘信天游、秧歌剧、章回体的价值。因此说到底,文学的现代化和民族化有着各自包容的不同内涵。中国现代文学生成发展的道路,实际上就是借鉴外来文化使中国文学现代化,继承本民族的传统使外来文化在中国本土化的道路。

  通常来说,中国文学的现代化概念是"五四"的产物,"五四"文学的风貌和特征也可看作这个概念的具体说明。虽然,同一概念在不同的时代常会有不同的理解,"五四"文学的现代化品质也许无法简单代替延安文学应有的现代

---

① 毛泽东:《中国共产党在民族战争中的地位》,《毛泽东选集》(合订本),人民出版社1964年版,第500页。

性内涵。不过,就现代化而言,这个概念毕竟有着相对稳定的内质和延伸范畴。文学的现代化,最内在的含义应该是由创作者的现代主体意识决定的、现代文学观念下的、作品本身现代性的完美展示。当"五四"以迎纳外来文学的"豁达宏大之风"取代了传统日趋保守封闭的文化模式时,当"五四"以民主、自由、平等的人性解放意识取代了压抑人性的载道文学观时,中国文学渐渐从思想专制的牢笼中走出,进入一个主体独立而自由的创新天地。"五四"文学现代化的特征,是与20世纪世界文明史的走向相一致的,也是与20世纪世界文学现代性的走向相一致的。在外来优秀文化尤其是西方民主意识浓厚的文学启示下,中国现代文学的笔触也越来越从人的外部伸向内部,从非个人转向个人。一方面,人的心灵之丰富纤细与精神之深邃复杂开始受到关注,另一方面不同世界的精神个体开始得到相同程度的怜悯和同情。这种从真正意义上将现代普通人的生存方式和生命形态作为表现主体的文学,正是现代中国环境下符合现代化要求的中国文学。然而,之后的文学在对待"五四"留下的现代性遗产方面显得不够冷静理性,而延安文学事实上已偏离了文学现代化的发展方向。无论是文化选择上的世界眼光,还是现代化文学的观念自觉,延安文学都无法与"五四"相比拟。虽然延安文学自有其特性,不能单纯以现代化标准来衡量,但它对现代化建设的忽视,同时也影响了延安文学特性的表达,其后果是当时竭力挣脱现代文学多元发展格局的人们不能预料的。

从"五四"和延安两段文学的不同状态,可以触摸中国文学现代化曲折发展的脉络,这条脉络同时也提示给人们对现代化概念的理解的启示和对现代化文学实践的启示。也许这个问题还不难理解,让人更感到棘手的是另一个问题,是与现代化有关又有其相对独立性的另一价值评判体系——民族化。从最初的构建来看,民族形式非固有形式,而是一种有待于建立的"更中国化的文学的形式"[①],因此可以确定它是一种正在创立建设中的新形式。而与之

[①] 何其芳:《论文学上的民族形式》,《文艺战线》第1卷第5号,1939年11月16日。

相关的民族化,当然也就不是要求文学简单地复归固有民族传统文化,而是一个文学发展的新目标。何其芳曾概括他心目中的民族形式,是既要"承继着旧文学里的优良的传统",又要"吸收着欧洲文学里的进步的成分",当然"尤其重要的"是"利用大众所能了解、接受和欣赏的民间形式"①。这种解释和毛泽东对民族化的归纳基本一致,即既要让一般老百姓喜闻乐见,又要具有中国作风、中国气派;既要继承中国古典文学的优良传统,又要借鉴外国文学的优长。应该说,无论是民族形式,还是民族化,从理论导向看,是比较宽泛也不乏科学性的。如果除去对大众接受效果的特别强调,延安文学对民族化概念的最初反应,也和"五四"前后鲁迅对新文学的前景展望有相似之处。青年鲁迅曾希望以后的新文学应"外之既不后于世界之思潮,内之仍弗失固有之血脉,取今复古,别立新宗"②,后来他更精确地概括为"内外两面,都和世界的时代思潮合流,而又并未梏亡中国的民族性"③。因此,民族性的概念产生伊始,不仅具有民族意识的视角,又有世界眼光的关照,它是在不失民族性的前提下中西古今文学贯通弥合的一个尺度。所以,文学的民族化的本有风度,不是封锁的,而是开放的;不是守旧的,而是创新的;不是停滞的,而是发展的。它的本质是集中外文学之所长,用大众喜爱的民族形式(这个概念同样与固有、既成、传统之类的修饰语无关),表现特有的民族感情、民族意识、民族精神。民族化本身是内容与形式的完美统一,是本土与世界的有机统一,是传统与现代的辩证统一。这种具有宏大气势的民族化文学理想,是"五四"现代化文学目标更高程度的体现,也是进入延安时代,现代文学为自己预示的更辉煌的命运。在这里,文学的民族化和与此相伴相生的民族形式无不洋溢着勃勃的朝气和活力。

　　依据这样的民族化标准,延安作家理应创作出比之前更有价值的民族化

---

① 何其芳:《论文学上的民族形式》,《文艺战线》第1卷第5号,1939年11月16日。
② 鲁迅:《坟·文化偏至论》,《鲁迅全集》第6卷,人民文学出版社1981年版,第56页。
③ 鲁迅:《而已集·当陶元庆君的绘画展览时》,《鲁迅全集》第3卷,人民文学出版社1981年版,第550页。

的作品,然而理论仅仅是理论。延安文学中的一些有影响的作品,在客观上不是力求整体实践民族化理论的精髓,而是生硬地分离出某个论点并加以无限度地夸大。由于延安文学对一般老百姓"喜闻乐见"的特别要求,通俗化问题是几乎所有根据地作家都无法回避的,解决这个问题的办法主要依赖文学对传统民间形式的移植和借鉴。因此,延安文学的创作者在不知不觉中,就把对传统遗产主要是传统俗文化遗产的继承,从民族化概念所包容的诸种彼此相依相连的有机整体中割裂开来,并将民间形式视作民族化的中心和主体。以这种偏狭的观念去创造一种新型的文学、一种民族化意义上的文学,其结果是可想而知的。延安文学的症结和过高评价延安文学民族化成就的症结,都在于把文学的通俗化概念等同于民族化的概念。当时及以后的创作者和评论家们不但简单化地理解了民族化的内容,也简单化地理解了民族化理论相应的文学实践。延安文学十余年的创作历程,足以告诉人们,与中国文学现代化的道路一样,民族化的道路也是同样的泥泞而曲折。延安文人虽以空前的民族化自觉意识称著于世,但在民族化实践上并没有根本性的突破和超越。

众所周知,文学的民族化,是各民族文学独立行世的基本目标。一个民族的文学,只有以本民族特色的艺术形式,充分地表现本民族的文化精神,才能获得本民族文化的认同,才能步入世界先进文学的行列。不过,文学的民族化绝非闭关自守、一意蹈常袭故的摹古复旧,而应不断扬弃更新,广泛开放融合、创新拓展。这样的民族化文学才有其永久的生命力。如若忘记了创造,单单幻想从老祖宗那里寻讨秘诀偏方,最终的结果只会是沉疴不起,个中滋味不言而喻。文学要真正实现民族化的目标,不仅要求文学不失其民族的个性,文学要以反映本民族的感情为本;此外,还要求文学创作者同时具备世界意识,应超越狭隘的地域文化、民族文化的局限性,以使文学获得更高的视点和更宏阔的幅员。对此,俄国的别林斯基曾有过描述,这就是民族性和人类性的统一。他指出:"只有那种既是民族性的同时又是一般人类的文学,才是真正民族性的;只有那种既是一般人类的同时又是民族性的文学,才是真正人类的。"①别林斯基的精辟见解,是对文学民族化概念权威而富于真知灼见的阐释,同时也是对文学民族化理想的现代意义的规范。

关于现代化和民族化之间的关系,无论是理论探讨提供的抽象结论,还是文学史提供的具象的事实,都说明它们绝非相互排斥的关系。它们实际上属于文学发展过程的两个相互兼容的层面,共同体现出中国现代文学的有机构成。现代化是民族文学的现代化,民族化是现代文学的民族化。强调现代化,是为了更好地引导作家在继承本民族古代文学优良传统时,注意现代意识的关照,创造民族现代文化;倡导民族化,更主要的是为了引导作家在吸纳外来文学多种养料之时,注意有机融合,更新民族传统文化。所以,真正意义上的现代化的文学,应是具有深厚的民族文化内涵,具有鲜明的民族风格特色的现代文学;而真正意义上的民族化的文学,也应是熔铸了健全自由的思想意识,散发着浓郁的现代精神气息的民族文学。对文学现代性和民族性的双重强调,并不是中国现代文学的独创。黑格尔曾高度评价过把元杂剧《赵氏孤儿》改编成德国戏剧的歌德所做的工作,他认为:"歌德很清楚地意识到自己是一个西方人而且是一个德国人,所以他在描写东方的人物和情境中始终既维持住东方的基本色调,又完全满足我们的近代意识和他自己的个性的要求。"②在这里,黑格尔衡量歌德移植中国文学到德国文学中去的成功的标准,有两个不可忽视的要点,那就是"近代意识"和歌德作为德国人的个性要求。在黑格尔眼里,歌德借鉴了中国文学成分的作品,就是近代化与德国化兼具的优秀作品。对于任何民族的文学来说,民族化和现代化都是无法回避、必须面对的重大工程,而且这两项工程需付出同样多的努力,对任何一项的偏废,都是对另外一项的妨害,都是对整个民族文学进步发展的阻碍。

---

① [俄]别林斯基:《对民间诗歌及其意义的总的看法》,《别林斯基选集》第3卷,满涛译,上海译文出版社1980年版,第187页。

② [德]黑格尔:《美学》第1卷,朱光潜译,商务印书馆1979年版,第350页。

长期以来,在理解现代化和民族化关系问题上一直存在着种种偏颇。最有代表性的莫过于将两者视作彼此冲突、相互对立的矛盾关系。自"五四"至今,创作者和理论家们常常陷在二元对峙的格局中不能自拔。实际上,新文学的创造和发展需要依赖多种文化基因的组合作用。现代化和民族化都涉及怎样处理中西方文化遗产的问题。文人作家如果不能从根本上跳出前人极端化的二元对立的窠臼,文学现代化和民族化的最终目标将难以真正实现。为此,对中国文学的发展前景抱有信心的人,起码在心理上,必须有迎接更多、更复杂的困难挑战的准备。

战争与新英雄传奇
——对延安战争文学的再探讨

全面抗战和接踵而至的四年国共内战,使第三个十年的中国新文学自始至终笼罩在战火的硝烟里,延安文学也不例外。当国统区文学随着形势的变化有关抗战的报道愈益微弱时,延安文学却一如既往地坚持着敌后抗战的描述。当全面内战的序幕拉开后,国统区文学着力于揭露混乱政治秩序下的现实黑暗时,对反侵略英雄群像的再塑,和对国共军事较量中为生存而斗争的北方农民生活的记叙,又成为延安文学不可分割的内容。

中国现代史上这十二年战争,从根本上决定了中国现代史的走向,也深刻影响了延安文学的生成发展。战争和文学的联系历来紧密。对于一般无心于政治、无心于权力的百姓而言,战争即意味着厄运,意味着灾难。无论是在唐代的边塞诗中,还是在20世纪20年代"非战文学"里,饱尝战争之苦的民众永远是一副悲伤无告的面容。自古以来,连绵不绝的军阀混战无数次把百姓推向死亡,"白骨露于野,千里无鸡鸣",正是那些悲剧时代的真实写照。在20世纪三四十年代的中国大地上,战火仍在蔓延,民众却不再是单方面羸弱的灾难承受者,在根据地作家笔下,他们的形象被涂抹了英雄色彩,显示出前所未有的力量。这种战争题材表现重心的推移,昭示了延安文学主题的历史性嬗变。

一

在延安战争题材创作中,抗日英雄传奇故事占了绝对的比重。代表性的作品有孔厥和袁静的《新儿女英雄传》、马烽和西戎的《吕梁英雄传》、柯蓝的《抗日英雄洋铁桶》①等,这些长篇小说以传奇形式表现抗日主题,不只是因为作家对中国北方民间经验的偏好,其实更是政治性写作的需要。传奇的要素包括不平常的情节、不寻常的人物,这种特质显然有利于中共领导下的敌后抗日民主根据地英雄故事的演绎,而建构新型的农民英雄形象,已然成为1942年后延安文人作家遵循为工农兵服务这一文艺方针的主要路径。郭沫若称赞《新儿女英雄传》时指出,作家"纯熟地运用人民大众的语言",表现解放区"可敬可爱的人物,可歌可泣的事实","无形之间教育了读者,使读者认识到共产党员的最真率的面目。读者从这儿可以得到很大的鼓励,来改造自己或推进自己"。通俗的民间形式与延安政治宣传的关联在延安文学中的重要性不言而喻,延安作家的写作当然必须服从主导理论的基本规定。"忠实地实践毛主席的思想,谁也可以成为新社会的柱石"②,郭沫若的论断可谓简洁明了。因此,《新儿女英雄传》等同类文本,采用农民易于接受的通俗形式和语言,讲述根据地民众熟悉的人物敌后抗日的传奇,铺设平凡的人物成长为超拔的英雄的道路,不仅符合根据地农民读者对历史的认知、对未来的想象,更彰显了中国共产党在民族战争中的重要地位,同时也弘扬了中国人英勇不屈的抗日意志。

任何英雄的产生都有其客观的前提,抗日英雄的出现取决于抗日的环境。新英雄传奇故事大多会把农民英雄抗日意识的觉醒与日军在中国土地上犯下

---

① 《抗日英雄洋铁桶》原载于1944年7月至1945年6月延安《边区群众》报,1945年出版单行本时改名为《洋铁桶的故事》。
② 郭沫若:《新儿女英雄传·序》,见袁静等:《新儿女英雄传》,人民文学出版社1978年版。

的罪行相联系，以此说明中国民众的抗日不是出于一时狭隘的民族情绪，而是对日本侵略者在中国人的家园无恶不作的正当防卫。在《吕梁英雄传》里，马烽和西戎一开始描写了日军在吕梁山下烧杀抢掠后一所村庄惨不忍睹的景象。康家寨不过是沦于敌手的中华大地的一个缩影。孔厥、袁静在《新儿女英雄传》中，同样描述了一幕幕日兵作恶、百姓遭殃的情景。在日军残忍凶暴的"三光"政策下，农民平静的田园顷刻间变成一座座散发着焦糊味和血腥气的坟墓。日军惨绝人寰的"蚕食""扫荡"行径，势必激起所有有良知的中国人的反抗。新英雄传奇以确凿的事实，揭示了民众不得不抗日的原因。

在众多的抗日英雄中，《新儿女英雄传》里的牛大水可作为普通人变成英雄的样本。他原先只是一个指望着五亩苇子地过日子的本分农民，而后来成长为叱咤风云的民兵队长，其间的道路并不全是他个人的选择。日本人来后，粉碎了牛大水纯朴的未来理想，也改变了他随遇而安的性格。地下党黑老蔡的启发教育，澄清并解除了日军侵略的突发事件带给牛大水这样的农民的惘然和恐惧，继而激发起他投身有组织的抗日活动的愿望。《抗日英雄洋铁桶》中的"洋铁桶"吴贵、《吕梁英雄传》里的雷石柱，都是沿着这条路，逐渐成长为抗日英雄的。而毫无疑问，这些传奇的作者都不会忘记赋予中国共产党在其间发挥的点石成金的作用，尽管对读者来说，最吸引他们的当然还是那些英雄形象。邵子南《地雷阵》的主角李勇，凭着他的"积极、勇敢、心眼灵"，摸索发明了各种爆破技术，用小小的地雷把敌人炸得坐卧不安、魂飞魄散。《抗日英雄洋铁桶》里的吴贵，带着民兵在敌人的包围圈里声东击西，致使不可一世的日军顾此失彼、惶惶不可终日。《新儿女英雄传》写了刘双喜和高屯儿智克伪军、巧烧岗楼，牛小水假扮新娘、深入敌巢，杨小梅只身进城、开展工作，这些新儿女英雄临危不惧、出生入死的传奇故事，为置身于艰苦的战争情境中期盼着美好未来的读者提供了开阔的想象空间。

抗日英雄的传奇色彩，一方面体现在英雄品质的刻绘上，譬如"洋铁桶"的神出鬼没、不怕牺牲，雷石柱的大义灭亲、力歼顽敌，牛大水宁死不屈、机智勇敢,他们体现出来的情操承载了现实中农民读者的理想。另一方面,传奇性故事情节本身跌宕起伏、曲折多变,从中可展示中国老百姓的足智多谋。《抗日英雄洋铁桶》的作者柯蓝曾坦率直言,他的创作就是"有意识地来集中反映我们人民愚弄日本帝国主义者,并最后击败了它",也"有意识地来集中反映我们人民的智慧、幽默和他们的斗争艺术"。① 柯蓝的设想,实际上早在30年代末的一些抗战速写里就已尝试过了。卞之琳的《石门阵》和《进城·出城》对老百姓巧妙对敌的简洁素描,是抗日英雄传奇的最初试笔,只不过自柯蓝起,传奇性的情节描写变得更加自觉。于是在《抗日英雄洋铁桶》中,读者们不仅看到"洋铁桶"弹无虚发,李四哥飞墙走壁,王铁牛力拔千钧,也看到了一系列神乎其神的故事:"洋铁桶"智杀鬼子队长,钻粪坑死里逃生;"洋铁桶"安排妙技,刘家庄日夜报仇;武工队半夜飞刀,老汉奸心惊胆丧……这些传奇情节的设置,一方面来自对古典小说和民间文学的借鉴,另一方面也反映了中国农民配合八路军在游击区和敌占区创造的抗日业绩,创作者们都会有意识地突出中国共产党领导的敌后农民抗日活动对正面战场胜败攸关的意义。和《抗日英雄洋铁桶》一样,《吕梁英雄传》里也遍布传奇情节,如查户口老武遇险,巧掩护大婶立功,暗民兵智捉密谍,红黑帐警告伪人员等,这些都成为新儿女无限智慧和胆略的具体印证。

　　对铺陈传奇情节的热衷,不只反映在上述的三部长篇里,其他一些抗日主题的文本也很注重传奇意味的渲染和烘托。在这种写作风气下,连一些诗人、散文作家也禁不住一试身手,如艾青写的《俘房》里一个漏网鬼子被老乡诱进麻袋被送回八路军敌工股,吴伯箫写的《化装》中假扮成八路军的敌人哑巴吃黄连般地遭到了老百姓将计就计的合力围击。而写小说的罗丹则进一步发挥了对敌后抗日神机妙算的智慧想象,《模范村长》里的村长一眼识破假武工队员的真相,叫伪装的坏蛋吃尽苦头后,又让幕后策划的日军中队长尴尬无言。

---

① 柯蓝:《洋铁桶的故事·重版后记》,《洋铁桶的故事》,人民文学出版社1960年版。

类似戏剧化的情节,反映了敌我力量悬殊的特殊环境下中国民众对拯救百姓于危难的英雄豪杰的渴望。人物和故事的传奇性,其实离不开生活逻辑和艺术真实的检验,一些缺乏节制的过分夸张,势必出现失真情形。数十年之后出现在荧屏上各种雷人的抗日神剧被诟病,原因也不外于此。新英雄传奇作者抗日英雄故事和抗日英雄传奇的传奇性,虽然构成了这段时期战争题材创作的一个重要特色,但写作者理想成分的浓重,使这一特色趋于极端。

二

根据地有关抗日斗争的文本,注重智勇过人的传奇英雄,讲述惊心动魄的传奇故事,无不散发出浓重的乐观主义气息。这符合1942年延安文艺整风后对文学歌颂光明的要求。孔厥和袁静在《新儿女英雄传》里描述了日军拉网扫荡的日子里,牛大水和杨小梅等突击队员在寒冷的冬夜不得不睡在白洋淀冰面上的情景,他们虽然眼肿了,腰痛、腿痛、肚子痛了,却个个精神抖擞地开怀说笑。作者意图让读者相信,这些新儿女英雄为了抗日的早一天成功,心甘情愿以冰为床坚持斗争,中国抗战的胜利前景在此得到预示。《抗日英雄洋铁桶》的主人公吴贵的词典里,从来不会有哀伤和胆怯的字眼,只有一往无前,拼死杀敌。柯蓝大肆渲染烘托吴贵乐观豪放的英雄秉性,是为了佐证他领导的民兵在敌人的包围圈中越战越强,最终反把日伪武装置于民众游击圈里的可信性。这些小说最主要的意图还是在于强调民众在中国共产党领导下依靠"胜利的信心和乐观精神"支撑坚持了八年苦战,最终取得了战争胜利。新英雄传奇中乐观主义精神和英雄主义精神紧密相连,而其根底仍然归属于对中共领导力量的宣传。

延安战争文学的乐观主义色彩,与继承吸收了质朴的民间文学、通俗文学养料相关。通俗的英雄传奇和古代评话小说中的英雄身上,曾寄托了世世代代不堪兵匪祸乱所扰的中国人对平安生活的向往。虽然"洋铁桶"吴贵们不等同于翻江倒海的哪吒、大闹天宫的孙悟空,不等同于疾恶如仇的鲁智深、忠贞报国的杨家将,但是他们刚健、爽朗、乐观的情绪与千百年来百姓爱戴的那些英雄们有些相似。当然,在"洋铁桶"等新儿女英雄身上,延安作家所寄予的理想已远远超越了古代人的视界。对传统侠义传奇乐观因素的吸收,使延安战争文学摸索出一条新的反映战争现实的创作之路。郭沫若就曾兴奋地表示,这样的小说"不就会比《水浒传》那样的作品还要伟大得不知多少倍吗?"①高昂的乐观主义精神和英雄传奇色调,也成为1949年后红色革命战争叙事不可或缺的元素。

和大部分新英雄传奇创作者讲究出奇制胜的情节构想不太一样,有些作家特别注重战争环境里普通百姓内心情感的开掘。孙犁的白洋淀系列故事,以其特有的抒情色彩,显示出根据地战争文学的另一派景色。在《嘱咐》里,孙犁用简洁、动情的笔墨,描写水生嫂从突然见到丈夫回家,直至决定天亮再送丈夫出征的心理过程。在这个因为抗日已与亲人离别了八年的妻子心里,不仅萦绕着对丈夫的相思和对八年艰难生活的回味,更交织着亲人不期而归的喜悦和为了永久的团聚不得不与丈夫再别离的苦涩。水生嫂对丈夫的恩爱之情以及她深明大义的性格,在孙犁平静如水的描写中清晰透明地显露了出来。《嘱咐》《荷花淀》《光荣》等小说,虽然没有直接反映枪林弹雨中的敌我交战,但对后方妇孺积极支前的情感及壮举的描述,同样显示了战争胜利的未来图画。诗情画意的气氛渲染,人物内心情感的铺叙,生动还原了一个个血肉丰满的形象,她们是平凡的人,却也是集体的英雄。以抒情著称的孙犁式的小说其实同样颂扬中国共产党政权,同样洋溢着乐观主义精神,较之传奇性的写作显然更具感染力。孙犁自称亲眼看到普通妇女在民族斗争和阶级斗争中深明大义的表现,他说:"她们在抗日战争年代,所表现的识大体、乐观主义以及献身精神,使我衷心敬佩到五体投地的程度。"②现实中人物的乐观精神自然会体现到作

---

① 郭沫若:《新儿女英雄传·序》,见袁静等:《新儿女英雄传》,人民文学出版社1978年版。
② 孙犁:《关于〈荷花淀〉的写作》,《孙犁文集》第4卷,百花文艺出版社1982年版,第612页。

家对人物形象的艺术塑造中。而来自冀中白洋淀的孙犁对华北百姓的苦难有着深切的体会,即便写到胜利的欢乐,他也会不自觉地在其中糅合进一丝酸辛和愁楚,让读者在品味欢乐之时不会忘记曾经的艰辛。这样的小说,不仅具有乐观主义色调,还传递出耐人咀嚼的诗的韵味。但是,由于作家对人际情愫的点染,这类小说客观上疏离出延安文学的主流,在当时很难获得足够重视。

三

新英雄传奇,作为一种文学样式,它能广泛而普遍地为40年代关心抗战现实的延安作家所选择,说明它对这个时代具备多重的适应性:它适应表现抗日英雄风采的创作时尚,适应演绎包容了乐观主义、英雄主义和浪漫主义等一切为《讲话》允可的主义的理论时尚,也适应还沉湎于《儿女英雄传》等传统侠义传奇故事,正寻觅新的儿女英雄传奇读本的北方农民的接受时尚。而实际上,这多重的适应性反倒使这些文本陷入一种特色的尴尬之中。

新英雄传奇的传奇性的设置,和所有传奇一样,如果不是来自创作主体对生活真实的提炼,其艺术真实性必定会大打折扣。柯蓝曾提到,《抗日英雄洋铁桶》在很大程度上是由读者的鼓励促成的,在当初连载在《边区群众报》上时,"只是一个试验,不知道读者是否欢迎","当时是没有计划写这么长的,读者又要继续登,所以后来发表的,都是写了一段登一段"。柯蓝还说,"写这种通俗故事,尤其是写给边区文化低落,长期活动在农村环境的读者看……许多地方是感到困难需要摸索的"①。连载小说受读者群的影响其实很正常,问题是柯蓝为了迁就或迎合他的低层次的目标读者群,不得不"摸索"如何取悦他们的喜好和趣味。为了让这些读者看得懂,看得高兴,小说不惜编造一些离奇

---

① 柯蓝:《前面几句话》,《洋铁桶的故事》,韬奋出版社1946年版。

的情节,致使有些内容明显失真。譬如,为了能让情节一波三折,柯蓝写敌人暗害"洋铁桶"时,不让汉奸直接把毒弹交给伪军白士正,而要另外通过特务杜槐心把毒弹放到厕所墙角碎土里,再由白士正深夜去取。虽然这部分写得波澜起伏,但显然与生活逻辑不相符合,纯粹多此一举。这种随心所欲的败笔在小说另外一处更加突出。作者曾写游击队率民兵去城里袭击敌人,兵分三路,一路埋地雷,一路填水井,一路声东击西。结果大获全胜,"死了好几百鬼子"。"弄得鬼子真是又死人又受罪,我们的民兵一个也没有损失"。这样的杀敌故事确实能让"文化低落"的读者感到过瘾,但稍有常识的读者知道,这实在把敌人写得过于愚蠢了,"洋铁桶"们的战绩大得叫人无法置信了。吴贵的人马总共只有三十几个,共埋了十几个地雷,在当时的情形下炸死几百个鬼子,真是天方夜谭。柯蓝在故事的传奇性上确实下了不少功夫,但成于此也败于此。作者被"文化低落"的读者趣味所牵制,失去了作为创作主体基本的理性和判断能力,这是问题的症结所在。

　　神话似的夸张描写,在更为切近现实的《新儿女英雄传》中也没有避免。作者写过敌人大扫荡期间,民兵轻取岗楼的故事。这场战斗"一枪也没打",只靠一个民兵假扮伪军小队长混进岗楼,另几个民兵在外边稍加协作,岗楼就拿下了。这场拿岗楼的战斗轻松得叫人惊讶。因为这是发生在敌人最疯狂的合击拉网期间,敌伪的防守严密程度任何人都可以想象,民兵们的智慧和勇敢固然不能怀疑,但伪军如此乖巧听话,如何让人信服？这和后来小说写到牛大水们占据申家庄,说服了伪军反正后,其中有人偷了一件老乡的夹袄,最后也不得不完璧归赵的情形是不一样的。敌人的愚蠢和残暴是紧紧连在一起的,如果他们仅仅只具愚蠢的天性,如果整个抗战都像孔厥、袁静写的拿岗楼这样简单,那么就很难理解抗战为什么要坚持那么多艰难的岁月。艺术表现应始终贴近生活的真实、遵循生活发展的正常逻辑。只有在生活真实的基础上,熔铸浪漫的理想,这样的作品才具可信性。乐观主义精神不是凭空而生的,它与清明的理性紧紧联系在一起,假如无视抗战的艰难、复杂,那么这种乐观只能是虚假的乐观，廉价的乐观。故事的传奇性和浪漫主义色彩同样不可超越某种程度的现实制约，只有这样，以揭示根据地抗战现实为使命的新英雄传奇才有它存在的意义。

与其他40年代根据地作品相比，新英雄传奇更多地吸取了传统文学的养料。普遍采用通俗章回体形式，适应了农民读者群的接受习惯，取得了相应的社会反响。但是，新文学对旧形式的借鉴模仿不是无条件的，也不是无原则的，新英雄传奇的作家在这方面出现了一些疏漏，其中的原因值得深思。

疏漏之一是一些文本中出现了没有来得及融化的生硬照搬，有些情节是古代小说中某些桥段的直接移植。《抗日英雄洋铁桶》中个别情节与《水浒传》的某一章回极为相似，而表现手法、精神格调也全无新意。小说第九段写吴贵跑出医院赶回游击队，途中跳出三条好汉将他抓起吊打，这很自然叫人联想到武松夜走蜈蚣岭，被张青手下的几个人抓住的那一段。相近的内容固然可以用相似的形式加以描述，问题是作者在表现时应显示出不同的时代取向。抗战时的游击队员不可能是《水浒传》里造反的梁山泊好汉的再生，因此他们的风度、言语、举动的差别是必然存在的，作家的描写就应该细心分辨，区别对待。但是，柯蓝在写这一部分时，却不知不觉地被拘囿在《水浒传》的旧模式里了。抓住"洋铁桶"的三个游击队员先是不问青红皂白，把"洋铁桶"吊起来一顿打骂，态度之粗野犹如旧侠义小说中常见的仇家相见，继而当他们看清了棒下的俘虏正是他们万分崇拜的"洋铁桶"时，竟然一齐丢下武器，趴在地上磕头请罪，其猥琐实难以与作家要表现的威武英姿的游击队员的身份相称。这种对侠义小说故事的生吞活剥地吸收，不仅有损于作家要颂扬的新儿女英雄的形象，也使传奇故事的气氛出现不协调的状况。

疏漏之二是几乎在大部分延安创作中都能见到的，只不过在新英雄传奇里表现尤著，这就是重视故事的完整而忽视人物性格刻画的缺陷。茅盾曾在评价《吕梁英雄传》时，明确指出这部长篇存在着"人物描写粗疏的毛病，而这粗疏的毛病主要是由于未能恰如其分地刻划了人物的音声笑貌"。①《吕梁英雄传》是以一个个短篇故事连缀而成的长篇,作者最为看重的是各个短篇故事的完整和故事的传奇性,而对人物形象的塑造尤其是对精神世界的挖掘比较淡漠。传统小说人物类型化现象较为严重,那是由于对人物心灵缺乏关注。40年代新英雄传奇的作者本应避免传统小说的这种局限,塑造出真实可信各具个性的新儿女英雄,但事实证明根据地作家的努力仍然不够。吴贵从出场开始性格就已定型,是终止型性格,雷石柱、武得明的形象淹没在一连串的故事情节里,牛大水和杨小梅的性格发展线索虽然稍微清楚一些,但作者对两人的心理刻画远未达到传神应有的程度。人物缺乏立体感,致使新英雄传奇的艺术魅力大为减弱。

　　疏漏之三是由采用章回体而来的结构的程式化问题。新英雄传奇与"五四"以来的新文学一个明显的区别是它重新采用了传统章回体形式,这是新英雄传奇在较多地吸取了民族文化的内容之外,在形式上的相应反应。民族文化的内容是否一定要由章回体的形式来反映,或者章回体的形式是否就是同样发展中的民族文学形式的唯一,这个问题暂可搁置。只是从新英雄传奇对章回体形式的再使用的效果看,恐怕并不像作者们预料的那样理想。长篇章回体用的是故事套故事的结构方式,它便于单纯故事的叙述,但并不一定适用于表现抗战现实丰富复杂的形态。《抗日英雄洋铁桶》的布局安排出现了喧宾夺主的状况,捉特锄奸的篇幅占了过多的比例,这与作者追求故事的生动有关,也和作者采用的章回体形式有关。《吕梁英雄传》的结构更有商榷的必要。作者交代:"当时并没有计划写成一本书,也没有预先拟出通盘的提纲,只是想把这许多生动的斗争故事,用几个人物连起来,并且是登一段写一段,不是一气呵成,因而在人物性格的刻画上,在全书的结构上,在故事的发展上,都未下功夫去思索研究,以致产生了很多的漏洞和缺陷。"②小说是靠大大小小的故事

---

① 茅盾:《关于〈吕梁英雄传〉》,《中华论坛》第2卷第1期,1946年9月。
② 马烽、西戎:《〈吕梁英雄传〉的写作经过》,《晋阳学刊》1980年创刊号。

连缀在一起拼成的,这是传统小说和话本典型的结构方式,但《吕梁英雄传》的故事来源于晋绥边区群英大会上各个独立的民兵事迹,作者在改编时艺术融会贯通不够,致使故事与故事间缺乏内在的联系,造成整部长篇结构松散不紧凑的后果。作者完全可以一一叙述独立的人物和故事,根本没有必要硬做章回体长篇,这是新英雄传奇受章回体之累的典型事例。如果章回体不能帮助小说对抗日现实生活作更恰切的反映,反而削弱了小说的表现力,那么作者就不应该再为迎合读者群的口味,继续拘泥于这种旧形式。孔厥和袁静在构架小说时,可能正处于一种矛盾两难的境地。这种心态显现在《新儿女英雄传》里就是在章回体和现代长篇形式间采取了一种折中的做法,即摈弃了章回体硬性对称押韵的回目标题而改用现代长篇小说的章节标志,却仍然保留了回目。这种不彻底的改良显示了作家不受标准章回体限制的最初的决心,但毕竟仍然不能完全摆脱章回体的束缚。这部长篇打破了章回体形式要求章回篇幅大致匀称的规则,说明仍然保留的章回已是多余的累赘,章回体形式在《新儿女英雄传》里是名存实亡。

四

在抗日爱国主题的引导下,新英雄传奇的作者热情颂扬新儿女英雄们的斗争精神,并使抗战初期以简单平面的纪实显示的抗战主题得以深化。然而,从前后期基本取材以及取材的角度来看,新英雄传奇以及其他战争题材创作的表现领域不但没有明显扩展,反而有缩小的迹象,取材的范围更趋单一。新英雄传奇等战争文学对共产党领导的抗日民众不屈的抗日意志和抗日行动的展示,固然是根据地战争文学深化抗日爱国主题的途径之一,但在加强这部分内容之外,根据地以外的抗日生活、游击区以外的抗日斗争被忽视,不能不认为是整个延安文学抗日主题表现上的缺失。虽然有客观封闭的环境对作者视野阻碍的原因,但不管怎么说,因此而造成的新英雄传奇等战争文学历史深度的不够，是真实的存在。事实上，前期抗战文学已明确显示出抗日运动是全民族抵御外侮的共同行动，而历史的结论也证明了中华民族各党派、各团体所有爱国的成员为抗日做出过不同程度的贡献。但随着抗战进入更复杂艰难的状态后，党派政治的分野愈加鲜明，这加剧了因环境的阻隔和其他原因造成的根据地作家对共产党领导区域以外抗日生活的漠视，这是新英雄传奇在题材和主题取向上的遗憾。

在对根据地民众抗日力量较充分揭示的同时，作家们普遍倾向于简略抗战艰难性和复杂性的表述。在新英雄传奇中，敌人的暴行虽也有所披露，但与作家对敌人愚不可及和荒唐可笑的描写相比，就微不足道了。愚笨如驴的鬼子和伪军只不过是神通广大的游击队员显示智慧勇敢的玩偶，是所向无敌的民兵百战百胜的陪衬。种种过分乐观的叙述反映了作者对抗战现实的认识的幼稚，也反映了作者对抗战主题理解的肤浅。血腥的场面、凄惨的环境，固然给人以哀伤和痛苦，但悲壮的格调也同样能唤醒人的斗志。对敌我双方力量的主观化处理，显然同样有损于主题的表现。这与作家过分追求故事的传奇意味相关。

新英雄传奇在主题上的局限，还表现在这类创作精神境界的浅露，远没有达到第二次世界大战期间世界文学共同的反法西斯主题的思想高度。包括抗日英雄传奇在内的大部分抗战题材的创作者，都一味关心具体敌对环境下敌对斗争故事的进程，而对反法西斯主题缺乏深层的理性思考。很少有作家愿意多用一些笔墨追根求源地探索日本侵华战争的罪恶本质。作为抗日反帝文学，如果只是津津乐道于曲折的抗日故事情节，而漠视抗日反法西斯的意义，实在是买椟还珠。由于取材的局限，更明确地说是由于根据地作家认识水准的局限，新英雄传奇等描述战争的作品，无法也无力将中国根据地抗战事实与以外的中国、亚洲以至整个世界范围内的反法西斯民族解放运动的史实相关联，而作家更谈不上对这些史实做出富有哲学意蕴的理性评价。抗日的主题若不与反法西斯主义的主题紧密联系，抗日英雄传奇中塑造出的民族英雄的光彩也会随之减色。这些传奇作品反日情绪的渲染与对整个世界范围内反帝反法西斯民族解放潮流的联系，实在过于疏远了，这无疑影响了以人类和平为终极目标的反法西斯爱国文学主题的思想揭示，也致使延安文学无法融入同时期世界文学之中。

　　战争的反面是和平，而中国人被迫抗战的直接目的也就是祈求和平与安宁。但是，拘于作家对抗战主题的认识程度，面对这场大规模的持续了多年的战争，许多作品的描述都缺少宽阔的视野和宏大的胸襟。几乎没有作家愿意将视角放在对整个人类生存状态和人类生命形式的人文关怀上。所以，读者在新英雄传奇中几乎很难听到作家对人类和平这一最高愿望直接而热情的呼吁，也没有机会去探讨作家怎样从人类和平的角度，对战争给人以困惑、让人心灵扭曲这些精神摧残予以深刻揭示，对那些无法抚平的心理创伤怎样表现人道的安慰和怜悯。新英雄传奇提供的内容是只见树木，不见森林，作家对发生在具体某个时空的极端化事件的关注，难以成为形象地诠释更广泛时空里人类普遍存在的冲突与矛盾的标本，于是，这种关注的存在价值也就自然失之于局限。尽管和平的理想和非战的愿望只能永远置于相对的时空之中，但对文明理想的追求是人类共同的本性和价值目标。缺少对战争的反思，缺少对战争反人类本质的解析和思考，就不可能产生具有历史和哲学深度以及人性内涵的文学。中国文学要走向世界，至少在价值观上需要做出应有的调整。

国统区文学的现实讽刺与政治讽刺

　　1937年全面抗战开始后,时局急遽变化。随着中国军队在正面战场的接连失利,文学中心不得不向西南迁移,属于大后方的重庆、昆明、桂林等地成为40年代国统区文学最主要的庇护地。从文学表现的精神指向看,普泛的亢奋和乐观很快收敛。当战火蔓延到大半个中国时,政局的混乱、社会的动荡已愈益凸显,国统区文人开始将注意力转向大后方生活真实的揭示。暴露批判性创作勃兴,讽刺成了国统区文学的基本音调。这种新的文学思潮在沉闷的政治低气压下汇聚奔涌,直到抗战结束,并延续至国共内战烟云再起。从1937年到1949年,整整十二年中国大地饱受战争的摧残,中国文学也一直在动荡不安的环境和窘迫的物质条件下艰难挣扎。抗战结束后,文人何去何从,文学何去何从,选择的分化或者说文坛的撕裂愈益严重。对一些从来都将文学视为良知、道义和责任体现的作家来说,为解救千万万民众于水火的自由民主信念所召唤,把手中的笔当作介入现实政治的器具,是必然的道德选择,也是文学选择。他们揭露遍布历史陈垢的社会黑暗,暴露当政集团专制腐败的真相,使国统区文学表现出高度的政治敏锐性和强烈辛辣的现实批判气息。对集体狂欢式地反抗并颠覆旧制度旧体系的这种时代激情的反映,让新文学获得了前所未有的喜剧性品格。

一

1938年4月,张天翼在《文艺阵地》创刊号上发表了《华威先生》。小说对抗日统一战线内部阴暗面的无情揭露,震惊了当时仍满足于渲染全民抗战时代氛围的大后方文坛。《华威先生》首开大后方文学现实讽刺和政治讽刺的风气,而由此引发的一场关于"暴露与讽刺"的论争,对40年代国统区充满了批判精神的讽刺文学的发展,更是起了推波助澜的作用。

卢沟桥事变后,全中国各党派各阶层暂弃前嫌,同仇敌忾。但同时,各种黑暗势力依然存在,那些"旧时代的渣滓而尚不甘渣滓而自安的脚色"[1],千方百计寻找机会粉墨登场。抗战初期,国统区一些创作在颂扬民众抗日的壮烈场面和爱国情绪的同时,把愤怒的利剑主要掷向倒行逆施者,掷向那些"各式各样伪装下的汉奸——民族的罪人"[2]。当时的文坛,尤其是戏剧领域一度流行喜剧化程式的采用,剧作以极度夸张的手法,加上荒唐离奇的情节,勾勒侵略者和汉奸的无耻嘴脸,揭露他们的丑行。作者满腔的民族义愤直接且毫无保留地寓以其中,从而及时地履行了抗日政治宣传的职责。陈白尘的《魔窟》就是一幅群魔乱舞图。剧中的鸦片贩子、地痞流氓,一个个沐猴而冠,"新官"上任,甘当傀儡,猖獗一时。作者漫画化地让这群民族败类一一曝光,揭示了他们渺小而卑鄙的丑恶本质,并预示了他们无可逃脱的下场。稍后,欧阳予倩的《越打越肥》、洪深的《樱花晚宴》、马彦祥的《国贼汪精卫》、周彦的《封锁线》《龙王庙》等,也大多通过滑稽荒唐场面和人物的描写,或者揭露抗战中"又做官,又做大生意"的暴发户"越打越肥"的真面目,或者直接嘲讽汉奸的可鄙可悲,或者鞭挞国难当头时令人捧腹的怪现象。这类戏剧作品因作者尚未来得及对抗战现实进行细致观察,其表现直露肤泛,脸谱化、观念化明显,宣传色彩

---

[1] 茅盾:《八月的感想——抗战文艺一年的回顾》,《文艺阵地》第1卷第9期。
[2] 茅盾:《暴露与讽刺》,《文艺阵地》第1卷第12期。

浓郁，而艺术性却显得较为薄弱。毋庸置疑的是，它们的出现均基于剧作者对投降分裂行径共有的痛恨。

对寡廉鲜耻的敌伪恶行和丑态的唾弃，是抗战初期有良知的中国人共同一致的举措。可是，如何识别"隐伏在光明中的丑恶"，"认出那些隐藏在抗战旗影下的大小丑恶"①，则是对立志抗日救亡的文人作家的严峻考验。全民抗敌的形势并不能消除社会的痼疾和现实的积弊，尤其值得注意的是，一些频繁出入抗日运动中，冠冕堂皇地打着抗战旗号的"旧时代的渣滓"渗入抗日阵营内部，成为抗战潜伏的危机。

张天翼《华威先生》的面世，使人们开始正视抗战初期一度被淡化了的危机的存在。张天翼的警觉在小说中体现为他对决不同于敌伪汉奸一列的另一种"旧时代的渣滓"的尖锐讽刺，从而开辟了40年代国统区讽刺文学的主导方向，即对于阻碍抗战、阻碍民族新生的黑暗势力的暴露，特别是对专制独裁政权下由民族自身的劣根性带来的种种历史"残渣"的解剖和否定。张天翼笔下的华威先生是一位自居于"救亡专家"的活跃分子，他匆匆忙忙出入于一个又一个抗日会场，到处兜售"一个领导中心"的主张，他异乎寻常的"积极性"，全部来自他对抢夺抗日统一战线内部领导权的贪婪欲望，却于解决实际的抗战问题无关，因为从未见过挂着好几个救亡团体理事徽章的华威先生做过什么实在的救亡工作。在对他种种浅薄无聊、装腔作势的言行举止的挖苦嘲笑中，小说生动勾勒了这样一个"包而不办"的国民党抗战官僚的形象，从而显现了作者自身独特的政治预见性和喜剧才能。在《华威先生》之前，张天翼还有一篇类似题材的小说《谭九先生的工作》。谭九同样是个借抗战牟私争权的投机分子。他一面囤积三百担租谷等着谷价上涨再卖，一面处心积虑扩大权势。他最关心的是抗日群众团体"由哪个来领衔"。谭九夺权失利，其原因是那个赢家十一太公比他更有权势，更有手段。张天翼通过这样一个具有浓厚封建

---

① 茅盾：《八月的感想——抗战文艺一年的回顾》，《文艺阵地》第1卷第9期。

宗法制气味的抗日投机者的形象，揭示了统一战线内部封建势力对抗战事业的危害以及抗日营垒内部鱼龙混杂的严重状况。冷峭的讽刺笔调中凝结着作家深切体察了抗战现实之后的愤慨和忧虑。

尽管当时曾有人担心张天翼式的讽刺倾向会"减自己的威风，展他人的志气"①，但大多数读者则对他"抉摘那些隐伏在红润的皮层下的毒痈"②的冷静和清醒予以了肯定，认为他"站在中国人的立场上"，"对黑暗的暴露"正是"勇敢地面对黑暗"的"自我批判"③。确实如此，张天翼严肃的"自我批判"，在一定程度上，对抗战初期文坛的浮躁风气起了扭转的作用。

和张天翼一样，不少国统区作家随着对抗战现实更为深入的观察和体验，进一步强化了自己在这个时代所肩负的社会责任和历史使命，认识到文学的"暴露与讽刺"在抗战时代所能发挥的重要作用。面对抗战开始以后大后方社会现实中不断滋生的"新的荒淫无耻，卑劣自私"，左翼文坛的反应相当积极。继《华威先生》之后，《文艺阵地》第1卷第5期上又刊出了一篇具有同样震撼意义的作品。沙汀的《防空——在堪察加的一角》（后改名为《防空》），推出了一幕由某县城粮绅们出演的围绕防空支会主任头衔角逐纷争的丑剧。中日战事爆发后不久，沙汀即从上海回到四川。故乡的现实使他深感失望，所谓战时的新事物，"表面上是为了抗战，而在实质上，它们的作用却不过是一种新的手段，或者是一批批新的供人们你争我夺的饭碗"④。《防空》这篇小说即栩栩如生地再现了几个借抗战投机钻营的寄生虫形象。他们之所以热心于"防空"事业，有的是为了多捞一笔干薪再加一笔同样数目的办公费，有的是为了顺便得到一个更体面的练习川剧嗓门的场所，有的径直就是为了借以飞黄腾达，谋得"专员录用的资格"。沙汀在辛辣地讽刺这些投机者的荒唐无耻时，表露出他

---

① 林林：《谈〈华威先生〉到日本》，《救亡日报》（桂林版），1939年2月22日。
② 参见茅盾：《八月的感想——抗战文艺一年的回顾》，《文艺阵地》第1卷第9期。
③ 参见王西彦：《当〈华威先生〉发表的时候》，收入沈承宽等编《张天翼研究资料》，中国社会科学出版社1982年版。
④ 沙汀：《这三年来我的创作活动》，《抗战文艺》第7卷第1期。

"不能抑制的显然的愤怒"。难怪《文艺阵地》的主编茅盾在编后记中称小说是"寓沉痛于幽默","愈咀嚼其味愈苦"。与《华威先生》旨在揭露国民党抗战官僚专权的政治企图有别,《防空》重在抨击战时大后方消极抗日的现状。

不仅仅是沙汀,他的四川老乡周文在卢沟桥事变后不久,也以《成都的印象》一文,同样表示了对大后方成都弥漫着消极颓唐的氛围的焦虑。周文从1937年冬至1939年底,写了一组童话类的作品,"时间推在古代,地点推到老远,实际上是讽刺近在眼前的国民党消极抗战的大后方,是一个醉生梦死,腐败,落后的黑暗世界"①。在这些童话故事中,作家对当政者昏庸无能的反感在他看似轻松实为沉重的笔端得以清晰地流露,同时,童话的字里行间也交织着作家对造成大后方这些现状的不可漠视的另一个原因,即民族固有精神缺陷的深刻反省。周文为大后方上上下下的麻木和卑怯痛心疾首。在《吃表的故事》里,他写"负了重要责任"的总务为恪守"古已有之"的"祖先的成法",而"偏把表吃了","偏不守时间",却指责别人为"捣乱"分子;他也写了"众人"对总务无条件妥协纵容,却对提出"凡不能保障我们生存的都得改变"异议的青年横加指责。周文以童话方式对大后方仍处于昏睡状态的人们发出了严重的警告:"国家要亡了!我们赶快去救吧!"(《肚皮里的国家》)周文的大声疾呼,也同样萦回在他的中篇《救亡者》里。小说中的人物张振华无法容忍环绕他周围的沉闷与昏暗,愤激地说:"我真是希望敌机来丢两个炸弹!看他们醒不醒!"在张振华所置身的这个"太平盛世"的后方城市,"救亡专家"只敏感于抗敌会中抢权夺权,从战区炮火中逃出来的高等流亡者又只知道寻欢作乐、醉生梦死,这是一个什么样的鬼魅世界!如果说沙汀的愤怒尚包裹在他老到的讥嘲中,而周文的愤怒则早已化作了一股冲天的火焰,与其说是讽刺,毋宁说是控诉。

抗战初期的特殊形势,决定了具有鲜明民族立场和家国情怀的作家将唤

---

① 任白戈:《〈周文选集〉序》,《周文选集》上卷,四川人民出版社1980年版,第6页。

醒民众的抗日意识以及对统一战线的各翼晓以民族大义,作为重要的文学表现内容。周文等人对大后方消极抗战气氛的揭示,正是基于他们强烈的抗战启蒙的目的。在那些充满了讽刺气味的作品里,"渣滓"类的角色始终占据着主角的位置。体现了与《魔窟》不同讽刺方向的陈白尘的三幕剧《乱世男女》,展现的就是一群"都市的渣滓"的示众场景。剧中这些从南京逃难至后方的乱世男女,尽管一个个外貌高雅、言辞漂亮,但实际上不过是一伙空虚无聊、欺世混世的"多余人"。他们中有华而不实又趋炎附势的时髦青年蒲是今,有"时常做出崇高伟大的大人物模样"却躲在防空洞里喊进攻的刊物编辑吴秋萍,有"穿着夜礼服,嘴里嚷着抗战抗战"却整天追求女人的"名翻译家"苗铁欧,还有浪漫又虚荣忙碌于口头抗战社交的女诗人紫波,在乱世的背景下,他们不只是暴露了自己的渺小猥琐,更暴露了灵魂的灰暗。剧作家用较多的笔墨特别刻画了一些文化人国难当头之际言行不一、表里矛盾的虚伪性格,从中揭示出他们身上积极与消极、热情与冷漠、高雅与庸俗的严重反差和根本背离,而这种反差背离恰恰提供了剧作喜剧性的风格和讽刺性的色调。和张天翼的《华威先生》一样,陈白尘的《乱世男女》也曾因"暴露太多",被人指责为"使人丧气、悲观"[①],但事实证明这种"暴露"与"悲观"根本无涉。虽然"各式各样的半公开的攻击"曾使剧本的公演多次流产,但陈白尘始终认为:"讳疾忌医,不是一个民族的美德,而一个夸大的,不知自己短处的民族底命运,只有灭亡!"[②]这实在是一个令人信服的答辩。

《乱世男女》虽然由于作家生活体验尚不够充分,没有带来"更高的典型和大的思想力"[③],但剧作对抗战中民族"短处"的揭露,显示了陈白尘和张天翼等作家对历史与现实双重的感悟力和勇于解剖、勇于批判的可贵精神。实际上,

---

① 参见陈白尘:《"暴露"与"悲观"——〈秋收〉自序》,《陈白尘文集》第8卷,江苏文艺出版社1997年版,第277页。
② 陈白尘:《我的欢喜——〈乱世男女〉自序》,《陈白尘文集》第8卷,江苏文艺出版社1997年版,第275—276页。
③ 冯雪峰:《论典型的创造》,《冯雪峰论文集》(上),人民文学出版社1981年版,第178页。

《乱世男女》所揭示的根本问题,即不只是表露在一些文化人身上的言行脱节、华而不实的品性,在中日战争期间具有较为普遍的迷惑人的作用并且由此产生了更为严重的社会危害。自《华威先生》问世以来,对这类问题不同侧面的揭示已不鲜见。除了上述作家作品外,还有《陈国瑞先生的一群》(黄药眠)、《痈》(黑丁)、《残雾》(老舍)等,这些作品对类似痼疾的揭露不一定都从政治欺骗性的角度着眼,但侧重道德虚伪性以及人性局限的揭示,具有同样的现实批判价值。

30年代末,对沦陷区敌伪的凶残丑恶的鞭挞以及对大后方抗日运动中诸多危机隐患的揭示构成了国统区讽刺文学的两大内容。抗战伊始,对现实生活中新出现的各种现象,无论是了解还是辨别都需要一个过程。显然,大部分国统区作家对阴暗面的讽刺与暴露,直接是出自民族义愤,出自为抗战服务的政治动机,而对复杂纷繁的战争现实其实仍然比较隔膜,加上艺术处理的草率,一些作品的现实暴露显得单薄而肤浅,因而未能体现出更有效的讽刺力度,这是在所难免的。

二

战时大后方作家对现实认识的深度是与战事的延展相关的。1938年10月武汉沦陷后,政治形势、社会心理、时代气氛随之发生明显的变化。这种变化当然也清晰地体现在国统区的文学创作中。文人作家终于放弃了抗战刚开始时的那些天真和幻想,目光开始转向山河破碎、满目疮痍的战时生活本身。轰轰烈烈的抗日救亡运动虽然仍是他们关注的中心,但由于各自生活视野和认识角度的区别,不同的作家逐渐寻找到各自擅长的表现领域,在此同时,抗战初期讽刺文学题材雷同单一、人物形象脸谱化、艺术表现直露等弊端,也得到一定程度的纠正。

这段时期在讽刺文学方面取得突出成就的是沙汀,一系列主要以政府在农村基层组织——乡镇政权中的活跃人物为讽刺对象的作品的推出,使他成为继张天翼之后大后方最有影响的讽刺小说家。1938年秋天,沙汀与何其芳、卞之琳共赴延安,一年后他从延安返回四川。沙汀发现故乡居然"一切照旧。一切都暗淡无光"。可他并不因此而泄气,根据地之行后他更清楚地看到国统区阴暗现实的根源。他决心要将一切"所看见的新的和旧的痼疾,一切阻碍抗战,阻碍改革的不良现象指明出来"。① 确实如此,沙汀自30年代末至整个40年代所有长短篇小说,都把矛头指向"旧的社会制度的丑恶本质和它的日益腐朽"②。

　　沙汀擅长描摹四川乡镇那些借抗战以营私、大发国难财的土豪劣绅、贪官污吏以及形形色色的投机分子和寄生虫形象。《联保主任的消遣》写联保主任彭瘪在坐酒馆、逛公园的游乐玩耍中,视同儿戏随心所欲地摊派救国公债;《在其香居茶馆里》写围绕抽丁问题,联保主任方治国同土豪邢幺吵吵从吵架到大打出手的狗咬狗式的闹剧;《替身》写保长李天心因凑不足最后一名壮丁,竟丧心病狂地把过路的老盐商"铲去头发胡子"充数。沙汀揭露的是战时大后方乡镇社会的黑暗,同时也是战时政治的黑暗。沙汀的可贵之处在于他不仅仅满足于黑暗政治的暴露,而更着重于黑暗现实的根源挖掘。他绝不只是孤立地指摘统治集团为应付抗战实施的各种弊政,而是通过政府机构中具体执行者在与民众切实相关的如公债、兵役问题上徇私舞弊、鱼肉百姓的事实发露,表现他对现存政权的极度憎恶。沙汀在1926年即加入了中国共产党,但作为一个小说家,他尽一切可能以艺术形象的创造为基准,小说的政治倾向性被包容在对社会现实的细致审视和严肃批判之中,因而具有较强的感染力和说服力。此外,沙汀显然绝不停留于人物类型化的表现,较之同时期的一些作家,他不以漫画式的笔触去随意丑化人物,而是注意逼近生活的真实,使他要讽刺的对象一切言行的荒唐和戏剧性都符合现实发展的逻辑。这一特点在他的长篇巨

---

① 沙汀:《这三年来我的创作活动》,《抗战文艺》第7卷第1期。
② 沙汀:《短篇小说集·后记》,人民文学出版社1953年版。

制《淘金记》中得以更充分的显示。

沙汀40年代创作的三部俗称为"三记"的长篇中,以《淘金记》最具讽刺意味。这部被誉为"抗战以来所出版的最好的一部长篇小说"[①],描述的是发生在川西北一个叫北斗镇的地方豪绅地主为发国难财、争夺筲箕背金矿开采权而发生的一场内讧。沙汀摄取的这个小镇上三股势力之间权势与凶狠、贪婪与守旧的较量,正是国统区整个社会现实混乱昏黑的缩影。小说的讽刺色彩不仅表现在傲慢自负的何寡母为保住何家的"风水",却不得不忍气吞声敷衍应付甚至破财的心理刻画中;不仅表现在从"团总"和袍哥首领地位上跌落下来的林幺长子虽然仍张牙舞爪,却早已力不从心又不甘罢手的细节描写中;也不仅表现在阴险狠毒的白酱丹之流实际上狂热地迷恋黄金、抢夺黄金却要打出"开发资源、抗战救国"幌子的矛盾揭示中。小说所展开的故事原来是一个大玩笑,最深刻的讽刺和最浓郁的喜剧性就隐藏其间。当获胜的白酱丹大锣大鼓准备开挖时,形势竟出人意料地发生了陡转:淘金不再是最赚钱的法门了。联保主任龙哥收回了投资开矿的许诺,白酱丹只得偃旗息鼓。显然,沙汀不单纯为了暴露白酱丹的贪婪和凶残,他似乎也很在意白酱丹式的人物在整个社会急剧变动之时身不由己的无奈,小说结尾时白酱丹尽管又有了新的囤粮计划,但"却总是无法摆脱他的懊丧"。白酱丹的凶狠难以超越权势的力量,筲箕背金矿的命运实际上操纵在龙哥的手里,作为国民党政权在农村的代表人物,龙哥在北斗镇的地位可谓举足轻重。沙汀通过对白酱丹等人与龙哥之间真实关系的描述,揭示了国统区农村政治现实的实质;通过对愚蠢滑稽的乡村劣绅集团主宰命运的雄心和没落命运的相悖的讽刺、嘲弄,深刻暗示了荒谬现实的渊源和背景。

同样是基于对大后方抗战环境的进一步开掘,与沙汀日趋冷静含蓄的风格有别,一些作家对大后方昏暗沉闷的不满情绪逐渐加剧,其中一些作品明显

---

① 卞之琳:《谈沙汀的〈淘金记〉》,《文哨》1945年第1卷第2期。

表现出对最高权力的抗拒、对执政集团的抨击，显示出强烈的政治反抗性质。如果说抗战初期张天翼等人对抗日统一战线内部领导权问题的敏感，主要来自对国民党抗战官僚一面竭力垄断操纵抗日组织，一面处心积虑地防范且钳制民众抗日活动的不满；那么，抗战进入相持阶段，尤其是"皖南事变"发生后，国共关系日益紧张之下，左翼文学则直接把矛头指向国民党政权，揭露其压制自由民主思想的法西斯政策，将整个国家运行机器的腐朽直接与国统区政治环境的不断恶化相关联。

　　茅盾的长篇小说《腐蚀》政治导向非常明确，作为"一篇国民党特务罪恶有力的控诉书"①，它着重披露的是法西斯统治最严酷、最卑劣的核心——特务组织阴森恐怖的内幕。通过女主角赵惠明心理空间的铺展，小说弥漫着"雾重庆"特有的血腥气味，而这种血腥气味是和"苏北事件""皖南事变"等国共冲突的升级相匹配的。茅盾将艺术的虚构和历史的真实统一了起来，将充斥着告密、绑架和谋杀的暗无天日的现实暴露与极端权力管控下整个社会政治系统的批判统一了起来，表现出作家一贯具有的历史感和时代感。当然，创作《腐蚀》时的作家由于无法有效地节制政治激情的外露，使得小说对血腥残暴的政治诘难未能压聚成冷峻理智的文字，对现实政治的批判也缺少了更深刻的思想内涵。作为一个资深作家，茅盾站在左翼立场上指斥极权专制带来恐怖和苦难，这一创作取向对一些思想激进的作者具有直接的启示作用。抗战结束后不久，陈残云写的《风砂的城》，无论是暴露特务统治的内容还是日记的形式，都明显有模仿《腐蚀》的痕迹。

　　对国统区政治黑暗的揭示一度成为战时左翼文坛十分流行的主题。擅长讲述爱情故事的靳以在这个郁闷的环境里，也开始了新的转向。《众神》中"军需总监""实业总长"死后在天堂与众神会晤，他的囤积居奇、走私军火等罪行被一一揭露，竟然有同伙为他辩护，使他也跻身于众神行列。小说的讽刺意味

---

① 李伯钊：《读〈腐蚀〉》，《解放日报》，1946 年 8 月 18 日。

不言而喻。《乱离》中一对积极从事抗日活动的男女青年,因莫须有的罪名被抓进监狱关了三天。靳以揭露了大后方缺乏民主自由保障的政治环境,控诉了当政者迫害热爱自由向往光明的青年的恶行。不只是靳以,生活在同样环境中有着同样被压制、被禁锢的身心体验的作家,都难以掩饰他们愤懑不平的情绪。吴组缃的《铁闷子》,艾芜的《荒地》《意外》,萧蔓若的《老刘的文章》,以及稍后骆宾基的《1944年的事件》等,均从不同角度和侧面,对戕害人性、摧残自由信念的法西斯政治统治进行了抨击。

  与直接暴露政治黑暗有别,这个时期丁西林的喜剧选择角度则较为巧妙含蓄,这与他一贯的幽默喜剧风格有关。1939年,丁西林接连推出了两部剧作:嘲笑上层人物视钱如命、警察趋炎附势的独幕剧《三块钱国币》和讽刺汉奸众叛亲离下场的四幕剧《等太太回来的时候》。1940年丁西林又写了讽刺时局的四幕剧《妙峰山》。剧中大学教授出身的山寨寨主王老虎是个战功赫赫的抗日英雄,他曾经"带了五百个人,让日本军队走进老虎口……二千多人,不曾逃走一个"。可这样的王老虎竟被国民党军视为犯人而监禁,如若不是成功逃脱差点被枪决,这简直是天大的笑话。丁西林并非左翼人士,如此表现对国民党官方压制民间抗日力量的不满并加以嘲讽,与党派立场无关,有关的是他的爱国心。剧作将王老虎的辖区"妙峰山"描绘成"近代化、科学化、人情化、理智化"的"圣地"。这个"凭空虚构"的剧情,出自丁西林"对于社会的各方面,也多少有一些讽刺的意味"①的目的。这种讽刺意味,当然迥异于茅盾《腐蚀》的尖锐、沉重,但《妙峰山》的温和轻松在思想的深广性上具有独到意义:它借助一个自由平等的"理想的乐土"的建构,反衬出现实政治环境的严酷和荒诞;借助"爱国的志士"王老虎和"巾帼的英雄"华华结成终身伴侣的喜庆渲染,反衬出醉生梦死、自私投机的灰色男女的委琐不堪。环境的强烈反差,人物的参差对照,都旨在表达争取"最后的胜利"的目标,而这个目标的基本构成正是"自由

---

① 参见丁西林:《妙峰山·前言》,文化生活出版社1945年版。

意志"的实现(爱人的自由和"爱护中华民国"的自由)。丁西林无意于张扬任何政党的政治意识形态,他关注的是抗日大潮中自由"丧失"和自由"恢复"的问题,关注的是知识分子身份定位和道路选择的问题。虽然《妙峰山》如一则政治寓言针砭了抗战期间国民党治下的现实黑暗,但剧作的意旨终究是对自由平等精神价值的召唤。由此看来,《妙峰山》的讽刺超越了具体抗日时空的局限,显示了作者更为博大的胸怀和更为深刻的关切。

当然,在揭露国统区政治黑暗方面,相当一部分作品还是偏向直曝政权机构的内幕,暴露大小官僚昏庸愚蠢、贪鄙无耻的丑态,这和作者急切地寻求文学干预现实的功用相关。自《华威先生》起,国民党身份的抗战官僚一直是左翼作家笔下常见的讥刺对象。与抗战初期平面化、标签化的写作略有区别,之后的一些作者试图尝试有一定内涵的形象塑造,但大环境下他们对抗战宣传绝对压倒一切的认同,加上党派理论观念及其组织形式的左右,一部分创作不得不趋附政治时尚、服从民族情绪空前高涨下的大众趣味,艺术审美品质受影响也就很难避免。

1937年10月,老舍接受时任国民党政治委员会主席冯玉祥的邀请前往武昌筹建"文协"。1938年3月,由各色人等组成的"文协"终于在汉口成立,老舍不仅是理事,还兼任总务部主任。老舍将主持并处理日常事务工作的感触融入了他对大后方政治现实的解剖中。多幕剧《残雾》《面子问题》从不同角度对官僚阶层的腐败进行了讽刺。老舍指斥借国难以营私的国民党大小官僚以及与他们狼狈为奸的社会黑势力是大后方天空上一片遮蔽光明的"残雾",他笔下的洗局长和佟秘书就分别是这"残雾"中的一分子。洗局长口口声声宣称,"我拥护政府,我决心抗战","在抗战中谁都应当尽力工作",实际上是个彻头彻尾的"好色、贪权、爱财"的政客。不仅如此,他还为迷恋的女汉奸提供情报,与公开宣称"在抗战中爬上去""乘着抗战多弄下几个积蓄""去做汉奸也无所不可"的流氓市侩相勾结,洗局长这样的国民党官僚"刚正"外貌下掩盖着的罪恶本质因此彰显无遗。与洗局长可恶的虚伪略有不同,处于官僚机构更低层的佟秘书,做了二十多年官时时刻刻都在为维护他的"面子问题"而努力,却"不把心思力气多在抗战上多放一点"。在老舍的心里,佟秘书的苟安自私、庸俗懦弱固然构成了抗战大业的阻碍,其"残雾"性质在根底上也与中国文化传统中注重"面子"的弊端脱不开干系。老舍将他在小说中惯用的讽刺笔调移到话剧创作中来,虽说技巧运用尚不够熟练导致喜剧性表现有些拘谨,但这些剧作还是反映了老舍对"文协""以笔为武器"号召的响应。他努力以通俗化形式向大众进行抗战启蒙,同时也向更广大的受众传递了自己炽热的民族情感。

与老舍相比,同样的题材,陈白尘处理起来则显得得心应手。独幕剧《禁止小便》(后改名《等因奉此》),几乎概括了国民党官僚行政机构应有尽有的特征:等级森严、任人唯亲、人浮于事、文牍主义……剧作家通过国统区一个小机关发生的一件小事,暴露了衙门作风的腐朽和丑恶。抓住做"官"和干"事"的矛盾,剧作精心刻画了人物的喜剧性格:有人上班就是"喝茶,抽烟,唱戏,骂人";而有人却从不上班,只有发薪水才来,整日在阔佬公馆里打麻将、看戏捧明星。可是,这个小机关的头头钱科长对下属的训令竟然是"革命化、行动化"。正因为是这样一群"现代公务员",所以一块"禁止小便"的牌子就能把他们搅得七荤八素,丑态百出。更具讽刺意味的是,他们忙乱了半天,那位要来巡查的大员却"因为肚子疼"不来了。这个荒诞的结局,不只是剧作家的神来之笔,更是现实的真正写照。陈白尘充分展示了他政治讽刺的特长,他把所鄙夷的官场恶习加以浓缩又加以夸张,在无情的嘲弄中,显示了他一贯的泼辣而犀利的喜剧风格。

在大后方,国民党行政机构里各色官僚及其官僚气导致的后果是十分严重的。当政集团自上而下整个运行机器锈蚀老化,一面敲响了自己的丧钟,一面也使得全民抗战前景阴霾重重。对此,不少作家尤其是左翼人士有清醒的认识。所以,当他们把讽刺的目光投于此时,讽刺的笔端交融着轻蔑的嘲笑,也交融着愤激的批判。茅盾的短篇小说《某一天》写握有军政大权的党国要人忙碌的一天。这一天的安排,从上午上班算计买进卖出发国难财开始,然后是连赴三场宴会、为姨太太做寿、夜生活直到天明。上层如此,下层必定效法。类似的无聊和无耻,老舍、陈白尘的剧作中均有形象的演示。萧蔓若的《到前方去》则是较早就叙写了国民党某机关科员混沌糊涂、荒唐麻木生活的小说。当政集团的腐朽迹象在抗战期间已处处显现,当统治者开始意识到自身即将面临分崩离析之时,为了维护并稳定权力,即加速推行法西斯专制政策,压制民众的自由,致使国统区不断上演一幕幕政治黑暗的惨剧。这方面的创作随着国民党政权痼疾的日益败露而增多,抗战结束后更是层出不穷,火药味也大大超过了抗战时期。

曾自称是超党派作家的张恨水,出于正义感,对国民党治下大后方的"乌烟瘴气"进行了无情的揭露。长篇小说《八十一梦》《魍魉世界》(原名《牛马走》)从大后方经济生活入手,描绘了投机盛行、物价飞涨、民不聊生的情景。张恨水以辛辣的文笔,直接讽刺蒋宋孔陈四大家族的巧取豪夺,利用真实的细节影射抨击了重庆当局大发国难财的行径。张恨水的讽刺小说尽管有时只侧重新闻性的丑闻披露或者就事论事地发出怨恨和抗议,但在特务盯梢威胁的险恶环境下,他义无反顾地针砭时弊,谴责权贵恶行,对一个卖文为生的职业作家来说,相当难能可贵。张恨水在小说中着重揭示的抗战以来"阔人更阔,穷人更穷"的事实,在李劼人于抗战之后在成都《新民报》上连载的小说《天魔舞》中,得到更详尽的反映。李劼人形象地再现了抗战后期大后方投机"天魔"们恣肆狂舞的丑态,通过对未挂牌的八达号——官僚投机分子据点的曝光,揭露国民党官僚贪污腐败以及投机商人巧取豪夺的罪状,为读者剥露出一个投机狂潮下经济混乱、人心颓丧、昏天黑地的社会。《天魔舞》以小见大的取材角度和沉稳平静的叙事特点,在同期众多作品中可谓别具一格。

在对国民党黑暗统治进行讽刺和暴露的同时,有些作家也开始对置身于大后方环境的知识分子精神状况进行严肃审视。抗战本身是对所有中国人人格和立场的考验,而国统区令人窒息的气氛则更能检验偏于一隅的知识分子的意志。在大多数学生、学者、科学家、文化人以各种方式全身心投入民族自救的战争之时,也不免有少数人滑向了歧途,现实的阴暗也把这些人内心深处的阴暗激发了出来。张天翼是较早意识到这个问题的作家。在包括《华威先生》在内的讽刺短篇集《速写三篇》中,《新生》就把讽刺的锋芒指向了向往新生却终归沉沦的艺术家,小说对李逸漠颓唐落伍的心态做了十分到位的揭示。尽管张天翼的讥讽比较温和,但他对一些知识者在国难当头之际仅仅满足于个人生活安逸的不满,也是显而易见的。

同时期主要致力于揭露乡镇贪官污吏借抗战以营私恶行的沙汀写过一篇题为《三斗小麦》的小说,反映了大后方囤积居奇发国难财的风气中一群教员难以抵挡诱惑的事实。其中自称"装了一肚子救亡歌曲的新时代的歌手"的刘述之,虽然也因为大姐替他囤了三斗小麦而感到"羞惭",可出于对抚养他长大的姐姐的顺从,更因为短短的时间里"小麦价格已经超出买价五倍,而且还在一个劲往上冲",他最终还是与姐姐和好,妥协了事,借口是"连好多大脑壳都在囤呢"。比起刘述之的忸怩,同样身为小学教员的姐姐和她的那些热衷囤积的同事则显得十分理直气壮,他们不愿在大后方清苦的生活环境里继续撑持下去,不惜丢弃做人的操守,踏上可耻的"灰色路线"。在不动声色的冷静叙述中,沙汀呈现了一群灵魂工程师灵魂的晦暗。这种晦暗无疑是现实高压的产物,尽管小学教员们"吃也吃不饱,饿也饿不死"的困境不能成为他们违背良心的依据,可国统区大部分无权势的文化人穷窘不堪的生活现状,既是战争所致,又在很大程度上与"大脑壳"们大发国难财相关。沙汀对那些在囤积投机风气中随波逐流的小学教员的讽刺,是与对导致这种风气的"大脑壳"贪婪"豪举"的揭露结合在一起的。因此,这篇小说就挖掘生活的深度而言,还是值得重视的。

大后方恶浊的社会风气是产生卑俗的土壤,也是造就懦弱的温床。宋之的五幕剧《雾重庆》(又名《鞭》)就是一出懦弱者的沉沦悲剧,在这一悲剧中,知识者精神上的缺陷和心灵上的灰暗都得以曝光。与其他讽刺性较强的作品不同,宋之的在描写年轻的沙大千、苔莉、万世修等流亡学生坠入深渊时,笔端流露出同情和惋惜,这虽然在一定程度上冲淡了对个人堕落行为本身的谴责,却很好地达到了借此来鞭挞社会黑暗的目的。当然,沙大千从一个热血青年变成专门往来于港渝之间发国难财的奸商,不只是源于外在环境的腐蚀,也和他急于走"捷径"的投机心理相关,在剧作者眼里,这种心理的产生是由空想、怯弱、侥幸、动摇这些知识人身上常见的通病催生而来的。同样,擅长讥刺的陈白尘在四幕剧《岁寒图》里用肺科专家黎竹荪无私奉献的"耐寒"品格,映照出两个背叛者的势利和软弱。此时的剧作家也不得不藏起他惯有的轻蔑神气,发出了无奈的叹息。自然界的结核病菌固然凶险,但社会"结核菌"的侵袭更是难以抵挡。胡志豪和汪淑贤的逃离,是为生活所迫也好,是基于个人前途考虑也罢,放弃"学者"身份而甘为"市侩",投入人生大投机的潮流,剧作家对他们的选择除了鄙夷,内心的遗憾和愤懑也是不难觉察的。

与上述作品中迫于各种压力与恶势力同流合污的知识者相比,老舍的五幕讽刺喜剧《归去来兮》中乔仁山的形象也许更具有普遍性。乔仁山的名言是:"我老想打谁一顿,或者被谁打一顿。打别人呢,我的手懒;也许倒是被人家打一顿有趣一点。"老舍称他为"今之'罕默列特'",是因为他是一个"有头脑,多考虑,多怀疑,略带悲观,而无行动的人"[①]。对优柔寡断的弟弟乔仁山,他的疯嫂嫂大声呵斥道:"老想!老想!把国家想没了,把哥哥的骨头想烂了,还想,想,想!"老舍对乔仁山的"颓丧"颇有微词,因为"神圣的抗战是不容许考虑和怀疑的"[②],所以疯子的话对乔仁山而言无异于醍醐灌顶。乔仁山耽于空想、怯于行动的精神特征,显然不只是属于他个人。老舍对这种知识者身上常见弱点的揭示,是他始终不懈致力于批判国民劣根性创作理念的结果。虽然他对人物的讽刺比较柔和(乔仁山最终离家"尽每一个青年应尽的义务"去了),可是他对知识者精神缺陷的反思相当严肃,也具有一定的深度。怯弱的乔仁山身上虽有俄国文学里"多余的人"的影子,但还是更鲜明地烙刻着中国

---

① 老舍:《闲话我的七个话剧》,《抗战文艺》第 8 卷第 1、2 期合刊。
② 老舍:《闲话我的七个话剧》,《抗战文艺》第 8 卷第 1、2 期合刊。

传统崇柔敬弱的理想人格的印记。《归去来兮》显示了老舍对抗战中知识分子如何自处问题的思考,那就是他们应该以怎样的人格参与到社会结构中,以怎样的作为去促进抗战大业,这不仅关乎个人的自我救赎,也关乎现代文明社会的建构。

　　在一个理性的作家眼里,再重大的历史事件也只是他笔下人物活动的背景。当同时期相当一部分作家基于政治动机,将重大事件的叙述视作远比事件中艺术形象创造更重要的时候,一向以哀婉抒情风格著称的萧红,在香港的寂寞日子里写出了一部真正以人物为中心的讽刺长篇《马伯乐》。小说大大缩略了马伯乐活动的背景——"八一三"战役前后上海动荡社会各种现象的铺叙,着重描绘了一个在国难当头之际表情慷慨激昂,心底却打着自家小算盘,千方百计只为苟全性命的形象。通过对马伯乐优柔寡断、自私自利的内心揭示和战争阴影下混乱狼狈的琐碎生活细节的描摹,萧红将人物身上怯懦胆小、虚荣庸俗、毫无责任感的品性——暴露,并使其成为人所不堪的笑料。比起老舍笔下有类似病症的乔仁山,马伯乐的病情显然更为严重也更为复杂。萧红晚期的创作显示了她致力于反思中国传统文化局限和人性弱点的倾向。《马伯乐》的写作动机远不仅塑造一个抗战期间只会空发议论而无实际行动的文化人形象,在对马伯乐以"逃"来对抗所有现实窘境以求自保的嘲讽里,隐藏着萧红对民族文化传统历史和现状的极大失望乃至绝望:那些马伯乐与生俱来的"逃"的基因是民族精神躯体的积垢,战争的腥风血雨未能清除污垢反而加剧了污垢的层层堆积。这也许就是萧红至死也无法消解的哀怨吧。

　　与萧红一样远离大西南的师陀,在抗战结束前一年完成了讽刺之作《结婚》。这部出自战时"孤岛"作家之手的长篇,讲述了1941年珍珠港事件前后上海十里洋场一个叫胡去恶的历史教员堕落和毁灭的故事。师陀十分难得地把握住了胡去恶的性格发展,揭示了他被充斥着"龌龊、杂乱、骚扰、谣言、暗杀、掠夺""红尘万丈"的社会所吞噬的心理过程。虚荣心和利己思想的膨胀使胡去恶失去了"对于良心和道德"的"信任",肉欲和功利的诱惑又坚定了他以恶抗恶的抉择。师陀在对胡去恶内心感觉多视角的复合透视中,对其灵魂霉变和不可把握的命运进行了冷嘲。《结婚》的讽刺重在人心的讽刺,这与大部分国统区创作的讽刺有别,但在现实批判的层次上,却殊途同归,且更具艺术的魅力。

三

抗战结束后,内战硝烟再起。国民党政权的危机进一步暴露,而其自身的锈蚀、腐烂更成了可笑而荒唐的存在。和平安定的生机转瞬间成为泡影,不满、厌憎和失望的情绪持续膨胀、发酵。对现状的忧虑,对未来的迷茫,迫使身处动荡环境下的许多人开始将希望寄托于另一种制度和政体的出现。此时此刻,谁向民众许下自由幸福的承诺,谁将获得拥护和赞同。这是一个分崩离析的时代,也是一个革故鼎新的时代。对一些倾向左翼激进思想的人来说,这个时代提供了他们用喜剧"把陈旧的生活形式送进坟墓"①的机会。于是,揭示荒唐存在的可憎可恶和可鄙可笑,讽刺荒唐存在的垂死和垂死前的挣扎,成为大变动时期一部分作家的自觉行动。而对更多仅仅期待一个和平安宁世界的人而言,或许很难迅速做出毅然决然的选择,但无可置疑的是,他们中的大多数终究将为时代潮流所裹挟。利用重庆谈判期间政治低气压的稍稍缓解以及"政协"开幕前后出现民主空气的间隙,与争民主争自由的政治运动相呼应,国统区讽刺文学思潮掀起了新的波澜。

与前期题材取向有紧密联系的是一批酝酿于抗战期间而完成或发表于40年代中后期的中长篇小说,其抗战主题的表现虽说是之前的延续,但确实已注入了新的因素。由于时局变化,政党间权力角逐争斗加剧,作家对历史趋势的

---

① [德]马克思:《〈黑格尔法哲学批判〉导言》,《马克思恩格斯选集》第1卷,人民出版社1972年版,第5页。

预判和对生活的理解已非昔比，所以无论是政治批判还是现实讽刺，都打上了新的时代烙印。

沙汀在创作了《淘金记》之后，又相继完成了《困兽记》和《还乡记》两个长篇。《困兽记》对抗战大后方文化人精神弱点的反思，显示了沙汀自写《三斗小麦》时就已具备的自我剖视的态度。王场镇上田畴等小学教员难以排遣的苦闷，源于国民党的政治高压，同时也源于他们薄弱的意志和脆弱的心态。象征着这群困兽唯一希望的演剧活动，在当局的刁难、破坏下流产了，但这个结局无疑也与他们自身因袭、怯懦、动摇的精神状态有关。因被政府通缉被迫困居于山区刘家沟的沙汀，写作时的心境宛若被囚禁在铁笼子里一样，他的苦闷显然传染给了他的人物，也渗入了他的故事叙述。既然作家的艺术思维无法超越自身的困苦遭际，《困兽记》除了平添郁悒，那一贯的讽刺也令人很难觉察了。写作《还乡记》时的作家处境仍然没有大的改观，可创作思想甚至叙事风格却发生了变化。这个讲述抗战期间一个农民报仇反抗的故事，体现了作家对新的主导且流行的思想理论的积极迎合。冯大生这样具有不屈斗争精神的新形象，带给沙汀小说少有的暖色调，但却在相当程度上遮蔽了他小说里常见的对黑暗势力的轻松嘲弄。对冯大生的对立面保长罗懒王、保队副徐烂狗、乡长杨茂森等人的无耻和奸猾，作家显然更注重让他们自我暴露。在平静叙写对立的各种场面时，沙汀不露声色，不再以过去常有的揶揄来做引导或启示，作家似乎在有意淡化读者对反面角色的兴趣。《还乡记》的字里行间，隐藏着作者刻意彰显正面形象的动机，这符合新的主导理论强调发掘民众积极性人格的规约，而对一向以讽刺黑暗为创作导向的沙汀小说来说，显然是一个重要的转变标志。这种转变随着时间的推移，越来越成为必然，而沙汀存在的意义也变得越来越模糊以致无足轻重了。

与沙汀齐名的艾芜在抗战期间就已自觉消退了早年的浪漫，而转向了对现实的批判。比起着意以三个雇农形象来解剖民族性格的《丰饶的原野》和以一个小山村抵抗日军的事件来勾勒全国抗战图景的《山野》，《故乡》由于谨守着自己熟悉的领地,揭示出人物完整的心理世界,因而有关大后方真实情景的描摹尚能令人信服。在艾芜的笔下,大学生余峻廷对战时家乡的失望正蕴含着讽刺。教育局局长徐松一为发国难财竟私开银行印发钞票;身强力壮的农民雷吉生心里只有自家的地,一提起服兵役就恨声连天;小学校长余峻城让有权势的人冒充小学生逃避兵役;女校长吴泳莲私吞小学生的爱国款;"眼里没有儿子""只看得见钞票"的余老太太为索债逼得十七哥和雷老金一家走投无路;小学教师游汉英因为失恋心灰意懒用叹气打发日子……故乡这一切与余峻廷心目中神圣的抗战画面构成了鲜明对照。他内心的痛苦和迷惘暗示了整个长篇的主题。因为他无法看清这些人的所作所为全都是大后方畸形社会的产物,而读者却借助余峻廷的视野,看清了这个灰暗环境里所有人共有的心理前提:任何突发情况下首先保全自身。这样的行为选择无疑属于弱者的生活哲学,如果它不过分膨胀,也无可指责,毕竟它是人活下去的支撑。但是,当民族战争已成为生活日常,以苟且自私逃避责任,甚至以投机堕落祸害同类,则越过了社会心理的道德底线。余峻廷的抗日宣传本身就显得苍白乏力,结果当然是对牛弹琴。艾芜的愤怒显而易见,他急于揭露现实的困顿,急于找到走出困顿的方向,这决定了艾芜对邪恶和灰色生活的讽刺直接而猛烈,读者也确实真切地感受到了他对积满历史灰尘的窒闷现实的鞭挞,只是由于艾芜对人心晦暗的根源未能做更细致理性的挖掘和解析,鞭挞之勇诚然可嘉,但鞭挞之沉稳和精准却未必达标。

当沙汀真诚地将希望寄托在农民冯大生的又一次出逃,当艾芜将他所推崇的强悍坚忍的品性都赋予返乡的印刷工人雷志恒时,他们的小说已呈现出某种新的时代企盼。这种新的企盼更明显地展示在李广田的《引力》中。这部同样有关抗战的长篇,记载了一对年轻教师风尘仆仆的流亡生活。他们不堪忍受沦陷区的屈辱,先后来到"自由区"的成都,可是在特务统治下"自由区"里无自由,他们不得不再出发,走向"一个更新鲜的地方","一个更多希望与更多进步的地方"。如果从揭示国统区现实黑暗的层面看,《引力》的深广度远不及同类创作,但如果从揭示知识者追求"自由"的出路和昭示民族前途和希望的角度看,《引力》因对"一个历史意义的主题"①的准确把握,表现出不容小觑的时代感和政治远见。这不是一部具有浓烈讽刺气味的小说,但梦华夫妇在民主根据地延安的引力牵引下毅然决然离开"自由区"的行为本身,正是对国民党政权吞噬公众自由空间、剥夺民众自由权利的嘲弄和讽刺。

李广田将他的主人公设置为寻到方向的人,他用理想的愿景去化解个人寻路的苦闷。而现实中,其实更多的知识者仍处于无以排解的苦闷里。对苦闷的揭示,对道路的探寻,是文学回应现实苦难、探究人的灵魂和命运的方式和途径,在这方面,王西彦的表现可圈可点。他这一时期的几部长篇都在试图解答"在一场像抗日战争那样巨大的变动里,知识分子将何以自处"②的问题。理性的讽刺文字里透出了迫切向往新生的强烈意愿,但什么是新生,如何获得新生,小说不能给出明确的答案,却留下了思考的轨迹。《古屋》中以"伊壁鸠鲁主义者"自诩的清谈家孙尚宪,《神的失落》里将爱情视作生命的主宰"徒有热情而迷失了道路"③的马立刚,《寻梦者》中逃入与世隔绝的古寺寻求平静的成康农,他们大多是"道德完善"却又迂拙退守的"力弱者"。"完善"的"道德"在残酷的现实中,不过是一件奢侈的精神点缀。王西彦以讽刺的笔调,描写了孙尚宪为哑巴续弦,为姨婆举行贺寿典礼,以此证实孙尚宪"利己而不损人"的辩解在战事频仍社会动荡的年月,是那样的苍白无力,他所有的努力都无法挽回古屋的衰颓,也无法挽回他"快乐主义哲学"的破产。王西彦也以微讽的态度叙写了成康农试图以娶农家姑娘赛男为妻来实现自己灵魂净化的尴尬结局,描写了马立刚为寻找爱人高小筠"在单枪匹马的困境里无法自拔"④的精神现状。王西彦自身过于强烈的道德意识有时可能妨碍了他对人物文化心理的

---

① 李长之:《评李广田的〈引力〉》,《观察》第5卷第5期。
② 王西彦:《关于〈古屋〉的写作》,《王西彦选集》第3卷,四川文艺出版社1985年版,第657页。
③ 王西彦:《神的失落·后记》,《王西彦选集》第3卷,四川文艺出版社1985年版,第672、670页。
④ 王西彦:《神的失落·后记》,《王西彦选集》第3卷,四川文艺出版社1985年版,第672、670页。

深层探索，当然也披露了他自身难以排解的困惑和矛盾。他想宣告，"在我们这个时代里，个人主义的斗争只能有失败的前途"①，却为自己"对于个人主义的鞭策"过于"温和"而自责；他无可抑制地怜惜并迁就孙尚宪和成康农们的无奈选择，却又为没能给主人公"寻找到一条坚实的道路——真正战斗者的道路"而请求读者的宽容。归根结底，王西彦讲述这几个故事的目的是要对他置身的"大时代"发出抗议，那些"大时代"里和自己一样上下求索却无路可走的悲剧是精神悲剧，也是历史悲剧。尽管王西彦在小说中流露出的伤感气息在一定程度上剥蚀了小说理性讽刺的色泽，但他对大时代中知识者精神困境的揭示，对他们在泥淖中艰难寻路的记录，同样达到了鞭挞黑暗的目的。

较之抗战时期知识分子自我反省和道路探索主题的盛行，抗战结束后更能吸引创作者注意力的是整个中国的前途和命运问题。长年抗战的痛苦体验，使许多人看清了国民党政权溃败的必然性。对黑暗世界的否定和对新时代的呼唤，成为这个时代文学的主旋律。"嘲笑，这是垂死的社会的文学。"②在政治光谱中偏于激进一侧的文人作家开始站在新的历史高度上，不只揭露社会丑恶，更要讥嘲那些只为保住极端权力为非作歹的丑类丑态。从抗战时期撕破丑恶势力的伪装，到国共内战期间嘲笑它们的愚蠢和没落，这说明创作者心理上已摆脱了阴影，他们对个人前途和国家命运抱有乐观的信心。这种信心是和他们对承诺给民众自由幸福的生活的新政权新制度的想象联系在一起的。

创作者政治倾向性愈益鲜明，国统区文学的政治色彩也愈益突出。抗战期间以现实批判和政治批判交相融合为特征的讽刺文学在这个阶段径直体现为政治批判。多视角多层面的社会讽刺逐渐为单一的政治讽刺所替代。在这

---

① 王西彦：《寻梦者·出版自序》，《王西彦选集》第 3 卷，四川文艺出版社 1985 年版，第 679、682 页。
② ［法］巴尔扎克：《〈驴皮记〉初版序言》，王秋荣编《巴尔扎克论文集》，中国社会科学出版社 1986 年版，第 98 页。

个历史大转折的时代，含蓄与委婉的表达已不足以传达激进的文人作家热烈而澎湃的情绪，谐谑机智和暗藏锋机的讽刺风格也已成明日黄花。创作者更看重的是那种泼辣尖锐、浓墨重彩的风格体现（尤其是政治讽刺剧和政治讽刺诗），因为这更宜于政治情感宣泄、党派立场表白。1945—1949年的国统区文学的讽刺，由于直接以政治批判为主要内容，在一定程度上淡化了对复杂现实问题的理性思考，思想表达有时流于肤浅空洞。而那些过分热衷政党意识形态宣传的文本，艺术思维的陋弱随处可见，政治批判力度也相应受到影响。但总体而言，这个阶段的国统区讽刺文学依然展示了它存在的意义，作为历史预言也是见证，它展示了颠覆并彻底摧毁现存制度的意图如何化为一种集体性诉求的过程。新文学前所未有的喜剧性氛围因此生成并逐步扩展蔓延。

如果说抗战结束后张恨水描绘国民党官员与汉奸勾结、变"接收"为"劫收"丑剧的《五子登科》，仍停留在对统治者贪得无厌、荒淫无度可耻行径的现象暴露，那么，陈白尘于1945年10月创作的三幕剧《升官图》，则对国民党腐朽的官僚政治体系进行了全面而彻底的批判，矛头直刺国民党政权的心脏。这一为剧作家自述为"怒书"的作品，成为文学史公认的国统区最具代表性意义的讽刺喜剧。陈白尘在剧作中充分发挥了自己的喜剧天赋，他巧妙地把种种丑恶寄寓在两个强盗的黄粱美梦中，辛辣地讽刺了贪官污吏们无恶不作的疯狂，把他们犯下的苛政暴敛、敲诈勒索、贩运烟土、营私舞弊、囤积居奇、贩卖壮丁等滔天之罪暴露在光天化日之下，把他们寡廉鲜耻的靠"钱"与"权"扭结成的肮脏关系置于解剖刀下，严正地揭穿了国民党官僚政治没落腐朽的实质。《升官图》的独特之处还在于它对群丑众魔的"历史的审判"，民众造反的气氛烘托出一个集体狂欢式的场景，老头儿"鸡叫了，天快亮了"的预告，形象地展示了至暗时刻即将消逝、光明即将到来的时代趋势。陈白尘表示："只有强烈地倾向着光明的人，才会对黑暗加以无情的暴露……我热爱着光明。"[①]这是他

[①] 陈白尘：《我的欢喜——〈乱世男女〉自序》，《陈白尘文集》第8卷，江苏文艺出版社1997年版。第275—276页。

作为剧作家对自己剧作一贯的倾向性所做的说明。正由于对光明不懈的追求，他才可能始终不渝地执着于能给丑恶以毁灭性打击的讽刺剧创作。席勒曾经指出："在讽刺中，不完满的现实是和作为最高现实的理想对立的"，"凄厉的讽刺在任何时候都一定是从深深渗透着理想的心灵产生的"。① 席勒对他那个时代讽刺诗精神本质的揭示，同样适用于对陈白尘的讽刺喜剧的理解，也同样有助于对《升官图》同时期或稍晚的其他讽刺性作品的把握。

国统区一波又一波迅猛推进的学运和民运浪潮，为《升官图》式的讽刺性创作的蜂起提供了契机。这时期政治讽刺诗和政治讽刺剧空前勃兴。曙光在前，弥漫于文坛的乐观情绪愈益浓郁。在创作者心中，卑鄙的人及其所依傍的政权与旧世界一起都将化为"一种按照应当受到蔑视的程度而受到蔑视的存在物"②。所以，"对于你没有同情的人，只有笑，笑，笑！"（袁俊《美国总统号》）大笑既是欢乐情绪的表达，也是感染受众的方式。吴天的《无独有偶》、徐昌霖的《黄金潮》、杨履方的《抢购棺材》等，每一出戏都意图让人笑得开心、笑得解气、笑得过瘾。剧作者仿佛将自己置于有无数人聚集的广场的高台上，以激情四射的夸张言辞和表情动作，为观众打造出一个欢乐喧腾的精神空间。这些亦闹亦喜的剧作里传出来的笑声，绝非"为笑笑而笑笑"，它们准确传达出剧作者对旧世界的鄙弃和否定。正如鲁迅所言，"人们谁高兴做'文字狱'中的主角呢，但倘不死绝，肚子里总还有半口闷气，要借着笑的幌子，哈哈地吐他出来"③。然而，旧世界不会仅仅因笑声而退隐。吴祖光于荒诞中见真实的《捉鬼传》和《嫦娥奔月》，奉献的笑声中还包裹着剧作者的愤怒和眼泪。因貌丑被黜怒极触柱而亡的钟馗发誓斩尽人间妖魔，初战告捷，"喜极痛饮，大醉之下，成

---

① ［德］席勒：《论素朴的诗与感伤的诗》，见《古典文艺理论译丛》第2册，人民文学出版社1961年版，第6—7页。
② ［德］马克思：《〈黑格尔法哲学批判〉导言》，《马克思恩格斯选集》第1卷，人民出版社1972年版，第4页。
③ 鲁迅：《伪自由书·从讽刺到幽默》，《鲁迅全集》第5卷，人民文学出版社1981年版，第42—43页。

为化石。千年后钟馗醒来,见鬼蜮之辈复行盈满天下,而且一个个道法高强,远胜自己千万倍,于是钟馗大败逃亡"。① 这是一出彻头彻尾的现代荒诞剧。剧作打破时空界限,古今阴阳交错,形成强烈的荒诞色彩。《捉鬼传》中的宰相、将军、大官、霸者,不过是当下各色官僚、各类鬼魅的漫画像。在嬉笑怒骂中,吴祖光完成了对现实政治的抨击。《嫦娥奔月》讽刺的对象是当政集团的最高统治者。反独裁、反内战和争民主、争自由的时代之声,唤醒了吴组光的创作灵感。他着重描写了后羿从射日的英雄成为荒淫暴虐的独裁者的过程。这个逆天行事的暴君最终死在人民利益的代表者逢蒙的箭下。在"火焰冲霄"、"人民的吼声如春雷怒震"的气氛烘托下,曾不可一世的后羿成为荒唐的笑柄。轻蔑的笑声同样回荡在宋之的的《群猴》和瞿白音的《南下列车》中。前者讥刺的是"民主"幌子下的国大选举,后者描述了国民党政权日暮途穷时"达官贵人"们张皇失措的混乱情景。剧作者心潮鼓涌、情不自禁,他们以对丑类及其丑行戏谑的笑、讥嘲的笑,来表达对不可阻挡的历史趋势最真诚的认定。

国统区这段时期的讽刺喜剧对戏剧人物外部动作的注重,远甚于对人物心灵世界的探寻,这是剧作家在这个新旧交替的历史时期特别追求酣畅淋漓、明快热辣、当场爆彩的戏剧效果所致。这种期望观众在闹中取笑的气氛里获得享受——"吐尽心中恶气"的企图,在同时期一些政治讽刺诗作者那里也同样存在。

国统区最有影响的政治讽刺诗,首推袁水拍的《马凡陀的山歌》和《马凡陀山歌续集》。1942 年,袁水拍加入中国共产党,他同时是一位极其关心文学社会效应的诗人。他的政治讽刺诗常常抓住与市民生存攸关的一系列社会问题提炼概括然后再点染展开,"把小市民的模糊的不平不满,心中的怨望和烦恼,提高到政治觉悟的相当高度,教他们嘲笑贪官污吏,教他们认识自己可怜的地

---

① 吴组光:《捉鬼传·后记》,《吴组光剧作选》,中国戏剧出版社 1981 年版,第 520 页。

位,引导他们去反对反动的独裁统治"①。这种贴近市民读者接受心态又特别注重安顿、教化的审美选择和政治导向特性,充分反映了袁水拍身为中共党员和现代诗人在这个时期的使命担当。《发票贴在印花上》《万税》《抓住这匹野马》《一只猫》《人咬狗》《警察巡查到府上》《老母刺瞎亲子目》等,不仅揭露了政府苛捐杂税和由此导致通货膨胀、祸国殃民的现实,也鞭挞了国民党政权"还政于民"的"民主宪法"招牌背后专制独裁的政治黑暗给人民带来的灾难。袁水拍把自己当作民众的代言人,以通俗的民间歌谣形式表达民众的感想和情绪。《马凡陀的山歌》尽管不能提供如《升官图》式的喜剧效应,但诗中透露出的无情讥笑和嘲弄,同样具有情感安抚和政治批判的意义。袁水拍的组织背景和对政治功用的强调决定了《马凡陀的山歌》和《续集》介入现实的方式已非同寻常。这些政治讽刺诗的社会反响预示了中国文坛一些新现象的生成:文学的现实讽刺、政治讽刺有可能疏离于作者独立的精神立场,大众趣味和通俗化手段在文学主体性被置换的过程中有可能扮演重要角色,文学成为新的正统政治意识形态的生产及传播工具有可能成为必然……

除了袁水拍稍嫌粗糙却尚不失活泼质朴的歌谣式讽刺诗,国统区还出现了一些其他风格的讽刺诗作。不同流派、不同倾向的诗人在40年代中后期纷纷走上政治批判的道路,他们的诗作中不约而同地喷射出讽刺的火焰,形成了与讽刺剧创作高潮相呼应的另一道热闹的风景线。为此,这时期加入讽刺诗创作行列中来的"乡土诗人"臧克家,在为他的讽刺诗集《宝贝儿》作的序里特别做了解释。他说那段日子"讽刺诗多起来了","不是由于诗人们的忽然高兴,而是碰眼触心的'事实'太多,把诗人'刺'起来了"。作为一贯追求含蓄凝练诗风的抒情诗人,臧克家在这个时期出版了具有强烈讽刺特色的三部诗作:《宝贝儿》《生命的零度》和《冬天》。他的讽刺诗都涉及尖锐的政治主题,大多

---

① 冯乃超:《战斗诗歌的方向》,转引自唐弢、严家炎主编《中国现代文学史》(三),人民文学出版社1980年版,第461页。

饱蘸浓烈激愤之情，对"碰眼触心的'事实'"，如当政集团把民众再一次推进战争深渊、特务横行的法西斯统治、民主自由宣言的虚伪等一一加以讽刺抨击。臧克家写诗的政治动机十分明确，可他的这些讽刺诗并没有因政治色彩鲜明而掩盖了其本有的光彩。《胜利风》组诗集中体现了他的讽刺诗风："政治犯在狱里，/自由在枷锁里，/难民在街头上，/飘飘摇摇的大减价旗子，/飘飘摇摇的工商业，/这一些，这一些点缀着胜利"（八）；"自由呵，/是指着肚皮给孩子起的一个小名。"（九）他的政治立场以自由理念为坚实基石，他反对的是一切禁锢思想和剥夺选择自由的暴政，他讥刺的是所有带来灾难、痛苦和堕落的虚伪。他把他的政治倾向裹藏在诗意的句式中，浓缩在精练的格言里。在这个大动荡的年月，他没有停止对艺术的潜心追求。他独特的讽刺与抒情相糅合的诗行，再一次展示了他诗歌极具个性特征的凝练风采。

像臧克家那样既"不怕'政治'玷污了他的诗句"①，又对政治讽刺诗艺术技巧苦心钻研的，还有一些更年轻的诗人。杜运燮《追物价的人》鞭挞抗战后期国统区飞涨的物价，内容并不新鲜，整体构思和表现形式却别具一格。诗人借鉴了现代派诗歌常用的"颠倒""变形"等写法，把物价喻作"抗战的红人"，"他的身体如灰一样轻"，不断地"飞"涨，这是一个怪诞的形象。诗人采用了现代心理分析的手段，把隐藏在追物价者心理深层的活动逼真地描绘了出来，"为了抗战，我们都不应该落伍，/看看人家物价在飞，赶快迎头赶上，/即使是轻如鸿毛的死，/也不要计较，就是不要落伍"，这是怪诞形象引出的荒诞结果。这首诗通过幽默诙谐的笔调来写人的真实感受，反映国统区腐败黑暗的政局。绿原《给天真的乐观主义者们》也有着同样的荒诞色彩："大街上，警察推销着一个国家的命运；然而严禁那些/龌龊的落难者在人行道上用粉笔诉写平凡的自传。/这是一片宝岛：货币集中者们像一堆响尾蛇似的互相呼应，/共同象征

---

① 臧克家：《刺向黑暗的黑心（代序）》，《宝贝儿》，上海万叶书店1946年版，第1页。

着一种意志的实践：光荣的城永远坚强地屹立在地球上。"诗人透视了光怪陆离的社会丑恶、政治黑暗，同时表露了他鲜明的嘲讽态度。其他还有些诗人专门出了政治讽刺诗集，如邹荻帆的《恶梦备忘录》、黄宁婴的《民主短简》，其中大部分诗作都从不同角度讽刺了当政集团末日来临时变本加厉地争权夺利以致众叛亲离的狼狈下场，传递了诗人轻蔑和喜悦的心情。

1945—1949年的国统区讽刺文学，敏锐地感应着时代的脉搏，显示了它特有的战斗性和政治色彩。抗战结束以后，中国共产党力量的无比壮大在根本上改变了20世纪中国的政治格局。1942年毛泽东的《在延安文艺座谈会上的讲话》，不仅是根据地/解放区文学必须遵循的准则规范，同时也成为国统区左翼文学的思想指南。国统区左翼文人作家强烈的去旧迎新的历史责任感，使他们对功利主义的创作态度从不避讳。这与时代氛围有关，也与文学思潮的流变相关。在沙汀的小说、袁水拍的诗歌中，可以不同程度地感受到毛泽东《在延安文艺座谈会上的讲话》精神的影响。新的正面形象（工农）的塑造，知识分子的自我批判，对国民党统治集团土崩瓦解的预示和宣告，以及对受众心态和接受能力的刻意迎合，这些都属于这个时代要求文人作家必须适应并在创作中予以印证的新鲜因素，而这些新鲜因素也暴露了这一阶段讽刺文学不容忽略的问题。

这类问题其实在更早的时候就已露出迹象。1935年刘西渭提到写《八月的村庄》的萧军时说，"他眼前摆着一件新东西：国或者民族。商埠码头把悲哀给了他，也把责任给了他"，"我们的作者拥着一个国家和种族的怨恨"。和萧军一样，战争和革命的高压让那些以天下为己任的作家不得不将文学介入现实政治当作文学高尚意义的实现，艺术审美在他们的心里一点一点失去了分量。刘西渭解释说："我们如今站在一个漩涡里。时代和政治不容我们具有艺术家的公平（不是人的公平）。我们处在一个神人共怒的时代，情感比理智旺，热比冷要容易。我们正义的感觉加强我们的情感，却没有增进一个艺术家所需要的平静的心境。"①对国统区讽刺文学来说,民族主义情绪、政治道德情感的过度夸张,都会直接影响到艺术的美感体现,而大部分急就章式的文字也很快就失去了它曾有的热度。

抗战结束后文人作家基于对新时代的期盼纷纷趋附于乐观局面的展现,但这种乐观中不可避免地包含着某种浅露。对新和旧、光明和黑暗的二分法判断,让相当一部分创作失去了冷静理性的分析和审视,那种以揭示心灵困境和人心晦暗来凸显现实政治批判意图的创作,逐渐被边缘化。急功近利从来都无异于饮鸩止渴,即使是以政治批判为主旨的讽刺文学也终究有别于现实历史中具体的政治斗争实践,讽刺文学的生命根本还是在于文学性本身。但即使如沙汀这样尽管有中共党员的政治身份却尽可能恪守艺术创造的底线的小说家,在他1947年以后的一些创作中仍然无法免俗,他也许意识到,过于沉闷灰色的格调已经不适宜这个时代因而作出改变,这或许可以了解,但他为了直接针砭国统区的某项统治政策和社会事件不惜将人物推开的做法,显然非明智之举。沙汀的短篇小说《减租》《退佃》几乎直斥"二五减租"的骗局,这和文学的讽刺已相距甚远。40年代的沙汀是同时期国统区讽刺文学作家中较少受时尚影响的一位,但他从《还乡记》过分渲染抗交竹笋斗争开始,就常常陷入直接干预生活的冲动中而不能自拔,其结果不言自明。沙汀尚如此,更不必再论其他同行了。当讽刺和批判不是来自现代知识分子的独立判断、自由选择,那么这样的文学表现不仅会与作家的知识分子身份脱节,也会与文学的审美特质相悖。40年代讽刺文学中出现的问题(事实上并不局限在讽刺文学的范围),和它所取得的成绩一样,都是不应该漠视的。

---

① 刘西渭:《〈八月的乡村〉——萧军先生作》,《李健吾创作评论选集》,人民文学出版社1984年版,第492、502—503页。

中国现当代作家外语创作的归属问题

一

论及用外语创作的中国作家,林语堂是许多人最先可能想到的名字。事实上,中国现当代具备外语写作才华的文人并非只此一家。德国学者顾彬(Wolfgang Kubin)在强调语言重要性时就提道:"民国时期(1912—1949)的作家是多语作家。他们通常不只掌握多种语言,也以各外来语文书写文学艺术品。林语堂(1895—1976)和张爱玲(1921—1995)写英文小说,而戴望舒(1905—1950)以法文、郭沫若(1892—1978)以德文写诗。今天大多数现代中国文学领域的中国学者没能通过原文阅读这些作品,这是那些属于世界文学,也创造世界文学的作家们的灾难。这不只荒唐,海峡两岸林语堂或张爱玲的所谓全集并没有包括他们的英文作品,而只有别人所翻译的蹩脚中文译本,中国学界这情况,也是荒凉的。"① 就这段话而言,顾彬至少陈述了两个事实,这同时也是他所表达的两点意见:一、民国时期用外语创作的作家不在少数;二、中国学界未能对那些用外语书写的作品予以足够的重视。顾彬对林语堂等人外语写作及其意义的正视,至少显示了他作为一个局外人的客观,和作为一个跨

---

① [德]顾彬:《语言的重要性——本土语言如何涉及世界文学》,《扬子江评论》2009年第2期。

语际学者的敏感。顾彬的意图原本不在纠补中国文学研究领域的某个疏漏，但他的这番话确实提供了一个新的思考角度，为中国学界如何为那些现代多语作家定位、如何为那些外语作品归类带来启发。

顾彬确实为林语堂和张爱玲的英文小说不入中国学者的法眼感到有些遗憾，但这种感慨主要源于他以世界文学的眼光对中国的研究者具备更高素养的期许，其实，单就这类文本而言，顾彬并不以为它们就应该归属于中国文学的范围。在讨论日据时期台湾作家的日语写作时，他这样认为："台湾文学史间或提到的作品，至多就是以台湾的风土人情为主题而已，却穿着纯粹的日语的外衣。它们应当算作日本文学史，而不是中国文学史的一部分。这么看来，1949年以前台湾最重要的作家吴浊流（1900—1976）就不能归入中国文学史。他所有的重要作品都是以日文写就，然后转经中文译本——而且不一定是作家本人翻译的——得以为文学研究界所接受。"①在顾彬眼里，吴浊流这样的台湾作家虽然写的是台湾题材，但因为用日语写作，所以就算不上中国作家，他用日语写的作品也不能划入中国文学。既然吴浊流如此，那么林语堂和张爱玲想必也会被同样看待，按照顾彬的标准，他们就得归入美国作家行列，他们的英语作品也当然不属于中国文学的范畴。

对林语堂和张爱玲英语写作的归属，顾彬的看法与中国学界的惯常裁定没有什么区别；但是，就日据时期的台湾日语文学这一块来说，顾彬的判断与中国大陆文学史写作者必须遵循的准则却构成了抵牾，当下的中国学者是不太可能把吴浊流等作家排除到中国文学以外的。但是，除了台湾文学这个特例外，顾彬援用以语言作为划定国别文学界限的标准，和主流观念其实不无相通之处。

在一般研究者心里，划分中国文学边界的尺度并不模糊。中国文学，就是

---

① ［德］顾彬：《二十世纪中国现代文学史》，范劲等译，华东师范大学出版社2008年版，第235页。

以汉民族文学为主干部分的各民族文学的共同体。① 除了大陆的汉语文学和少数民族文学外,海外华文文学也通常被列入中国文学的叙述范畴,道理很简单,就是因为那些作品是用汉语书写的。有学者指出,"判断一种文学的特质","还是首先应该从它使用的语种出发。所以,在我看来,海外的华语作家其实仍旧是特定意义的中国作家,因为他们的创作完全属于中国文学的范畴"。② 还有的学者更为直截了当:"用汉语写作的作家、作品属于中国文学,不关作者的国籍。文字是文学的本质,因此一直是作品属于什么什么文学,不是作家。戴思杰的著作属于法国文学,哈金的著作属于美国文学。"③这种语言文字决定论的态度和顾彬在看待台湾日语文学时的立场如出一辙。因为强调语种的定性作用,所以顾彬对哈金的英文小说和戴思杰的法文小说的归属当然也不含糊:它们"虽然以中国为主题,却是美国文学以及或法国文学,而不是中国文学的一部分,否则的话,我们就可以把提尔曼·施宾格勒(Tilman Spengle,1947年生)有关中国的小说列入中国文学史,而不是德国文学史了"④。总体说来,以华文作为划定中国文学疆域的标准,是学界的普遍共识。因此,虽然林语堂三四十年代在国内国外均风头十足,可他在中国现代文学史上的地位,也主要源自《语丝》和《论语》时期在闲适幽默小品上的建树,与他的英文写作无所关联。迄今为止,除了海外学者的一些文学史著作外,要在大陆学者撰写的现代文学史中,找到分析评价林语堂英文作品的篇幅——无论是1936年前在国内发表的英文小品,还是之后在美国出版的英文长篇小说,那是

---

① 中国的少数民族语言,比如藏语、维吾尔语、蒙语,虽然属于另外的语言体系,但由于这些少数民族被归属于中国国家政治地理框架之下,所以,用这些少数民族语言书写的文学也成为中国文学当然的组成部分。

② 陈瑞琳:《横看成岭侧成峰——北美新移民文学散论》,成都时代出版社2006年版,第29页。

③ 引自斯洛伐克布拉迪斯拉发考门斯基大学冯铁的大会发言,参见《中国文学与当代汉学的互动——第二届世界汉学大会文学圆桌会纪要》,《文艺争鸣》2010年第7期。

④ [德]顾彬:《二十世纪中国现代文学史》,范劲等译,华东师范大学出版社2008年版,第236页。

近乎无专业常识的徒劳。林语堂如此,更遑论面世更迟的张爱玲们的外语作品了①。

二

可是,语言真的是划分文学疆域的唯一标尺吗?用汉语书写真的是区分中国作家、中国文学的唯一标志吗?如果答案是肯定的话,那么顾彬把吴浊流的日语小说剔除出台湾文学/中国文学之外,应该是理所当然的,毕竟包括吴浊流在内的那些台湾作家是用日语写作的,而日语确实不是汉语,也不等同于中国少数民族语言,而是地道的外国语。然而,为什么大陆文学史却执着地要把台湾日语文学作为必须叙述的内容呢?

只要具备文学常识的人都知道,语言是文学作品最基本的物质因素,以语种来划分不同国度和区域的文学自有其重要的意义。语言是文学实现的载体,若是脱离了由语言所呈现的修辞、审美等特质,文学的欣赏和研究都无从谈起。但是,在语言之外,对文学发挥着作用和影响的还有另外一些因素,比如民族意识、文化传统、艺术风格、价值观念,等等,这些精神领域不同层面的内容并不一定完全对应语言所提供的符号性显现。尤其当论及特定区域人群的历史、文化和情感表达时,语言的效用其实没有想象的那么大。

韦勒克在讨论总体文学时认为,20世纪的学者夸大了语言障碍的重要性,其实语言本身并不足以承担区分地域文学的责任。同样使用英语,美国文学和现代爱尔兰文学、英国文学是不同的文学,而确定美国文学何时成为独立的民族文学,并不那么容易。"是仅仅根据政治上的独立这个事实,还是根据作家本身的民族意识,还是根据采用民族的题材和具有地方色彩,或者根据出现

---

① 最早关注张爱玲英文小说《秧歌》,对其进行评价,给予其文学史地位认定的,是1961年耶鲁大学出版社出版的夏志清英文著作《中国现代小说史》。

明确的民族文学风格来确定？只有当我们对这些问题做出了明确的回答时，我们才能写出不单单是从地理上或语言上区分的各民族文学史，才能确切地分析出每一个民族文学是怎样成为欧洲传统的一部分的。"他还认为："如果仅仅用某一种语言来探讨文学问题，仅仅把这种探讨局限在用那种语言写成的作品和资料中，就会引起荒唐的后果。"① 显而易见，当研究者将视野投向特定区域的文学时，如果仅仅依据语言这个媒介去判断归属，而不考量文学具体的生存处境，就有可能误入迷途。

日据时期的台湾作家的日语创作，固然是日本殖民统治的产物。无论吴浊流们是否承认，他们的作品与日语文学传统之间确实存有挣脱不开的联系，但是这不足以构成将这些台湾日语作家与日本作家相提并论，将那个时期的台湾日语文学与日本文学等而视之的理由。文学本身的复杂性决定了做简单刻板的界定都形同于一种冒险。在日语书写之外，台湾作家复杂的身份认同，他们日语作品中所包含的本民族意识和情感取向，还有这些台湾人独特的记忆、想象和表达方式，等等，都不可能是对台湾文学合法性存在完全无意义的内容。

从殖民地非母语文学的角度来看，日据时期的台湾日语文学不可能纯粹当作日本文学的一部分去解读。这就像非洲和加勒比海、印度及其他英国殖民地的英语文学，铭刻着这些区域作者失语的创伤，但相对于宗主国文学，它们仍然属于有意义的创造，因而不能简单地将英殖民地作家视为英国作家。在中国大陆，虽然台湾日据时期的文学与中国现代文学传统之间的关联程度和承续方式还有待进一步梳理、探究，但台湾文学被纳入中国文学的框架中予以叙述和审视已形成风气，并成为不可扭转的学术方向。现代文学史编写者在谈及日据时期的日语文学时大多也不避讳语言媒介的因素。如有的文学史提道：30 年代台湾"一些作家在日本的文学杂志上发表作品，多用日语写作，也

---

① ［美］韦勒克、沃伦：《文学理论》，刘象愚、邢培明、陈圣生、李哲明译，生活·读书·新知三联书店 1984 年版，第 46、48 页。

属于新文学的成果。其中有杨逵的《送报夫》和吕若赫的《牛车》";而到1937年台湾被强制推行"皇民化"运动,日语成为台湾唯一合法的语文,1939年后,中文甚至被禁用。许多作家要么搁笔,要么只能"在被压迫的夹缝中隐忍为文",如吴浊流的《亚细亚的孤儿》就是"在日本警察的严密监视之下冒着生命危险暗中写下"的;而吕若赫侧重"描写农村日常家庭生活中的矛盾或困厄","他的作品都是用日文写的,其中多数作品到90年代才有中译"。① 这些文学史的编写者不仅理直气壮地将日据时期台湾作家的日文作品列入中国现代文学史考察范畴,甚至还把日语成为台湾唯一"官方"语言之前台湾作家发表在日本刊物上的日语作品视为"新文学的成果"。

这样的果敢之论自然主要源于"政治正确"的底气,也来自对台湾日语文学中反映出来的民族情感和民族文化内涵的尊重。大陆出版的现代文学史著作尽管事实上大多以汉语文学的发展史为叙述主体,但编写者还是会顾及台湾特定历史背景下具体的语言情境,仍然将台湾日语文学纳入中国现代文学的版图。即便文学史写作者对《亚细亚的孤儿》"在思恋乡土的情结上构架爱国反日的主题"②更为看重,但是他们只要承认吴浊流等作家的日语的文学表达是三四十年代台湾文学的客观事实,也就不能不承认台湾日据时期的日语文学是台湾文学的合法性存在。此外,更有研究者特别指出,台湾作家"面对日本统治者强行废止汉文,推行'皇民化运动'","选择了'间接的文化抵抗'";"他们使用殖民者的语言来描写本民族的生活,创造了另外一种文学的、文化的想象";"日文的表现形式与中国的内在焦虑,这两者构成的张力,展现出殖民地时期台湾知识人的更为真实的处境和精神结构";"他们在失去母语的状态下用日文写作属于自己的而不是日本的文学,这种凝聚着历史、语言与精神

---

① 钱理群、温儒敏、吴福辉:《中国现代文学三十年》,北京大学出版社1998年版,第503、507、508页。

② 钱理群、温儒敏、吴福辉:《中国现代文学三十年》,北京大学出版社1998年版,第507页。

之创伤的、令人感到悲凉而沉重的文学'十字架',无疑令人深思"。① 因此,从台湾作家的民族情结来看,任何将台湾日语文学与日本文学画等号的做法,不只是漠视了台湾日语文学中的台湾文化/中国文化特质,更无异于撕裂了那些不得不用日语写作的作家内心的伤口,甚至是对他们语言人权的又一次侵犯。

与日据时期台湾的历史现实相似,香港曾经被英国统治,澳门曾经为葡萄牙统治,有所不同的是,这两个区域尽管不乏相关的英语或葡语的文学表现,但由于创作未能形成足够的气候,也未能构成一定的规模,所以,无论是香港的英语文学,还是澳门的葡语文学,都不像台湾的日语文学那样引起足够的重视,继而堂而皇之地进入中国现代文学的疆域。21世纪以来的情形有了一些改变,譬如已经有学者开始注意搜集整理澳门400年葡语文学的资料,探讨20世纪澳门土生葡语写作对中国文化的亲和性,这方面的空白逐渐有了被填补的迹象;而对张爱玲在港大读书期间用英文写的散文,以及50年代初在香港完成的长篇《秧歌》,"张迷"们前赴后继投入充沛的热情,只是他们大都未能有意识地将张爱玲的香港英语文本视为香港英语文学的有机构成,因此也就没有注意到张爱玲的英语写作与中国文学的内在关系。

中国现代文学中日语文学的合法性存在事实,提示了作为主体的民族语言——汉语文学之外其他外语文学合法性存在的可能性。一个国家多语种文学的出现,与这个国家多元文化交汇的语境有关。台湾日语文学源于日本殖民者强行推行的"文化统合"政策,在持续的语言压迫下母语逐渐退化,作家不得不使用殖民语写作,这种选择当然带有被动和屈辱的色彩。尽管如此,台湾日语文学即便带有殖民时代文化隔绝的烙印,但透过"日语的外衣",它反映出的民族性的精神倾向和表达方式仍然丰富了中国文学的内涵,构成了中国现代文学中的特别景象。多重语言文化交汇的结果在20世纪的中国,并非只有

---

① 黎湘萍:《从吕赫若小说透视日据时期的台湾文学》,《中国现代文学研究丛刊》1999年第2期。

母语被废止、被取代这一种,香港和澳门虽然受异国统治的时间更久,但并未遭遇像1937年以后台湾那种政治、文化及语言趋于被全面同化的情境,文人作家选择何种语言进行书写仍然存有一定的弹性空间,汉语文学与英语或葡语文学在港澳共生并存,而因为港澳与内地的文化联系更为紧密,这两个区域的现代汉语文学取得的成绩甚至更为可喜。

三

至于中国大陆,其社会性质和港澳台有所不同,但1949年前从沿海通商口岸城市到内地或边远乡村,华洋杂处的环境和外来语言文化不同程度、不同方式的渗透,确实为语言交汇——多语种文化的并存、传播和交流提供了条件;从另一个角度来看,1840年以来几代中国人对现代化国家的想象都建立在认识西方、了解西方的前提下,无论最初是否迫于无奈,至少那种开放的眼光和胸襟还是直接推动了中国人对外国语言文化的接近。《密勒氏评论报》的主持人约翰·本杰明·鲍惠儿曾回忆说,这份美国英文周报1917年在上海创刊时,目标读者群主要是在华和海外的欧美人士,1918年接手后一段时间,"终于发现,最大的一群英文报纸阅读者,还是年轻的一代中国人,中国的知识分子,他们是市立学校和教会学校的毕业生和在校学生。这些年轻人是刚刚对世界性的事务发生兴趣,特别是对第一次世界大战表示关切。而且,也像其他人一样,渴望获知美国对第一次世界大战的态度以及其他一些美国新闻。……所有这些中国年轻人那时都在研读英文,而且我不久之后发现,好多中国学生都把《密勒氏评论报》当作教科书。"[①]像《密勒氏评论报》这样在中国出版发行的外语报刊读物,大多秉持促进外国与中国联系的宗旨,所以很重视中国读者的反应。1945年后,鲍惠儿的儿子小鲍惠儿担任主编和发行人,编辑

---

① [美]约翰·本杰明·鲍惠儿:《在中国二十五年》,尹雪曼、李宇晖、雷颐译,黄山书社2008年版,第13页。

方针更进一步贴近中国读者的期待，增加了编辑读者互动的栏目，有些文学爱好者因此有机会在《密勒氏评论报》上开始了外语写作的最初体验。① 除了年轻读者，借助中国大都市外语报纸杂志，一试外语身手的主要还是那些曾留学欧美、英文表达娴熟的学者文人，他们的外语创作实绩为中国现代文学带来了新的样态和气象，并切实推动了中外文化交流由单向变成为双向的趋势。在这样情境下出现的中国现代作家的外语文本，恐怕很难都归结为母语受压迫后的被动选择，而在很大程度上属于主动向外解释中国、传播中国文化的产物，当然也不排除作者纯粹的自我表达诉求。

因为一些作家移居海外又用移居国语言书写，他们的外语作品很容易被视为"外国文学"而疏离于现当代文学研究者的视阈。虽然这也并不完全贴合事实，但毕竟也算是那些作品的一个身份。但是，除了这类外语创作之外，中国作家在国内用外语写就的作品，则是"妾身难分明"，甚至完全没有名分，这更进一步印证了单纯以汉语来界定中国文学边界的局限。

如果不计较凌叔华的《古韵》中一些章节是在国内就写好了的，由于单行本毕竟是在伦敦推出的，再考虑凌叔华确实在英国生活多年，把《古韵》视为英国文学，也许不至于太离谱；而周作人的《对于小孩的祈祷》和《西山小品》、蒋梦麟的《西潮》、杨刚的《日记拾遗》，还有杨宪益的英语自传，因为是用外语书写并在国外问世的，就被视为日本文学、美国文学或英国文学，则未免太一厢情愿了。尽管作者都有过或长或短的国外留学经历，但这些经历与他们的外

---

① 翻译家屠岸回忆说，他1948年曾为《密勒氏评论报》的特约编辑和特约撰稿人，除了为《密勒氏评论报》译了师陀的小说和冯至、杜运燮的诗外，还提供了自己写的英文诗《解放了的中国农民之歌》。（参见屠岸口述、何启治采写《我与文学翻译》，《新文学史料》2011年第3期。）现为北美华裔作家的刘慧琴在接受访谈时也提到她早年在国内时的英文写作尝试："我的第一篇小说是在大学一年级用英文写的，投给当时上海的英文刊物《密勒氏评论》（Miller's Review），被采用，还得了一笔相当于1952年大学生两个月伙食费的稿费。"（参见《寻梦枫叶国，燃心文学苑——与加拿大华裔作家刘慧琴〈阿木〉的笔谈录》，赵庆庆：《枫语心香——加拿大华裔作家访谈录》，南京大学出版社2011年版，第150页。）刘慧琴所说的上海的刊物《密勒氏评论》应该就是《密勒氏评论报》，此报英文名她的记忆也有误，应该是（Milardr's Review），1950年后，《密勒氏评论》改名为《中国每日评论》，但估计原名的影响力太大，以致一般人还是习惯沿用原名。

语写作并不构成直接的因果关系,而且无论周作人、杨刚、蒋梦麟,还是杨宪益,他们均保有稳定的中国身份,其外语作品即便主要针对的是外语读者群,但只要细细品味,就可以感觉到其中并无多少洋腔洋调,以中国读者的眼光来看,它们与这些作者的中文作品之间并无本质的差异。那么,有什么必要将这些外语作品从中国文学中扫地出门呢?

较之于《西潮》等外语文本的暧昧身份,胡适的独幕剧《终身大事》、陈衡哲的《一个年轻中国女孩的自传》、朱湘的十四行诗《致埃斯库罗斯》、温源宁人物随笔集《不够知己》、邵洵美的打油诗《游击歌》、杨刚的自传性文本《童年》和《狱中》、吴经熊诗意浓郁的论著《唐诗四季》等,要是没有中文译本的话,它们简直就形同无家可归的孤魂野鬼了。这些文本虽然都是用英语书写的,却是地道的"中国制造",因为无论"产"和"出"都与外国关联不大。如若随意将它们推进某一英语国家的文学门内,那肯定是十分荒唐的。尽管平心而论,对大部分中国现代作家来说,在中文环境中用外语创作文学作品,确实不是常态,如胡适也不过偶尔为之,但即便如此,这种情形无疑还是呈现了中国现当代文学除台湾以外的外语文学的样貌,尤其还有像温源宁这样的作家,虽然身处二三十年代的上海,他却只习惯用英语写作;而剧作家王文显不论居住国内还是国外,一生只用英文写作。难道就因此不承认他们是中国作家了吗?难道因为《不够知己》不是用中文创作的就算不上中国文学了吗?为什么不能承认在主流的现代汉语写作之外,中国现当代文学还有一些另类的写作和别样的形态呢?如果不能摈弃中国现当代文学单一化的正统观念,多元文化语境下的非常态写作将永远不能获得起码的尊重,自然也无法获得合理公允的评价。

中国作家在国内创作外语作品,具体原因不一。胡适的《终身大事》是为北京的美国大学同学准备在宴会上演一出英文短戏而量身定做的,所以是"游戏的喜剧";蒋梦麟的《西潮》是他在西南暗黑的防空洞里完成的,用英文写是为了缓解光线不足字迹不易辨识的窘困;杨刚的《童年》《狱中》是她在燕京大学读书期间应美国老师包贵思所求而写的;陈衡哲的《一个年轻中国女孩的自传》是为满足在欧美的好友们了解中国的愿望而作的。不管出于什么具体的动机和意图,这些外语作品所面对的不可能是那些惯于阅读中文的中国读者,而是海内及海外的外语接受群,其中既有外国人,也有懂外文的中国人。

就国内而言,20世纪上半叶繁杂多元的文化背景为中国作家外语作品的生产流通和消费提供了相对宽松的条件。胡适的《终身大事》发表在《北京导报》上,陈衡哲的英文自传是在北京自行刊印的,温源宁的《不够知己》由上海别发公司印行,林语堂的《英文小品》甲、乙两集均由上海商务印书馆出版。从这些外语文本的问世不难看出,现代作家外语写作对大都市外文书报出版环境有着明显的依赖。自近代以来,西方传教士、外交官、商贾、各色难民等,加上留洋归国的中国新知识分子对外文信息的需求,推动了中国外文书报业的发展。1949年以前大陆留存下来的像《密勒氏评论报》那样的外文报刊达百种以上,而主营外文尤其西文的书局、书店或印书馆也是遍布各大都市,仅上海30年代注册登记经营外文书的就有近百家。如别发公司作为上海最早由英商开设的外文书局,除了出过温源宁的随笔集外,还出过辜鸿铭的论著和林语堂的译作。上海外文书刊出版方面最值得关注、也是与中国现代作家关系最为密切的,有英文的《中国评论周报》《天下月刊》和中英双语期刊《声色画报》等,它们均为中国人自办的刊物,持守的是中国立场和中西比较文化视野,这些期刊为30年代现代作家的外语写作营造了难得的空间。

如果不算夸张的话,可以说,没有《中国评论周报》,就不可能有作家身份的温源宁,也不可能有后来在英语世界大红大紫的林语堂。温源宁在《中国评论周报》上,以素描方式、春秋笔法写了对胡适、辜鸿鸣、吴宓、周作人、丁文江、徐志摩、陈通伯等十多位名人的印象,成就了系列人物随笔,结集成单行本《不够知己》。温源宁对人物的评价包含了他个人独到的观察和判断,褒贬辛辣,文笔诙谐幽默,识见和趣味与中国现代学者散文的气脉息息相通,却又另创一格。毋庸置疑的是,《中国评论周报》为温源宁精湛的英文表达提供了比大学讲坛更为个性化的平台,而那些雍容而风趣的随笔也不啻为《中国评论周报》

的精彩卖点。而对于林语堂来说,是《中国评论周报》给了他用英语写作的真正自信。他日后回忆说,"从我在《中国评论报》的'小评论'专栏"开始,"已成为独立的批评家";"同时,我还发展出一套文风,秘诀是将读者当心腹知交,宛若将心底的话向老朋友倾吐";赛珍珠"深受'小评论'吸引,劝我写第一本书《吾国与吾民》,立刻成为畅销书,奠定我在美国民众间的地位。它居然名列畅销书榜首,带来史无前例的殊荣"。① 赛珍珠与林语堂的关系是凭借《中国评论周报》建立起来的,那么《中国评论周报》之于林语堂的意义当然也就毋庸赘言了。

  与温源宁、林语堂相关的另一份英语杂志是《天下月刊》。和《中国评论周报》一样,《天下月刊》的编者和作者群中大多数人都曾留学海外,西方文化知识渊博,同时也不乏中国文化的积淀。除了温源宁、林语堂外,吴经熊、邵洵美、钱锺书、姚莘农等在《天下月刊》均有精彩表现。尤其是法学家吴经熊,他是这份杂志的策动者和创办人,他也为《天下月刊》留下了许多优美典雅的文字,包括内心省察的日记、灵性独白的小品,还有各种书评、短论。几十年后,当年的读者还记得:"吴经熊古典文学造诣很深,他在《天下月刊》长篇连载的名作是《唐诗之四季》,把盛唐著名诗人分为初唐(春季)、盛唐(夏季)、中唐(秋季)、晚唐(冬季)四季,当然用英文写,引据原作,阐明四唐和四季的关联和特色,真是头头是道,发前人之所未发,读之令人不忍释手。"② 除了林语堂这根台柱子外,吴经熊的连载作品也是支撑《天下月刊》销路的依靠,受欢迎的程度可见一斑。吴经熊一生致力于中西文明的融合沟通,晚年的英文自传即题为"超越东西方"。他坚信"我们也许不能享受收获;却至少能够享受播种"③,而作为新文明的播种者,他自身浓郁的中国古典文人气质终究还是表明了他的中国立场。吴经熊的态度其实也反映了《天下月刊》这一类国人自办的外文杂志的

---

  ① 林语堂:《八十自叙》,宝文堂书店1990年版,第63、64页。
  ② 周诒:《姚克和〈天下〉》,《读书》1993年第2期。
  ③ [美]吴经熊:《超越东西方》,周伟驰译,社会科学文献出版社2002年版,第251页。

编辑方向，虽然面对的是国内国外英语读者群，但其实大都立足本土，在中西文化的比较视野下，倾心于民族特性基础上的文化再建，因而显现出鲜明的中国主体意识。

在中国本土出版的外语文化文学类期刊和中国作家用外语创作的作品，无疑是"小众化"的，但却是极具现代意义的跨语际跨文化的有效实践。胡适的《终身大事》虽说是因为在《新青年》上刊载后才有了文学史上的开创性地位的，但若是没有之前的英文本，何来以后的显赫影响呢？而《中国评论周报》《天下月刊》这样高水准的刊物，虽然最终未能避免曲高和寡的结局，但是，它们的价值没有因为时间的流逝而消失，在中外文化交流日趋频繁的背景下，其现实借鉴的意义越来越凸显。中国现代文人作家依借外语传媒来表情达意，意图推进中国现代文化的发展，必定需要一种不可为而为之的勇气、自信和毅力，而这样的执着又必定伴随着开阔的胸襟和神圣的文化使命感。他们发出的声音是自己的声音，同时也当然是中国的声音。

四

从数量上看，在中国本土以外书写、出版的中国作家的外语作品无疑还是占据了绝对的比例。无论有无影响，或影响大小，对当时的国内文坛来说，它们是近乎陌生的存在，因此不被中国学者关注，似乎也情有可原；但是，当那些文本已经被当作"外国文学"——发掘出来，有的已悄悄返回故土后，在研究者眼里，难道它们还仅仅只具"外国文学"的属性吗？而其实，那些已经获得相当国际声誉却与中国读者很陌生的作家作品，无不印刻着醒目的中国烙印。它们中在英国用英语创作的包括：熊式一的剧作《王宝川》、叶君健的小说《山村》、蒋彝的散文《湖区画记》等；在法国用法文创作的包括：盛成的回忆录《我的母亲》、周勤丽的自传《花轿泪》、亚丁的小说《高粱红了》、程抱一的小说《天一言》、高行健的剧作《对话与反诘》、戴思杰的小说《巴尔扎克与中国小裁缝》

等;在美国用英文创作的则有:陈逵的诗《狂人与儿童》《我像一只野鸭》、王文显的多幕剧《委曲求全》《梦里京华》、林语堂的论著《生活的艺术》、蒋希曾的小说《中国红》、黎锦扬的小说《花鼓歌》、张爱玲的小说《五四遗事》、哈金的小说《等待》、裘小龙的小说《红英之死》、严歌苓的小说《赴宴者》等;在日本用日文创作的则有陶晶孙的随笔集《给日本的遗书》,等等。这些外语文本的语言均为作者所置身的国家的通用语言,因而有些作家和作品会被想象或客观上已成为那些国家文学史描述的对象,譬如,美国学界把林语堂、张爱玲和黎锦扬纳入美国文学的研究视野,哥伦比亚美国文学史编写者在华裔文学一章中介绍了他们的英文创作[①],这是他们遵循美国文学多元文化原则的必然结局。按照文本语言、主体读者群、作者移居经历等因素,那些外语作品被视为外国文学的组成部分,并不突兀;但是,如果细究一番的话,不难发现,那些外语文本的作者其实仍然保持着自身的中国文化属性,而更重要的是,他们的作品中还传递着明显的中国价值取向和审美情感。因此,那些外语作品即便被贴上了外国的标签,恐怕也不是铁板钉钉,起码不能证明那个标签就决定了它们的唯一归属。

以黎锦扬为例,作为成年后移居美国的作家,他和林语堂、张爱玲、蒋彝、程抱一等人一样,虽然生命中大部分时光都在异国他乡度过,但出生、成长于现代中国,他尽管有意识地去感应同时期美国文学的潮流节拍,但同时也不自觉地与中国现代文化构成潜在的精神联系。在黎锦扬四十多年的创作生涯中,除一部中文小说外,其余的十来部小说都是用英文创作的。成名作《花鼓歌》以唐人街为背景,揭示移民父子的代沟隔阂、新旧文化的对抗与融合、华裔美国人所遭受的种族歧视,以及华埠社区的单身汉问题。小说的文化冲突主题及其艺术处理的方式均反映了黎锦扬十分自觉的美国受众意识。但尽管如

[①] 参见[美]埃默里·埃里奥特:《哥伦比亚美国文学史》,朱通伯等译,四川辞书出版社1994年版(Emory Elliott: *The Columbia History of the American Novel*, New York: Columbia University Press,1991)。

此,《花鼓歌》仍然清晰地凸显了黎锦扬的中国经验和中国感性。小说的场景虽然是在旧金山,而其实是移植了发生在作者的故乡——中国湖南的故事。而小说的中心线索是两代人之间的冲突,老一辈固执地坚守中国传统习俗,年轻一代为追求爱情自由而离家出走,这样的情节架构简直是最有代表性的"五四"小说模式的再现,黎锦扬曾经接受过中国新文学熏陶的痕迹一目了然。在这个意义上,如果将《花鼓歌》归入中国现代小说发展的一条支脉,也未尝不可。黎锦扬巧妙地运用了自身的双重体验融汇了现代社会必定共同面临的问题,表达了对现代人摆脱困境追求自由的同情和理解。黎锦扬的文化身份决定了《花鼓歌》除美国文学属性之外的中国文学属性,这是黎锦扬的美国国籍无法完全对应他的作品意义的事实。

从台湾沦陷时期吴浊流等作家的日语作品,到中国本土温源宁、吴经熊们的英文写作,再推及海外盛成的法语创作、陶晶孙的日语创作、黎锦扬的英语创作,它们在中国文学的关联上引起的争议无不聚焦于书写语言。刘绍铭曾借用荷兰裔学者伊恩·布鲁玛(Ian Buruma)的概念"国际英语文体"(International English Style)来评价一些用非母语写作的文本。布鲁玛的概念基于一个前提:在美国文学、英国文学外,世界上还有许多以英语为交流载体的国家,那些地方也有相当一批作家用英文写作。刘绍铭解释说,这个概念的意思是"除了叙述文字的语言外,本身再没有什么地方会引起读者对旧日的大英帝国,或今天的'美帝'作任何联想",他还拿哈金做例子说,"哈金英文和英国文化拉不上关系。就《等待》一书而言,英语在他笔下只是一种工具,不带个人情感"[①]。刘绍铭的说法固然有点绝对化,毕竟语言和文化的关联性不可能完全撇清,但他仍然揭示了非母语创作中的某个真相:语言和文化特性并不等同,它不能完全覆盖民族文化;语言的影响再大,它依旧是表达的工具,而不是文学本身。在这个意义上,如果哈金的《等待》可视为用英语写就的中国小说,那

[①] [美]刘绍铭:《通天之路》,《烟雨平生》,上海书店出版社2005年版,第111页。

么叶君健的《山村》、熊式一的《天桥》、杨刚的《挑战》、凌叔华的《古韵》、林语堂的《京华烟云》、张爱玲的《秧歌》等，显然更有资格占据中国现当代文学史的篇幅。

事实上，在任何文化交汇的时代，语言不可能包罗万象，其效用也就是有限的。在特定的情境下，民族意识形态、文化价值、审美情感会产生超越单一语言的力量。中国现当代一些作家虽然用外语创作，但他们的作品明显地反映了中国文化心理的惯性，这些中国式的感性因素与他们使用的异国语言之间构成了紧张的关系，也因此创造了一种新的中国文化和文学的想象形态，拓展了现代中国文学的精神边界。因此，站在中国现当代文学的立场上，将这些作家作品拒之门外，大声说"不"，似乎是在捍卫中国现当代文学中文语境的纯粹性，但这是以某种历史感、文化感、审美感的丧失为代价的，是一种为图省事而快刀斩乱麻式的粗暴武断的做法。鉴于欧洲文学的发展，有学者认为，"将文学的影响、想象、文类限定于一国之内，这在实际研究中是不可能的"，"文学影响的线索在国界之间进进出出，轻易地击败了任何试图将文学区分至纯粹的德语、法语、英语或西班牙语的努力"。① 在文学交互影响作用的前提下，连欧洲国别文学的原则也已经过时，那么，仅仅依据华文或汉语所限定的中国现当代文学概念是否也有更新拓展的必要呢？

基于全球化带来的移民浪潮以及语言和文化更错综复杂的交流情形，早几年即有学者提醒中国学界有必要注视全新的文化局面，认为那些在中国出生、成长而用外语写作的作家，"把中国文学，或者说'文化中国'的文学，推出了汉语的边界，对丰富中国当代文化，促进国际文化交流，做出了宝贵贡献。应当说，他们写的既是外国文学，又是中国文学"。② 这样的认识无疑是明智且

---

① [美]韦格睿:《国别文学的现代定义》，陈特译，复旦大学文史研究院复旦文史讲坛，http://www.iahs.fudan.edu.cn/cn/historyforum.asp? action=page&class_id=31&type_id=1&id=148, 2012年11月10日。

② 赵毅衡:《一个迫使我们注视的世界现象——中国血统作家用外语写作》，《文艺报》，2008年2月26日。

实事求是的。在世界范围内,既然像纳博科夫这样的作家是美国文学叙述的对象,同时也是俄国文学的骄傲,那么,为什么用移居国语言写作的林语堂、黎锦扬、张爱玲,和更年轻的哈金、戴思杰们,就不能为他们的祖国文学包容呢?国别文学的界限不可能如海关那样里外分明,中国文学也当然不是无限放大的辽阔空间,但无论在何地用何种语言书写,只要那些作家的作品具备最基本的中国文化的本质内涵,它们就应该受到中国文学研究者的关注。作为审美意义上的"中国味道",它通过文学的情思和记忆、想象、思维得以体现和表达,构成了描述中国现代文学边界的最基本的要素。在这样的前提下,中国现当代作家外语创作的归属应该是不言而喻的。

杨刚英语自传性文本的标题问题及其他

一

迄今为止，所发现的杨刚的英语文本都跟她的自传性写作相关，其中包括以《一个年轻的中国共产党员的自传》为总题的两节自传《童年》《狱中》，短篇小说《日记拾遗》(*Fragment from a Lost Diary*)，以及长篇小说《挑战》。除了 *Fragment from a Lost Diary* 的题目为杨刚自拟，小说因入选斯诺编译的《活的中国》而为世人知晓外，她的英文自传和长篇小说不仅题目阙如，也从来没有公开付印过。现在国内读者所看到的中文版《一个年轻的中国共产党员的自传》和《挑战》，标题均出自杨刚的友人之手，是这些英语文本的发掘者、译校者为推出中文版的需要所拟的标题。

据《童年》《狱中》的译者文洁若说明，这两节自传"原稿是用打字机打的，《狱中》一节，标题旁用钢笔注明写于1931年"①。这写于30年代初的文稿直到1979年萧乾访美时才由友人协助在哈佛大学搜寻到，它们是原燕京大学美籍教授、也是与杨刚的关系"要比师生更亲密"②的包贵思捐献给哈佛—燕京研究所的遗物中的一部分。这两个文本后来在《新文学史料》上合并发表时总题

---

① 文洁若：《一个年轻的中国共产党员的自传》译者按，《新文学史料》1982年第2期。
② 萧乾：《杨刚与包贵思——一场奇特的中美友谊》，《新文学史料》1982年第2期。

名为《一个年轻的中国共产党员的自传》,1984年出版的《杨刚文集》收纳这两个文本时也冠以同样的标题。

《挑战》的发现近乎意外。这部自传体长篇是杨刚于1944—1948年在美期间用英文写成的,之后一直保存在美国。1982年杨刚的女儿郑光迪从母亲的美国朋友那里得到这部书稿,之前国内的亲友对此一无所知。书稿除了第四章外都有标题,总题的相应的位置上却只打着一行字:A NOVEL BY YANG GANG。看来,对这部书稿的标题,当时的杨刚大概尚未考虑,只能权且如此。这本书的中文校对卢豫冬推想:"这是个初稿或未定稿。显然,杨刚还来不及修正定稿,就于这年8月匆匆离美回国了,其后她为革命奔走,已无暇顾及此事了。"① 从小说的整体框架来看,人物性格的发展、故事情节的推演基本完整,也就是说,这个长篇业已完工,稍加修整即可交付出版。然而,为什么书稿各章大多有题目,总题却缺失呢,卢豫冬推测"可能是还未考虑成熟",这自然是一种可能。但是不是还有另一种可能呢,从杨刚对这本书的存在始终守口如瓶来看,为革命奔忙而无暇顾及的理由似乎并不那么充分,在文稿杀青后作者有可能并无交付出版的打算,所以无所谓有没有标题,这就是说,是杨刚有意为之的结果。

当杨刚的朋友们将杨刚用英文写下的这些自传性文字翻译成中文公开发表时,相距这些文本的诞生已有30年以上,而作者本人也已经离开这个世界20多年了。杨刚这些自传性文本中文版的问世,不只是朋友们追忆怀念杨刚的产物,也是他们借题发挥的方式,包含了某种难以言说的良苦用心,《一个年轻的中国共产党员的自传》和《挑战》的标题尤其凸显了这一意图。

1957年10月的一个夜晚,身为《人民日报》副总编的杨刚吞服安眠药自杀。若没有周恩来制止,她所在的单位差一点追认她为"右派",而《人民日报》

---

① 卢豫冬:《〈挑战〉校译后记》,杨刚:《挑战》,人民文学出版社1988年版,第418页。

几天后还是在头版头条公布了她被"撤销人大代表资格"①的消息。杨刚死于"反右"运动风暴席卷之时,她的死因始终是个谜,周围的亲友皆讳莫如深,连她唯一的女儿直到1982年纪念母亲的文章里仍只字不提。邓拓代表人民日报社通报死讯时,说她的死跟丢失了一个重要笔记本有关。1983年,时为中共中央政治局委员、书记处书记,也是杨刚的燕京校友的胡乔木解释得更为周详:出事前两年杨刚因车祸造成脑震荡身体不好,出事当月因"遗失了一个重要的笔记本"而"感到十分紧张",所以"在精神极不正常的情况下不幸离开了人间"②。这个理由不知道有多少人会真正相信,但在较长的一段时期里不会有人公开表示异议,熟悉杨刚的人要么对此保持沉默,要么违心地以此来说服自己不去深究,因为"病"至少是维护杨刚中共党员政治名誉的一个"合法"借口。然而,杨刚选择长眠的方式仍然决定了她最终的政治评定。③

70年代末80年代初,杨刚的名字被关注,萧乾夫妇功不可没。"一个人如果还有友情,那么,收存亡友的遗文真如捏着一团火,常要觉得寝食不安,给它企图流布。"④萧乾视杨刚为他一生中几个重要关头的引路人,1978年后他连续发表的五篇回忆文章里都提到了杨刚对他的帮助,同时他更是不遗余力地着手编辑亡友的文集,其用意恐怕也正如鲁迅为《孩儿塔》作序不单纯为了让白莽的诗作能够"流布"。1978年,《新文学史料》发表了关于《活的中国》的一组资料,其中不仅有萧乾回忆自己和杨刚一起协助斯诺编译这本中国现代小说选的往事的文章,也刊载了杨刚曾发表在1937年初上海《大公报》上的

---

① 萧乾在《杨刚文集》的编后记里说:1957年"10月里的一天早晨,我摊开《人民日报》,突然在头版头条看到她和冯雪峰被撤销人大代表资格的消息,而从杨刚名字后边的括弧里,我看到她已不在人间了"。《杨刚文集》,人民文学出版社1984年版,第594页。
② 胡乔木:《杨刚文集·序》,《杨刚文集》,人民文学出版社1984年版,第2页。
③ 徐城北在《对我仍然是谜——忆杨刚前辈》中认为"1957年您之去世,结论应该是相当'宽厚'的,没有被说成是畏罪自杀",他还透露杨刚葬在北京八宝山人民公墓,而徐自己的父母徐盈、彭子冈则葬在八宝山革命公墓。彭子冈是杨刚同时期的著名女记者,而杨刚的革命资历非彭所比拟。《直上三楼》,湖北人民出版社2008年版,第246页。
④ 鲁迅:《且介亭杂文末编·白莽作〈孩儿塔〉序》,《鲁迅全集》第6卷,人民文学出版社1981年版,第493页。

《评〈活的中国〉》一文。在策划者意图里,这一举措的意义显然不仅仅等同于对一个被遗忘的现代作家的重新发掘。当中国政治形势拨转之后,包括萧乾在内的杨刚的朋友们萌生了要让杨刚重新获得中共组织的认可,获得她在体制内应有的荣誉和地位的愿望,他们的努力中明显包含了借文学来为杨刚恢复政治声名的目的。

既然是正名,那么刊载的即便是一般的自传,也必定含有现实政治的考量。所以,1982年《童年》和《狱中》两节自传中文本在《新文学史料》上首次面世时,被冠以《一个年轻的中国共产党员的自传》的总标题,虽然这个标题不一定与作者本人的英语行文个性相匹配,但从中文本推动者的角度看,不失为有效的策略之举:修饰词之一"年轻"指向杨刚投身革命的资深经历,而修饰词之二"中国共产党员"则是对杨刚政治身份不容置疑的确定,如若省略了这两个重要的限定语,杨刚自传中文本的原意虽毫发无损,杨刚生前朋友们的现实意图却会大打折扣。在当时的环境下,这种纪念亡友的方式所体现的道义责任不能不令后人钦敬。

类似的命题意图也显现在杨刚唯一的长篇小说翻译出版时。1987年《小说界》第4期刊载了杨刚的小说《挑战》后,1988年8月人民文学出版社出版了同名单行本。这部长篇的原稿不标总题,正同杨刚交给包贵思的两节自传没有总题一样。但中文版面世,标题自然不可或缺。译校者希望借此帮助读者领会小说的内涵和价值,同时也明显顾及了文本之外的现实因素。卢豫冬在《校译后记》中申明,他们选用书稿第二章的标题《挑战》作为总题,是因为该章主要叙述女主人公的革命恋人的坚毅品质,"其后,在他的影响下,那位女主人公也终于踏着他的血迹跟上来了"①。由于小说是自传性的,所以,"挑战"一词的内蕴符合某种潜在的逻辑:肯定女主人公的政治选择,关联着肯定小说的政治选择;肯定小说的立场正确性,关联着小说作者的立场正确性。因此,选用

---

① 卢豫冬:《〈挑战〉校译后记》,杨刚:《挑战》,人民文学出版社1988年版,第421页。

《挑战》作为整部书稿的总题，能彰显小说政治立场的正确性，同时更能彰显杨刚政治立场的正确性。校译者对小说的理解当然跟他们个人的素养和时代的气候有关，而《挑战》的标题表面看上去也不算过于离谱，更重要的是，这个标题印证了对这部自传性小说的作者杨刚本人政治忠诚的鉴定，卢豫冬们的善意和无奈不言而喻。

相比较而言，在推出杨刚为《活的中国》而创作的短篇小说 Fragment from a Lost Diary 的中文版时，由于有案可稽，试图以标题来达到现实目标的空间业已失去。1982年文洁若翻译、萧乾校订的中文本《日记拾遗》发表在当年《新文学史料》第 2 期上，1983 年由文洁若翻译的中文版《活的中国》由湖南人民出版社出版发行，其中杨刚的这篇小说使用了同样的译名。《日记拾遗》的标题朴素简练，既保留了英文题名的原貌，也契合杨刚英语写作的初衷。

二

有研究者认为，"杨刚并不像大多数女作家那样热心于自叙式的写作"，"她的小说大多不带有自传色彩，因为在她看来，心的容量应该更'宏大'一些"[①]。如果这个说法成立的话，那么它只适用于杨刚的中文作品，她的英文写作恰恰都和自传性相关。由于是以英语读者为潜在接受对象的，又由于具有自传性质，杨刚对这些文字的态度显得较为审慎。

《日记拾遗》的背景尚较清晰，从中可以看出些端倪。跟杨刚一起在1933年协助斯诺编译《活的中国》的萧乾回忆说："译稿快齐了时，斯诺提出要杨刚写一篇自传体小说放进去。他了解杨刚出身豪门，很早背叛了自己的阶级，倾向革命，认为她是极有代表性的中国新女性。杨刚后来直接用英文写了两篇，意思是任他选一篇。文章是由我交斯诺的。后来他采用的一篇是《一部遗失

---

① 周伟鸿:《一片水波起伏的海》,《杨刚小说 恒秀外传》,上海古籍出版社1999年版,第2页。

了的日记片断》，描写一对革命夫妇被国民党抓进监狱的情景。"①显然，这篇《日记拾遗》的出生得益于斯诺的催促。《日记拾遗》虽说是自传体小说，但故事情节不一定就是作者本人的真实经历。文洁若在译者按中指出："现据杨刚女儿郑光迪回忆，这篇小说写的是她父亲郑侃的十弟郑佩及其妻司徒平的经历。"②对照《日记拾遗》，如果郑光迪的指认无误的话，小说所写的与郑佩夫妇的经历大体是吻合的。虽说自传体小说中的"体"强调的是小说的自传的体式，与自传性小说强调自传的性质有所区别，杨刚写的是亲戚的经历，与斯诺"自传体"的要求并不相悖；但是，从斯诺对杨刚本人的家世和革命经历的浓厚兴趣来看，恐怕他希望杨刚写的应该是自传性小说。现在已经无法考证斯诺请萧乾转述的原话是什么，但从《日记拾遗》本身来看，即便只是自传体小说，其中还是可以感受到杨刚自己的情感和体验。

文洁若说小说写于1934年，这个时间和《杨刚文集》中收录的《杨刚年表》里所说的1933年秋略有距离。但可以推断的是，杨刚和萧乾1933年秋开始帮助斯诺编译《活的中国》，而《日记拾遗》据萧乾回忆是在大部分译稿快要完工时写的。这样的话，文洁若所说的写于1934年显然更可信些，因为杨刚在完成其他作家的译稿到开始写自传体小说之间会有几个月的间隔。杨刚与郑侃于1932年结婚，女儿郑光迪出生于1934年9月。暂时没有确切的资料证明杨刚有过流产的经历，但如果小说写于1934的话，就可以推定杨刚在写作过程中融入了自己孕育生命时的心理、生理的感受。女主人公经受着"无止境的饥饿。无止境的恶心。无止境的怀疑和担忧"，为了避免由于自己的身体原因造成的个人麻烦拖累到集体，她不得不痛苦地选择放弃做母亲的权利。因此可以说，如果《日记拾遗》中的女主人公原型就是司徒平的话，杨刚在写这个人物的苦难时，无疑也是在写她自己——一个女人，一个有着革命者身份的女

---

① 萧乾：《斯诺与中国新文艺运动——记〈活的中国〉》，《新文学史料》1978年第1期。
② 失名：《日记拾遗》，文洁若译，《新文学史料》1982年第2期。

人——同样的苦难。自传体小说也好，自传性小说也罢，虽说与自传有关联，但毕竟还是小说。自传侧重于显现史实，而小说侧重于表现史实，在这里，自传其实不过是对小说的一种限定和修饰。因此，读《日记拾遗》，重点不在于对本事的考证，而在于对小说神韵和内涵的理解。

《日记拾遗》的英文稿完成后不久，杨刚将它改写成中文，以"肉刑"之题发表在《国闻周报》上。① 值得注意的是，同样的小说题材，同样的人物和故事，同样的日记体式，同样的个人独白方式，但在小说整体处理上，《日记拾遗》与《肉刑》形成对照，不同的命名印证了这种对照。《日记拾遗》写得酣畅醇熟，女主人公郁闷、孤独、忧虑、内疚、烦躁、矛盾、恐惧、愤懑甚至绝望的情绪表现得淋漓尽致，杨刚借此充分展示了那些非人的残酷中作为女人的细微感觉和作为革命者的沉重思考；而《肉刑》精炼简约，显得较为节制，作者更愿意显现的是受"肉刑"折磨的女性革命者的忍耐、坚贞和对黎明到来的信心。从标题来看，"肉刑"热辣醒目，直接昭示女性孕育形同肉体受刑的苦难，情感色彩显著；而"日记拾遗"则近乎平淡无奇了，与《肉刑》不同的是，《日记拾遗》更侧重本真的暴露，所以，不显眼的寻常标题恰恰有助于作者主观色彩的淡化。"日记拾遗"以小说的日记形式而限定，"拾遗"暗示了日记来历之难以考证。小说的末尾叙事者补注"日记只写到此为止"，这更像是有意悬疑，留下空白任由读者去填补。补注旨在强调小说的客观真实感，这与平实朴素的"日记拾遗"的标题设置一样，都是为了避免带给读者任何引导的嫌疑。

面对英语读者的杨刚似乎在裹藏自己，这种唯恐暴露作者自身的心态也表现在小说的署名上。据萧乾回忆，他把这篇小说交给斯诺前，"杨刚让我向斯诺提出个条件，就是不用真名——她署的是'失名'，并且要求替她保密，可

---

① 《肉刑》在人物、故事情节、叙事方式上与《日记拾遗》相似，几乎所有的杨刚研究者都认为是《日记拾遗》易题中文译本，如卢豫冬在《〈挑战〉校译后记》说，"杨刚把这篇《日记拾遗》译成中文，并易题为《肉刑》"，萧乾在《杨刚年表》中也有类似的看法："《日记拾遗》由作者易题为《肉刑》，用中文发表……"（《杨刚文集》，人民文学出版社1984年版，第581页。）其实，只要将两篇小说进行对比，就可以看出它们不存在对应的翻译关系，两篇小说的轻重有别，所以用改写的定义更确切些。

能是为了她个人的安全。这个秘密一直保到了今天"。① 杨刚以"失名"之笔名示人(西人),真的是为保安全的原因吗?如果真像萧乾所说,那么为什么由英语本的《日记拾遗》改写的中文小说《肉刑》在《国闻周报》上发表时,却署了真名呢?难道晚一年在英国伦敦出版的《活的中国》反而会给杨刚带来更大的安全隐患吗?萧乾的这个说法不知有无别的材料能够佐证。小说不署真名,有可能是杨刚不想张扬的另一个证据。对西方读者,她有意识地要祛除文本以外任何可追溯的作者线索。不错,作者是一个革命者,但她不想因真实署名而透露革命者的身份和立场。杨刚希望她的英语读者从文本本身去品味经受灵肉酷刑的中国女性革命者的情感,感受隐含在她情感深处的理智信念,让读者自己去评判,这和《日记拾遗》的标题尽可能客观中性的用意是一致的。

实际上,不仅于此,杨刚有感于现实中国"在具有同血肉同感觉的人类之中如同无物而存在着"的寂寞,她十分关注反映现实中国的英语作品对西方世界的影响力,关注那些陌生的读者能否体会到在《日记拾遗》里面,在《活的中国》里面,活着的不仅是一个民族,而是一片人类爱活的志愿"②。《日记拾遗》尽管叙述的是女性革命者的经历,但在杨刚的心里,也是有着爱活志愿的"人类"共同的经历。面对西方读者,杨刚在小说标题和署名上的低调,在很大程度上,是基于她最大限度地让英语世界的读者认识并理解"活的中国"的愿望。

三

英语自传体的《日记拾遗》毕竟叙述的不是杨刚自己的经历,但杨刚在标题和署名上的审慎个性已可见一斑,这至少有助于对杨刚自传和那部自传性长篇标题恰切与否的判别。

---

① 萧乾:《斯诺与中国新文艺运动——一记〈活的中国〉》,《新文学史料》1978 年第 1 期。
② 杨刚:《评〈活的中国〉》,上海《大公报》,1937 年 1 月 17 日,第 13 版。

在包贵思遗物中找到的杨刚自传《童年》和《狱中》分别记叙了作者童年和青年时期的经历。前者依次呈现了杨刚童年记忆中的主要画面：故乡环境、大家庭变迁、父母个性、家塾教育、"闹革命"事件，以及与"无敌"塾师的较量；后者则集中叙写了在燕京大学读书期间参加示威游行被捕后的牢狱生活，包括被侦缉队抓捕的经过，关进拘留所后的所见所闻：狱友的遭遇、看守的牢骚，还有在警备司令部经受严刑逼供的情景。这两节自传由于是初稿，构思剪裁难免粗疏，但文字的表现尚不失生动。在杨刚笔下，生活的实录也具备了小说叙事写人应有的传神。作为自传文本，传主倔强叛逆的鲜明个性也刻画得入木三分。

杨刚写作自传，有可能源于包贵思的要求。杨刚在燕京读书的时间是1928年至1932年，1929年她和萧乾都选修了包贵思的课，所以杨刚和包贵思相识应该不迟于那一年。萧乾称杨刚是包贵思"最喜欢的得意门生"[①]，杨刚后来在文学上的关注点多少受到包贵思兴趣的启发。虽然杨刚在当时已有中共党员的身份，而包贵思是一个笃信基督教的美国人，但她们之间居然维持了20年之久的交往，这种友谊完全基于双方对彼此信仰的尊重和对彼此人格的信赖。《狱中》一节注明写于1931年，这正好是杨刚在燕京读书的时间。就在这一年，杨刚参加"五一"国际劳动节示威游行，被军警拘捕入狱，在狱中备受酷刑，直到9月才获释出狱。可以断定，《狱中》是杨刚出狱后不久写的。至于《童年》写于何时，暂无法确定，而它与《狱中》保存在一起，可能与《狱中》的写作时间不会相距太远吧。尽管这两节自传的内容所展现的价值立场十分鲜明，但标题均素朴无华，不显山不露水，所秉承的原则一如后来写的《日记拾遗》。

有可能是遵师命，更可能是凭借尊重和信任，杨刚用英文写下自传，之后把它们一直留存在包贵思那里。不清楚的是，除了《童年》和《狱中》，杨刚是否

---

① 萧乾：《杨刚与包贵思——一场奇特的中美友谊》，《新文学史料》1982年第2期。

还写了其他一些章节。从后来斯诺要求杨刚写自传体小说,到包贵思保留的这两节自传来看,这些美国友人对杨刚本人最感兴趣的主要有两点,一是杨刚豪门巨族的出身,一是她充满传奇性的革命经历,《童年》和《狱中》的内容恰巧满足了这些美国友人的好奇以及对杨刚本人勇于为信仰献身的敬重。即便杨刚还写了其他的自传章节,包贵思珍藏了几十年,甚至不远万里带回美国的这两个文本,想必也是她认为,也可能是事实上最珍贵、最有价值的部分。

在杨刚的朋友和同志的心目中,她的性格豪爽外露,去世多年后留在大家记忆中的杨刚还是那个"手拈烟卷,慷慨直言,朗声大笑"的形象。同时,她的朋友也记得:"杨刚同志和同志们接触,谈的无非是时局和工作,或者文学、音乐,很少提到她个人的生活。即使与她多年交往、共事的战友,也不大清楚她过去的经历。"①这也就是说,坦率的杨刚并不习惯于将自己的生平经历与他人分享,以至1981年卢豫冬"为《杨刚文集》做些编订、校阅、注释的具体工作的时候,每苦于对杨刚家世和生平了解得不够",当后来发现了杨刚大部头的自传性长篇,里面有不少"可资参考的珍贵资料,特别是富有历史意义的背景资料",不禁感到特别的喜悦。②

很少向身边的朋友和同志提及自己个人生活的杨刚为什么会用英文写下那些自传性的文字?如果说《日记拾遗》并未直接涉及自身的经验,它本身尚不足以提供有关作者个人生活的联想;如果说由于包贵思和杨刚具有情同母女的师生关系,《童年》《狱中》这两节自传后来在包贵思遗物中被发现,也算不得突兀;那么,杨刚在美国期间,居然将自己的身世背景、早年情感经历,以及个人与现实中国社会的关联性事实作为一部小说的叙事中心,将私人化的体验一一铺陈在英语长篇文稿中,不能不令人称奇。

杨刚于1944年夏去美国留学,1948年回国前将一摞厚厚的长篇小说打字稿交由朋友奥尔加·菲尔德(Mrs. Olga Field)保存。1978年菲尔德夫人病逝

---

① 胡寒生:《追忆杨刚》,《新文学史料》1982年第2期。
② 卢豫冬:《〈挑战〉校译后记》,杨刚:《挑战》,人民文学出版社1988年版,第421页。

后,她的丈夫于1982年在清理家物时发现了这本打印稿,之后设法交还给了杨刚的女儿郑光迪。菲尔德夫人与杨刚的具体交往情形不详,但从杨刚将书稿交给她保存来看,两人的交情非同一般。这一未标总题的自传性长篇小说是否像《日记拾遗》一样,是在美国友人如菲尔德夫人的鼓励下写成的呢?

在杨刚生活的那个年代,一些对中国变革抱有同情的西方人开始不满足于对老大帝国的肤浅认识,有兴趣去"了解这个居住着五分之一人类的幅员辽阔的国家,经过几千年漫长的历史进程而达到一个崭新的文化时期的人们,具有怎样簇新而真实的思想感情",希望能"看到活的中国的心脏和头脑,偶尔甚至能够窥见它的灵魂"①。40年代赛珍珠说:"现在的美国人民之间存在着一种真挚的热望,想欲多多知道一些有关中国的事物";"一个能够深深地发掘一个真正的中国人的思想和心灵,而且能不夸张,不粉饰地表现出其中主要的人性的作家,是一定能为美国的读者们所欢迎的。"②赛珍珠自己有过表现中国现实生活的创作体验,当时又经营出版,她的看法应该是可信的。30年代斯诺请求杨刚写一篇自传体的小说其实是基于和赛珍珠同样的企盼。

自传或自传体文学、自传性小说都不外乎通过个人历史的书写,来折射自我生存的世界;通过对个人记忆的重新筛选和组织,构筑起对于现实事件的亲历性和体验性,从而使其具备一种超常的"真实感"。对于女性写作来说,自传体在西方通常被视为和它存有历史渊源和天然亲和关系的文学形式。所以,与西方同行有过交往的中国现代作家,尤其是女作家受到鼓励而用英文写下自传或自传性文本的并不少见。譬如早些年来美留学的陈衡哲和后来赴英定居的凌叔华都留下了较长篇幅的自传性作品。1942年赴美的女演员王莹写作《宝姑》的经历,可以作为了解杨刚那部文稿背景的一个参照。王莹从一个童养媳成长为一个左翼戏剧电影明星,之后来美深造,同时致力于宣传和杨刚所信奉的一样的主义。她的"不平凡的、富有色彩的生活经历"吸引了她身边的

---

① [美]埃德加·斯诺:《〈活的中国〉编者序言》,《新文学史料》1978年第1期。
② [美]赛珍珠:《中国作家与美国读者》(通讯),《时与潮文艺》第5卷第4期,1946年1月15日。

一些美国同行,赛珍珠、浦爱德等都急切地催促王莹写下来,让美国读者从她"动人的自传式小说"里了解动荡的现代中国环境下真实的人性和情感。这些朋友已不仅是王莹《宝姑》的直接促动者鼓励者,也是这个长篇实际写作过程的积极参与者。① 比较而言,杨刚身世经历的生动性绝不逊于王莹,对杨刚有所了解的朋友如菲尔德夫人等,很可能也会像赛珍珠、浦爱德支持王莹写《宝姑》一样,鼓励杨刚写下她的个人经历以飨美国读者。只不过,和《宝姑》中文英文稿几乎同时进行有别,杨刚的自传性小说似乎没有任何对中文读者世界的考虑,不只是因为她用英文写作,更因为她回国后对这本书稿的存在始终未置一词。她为什么写,写给谁看,已不重要,重要的是这本自传性长篇小说的发现,披露了开朗乐观的杨刚内心世界的隐秘角落,提供了在深刻的意义上理解杨刚的一种可能。

在这部后来被命名为《挑战》的自传性小说里,杨刚借笔下的主人公黎品生的形象塑造,完成了对自我历史的清理和对与个人道路相关的价值观念的思考。这是一部类似于现代女性思想成长的小说。实际上,从投身革命的那一天起,焦虑和痛苦就一直伴随着将主义当真理去追求的杨刚。自传性小说的写作,在某种意义上正是杨刚内心矛盾冲突的自我疏导方式。出身名门的女主人公黎品生在经历了诸多体验和思考后,做出了离开父亲以及那个已经败落了的豪门的决定,打算迈向牺牲了的恋人曾经提醒过的"要改革,并且要为新事物而斗争"②的道路。这个选择顺应了中国革命的大趋势,不失为一种"政治正确"的选择;但就小说本身而言,其思想价值似乎不仅仅在于所选择的这个结果昭示的政治意义,而更在于提供一种深刻的精神启迪,那就是黎品生所代表的中国新女性的觉醒和成长与任何他人的教导无关,她的自我选择全都来自个人的独立判断和理性思考。杨刚在小说里自始至终赋予了黎品生独立的人格和不懈探究真理的精神品质。而这样的人物塑造和思想寓意,恐怕

---

① 谢和庚:《撰写〈宝姑〉的前前后后》,王莹:《宝姑》,中国青年出版社1982年版,第441页。
② 杨刚:《挑战》,陈冠商译,卢豫冬校,人民文学出版社1988年版,第415页。

并不符合国内已渐成气候的文学风尚,而其中对于不同类型的革命模式的剖析、反思以及对中国社会改革前景的忧虑,更近于不合时宜的思想冒险。在小说中,曾经是学运积极分子的品生的哥哥德生告诫道:"革命开始后,最坏的局面也就随之开始,任何地方,都绝对没有法律和社会秩序,人人似乎在战争中放纵起来了";"群众性的屠杀,就是在广州开始的。从那里起,蒋介石一路从一个个城市杀过来,而激进分子则从乡村杀回来。好的东西,似乎没有传播,美的东西根本不许存在。情况越来越变坏,远远离开革命原来的目标。"[1]黎品生无法在她所挚爱的两个人——父亲和林宗元(两种此消彼长的力量)——之间寻找到平衡的支点,她不禁陷入困惑中:"革命为什么必然要毁灭呢?"这种对革命过程中非理性、非人道的残酷和毁灭性结局的反诘,恐怕只有当时远在中国革命现实之外的作者才会具备,并借人物之口一泄无遗地倾吐出来。什么是最深刻的绝望?对一个以殉道姿态投身革命的虔诚信徒来说,对信仰的质疑是否已预示了以后必然的理想幻灭的悲剧呢?

作为一部自传性的长篇,《挑战》还难得地提供了她的同志们从未知晓过的生平、身世的细节,虽然这是一本小说,但从主人公的出生背景、生活线索和主要情节来看,杨刚的朋友们更愿意相信这就是杨刚本人的写照。但凡小说,必有虚构,读者其实无须做过多的本事考证,更不应该加以演绎发挥。杨刚融注于小说中的情感表达、记忆方式和价值思考,才是最值得细细品味的。对于向来不愿意透露个人情感往事的杨刚来说,她在小说中对黎品生与穷家子弟出身的革命者林宗元爱情线索的勾勒,不啻为一种自我精神疗伤。而在他人的眼里,这重关系却难免有些变形,过度阐释的结果突出反映在小说中文版的标题中。

中文版《挑战》的校译者在面对杨刚这部自传性长篇时,无法将杨刚单纯视为一本小说的作者,也就难以单纯从小说本身出发去设定恰切的标题。"挑

---

[1] 杨刚:《挑战》,陈冠商译,卢豫冬校,人民文学出版社1988年版,第375页。

战"原是小说第二章的标题,这一章着重叙写后来成为黎品生恋人的林宗元的身世,这个具有挑战性格的年轻人从小桀骜不驯,在教会学校也表现得特别倔强,他拒绝了身为校长仆人的伯父所安排的先受洗以后去做小学校长的前程,甚至不惮于对自己"很有吸引力的"女性黎品生的不同观点进行"挑战"①。这一章的标题紧扣所表现的重点,无疑是十分确切的。但是,用"挑战"来做整部小说的题目,却未免构成与小说叙述中心的疏离。第一,小说的主人公不是林宗元,而是黎品生;第二,校译者强调林宗元"接受激荡时代的严峻挑战"并不准确,林宗元不是"挑战"的受动者,而是各种"挑战"的发动者,而这与小说的关注焦点并不构成直接的关系;第三,小说的主线不是校译者所认为的"女主人公黎品生和男主人公林宗元这两个典型人物在大革命中的活动",而是女儿品生和父亲黎诚之间情感和观念的纠葛,这是贯穿文本始终的中心线索。第四,"挑战"所彰显的高调风格不符合杨刚本人设置英语文本标题的个性,尽管通常的翻译版本可以拥有新的译名,但在原稿标题缺失的情况下,顾全原稿本身的内容和风格是对原著最基本的尊重。中文版以"挑战"为名无非是为了突出林宗元在小说中的地位,强调黎品生在他的影响下踏着他的血迹跟上来了的结局,其结果是夸大了林宗元对黎品生的影响力,而这一点已经违背了作者在小说中竭力凸显的原则:个人对于思考和选择独立性的恪守。其实,林宗元与黎品生之间的感情线索不过是小说的诸条线索之一,其表现远不如品生与父亲、与整个家庭之间那种爱恨难舍的关系发展来得充分。从小说围绕品生的教育、信仰、家庭义务、情爱选择、社会改革责任,以及作为女性的个人成长的话题展开来看,无论是"抉择""成长",还是直接以中心线索为基准而定的"女儿""新女性"之类,都要比"挑战"更恰切一些。

杨刚英语自传性作品中文版的标题问题,在很大程度上与当时的政治氛

---

① 小说第二章写品生和林宗元初次接触过后,跟她的同学素贞谈及对林的印象:"经过考虑,她乐于承认他具有过人的聪明才智,不料他的挑战却引起她的感情复杂化。"她补充说:"我憎恶那种把妇女看作愚笨和低微的人。"可见这里的"挑战"主要用于表现林宗元敢于挑战的主动性格。

围对这些文本的发掘者、校译者的影响有关。作为杨刚的生前好友,劫后重生的他们理所当然地会特别关注现行体制对杨刚评价上的"拨乱反正"。以他们的价值判断,还原一个"党和人民的忠诚的优秀女儿"①的形象,其重要性和迫切性明显超过了彰显一个将女性的伤痛、革命者的困境上升至人类的苦难去思考的优秀作家的形象。而事实上,在中国现行政治的环境中,直至今天,杨刚的朋友们的努力依然被证明具有相当的有效性。然而,尽管如此,需要提醒的是,如若试图走向真实的作家杨刚,至少需要警惕某些不太适当的标题里所隐含的先在性导向,避免因此造成对杨刚和杨刚作品的误读,或许这才是在更深层的意义上对杨刚的纪念。

---

① 邓颖超在《杨刚文集》扉页上题词:"《杨刚文集》出版,是对党和人民的忠诚的优秀女儿——杨刚同志的最好纪念。"《杨刚文集》,人民文学出版社1984年版。

面向世界的中国书写
——论叶君健的世界语和英语小说创作

叶君健(1914—1999)在国内主要以安徒生童话的翻译者而著名,而在国外他的名声却更多来自他的小说创作成就。1937年他出版了世界语短篇小说集《被遗忘的人们》(Forgesitaj Homoj)。当年的叶君健立志要让"世界的人民,特别是被压迫的人民",听到被人遗忘的"中国人民,特别是农民"的呼声。① 这种将中国人的情感命运与"世界的人民"相联系的意向,在1944年叶君健到英国后的英文写作中得到更充分的发挥。为帮助英国公众更形象地了解中国,叶君健用英语讲述了许多中国人的故事。直到1949年回国,他在英国相继出版了短篇小说集《无知的和被遗忘的》(The Ignorant and The Forgotten)、《蓝蓝的低山区》(The Blue Valley)、长篇小说《山村》(The Mountain Village)、《雁南飞》(They Fly South)等,其中的《山村》被译成各种文字,受到欧洲以及世界各地读者的追捧。② 作为面向世界的中国书写,叶君健已然融合了"他者"视界的小说,一方面完成了他在跨文化语境下对中国和中国人的形塑,另一方面也丰富了人类生存发展理念的意义价值。它们不仅反映了叶君

---

① 叶君健:《从〈岁暮〉开始的创作道路》,《叶君健小说选》,江苏人民出版社1983年版,第258页。
② 本文涉及的叶君健短篇小说均以《叶君健小说选》(江苏人民出版社1983年版)中的叶君健自译本为参考文本。长篇小说《山村》以河南人民出版社1982年出版的作者自译本和美国纽约G.P Putnam's Sons 1947出版的 Mountain Village 为参考文本。

健对20世纪上半叶中国人命运的细微体察,对现代中国革命的深刻洞见,同时彰显了中国文学难得的国际视野和人类立场。

相对于有关叶君健翻译的研究,国内学术界对叶君健世界语、英语小说创作的关注十分薄弱。尽管自80年代起,各出版社陆续推出了包括《山村》在内的一些叶君健自译本,但由于种种原因,它们始终未能获得应有的恰切定位。仅有的研究常常忽略了叶君健那些文本原本为外语书写的特质,也有意无意地淡化了叶君健不仅为自己和被遗忘的同胞而写,也为"世界的人民"而写的意图和特征,而将它们混同于叶君健晚年用中文创作的"弘扬主旋律"的小说。这种疏离了文本事实的拔高,其实恰恰构成了对《山村》等小说价值的贬低。数十年前叶君健努力与世界对话的尝试,产生过广泛而持续的国际反响。只有在跨文化情境以及人道的普遍原则基础上审视叶君健的那些小说,才能还原其精神本相,同时也为21世纪的当下正思考"中国文学如何走出去"的人们提供借鉴。

一

被英国人视为"自由知识分子"的叶君健①,其实从不讳言他对文学功用价值的关注。当他面对西方读者群时,本能地就将自己定位在中国的宣传员的角色上,"我只是想介绍中国,从对外宣传的角度"②。叶君健的文学观与西方主流的文学审美标准明显存在距离,但这种毫不掩饰的坦诚,加上他对"宣传"艺术本身的投入,还是赢得了国外一些评论者的理解和尊重。1988年《山村》在英国再次出版,英国评论家威廉·派克惊奇地表示:"宣传性作品成为畅销

---

① 叶君健应聘英国战时宣传部巡回演讲之职的推荐者牛津大学教授道兹(E.R.Dodds)对叶君健的身份界定。参见叶君健:《去国行》,《新文学史料》1991年第2期。

② 转引自韩小蕙:《叶君健访谈》,《心灵的解读》,海天出版社2002年版,第127页。

书,是极为稀有的事。"①美国作家阿瑟·米勒也有类似的反应:"这是好久以来我所读到的一部能这样感动我和教育我的小说。"②他们的赞誉绝不只是一种恭维,叶君健能将宣传意图与艺术呈现无缝对接,应该是令他们折服的地方。无论是世界语短篇集《被遗忘的人们》,还是英语长篇《山村》,叶君健从不以布道的态度讲述故事。虽然他十分在意作品的认识、沟通作用,但这决不妨碍他对审美价值的看重。令叶君健尤其感到欣慰的是,他用世界语和英语写的小说能够"流行在一些比较严肃的读者和知识分子中间"③,并且得到了他们的欣赏和肯定。

在三四十年代,有意识地在世界上为中国代言的作家并非叶君健一人。林语堂凭借他的《吾国与吾民》《京华烟云》等作品,早就走红美国直至整个英语世界;在英国的熊式一,因为剧作《王宝川》和长篇小说《天桥》,也收获了如潮的好评;甚至兴趣只集中于呈现一个中国人在英国的观感体验的蒋彝,也因他的《湖区画记》等系列游记,赢得不少英国人的青睐。与他们相比,向中国以外的读者介绍中国,叶君健算不上新手,从对西方世界的影响来看,叶君健也并未占得先机。尽管如此,在叶君健心目中,那些在西方暴得大名的中国同行却不值得他仰慕。他认为,"林语堂之流"用英语创作的有关中国的作品,在外国读者理解中国过程中"起了有意歪曲的作用"④,而熊式一、蒋彝对中国文化的宣传主要是基于生计考虑,为赚钱而写作难免会过于迁就读者,作品的严肃性就会打折扣。平心而论,叶君健对林语堂们的评价不无偏颇,但叶君健的志向因此得以凸显。他想要介绍的文学是"'活着的中国'的新文学",他想要介

---

① 转引自李保初:《日出山花红胜火——论叶君健的创作与翻译》,华文出版社1997年版,第3页。威廉·派克的《革命史诗型的小说家》,原文刊载于英国《南方》月刊,1983年3月。
② 《美国著名作家阿瑟·米勒的来信》,《外国文学》1985年第4期。此信为阿瑟·米勒(Authur Miller)于1985年1月9日致叶君健。
③ 叶君健:《叶君健小说选·前言》,江苏人民出版社1983年版,第3页。
④ 叶君健:《我与儿童文学》,《西楼集》,江西人民出版社1981年版,第6页。

绍的中国是有别于"'古色古香'的、'道教式'的中国"①。战时在英国各地巡回演讲的体验推动叶君健另辟蹊径，要描绘出实实在在的中国图景，引领他的英语读者直接进入中国普通百姓的现实生活中，去认识那些活生生的中国人。

在追求中国宣传的有效性时，叶君健侧重于中国人生存困境和精神挣扎的呈现。叶君健为短篇集《无知的和被遗忘的》分了三个部分，"依次分别冠以三个副标题：《幻想者》(The Wishful)、《无知的》(The Ignorant)和《被遗忘的》(The Forgotten)。所谓幻想者，即那些抱有美好理想的人，主要是青年男女，他们对生活，对人民、对国家抱有美好的愿望"，而《无知的》和《被遗忘的》中"所涉及的人物，大都是一些贫苦无知的（只字不识的文盲）农民和手艺人及其他类型的贫苦劳动群众"②。实际上，叶君健的英语和世界语小说中的大多数人物都可归纳在这三个标题下。与林语堂从中国文化传统中寻找灵感有别，叶君健的中国叙事多取材于故乡生活体验。他笔下的那些长工、佃农、郎中、破产者、难民、做小买卖的、说书唱戏的、算命先生、流亡学生等，是一直存留在叶君健记忆中的鲜活形象。这些人虽然籍籍无名、卑微庸常，但正是他们以血肉之躯默默承受历史车轮的碾压，延续了民族的生命。叶君健理解他们的需求和渴望，所以决计要向中国以外的世界展示他们生存的价值和意义。

在叶君健的小说里，现实中国的图景就是由这样的一个个具体的在隐忍中求生的中国人的命运汇合而成的，个体悲苦忧伤的际遇里映现出整个中国风雨飘摇、濒临崩塌的景象。《岁暮》中一对在外地谋生却在岁暮时失业的夫妻黯然踏上返乡的路程。小城的店铺一家家关张，店伙的饭碗丢了，异乡人剩下的只有一把力气和逃离了十余年的故乡。小说中丈夫推着独轮车携妻孥在没有尽头的蜿蜒山路上跋涉的剪影，成为悲凉中国的缩影。《岁暮》中失业的店伙选择返回乡间，而《离别》里一直"在饥饿的边缘上混日子的"的单身汉肖

---

① 叶君健：《抗战时期的对外文学介绍工作——一段回忆》，《西楼集》，江西人民出版社1981年版，第244、245页。
② 叶君健：《在一个古老的大学城——剑桥》，《新文学史料》1992年第3期。

大和一群吃不饱饭的兄弟们,却不得不远走陌生的国度。叶君健冷眼旁观这群卖力气活的人追逐淘金梦的荒诞,他让泪眼婆娑的亲友们为他们送行,场面"死一样的沉寂,好像大家正在参加一个葬礼"。

在叶君健展示的中国图景中,饥饿和贫穷在蔓延,回乡或离乡其实都是流浪者故事的序曲。《三兄弟》《水鬼》《梦》以及长篇小说《山村》里都浮现着一个个流浪人的身影,他们的命运轨迹披露了中国现实秩序业已瓦解的真相。在《三兄弟》中,流浪艺人老三在新年临近之时,带着伙伴们进城,去破门抢劫两兄长合开的店铺,被守在屋顶上的老二手里的砖击中头部。老三的惨死让两兄长"建立一个美好的家"的希望彻底破灭,他们安葬了弟弟,关掉了店门,消失在熟人的视野里。老三的铤而走险与其说是对兄长不肯借钱的报复,不如说是为寻求最基本的"生活的幸福"所进行的抵死拼搏。因此,他的悲剧结局并非出于意外,而是一种必然。而最终选择返回流浪艺人群体的老大、老二,其命运前景应该也是不难预测的。叶君健借三兄弟的生与死、决裂与和解,表明底层人安居乐业与颠沛流离间的些微距离,也暗示了中国动乱时代里急剧上升的贫富矛盾、阶级冲突,以及深陷其中的个人道德和精神的危机。

二

如果中国作家的中国宣传仅仅止于中国人现实苦难的平面铺展,那么他的作品未免肤泛狭隘,也很难引发中国以外的读者对这个陌生国度的关注和同情。"知识分子的重大责任在于明确地把危机普遍化,从更宽广的人类范围来理解特定的种族或民族所蒙受的苦难,把那个经验连接上其他人的苦难。"[①]叶君健当然知道,他必须超越自身经验的限制,以开阔的胸襟,将中国人的苦难与人类的普遍困境相连接。只有这样,才能引导西方读者在反顾自身生存

---

① [美]爱德华·W.萨义德:《知识分子论》,单德兴译,生活·读书·新知三联书店2002年版,第41页。

和精神现实的同时,激发出了解中国人境遇的兴趣。挪威文译者汉斯·海堡称赞《山村》说:"就我个人来说,我得承认,我每读它一次,我和它里面的人物就更感到接近,更感到亲热。他们是活着的、真正的人……读完这部小说后,我似乎第一次真正理解了关于中国人的某些真实和诚挚的东西。我开始懂得了他们的过去和现在,他们所度过的日夜和生活。"①

《山村》的背景设置在中国一个偏僻的小山村。叶君健借一个十来岁的小男孩春生的视角,不动声色地观照了社会大动乱下的众生相。在以春生家为主要舞台的山村场景中,各色人马来往穿梭,甚是热闹。在大城市谋生的春生父亲和大哥因为战事突然回乡又旋即离去,军阀混战中的官军败逃过境胡作非为,地下党领头人男扮女装发动灾民和穷人暴动,饥饿的难民进村入室行窃,区政治指导员成功蛊惑了潘大叔们组织了农协而自己却在不久后被敌人打成肉酱,化名斐伦的省代表明敦由于另娶了一个外国女同志不能再跟结发妻菊婶回家……除了邻里乡亲,这些人一一登场,生动地推演了一幕幕世界颠倒过来又颠倒过去的闹剧。在这些闹剧中,包括革命者在内的闯入者是死水一潭的山乡阵阵波澜的掀动者,而山村人却只是被乱象丛生的时局任意拨弄的对象。小说描写了寄居在春生家的潘大叔得知地主储敏从农民赤卫队手中逃脱后的惶恐,他对春生母亲说:"我不懂得这个新的朝代,大娘。人们最关心的好像就是争斗。"与其说这是潘大叔的真切感悟,不如说这是《山村》对政治权力激烈较量的一种朴素解释。《山村》中的大多数人,包括被革命党人视为"一个真正的无产阶级"的潘大叔,其实也只是离不开土地和耕牛,只能默默承受着饥荒、兵燹、党派争斗袭扰的庄稼人。发生在中国穷乡僻壤的故事当然是中国人的故事,但世界上那些经历过动荡时代的人,对类似潘大叔们的体验一定不至于陌生,所以小山村里的中国人的悲欢也就可能在中国以外的读者心底激起涟漪。叶君健虽然意图在《山村》中解释中国革命的概念,但他的笔触

---

① 《山村》的挪威文译者汉斯·海堡(Hans Heiberg)为《山村》所做的序言,转引自苑因:《关于〈山村〉》,叶君健:《山村》,河南人民出版社1982年版,第265、266页。

仍然恪守着朴实客观的原则,他相信读者能够做出自己的判断。难怪读了这部长篇的阿瑟·米勒会称许:作者"集中地写人物,让他们自己出来说话,在他们自己的认识和性格的范围内说话,这真是非常精彩,只有这样才能真正说服人"。①

叶君健关注的焦点是社会大动乱中山村人灵魂的困顿和迷失,《山村》从暴力对乡村文明、德性、伦理、价值的冲击展开叙述。小说写了省代表斐伦同志成功启发了村里人对地主储敏的控诉,血脉偾张的人们倒完苦水后,"绞死他"的怒吼一阵阵回荡在山谷。叶君健描摹了阶级仇恨的火焰熊熊燃烧的情景:

> 斐伦同志站在台上一言不发,静静地注视众人挥拳头和控诉。众人的吼声,越扩越大,形成一股声浪……渐渐地,大家的忿怒便在心里燃烧起来了,个个都眼珠突出,露出血丝,他们额上的青筋也暴跳起来。一直被武力控制的仇恨的堤防,现在决口了。站在台上的那些革命者,现在既已经捅开了这道堤防,就袖手旁观,让洪水冲击和泛滥。②

意图改朝换代的革命者需要寻找行动的依据,他们要做的是唤醒山村穷人的苦难记忆,唤醒他们摆脱苦难的激情,引导他们将心底的愤怒或不满以洪水决堤的气势回报给对手——革命者需要铲除的对象,从而达到推翻旧制度的最终目的。省代表斐伦同志娴熟地操控着山村人不断膨胀的情绪,不断地得到他能满意的回应。类似场景在同时期解放区的文学表现中也时有出现,譬如

---

① 《美国著名作家阿瑟·米勒的来信》,《外国文学》1985年第4期。此信为阿瑟·米勒(Authur Miller)于1985年1月9日致叶君健。
② 此处叶君健的自译和原文稍有差异,"The dike of the river of suppressed discontent was broken"(Chun-Chan Yeh, *Mountain Village*, G.P Putnam's Sons,1943,New York, p.192),直译是:被压制的不满的河堤决口了。叶君健自译时用"仇恨"置换"不满",还增加了"用武力"的字样,目的是强化中文读者阶级对抗的印象,这应该是叶君健为顺应国内政治意识形态而做的改动。而原文反映的农民的"不满",其实并不限定于被地主"武力控制"的表示。

赵树理的《李家庄的变迁》和周立波的《暴风骤雨》，只是《山村》的侧重和它们有所区分。《李家庄的变迁》的结尾详细地铺陈了开大会时农民一哄而上当场打死地主李如珍的经过，甚至包括活撕了李如珍四肢的细节，作者赋予这些农民血腥报复以不容置疑的道义正当性。置身英国的叶君健显然无意于用暴力来宣告山村人的阶级觉醒，他反而对此抱有深深的怀疑。在短篇《多事的日子》里，被强行任命为维持会长的庄稼人老刘即便被提醒老伴是被鬼子活活吓死的，也不答应村里人去吊死活捉的日本兵。"我们是人"是老刘的唯一理由。在《山村》中，叶君健更关注被革命浪潮裹挟的山村人的精神创痛，他想让世人记住历史推进过程中被遗忘的代价和无辜的牺牲。在叶君健看来，即便山村人勇敢地发出绞死地主的声音，也不过是沿袭了史上屡见不鲜的冤冤相报的习俗。他们暂时宣泄了被压制的仇恨，但亢奋的言辞背后却是一时难以消除的疑虑和恐惧。叶君健以潘大叔在大会上跟着众人喊过"我们的革命万岁"的口号后的自责，来警示这种话语暴力的非理性本质："我的脑子热起来了呀！我的脑子热起来了呀！"潘大叔的惶恐里有着叶君健的清醒。

虽然以除恶为目的的革命暴力在短时间内满足了实现社会公正的冲动，但暴力行动所产生的结果有可能是一个更为暴力的世界。《山村》后半部分贯穿了这样的一条你杀过来我杀过去的线索：地下党领头人组织灾民暴动，被保安队逮捕，遭受严刑拷打；革命党攻城得手，地主储敏和保安队长王狮子被俘，吃到农民赤卫队回敬的拳脚、耳光；储敏和王狮子被手下人解救，负责押解的农民赤卫队员无一幸免；储敏们杀回城里，抓获了区政治指导员，用大刀砍掉了他的脑袋。这实在是一幅血腥恐怖的图景！《山村》的读者从中必定可以明白，阶级报复以你死我活的杀戮开端，却不会以你死我活的杀戮结束，这将是无止境的恶性循环。

除了披露暴力杀戮对山村的毁灭性打击，叶君健还揭示了它带给山村人心灵的灾难。由于佃农毛毛参加过保安队，所以革命党认定"他同时也是我们的敌人"，警告他若再为地主干事，就要"绞死他"。区政治指导员被害后，毛毛被怀疑与此有瓜葛被抓,因为害怕被"绞死",押解途中他戴着手铐跳了河。表面上看毛毛是死于落水,可其实是死于被绞死的恐惧。而潘大叔对这一事件的转述,更反映了这一惨剧对潘大叔这样的庄稼人心理的巨大刺激:

> 他的尸体被摊在离城门不远的一个大土堆上,全身都泡胀了,比一个死于膨胀病的人还要胀。可怜的毛毛,谁也没有去理他。他完全被这个世界忘记掉了。那些革命党人非常忙呀。所有的士兵都在忙于作战斗演习。我跑到县城,代毛毛要一口棺材把他埋葬掉,但他们说他们目前还没有时间办这一件事。我说这对于像毛毛这样一个穷人不公平。他们说他们也没有办法……我只好自己动手去埋葬他,但没有棺材。他的尸体真是沉重得可怕。我简直不能相信,他是我们同村的人,是我们庄稼人中的一员。

被众人遗忘的毛毛在潘大叔心里成了挥之不去的梦魇:"我只是觉得村里有一种凉飕飕的味道,阴惨惨的味道,好像屋上压着一大堆乌云,好像毛毛那具膨胀的尸体立在我的眼前。"叶君健将毛毛之死在潘大叔内心的惊恐投影诉诸笔端,凸显了暴力对山村人恒久持守的生命敬畏感的消解、对温良人性和向善人心的撕裂。当社会价值体系崩溃,必定人人自危只求自保,如同蝼蚁般的毛毛死后无人问津,虽说是革命形势紧迫下的非常态,却也未尝不是革命时代人情浇薄风气的常态。而人性的退化和沦落最终损害的只能是人自己,叶君健以"白色恐怖"中塾师佩甫伯的被杀头和道士本情的性命叵测,从另一个极端呈现了暴力激发人性之恶的负面效应。

叶君健本人具有鲜明的左翼倾向。他自陈1946年春天开始写《山村》的"动机有两个方面:一是感情的,二是理智的",两个方面都和他对故乡革命运动的深刻记忆有关。他为20年代革命党人将大别山发展成"中国最早的革命根据地"感到自豪,因而想帮助西方读者建构对"中国式的无产阶级革命"的合理想象。①作为一个左翼知识分子,他从不掩饰他的政治情感,但作为一个作家,他十分注意情感的恰当表达以便于读者的理解。在接受记者采访时,叶君健解释说:"我写的东西,其实从思想性来说,是很革命的,是非常革命的作品。但我是把他们化为形象的,我想说的话都是通过我的人物表现出来,而不是直接宣讲出来,外国人认为它们是艺术品,所以才会接受。"②

《山村》有关山村的"老实"记录③,包含了叶君健式的中国革命宣传意图,更包含了他对中国革命过程中有关人性、有关暴力等诸多问题的深刻反思。《山村》的意义其实不只在于将革命概念形象化,更在于创作主体的真诚,以及由此而来的对客观叙事的高度自觉。正因为如此,冰岛的小说家霍尔杜尔·拉克斯奈斯才表示《山村》为他理解中国革命实践演化过程提供了帮助:"我过去所读过的几本关于中国人的书,从来没有像这本书那样绘出有关革命特点的那么清晰的图画。这是一个古老的国家所进行的一场革命,关于它马克思并没有说出过任何预言……中国在这本书里被浓缩在一个小山村里,但这丝毫没有削弱这本书的意义。读者可以集中地在这里看到那最初阶段的一些变化和在这个世界上一个超级庞大的国家里的革命在农村中如何地开展。"④通过对20世纪20年代这个大动乱中偏僻山村现实的真切展示,《山村》一步步地接近了宣传中国革命的目标。

三

由于叶君健着意于通过对小人物生存意义的挖掘来打捞被湮没的历史碎

---

① 叶君健:《在一个古老的大学城——剑桥》,《新文学史料》1992年第3期。
② 转引自韩小蕙《叶君健访谈》,《心灵的解读》,海天出版社2002年版,第127页。
③ 叶君健曾坦陈:"我在纸上表现我的思想和感情时,就得'老实',不能装模作样,故弄玄虚,更不能摆起面孔'教育'人。"参见《谈"创新"》,《欧陆回望》,九州图书出版社1997年版,第298页。
④ 冰岛著名小说家霍尔杜尔·拉克斯奈斯(Halldorr Laxness)为《山村》的冰岛文译本作写的序言,转引自苑因:《关于〈山村〉》,叶君健:《山村》,河南人民出版社1982年版,第266页。

片,他的小说常常侧重非英雄化叙事。除了短篇《风》塑造了一个不畏酷刑折磨对中国未来充满希望的抗日志士形象外,叶君健世界语和英语的中国书写里少有什么英雄,这不仅有别于叶君健晚年在国内创作的中文小说,也与一些用外语写作的中国作家为了争取西方世界关注和善待不自觉地将自己的文化英雄化迥然相异。通常英雄化的形象最容易出现在涉及革命或战争背景的作品里,连熊式一的《天桥》和林语堂的《风声鹤唳》也未能免俗,但叶君健处理类似题材时却似乎竭力避免滑入英雄化的套式。

《山村》在对革命党人的刻画中,始终严格遵守生活本来的逻辑,尽可能逼近历史的原貌。小说是这样叙述中共地下党人的首次露面的:一个被追捕的年轻人两天没有食物进肚,狼狈不堪。吃过潘大叔递给的一碗热面汤后,年轻人立马开始做宣传鼓动。"他声音越来越大,最后几乎接近于在喊口号。"他告知一个消息,即菊婶那杳无音讯的丈夫明敦去了"世界劳动人民的祖国"。潘大叔询问是否可以转告菊婶,年轻人当即拒绝:"我们有更重要的工作要做。"当得知县府的侦缉队来了,"这位陌生的客人垂下头来,他的脸色变得惨白"。接下来小说用一整段描写了这个革命党人的惊恐:

> 这位客人现在完全失去了镇定,看上去像个孤儿似地稚弱无援,谁也不会相信,他就是刚才发挥了那些我们谁也听不懂的深奥理论的人。"请帮助我,大娘!请帮助我,大娘!"他敦促着,他的声音也颤起来。"这些日子他们一直在各地追寻我,他们要把我弄死!"这位陌生人现在完全像个孩子,好像正在一场恶梦中讲话,嘴唇在神经质地痉挛着,他的双腿也在激烈地颤抖,好像随时都可能摔倒在地上。

在中国左翼作家笔下,革命党人与民众难以沟通的描述不算罕见,但像《山村》这样细致地刻绘一个革命者在面临被捕威胁时惊慌失措的,确实有点出格。贪生畏死历来与革命者品质不沾边,而叶君健竟然避免去张扬那种慷慨赴难、视死如归的英雄气概，只想写出危急境况下真实的人的真实反应。"他们想要杀我的头，他们已经杀死了几十名像我这样的年轻人！"年轻人的恐惧印证了血雨腥风中革命的惨烈和悲壮，这也属于小说力图为那些对中国革命一无了解的西方人所揭示的真相。通过春生一家人的眼睛，叶君健摄录了这个被追捕的年轻革命党人从张皇失神到意气风发、从慷慨激昂再到惊慌失措的转变过程。就像春生一家人听不懂"深奥理论"却不妨碍他们紧急关头毫不迟疑地给予庇护一样，年轻人的稚气、脆弱和神经质，其实也无损于他作为革命者对信仰的忠诚和对事业的执着。在《山村》中，革命叙事并未因为人道主义的价值支撑而削弱意义，叶君健从人之本性和人之常情角度的挖掘，使得他的人物，包括着墨不多的革命者形象拥有了更为真切而普遍的内蕴。直到80年代，还有一位丹麦读者表示对《山村》的这一片段尤为印象深刻："在一个深夜逃脱了侦缉队的追捕的年轻学生，叙述了他对于不久即出现的共产主义的新中国所怀有的美丽的梦和理想。在书中我们可以看到在革命早期的中国人民如何在一个高压的统治机器下所展开的活动。"[①]由此看来，《山村》中这个年轻革命党人的出场，至少成功地吸引了叶君健的一部分目标读者对中国革命的理解。

《山村》里年轻的革命党人没有被装扮成大义凛然的英雄，短篇小说《我的伯父和他的牛》和《一桩意外》里的主人公虽然都是在战斗中牺牲的游击队战士，他们的面颊上也没有任何光艳的英雄油彩。《我的伯父和他的牛》的主人公苦干了25年攒钱买了一头小黄牛，因此对它百般爱惜。大革命浪潮袭来后所有财产要变为公共所有，伯父却声称他的黄牛例外，可不久这头牛却倒在了反动军队的枪下。伯父幡然醒悟后积极要求参战反击。当敌人再次来袭，伯父无法自控地大放起枪来。小说进展到此，读者会发现，伯父的转变契合了与大公无私、勇敢正义等荣耀概念相关的英雄成长逻辑。然而接下去小说的情节却偏离了故事原本的走向：伯父突然注意到一个向自己瞄准的士兵，"面孔

[①] 出自丹麦女作家苔娅·莫尔克(Dea Moerch)评论叶君健的文章，转引自苑因：《关于〈山村〉》，叶君健：《山村》，河南人民出版社1982年版，第267页。

也是同样被风霜、雨露和太阳改变成了棕黑色,除了他身上的军服以外,看上去他几乎跟村里任何庄稼人的面孔没有两样",伯父自问:"这就是我要打死的敌人吗?"他还没有想到答案,对手开了枪。一个人在战场上看到对手有着一副和自己同样的面孔,其实是看到了另一个自己,他必定会对同类相残产生疑惑。伯父用他的死中止了英雄壮举的继续,却完成了对生命和人性的祭奠。叶君健借伯父的故事,披露了农民运动风潮中革命和反革命对抗的血腥残酷,揭示了伯父和像他一样的庄稼人在两个阵营的对抗中相互杀戮的恐怖。相对于伯父近乎英雄气短般的死,《一桩意外》中驼子的牺牲不可谓不壮烈,但他最终同样被作者还原到凡夫俗子的位置上,彰显出的依旧是超越了英雄气概的人性至真。这个没有人瞧得起的驼子,在伏击战打响后,用石头砸晕了一个骑马的鬼子,然后狠命痛打直到鬼子身上的手枪走火,自己也应声倒地。与敌人同归于尽的驼子几乎称得上是个英雄了,但他临终前请队长转告家里女人的一番话,却无丝毫英雄气概:"那一罐豆饭……得盖严实点……以防夜里耗子……把罐子……放在凉水里……免得……变馊……"这番婆婆妈妈的嘱咐披露了驼子最为本真的生活渴望,他是永远的庄稼人,庄稼人安分平和的生活信念在他心里从未有过改变。驼子的人生凸显了中国底层农民生活理想的破灭以及无辜牺牲的悲剧,而小说更是瓦解了英雄主义叙事的高蹈,彰显出沉稳而永恒的人性内涵。

与上述两篇小说中的主人公相比,《多事的日子》里的乡亲们未有冲锋陷阵的经历,但他们活捉鬼子的情节,原本也足以演绎成一个可歌可泣的抗日英雄故事,只是叶君健对此无所用心,他关注的依然是人性的力量。小说中村人们对鬼子欺辱妇孺、强行摊派、限期筑路痛恨不已,"他们太瞧不起我们了!他们简直没有把我们当人。以为我们都是傻瓜!我们不能这样活下去了",于是决定反抗。午夜时分,他们里应外合冲进监督筑路的日本兵住所,活捉了三个俘虏。虽然这一行动的组织者曾受过地下斗争的训练,但乡亲们能够被他鼓动起来,主要是听信了算命先生的预卜:妖魔已在那几个监督的日本兵身上附体,他们一定会完蛋。叶君健不想过多地从民族意识和民族气节的角度夸饰这场报复行动的意义,小说以较多篇幅铺陈了日军步步紧逼的暴虐和压榨,庄稼人之所以抗争是因为到了他们作为人能忍受的极限,而其心理基础与历史上走投无路的农民借助算命卜卦揭竿而起类似。小说的情节围绕被强行派做了维持会副会长的老刘的心理起伏而展开,这个老实的庄稼汉意识到"处处在打仗,想要恢复过去那种安静的日子已经是不可能的了",也参与到行动中,但此后人们想要老刘下令吊死日本俘虏时,却发现他居然在祈求菩萨"把他们残暴的、好战的灵魂投胎到猪狗的肚皮去以前,让他们的灵魂回家去看一次"。叶君健借老刘的抱诚守真对侵略者的好战进行谴责的同时,对村民们满足于一时泄愤的以暴抗暴之举也表示了质疑。

较之于同时期国内流行的《抗日英雄洋铁桶》等新英雄传奇读本,《多事的日子》既不追求情节的传奇性,也不着力于抗日英雄民族精神的颂扬,叶君健关心的焦点是中日战事中的中国无数的普通人所遭遇的生存和精神困境,从而将发生在中国的抗日事件当作诠释更广泛时空里人类普遍存在的矛盾冲突的标本。因此,叶君健不满足于在民族大义的框架下做文章,也不以塑造抗日英雄为旨归,他希望以更宽阔的视野和更宏大的胸襟,审视战争带给人困惑、造成人心灵扭曲等种种难以恢复的精神创伤,对无辜的受难者给予人道的安慰和同情。小说对战争本质的思考深度或许并不尽如人意,对人与事的非英雄化处理,也许疏离了既成的民族主义、英雄主义方向,但作者对潜藏在老刘这样的普通中国人心里的和平愿望的挖掘,对野蛮兽性的放纵的警惕,却无疑具有更为普遍而深远的意义。

曾经和英国人民一起经历过"战时生活状态"的叶君健,对英国战时的全民动员有深刻的印象:"由于这种全国一致、共赴国难的精神,渗进了全体人民的心中,大家都稳如磐石,什么困难也吓不倒。"[1]英国成为他参照的对象,他对

---

[1] 叶君健:《第二次世界大战时在英国》,《新文学史料》1992年第1期。

自己既有的经验做出了重新估价。在世界反法西斯战争的格局中,中国人未必比其他国家的人更具英雄性;而战争尽管关乎国家和民族的生死存亡,却更关乎人类文明的得救和毁灭,狭隘的民族主义情绪宣泄无助于人类和平总目标的追寻。因此,在叶君健看来,既然以关心人的生命和基本生存状况为主旨的人道主义是人类最基本的价值理念,那么它也应该成为有效的中国宣传不可或缺的旨归。在此情形下,《山村》等小说选择如实地呈现中国普通人近乎自在状态下的人生,去反映动乱、革命和战争中无数生命的挣扎,去展示他们心灵深处对土地的热恋和对和平生活的向往,从而更充分地体现出中国人的尊严和活着的意义。

叶君健的中国故事都是平凡的中国人的平凡故事,但却具备了"文学作品应有的普遍性(Universality)"①,因而成功地走向了世界。"普遍性意味着冒险以超越因既定的背景、语言、国籍所形成的想当然的观念,因为这些经常阻隔我们于他人的现实之外。"②叶君健的小说突破了中国惯常的单一标准,它们"告诉你任何英雄小说所不能告诉你的东西"③,可恰恰都是中国以外的读者能够理解的人的故事。正是通过感受那些"无名的、日常生活中的平凡人,那活动在广大群众中、但不一定政治性很强或者具有英雄气质的普通人,那生活在村子里的人,那代表中国、组成中国这个国家的普通人"④的哀乐悲欢,叶君健的读者,甚至包括那些原本只是为了欣赏异国风景的西方普通读者,才会怦然心动,进而理解:啊,"原来现实的中国是这个样子"⑤。

---

① [美]葛浩文:《中国文学如何走出去?》,《文学报》,2014年7月3日。
② [美]爱德华·W.萨义德:《知识分子论》,单德兴译,生活·读书·新知三联书店2002年版,第4页。
③ 《山村》的挪威文译者汉斯·海堡(Hans Heiberg)为《山村》所作的序言,转引自苑因:《关于〈山村〉》,叶君健:《山村》,河南人民出版社1982年版,第265页。
④ 《山村》的挪威文译者汉斯·海堡(Hans Heiberg)为《山村》所作的序言,转引自苑因:《关于〈山村〉》,叶君健:《山村》,河南人民出版社1982年版,第266页。
⑤ 参见叶君健:《我的外语生涯》,《东方赤子·大家丛书:叶君健卷》,华文出版社1998年版,第15页。

表述中国的立场和路径

——从熊式一英语剧《王宝川》谈起

与80年代以后移居海外的一些中国作家喜欢标榜为自我而写作、为非功利的存在而写作不同,三四十年代在英美写作的文人作家,无论来自或者亲近国内哪个派别哪个团体,大多不讳言他们对文学以外的功利追求,即便与激进思潮保持距离的林语堂、蒋彝、萧乾,还有熊式一(Shih-I. Hsiung 1902—1991),他们的英语作品也总是充盈着为中国代言的冲动和热情。自1932年底身处英伦之后,熊式一改译了四幕中国古代传奇剧《王宝川》(*Lady Precious Stream*),创作了揭示中国现代政治进程的三幕剧《大学教授》(*The Professor from Peking*),以及"以真实的历史为背景"[①]反映辛亥革命前三十年中国社会巨变的长篇小说《天桥》(*The Bridge of Heaven*),这些作品要么是为了宣传中国文化,要么是出于爱国热忱,而结果是展示了熊式一想让世界看到的中国,一个有时似乎符合西方对东方古老文明的想象、而更多时候却挑战了他们既有认知的中国。对这样存有天壤之别的中国,爱尔兰作家洛德·邓萨尼惊叹,"中国这个神龙出没,桃李争艳,牡丹吐秀,幻梦储于金玉宝器之中,文化传于千变万化之后的地方",会变得如此"离奇复杂","锦绣"之中竟有

---

① 参见熊式一:《天桥·香港版序》,熊式一:《天桥》,外语教学与研究出版社2012年版,第14页。

"炸弹"出现,"中国的情形,真正是像这样吗?"①熊式一的大部分读者应该会有同样的疑问,而邓萨尼承认文化相传千变万化,中国自然也不例外,所以他把《王宝川》和《大学教授》都视为"写实"和"幻想"的融合之作,他不在意熊式一是幻想派诗人,还是写实派作家,他只是感佩熊式一这位中国同行为他描画出如此纷繁多姿的中国。而对熊式一来说,因为生于斯长于斯,所以不管"写实"还是"幻想",他认为自己不容置疑地拥有表述中国的权力。

邓萨尼的疑问是 1939 年看了《大学教授》剧本后提出的,但为邓萨尼这样对中国几乎一无所知的西方人表述怎样的一个中国,是熊式一 1933 年改译《王宝川》时就已反复思量的问题。本土题材的文本一旦跨越了语言文化的屏障,就不得不进入异质的多维网络结构中接受检验。一方面,从世界文学的角度看,"外来文化在接受国有固有的形象,一个外国作品如果不符合这个形象就难以进入新的竞技舞台;进而,如果它对当地的需求也无所用处,这种困难就愈发巨大"。② 因此,熊式一表述的中国必须融入"接受国"的接受视野。而另一方面,多样化的中国故事如果被中国以外的更多人了解、接纳,中国形象就不至于定型于契合强势的西方既有立场和趣味的单一模式。无论如何,马克思所言的"他们无法表述自己,他们必须被别人表述"③的屈辱,来自中国的熊式一已经体悟太多,他不会再坐视中国自我表述权的丧失,他要让他的读者摆脱那种西方式中国想象的操控,进而帮助他们在"外来"的中国与当下"当地的需求"之间建立有机连接,同时也尽可能实现他作为中国代言人的存在价值。当然,非主流文化要改变并修正主流文化对其惯有的表述,夺回定义自己的权力,除了要摒弃主流文化对非主流文化的刻板印象外,当然首先需要警惕

---

① 参见[爱尔兰]丹杉尼(Lord Dunsany,现通译为邓萨尼——笔者注)的《大学教授·序》,熊式一译,熊式一:《大学教授》,台北:"中国文化大学"出版部 1989 年印行,第 2 页。
② [美]大卫·丹穆若什:《什么是世界文学?》,查明建、宋明炜等译,北京大学出版社 2014 年版,第 131 页。
③ [德]马克思:《路易·波拿巴的雾月十八日》,《马克思恩格斯选集》第 1 卷,人民出版社 1976 年版,第 629 页。

主流文化对非主流文化自我认知的渗透，也需要提防非主流文化意识形态对自我表述的干预。如何向世界表述一个真实且丰富多元的中国，可能与限制并存，三四十年代身处英伦的熊式一任重道远，而《王宝川》剧本从写作到上演，以及剧作者创作心理的起伏变迁，均不乏有益的启示。

一、"对外宣传"与"辱国"指控

1933年7月熊式一完成了从京剧《红鬃烈马》到英语话剧《王宝川》的改译①，之后他多次申明这部四幕剧不过是一出通俗的古代传奇剧，自己并未投入太多精力和时间。但熊式一当初选定《王宝川》，实际上绝非一时兴起，而是深思熟虑的结果。《王宝川》的选题及问世后的反响，映现了熊式一表述中国的最初构想以及环境对他构想的基本限定。

在写于60年代的《王宝川》中文版序里，熊式一说他当初要为英国观众介绍一出中国戏时有三个选项，首先是《玉堂春》，其次是祝英台剧本，再次才是《王宝川》。搁置祝英台故事是因为不符合他要先发表歌辞作品的想法，这姑且不论。而不选择《玉堂春》，一个原因是之前伦敦舞台上演过类似的戏而大大失败，他不想重蹈覆辙；另一个缘故他解释说，"因为我第一个剧本便用娼妓为主角，其中又有奸情和谋杀亲夫之事，人家一定会骂我辱国，所以没有取它"。在这种情况下，熊式一决定选择在国内家喻户晓的王宝钏和薛平贵的故事。从选题确定来看，他顾及个人对文本形式的偏好，顾及伦敦舞台的反应，还顾及国内的评价。而写作《王宝川》的过程，熊式一同样不敢掉以轻心，虽然规避了妓女角色、奸杀情节，但《红鬃烈马》里仍不乏类似《玉堂春》中存留的不合时宜的内容。"我对迷信，一夫多妻，死刑，也不主张对外宣传，故对前后剧

---

① 熊式一改译《王宝川》时未参照任何一种《红鬃烈马》的原本而全凭记忆，与原剧相比，《王宝川》立意构思有变，人物和情节增删改动多处，因而这部剧《王宝川》即便保留了王宝钏和薛平贵故事的主线，但它仍然不属于《红鬃烈马》的英语版本，而是熊式一的改译文本。

情,改动得很多。"①熊式一除了要对唐代王宝钏和薛平贵的传奇予以现代意识的审视外,更需要符合"对外宣传"的要求,而"对外宣传"的前提是自觉的本土(中国)主体立场,清醒的异域(西方)受众意识。

不同于国内作家的"对外宣传",熊式一的处境决定了他将受到更多因素的掣肘。既然是在英国用英语改译中国传统戏剧,熊式一当然希望剧作能为英国观众接受并喜爱,毕竟用非母语作为谋生工具已将自己推到远离中心的边缘地带,他不得不谨守起码的生存法则。但同时他也知道,作为一个中国作家,如果目标接收群在中国以外,自己在获得了某种写作自由的同时,其实也有可能被置于另一种不自由的境地:中国戏里迷信、暴力和多妻制的内容,是传统中国社会现象的写照,可是以人道主义价值观衡量,它们无疑都属于愚昧丑陋的因素。如果改译时原样保留,则无疑对外暴露了中国的弊端,这不太符合熊式一的本意,更令他担心的是有可能招致抹黑中国的误解。因此,无论是基于塑造正面中国形象的诉求,还是为了尽可能避免个人道德风险,熊式一都必定趋向于对"宣传"特性的认同——"如果没有某种形式的审查制度,这个世界就不可能存在严格意义上的宣传。为了进行某种宣传,就必须在公众与事件之间设置某些屏障"②。尽管帮英语读者做出看什么和不看什么的选择,多少有违艺术创作的原则,但熊式一最忌惮的还是被"人家"骂"辱国",所以他不仅小心提防来自国人的监督,自己也主动设限,执行自我审查。

考虑到熊式一谈及《王宝川》选题和改译初衷时已是离开英国多年以后,那么,可以推测的是,时过境迁的记忆定然掺杂了之后经验、情感和理智的筛选过滤。尤其"辱国"这样的字眼,在熊式一的叙述中已然成为他望而生畏的"高压线"。如果了解当年《王宝川》曾遭遇来自国内同行的严厉指斥,可能就不难理解熊式一多年后仍然心有余悸的敏感反应。

---

① 参见熊式一的中文版序,《王宝川》(中英文对照),商务印书馆2006年版,第191、192页。
② [美]李普曼:《公众舆论》,阎克文、江红译,上海人民出版社2006年版,第32页。

尽管熊式一选择《红鬃烈马》改写时慎之又慎，拳拳爱国心，日月可鉴，但没想到的是，三年后《王宝川》竟然被控"辱国"。1936年7月，洪深在上海发表了《辱国的〈王宝川〉》一文，这对在英美收获了无数鲜花掌声的熊式一而言不啻为当头一棒。虽然自西方影剧或其他媒介出现华裔形象以来，抗议"辱华"的声浪此起彼伏，少有停息；但和针对外国"辱华"不同，"辱国"指控的是中国人，其性质自然更为严重，因为这一罪名若是成立，则无疑形同于卖国投敌罪，是被控者无法承受的政治判决。洪深批评熊式一的文章正是做了这样的定罪推论。首先是态度问题，洪深认为，"译作者的不诚实""胡乱更改"使得《王宝川》变成"一部模仿外国人所写的恶劣中国戏"。这一论断直接褫夺了熊式一表述中国的资格。其次有关改译策略，洪深说，即便作者"想把戏中的事实改得能适合于现代中国人的生活标准"，但因为无中生有，反而使剧情变得"荒谬绝伦"；既然不能改善英美观众对中国的印象，那只能证明"熊先生是这样容易地同情于外国人对中国人的见解——或成见"。这一说法否定了《王宝川》融入现代观念的意义，直指熊式一和有偏见的外国人沆瀣一气。第三是意图和导向，也是最为要害的一点，洪深认为，《红鬃烈马》本身"'信鸽请兵'代战公主带了番兵来助薛平贵靖难的一节"，表示中国的事情得请外国人代管，那么，照此推论，"英美人看了《王宝川》所感到的得意，是否因为戏里无意地透露些'吴三桂主义'！"这简直就是诛心之论了，洪深暗示熊式一丧失了民族气节，剧作有对外投降的导向。如果说前两点只是为了解释《王宝川》"不是一个'宣扬国光'的作品"，而第三点则不仅仅是要坐实它"辱国"的罪名了。① 洪深以一种既偏激又褊狭的政治标准，对《王宝川》上纲上线地做了全盘否定，这种一棍子打死的做法，或许并不代表大多数国内同行的态度②，但在民族危机不断上升

---

① 参见洪深：《辱国的〈王宝川〉》，《光明》第1卷第3号，1936年7月10日。
② 郑达在《文化翻译与离散文学》中指出，面对左翼人士对《王宝川》的围攻，"文坛前辈苏雪林挺身而出，写了一篇《王宝川辱国问题》，驳斥洪深所提出的'信鸽请兵'以及'吴三桂主义'内容，仗义执言，正气凛然，居然平息了这一场纷争"。参见《中华读书报》，2012年10月24日。

之际,洪深提出的文学要表现"中国全体人民抗敌救国争取解放的决心"的建议,确实为很多作家所认可。因此洪深对《王宝川》的不满,也就并不仅限于30年代的左翼文人。直到1942年,张恨水在讽刺日本人数典忘祖时,还捎带批评"外国文字很好的文人,如林语堂、熊式一之流",对"搬弄非牛非马的《王宝川》之类,看轻自己"表示不屑,希望作家把注意力集中到"揭破日本的黑幕"上。①

来自国内同行特别像洪深那样的生猛攻讦,对熊式一无疑构成了巨大的精神压力,他内心积聚了许多委屈却无从辩驳,但同时他更加清醒地认识到,洪深的批评是对他必须审时度势的提醒。中国持续高涨的民族主义情绪和舆论环境,加上国际形势的急剧变化,推动身在英伦的熊式一在主题、题材方面做出调整,从他以《大学教授》和《天桥》力图拉近与现实的距离来看,熊式一确确实实汲取了教训。

二、中国立场与"锦绣"中国形象(印象)的陷阱

三四十年代大部分中国作家为激进的时代所召唤,加上生活政治化的不断推进,再也无法拥有平静的心境。而走出国门后的熊式一们虽然暂时远离了国内党派意识形态的漩涡,却似乎也失去了中国身份不证自明的属性,因而很容易陷入一种情感和道德的焦虑中。自"九一八"起,尤其"七七"事变后,"爱国"成为中国作家最荣耀的称号,几乎没有人会无视这个荣耀。而对负有国际宣传使命的中国作家来说,对中国的忠诚已不只是道义责任,也是心灵所向。来到英国后的熊式一无时不牵挂着祖国的安危。1934年写作之余,他经常在自己租赁的场所接待客居伦敦的同乡好友王礼锡、胡秋原等人,和他们一起讨论抗日救国之道②;1935年起,英国开始出现援华组织如中国人民之友

---

① 张恨水:《日本人的数典忘祖》,重庆《新民报》,1942年5月21日。
② 参见王士权:《爱国诗人王礼锡》,《王礼锡诗文集》,上海文艺出版社1993年版,第705页。

社，熊式一、王礼锡等作为中国方面的代表加入，给予"英国许多同情中国、拥护正义的人们"切实的鼓励和协助；1936年后，熊式一更加积极参与到"世界和平运动大会"等实际事务中，担任了"全欧华侨抗日联合会"宣传部负责人，极力促进中国抗日救亡与国际的联系，推动了英国友人对中国抗战的支持，如"导演熊式一的《王宝川》的国立戏剧院董事长 Nancy Price"，"为熊译《西厢》作序的老诗人 Gordon Bottomeley 等，对于反抗侵略者日本，同情中国，都有坚决的表示"。① 抗战全面爆发后，短暂回国的熊式一重返英伦，更是投入了更多精力在实际的抗日宣传工作上。1938年6月在布拉格召开的第16届国际笔会上，他作为中国代表提出声讨日本的议案获得通过，打破了国际笔会向来不问政治的政策，创造了难得的舆论声势，赢得了世界上有正义感的作家的同情和支持。② 熊式一的中国立场在离开中国之后表现得无比鲜明和坚定。

类似熊式一这样身处西方的中国作家，在国家危亡之时其实都有着相似的选择。除了积极参加国际反侵略运动以及推动世界对中国抗日支持的行动外，已享誉美国的林语堂在中日战事爆发后立马意识到为祖国做宣传的急迫性，创作了生平第一部长篇小说《京华烟云》(Moment in Peking)。在给郁达夫的信里，林语堂说明是"为纪念全国在前线为国牺牲之勇男儿，非无所谓而作也"。由于小说模仿了《红楼梦》的框架，他唯恐友人不解其意，还特别解释，"弟客居海外，岂真有闲情谈话才子佳人故事，以消磨岁月耶？但欲使读者因爱佳人之才，必窥其究竟，始于大战收场不忍卒读耳"③。寓抗日宣传于才子佳人故事里，林语堂可谓用心良苦，这和熊式一在《天桥》里用辛亥革命历史记叙来承载他的爱国救亡情感是同样的思路。这两部小说在当时均收获不俗反

---

① 参见王礼锡：《国际援华组织与运动》，《王礼锡诗文集》，上海文艺出版社1993年版，第420、410、424页。
② 参阅陶欣尤：《二战时期的熊式一》，《中华读书报》，2015年9月16日。
③ 林语堂：《给郁达夫的信》，《语堂文集》(下)，台北：开明书店1978年版，第1234页。

响,连陈寅恪也以"海外林熊各擅场"予以赞赏①。用英语书写的《京华烟云》《天桥》,自然是为中国以外的读者而写的,但它们的立足点明显都落在中国。作者既没有忽略读者的需求,对他们保持坦诚,赢得了他们的信任,同时又忠于自己的内心,履行了使命。

然而,在面向世界进行中国的自我表述时,中国作家要彻底地祛除西方主流文化的魅影,自由地发出中国人真实的声音,尚有待时日。不惜采取去芜存菁、披沙拣金的方法,去展示最为优雅美丽的中国文化景象,直至 21 世纪的当下,仍然是中国宣传的通行之道。值得注意的是,繁华似锦、歌舞升平的中国,有时不可谓不是中国的景象,但一定只是中国的一个面向,而不是中国的全貌。一味地宣传中国花团锦簇,无疑符合中国"对外宣传"仅仅显示中国正能量的要求,却很容易致使中国形象被削弱、被降维、被固化,因而有可能加深那些厌倦了机械文明的西方人对中国情调、古老文明的单一印象。

熊式一改译的《王宝川》在伦敦上演后,英国报纸上遍布溢美之词,如"盛开桃李之争妍斗艳","彩蝶粉翼的轻羽,如前日的夕阳晚照","一颗头等水色的宝石,镶嵌得美丽夺目"等,它们大多传递出一种观众观剧后幻梦般的愉悦感觉,并同时指向"这是优美文化的象征"的定论。② 这应该是熊式一预想过的反应。而剧名从"红鬃烈马"改成女主角之名"王宝川",也是为了更易于吸引观众注意力,把原剧中女主角王宝钏之"钏"改成"川",文辞更优美、更易入诗,更能让观众感受中国文化典雅特质。③ 而其他所有的改动,也都旨在对中国风俗习惯、道德制度进行正面反映。譬如第一幕里王宝川抛绣球砸中薛平贵,不

---

① 1945 年秋天,陈寅恪在伦敦医治眼疾,收到熊式一所赠的小说《天桥》后,题二绝句答谢,另还有一首七律写其读《天桥》后的感受。"海外林熊各擅场"为第一首七绝的第一句。参见熊式一:《天桥·香港版序》,熊式一:《天桥》,外语教学与研究出版社 2012 年版,第 12 页。
② 参见熊式一:《后语》,熊式一:《大学教授》,台北:"中国文化大学"出版部 1989 年印行,第 153、154 页。
③ 熊式一解释,"'川'字已比'钏'字雅多了,译成了英文后,Bracelet 或 Armlet 不登大雅之堂,而且都是双音节字,而 Stream 既是单音字,而且可以入诗"。参见熊式一的中文版序,《王宝川》(中英文对照),商务印书馆 2006 年版,第 192 页。

再是没来由的天意,而是因为她早就对文武全才的青年萌生了爱心;第二幕里薛平贵开拔征战前,轻轻松松一箭射杀了一只老虎——传说中的红鬃烈马,而不是什么吃人的妖怪,显出薛平贵为民除害的勇武之气;第四幕结尾,帮薛平贵征服了西凉各部落又钟情于他的代战公主,被交给了外交大臣——特地添加的角色,不再和王宝川平分秋色,保全了薛平贵的私德节操,也维护了空守贫窑十八年的王宝川的人格尊严。熊式一过滤掉了原剧中怪力乱神、不合情理以及与现代文明相悖的成分,在轻松幽默的气氛中,让那些对中国无多了解的西方观众仿佛置身于中国人中间,感受到那些美好温馨的人情。

毫无疑问,熊式一对人物和故事情节的处理较之《红鬃烈马》原本更具人性色彩,这是剧作受英美观众青睐的一个重要原因。但是,这并不是说这种提纯美化的改变就是明智之选。择取什么样的材料是作家的权力,但对他来说,关键莫过于如何赋予那些细节、事件以意义,从而使作品发人深省、引人深思。既然是要让中国人像地球上其他的人类一样为世界所理解并接纳,那么这个中国形象就应该是悲欢共生的人间中国,而不是世外桃源的仙境中国。鉴于正面宣传的意图,《王宝川》回避了中国传统中愚昧专制的阴暗面揭示,而集中于中国人生活中诗情画意、和谐美满的呈现,虽然"针对着消减负面信息",但"它所提供的古雅精致感,也符合欧洲大众对于东方一个相当有代表性的'期待视野'向度"[①]。如果观众的愉悦只停留在较为肤泛的快感层面,他们从《王宝川》所获得的承平祥和的中国印象,在某种意义上也正是来自西方人对作为他者的东方想象的满足。起码在这一点上,洪深的批评尽管尖刻却并非空穴来风,毕竟真实的中国,无论古今,绝无可能天天风和日丽、年年四季如春。站在中国立场上,熊式一成功展示了最能吸引英国观众、最受他们欢迎也似乎最值得传播的"锦绣"中国文化图景,却有可能反而影响了世界对真实中国的全面认识和理解,此时的熊式一是否涉嫌掉进了西方对中国刻板印象的陷阱呢?

---

① 江棘:《戏曲译介与代言人的合法性——20世纪30年代围绕熊式一〈王宝川〉的论争》,《汉语言文学研究》2013年第2期。

三、"效忠于古老的中国"还是"效忠于开明的智慧"?

熊式一借《王宝川》为西方世界介绍中国时报喜不报忧的做法,在中国作家中并不鲜见。自 19 世纪以来,中西国力的悬殊造成文化交流的不平衡,继而影响到中国人面对世界时民族自尊的强烈反弹。这一精神传统的形成并不久远,其影响却很深远。

比熊式一更早生活在欧美的一代中国人如陈季同、辜鸿铭等,他们最先摒弃了天朝大国的幻想,认识到消除中国和世界的隔膜的重要性。陈季同在 1884 年用法语写了《中国人自画像》(*Les Chinois Peints Par Eux-Memes*),辜鸿铭在 1900 年用英语写了《尊王篇》(*Papers from a Viceroy's Yamen*),这些著述反映了他们难能可贵的中西文化比较视野,为西方人认识中国做出了卓越贡献。然而,为了对抗来自西方的民族歧视和文化歧视,他们在著述中不约而同地美化了传统中国纳妾、缠足,甚至溺婴等非人道的陈规陋习;而以曲解基督教"博爱"观念①来凸显中国传统文明的价值,则映现了他们心理上难以遮掩的自卑以及价值立场的迷失。这样的中国表述因为多少迎合了西方人对东方奇风异俗的猎奇感和窥视欲,在某种程度上也就疏离了作者极力维护中国尊严的初衷。20 世纪上半叶中西关系的整体格局没有根本性改变,中国作家为中国辩护的心态依然如故,对中国文化的夸扬仍然是他们为中国刷存在感的重要手段。不过,随着现代人道主义价值观的确立,他们对中西文化的看法不再那么简单化。譬如在美国致力于中国文化推广的林语堂,就不会像前辈那样片面地贬损西方文明,而注重从中西互融的角度探索人类的精神出路。

---

① 陈季同(1851—1907)在介绍中国家庭时,颂扬了维持中国家庭权威性的五条原则(忠君爱国、孝敬父母、夫妻和睦、兄友弟恭、朋友有信)后,指责西方信仰基督教的虚伪堕落:"在我看来,'博爱'是人类诸多情感的祸根,或者说是取悦上帝及其门徒,或者说是取悦一切人,他们希冀通过这种方式使自己死后进入天国。他们从来不考虑自己作为人应承担的最基本和最起码的责任。"参见陈季同:《中国人自画像》,陈豪译,金城出版社 2011 年版,第 12—13 页。

林语堂曾表示,虽然景仰庄子这样的智慧已成自然的古人,但"我也想以一个现代人的立场说话,而不仅仅以中国人的立场说话为满足。我不想仅仅替古人做一个虔诚的移译者,而要把我自己所吸收到我现代脑筋里的东西表现出来"。① 因此,他在《京华烟云》演绎道家生命哲学时,也尽可能将其与现代自由精神的阐释相关联。然而,尽管如此,专注于向西方人解说道家思想的林语堂有时还是会走火入魔。小说中作为理想人格化身的女主人公姚木兰竟热心于为丈夫纳妾,作者以此来表现道家的女儿不同于常人的胸襟和度量,以印证道家处事原则的自然顺遂、平和宽容,这样的叙事立场显然披露了林语堂自己潜意识里对这一传统习俗的迷恋。

  在强势的西方文化面前,能否以理性的人性准则去审视并裁定自身所属的文化传统,这对身处海外的中国作家是一个巨大的挑战。"中国人能否了解自己呢? 他们能否充任中国的最好传译者呢?"像林语堂和熊式一这样自居为中国代言人的作家,内心常会生出一种"苦闷的挣扎":"在他的理想中之中国与现实中之中国,二者之间有一种矛盾,在他的原始的祖系自尊心理与一时的倾慕外族的心理,二者之间尤有更有力之矛盾。他的灵魂给效忠于两极端的矛盾撕裂了。一端效忠于古老中国,半出于浪漫的热情,半为自私;其一端则效忠于开明的智慧……"②林语堂用"我只是一团矛盾而已"来形容自己③,而同样站在中国与西方、传统与现代的交汇点上,熊式一又何尝不是如此呢? 当"开明的智慧"占上风,他会用现代个性思想去映照王宝川这个冲破习俗规范勇敢追求爱情幸福的独立女性形象,让英国观众在王宝川与命运的抗争中,体验人类摆脱困境争取自由的共同情感;当"效忠于古老中国"的自尊心占上风

---

① 林语堂:《生活的艺术》,越裔汉译,《林语堂名著全集》第21卷,东北师范大学出版社1994年版,第5页。

② 林语堂:《吾国与吾民》,黄嘉德译,《林语堂名著全集》第20卷,东北师范大学出版社1994年版,第11—12页。

③ 林语堂:《八十自叙》,张振玉译,《林语堂名著全集》第10卷,东北师范大学出版社1994年版,第245页。

时,他剔除掉缠足、纳妾、酷刑等元素,尽可能让英国观众饱览一幅风轻云淡、花好月圆的图景。在剧本末尾,陷害薛平贵的魏虎受到惩处,熊式一用四十军棍替代了斩首,就是为了减弱野蛮残暴的程度,无论如何,人头落地的血腥会有违诗意中国的画风。类似这样的改写,当然不是因为熊式一没有自知之明,主要还是源于林语堂所说的"半出于浪漫的热情,半为自私"的心理,而后者显然占据更大的分量,所谓的"自私",无非是内外有别、家丑不可外扬的另一种说辞。

20世纪上半叶身处异域的中国作家在表述中国时,大多不乏中国主体性,但在与现代价值关联的程度和方式上,他们的表现却参差不一。二战时期在英国的萧乾十分明确地将他的中国立场维系于现代文明的价值取向。他要让西方人明白,"中国并非华夏"(China But Not Cathy),他借"龙须与蓝图"(The Dragon Beards Versus Blueprints)的比喻,解释中国人对待古老文明和机械文明的反应,阐述中国走上变革之途的必然性和正当性。他指出,17世纪的中国人曾表现出"民族的傲慢自大。我们拒绝接受来自西方的任何东西,因为我们极其简单地认为,作为一个民族,我们是足够好的,那我们所拥有的一切制度必定也是好的",这样的傲慢自大是基于无知,所以到19世纪时中国人终于尝到了屈辱的滋味。这之后的中国文学,有了批判缠足陋习的小说,有了阐述婚姻自由必要性的小说,这都是中国人为自己争取自由和平等的写照。文学还"会像唐朝太平盛世的文学作品一样文雅脱俗吗?"答案是不言而喻的,"它变得不那么和谐,少了深奥,可烙上了时代的伤痕。但它是中国现代社会生活的忠实记录"。① 而对于经受了工业文明之痛的一些英国人来说,他们幻想着重返宁静的田园,因而对中国的"精神文明"不吝赞美。萧乾能理解西方人寻找心灵寄托的冲动,却不认同他们视中国为"老古玩店"的心理。因为20世纪的中国不可能重蹈19世纪的覆辙,"历史前进的步伐不会迟疑,看到即将面临的

---

① 萧乾:《龙须与蓝图——战后文化的思考》,傅光明译,《龙须与蓝图——中国现代文学论集》(英汉对照),外语教学与研究出版社2014年版,第88—89、122、123页。

危机,他们自然会对妇女缠足和男人打躬作揖的传统失去耐心"①,现代转型的进程已经不可逆转。作为一个中国作家,萧乾倾向于把中国人当成人类的一分子,始终认为中国为争取"民族生存权"必须首先卸下民族无用而累赘的包袱。和熊式一、林语堂一样,萧乾的中国立场确定无疑,但他不像林语堂和熊式一那样为所谓的"自私"杂念缠绕。他对中国的情感稳稳地建立在人类意识和理性精神的基石上,因而他不回避那些中国社会里的陈规陋习,而是将其视为中国现代化进程的障碍,力图让西方人感知并了解中国人清理历史痼弊的自信和勇气。

其实,无论面对什么样的读者,坦诚是写作者基本的素质。执着于"理想中之中国"的幻境构筑,而偏于"现实中之中国"的写真,很容易滑入自欺欺人的泥淖,即便没到鲁迅所针砭的"在'爱国'的大帽子底下又闭上了眼睛"②的瞒骗程度,可毕竟与"五四"倡导的理性精神拉开了距离。熊式一在《王宝川》里不写斩首和林语堂在《京华烟云》中写纳妾,看似两异,在对中国文明形象的回护上却不无相通之处。

抗战爆发后从英国回到中国的王礼锡深有体会地指出,欧洲人对中国的看法,无论好坏,都"实在太不够——不但不够,而且是错误的","总之,他们不以为中国是垃圾堆就是古董铺"。西方对中国野蛮、落后的刻板印象,反映了他们的偏见;而仅仅视中国为"罗盘针,印刷术等等之发明者,雕玉鼻烟壶,不大可了解的山水画,五色相宜的绣花或扣丝",又何尝不是另一种偏见呢?③ 而其实这后一种偏见常常被中国人忽略,甚至被中国人欣欣然照单全收,因而是更值得正视,更值得警惕,更值得修正的。

"爱国心"是熊式一惯常用来做行为依据的概念,但他却似乎只为西方人

---

① 萧乾:《苦难时代的蚀刻——现代中国文学鸟瞰》,傅光明译,《龙须与蓝图——中国现代文学论集》(英汉对照),外语教学与研究出版社2014年版,第72页。
② 鲁迅:《坟·论睁了眼看》,《鲁迅全集》第1卷,人民文学出版社1981年版,第241页。
③ 参见王礼锡:《英国文化界的同情》,《王礼锡诗文集》,上海文艺出版社1993年版,第504页。

对中国的恶感愤愤不已,譬如外国人写的中国书里"不是有许多杀头、缠足、抽鸦片烟、街头乞丐等的插图,便是大谈特谈这一类的事"①。另外,"西方所有关于焚毁圆明园以及八国联军占据北京奸淫掳掠一切的记载,都写得那么巧妙,叫人看起来,只是西方文明光辉照耀于野蛮民族之上的感觉"。因而他反讽地表示,"这也是情有可原的事。假如我来写这段历史,我是不是要做直笔董狐呢?还是会存一点点爱国心呢?我承认我会毫不迟疑地文过饰非,不让于西方的文人"②。相信无论英国读者还是中国读者都能感悟熊式一的民族屈辱感,但若是他们具备起码的理性,就一定不会认为熊式一真的会如此看待历史书写与"爱国心"之间的关系。从逻辑上推论,既然熊式一自己不满西方读物还有戏剧电影对历史的歪曲,尤其反感因此造成的西方人对中国的误解,斥之为荒诞无稽,那就说明那种"巧妙"的写法并不奏效;那么,熊式一若是如法炮制,他会糊涂到忘了会有同样的后果吗?真正的"爱国心"必定依赖"直笔董狐"来表达,无论如何是不应该与"文过饰非"相关联的。

其实,《王宝川》虽然极力淡化了中国传统里野蛮残暴的成分,但多年以后还是有眼光敏锐的英国读者从中读出了"灰色的一面":"《王宝川》一剧并没有粉饰中国的阴暗面,而是呈现出了一个颇具异域色彩的他国。魏将军灭掉自己挑担的③手段——把他灌醉,绑在马上冲向敌营——是在借刀杀人。同样,后来他想处死开小差归来的薛平贵(虽然他们之间有亲戚关系)也是带有浓厚的专制和残酷统治色彩。"④庆幸的是,写《王宝川》时的熊式一虽有疏漏,却尚不太离谱。至于三幕剧《大学教授》、长篇小说《天桥》,则均基本依循了历史记叙和艺术真实揭示的逻辑,无论是张教授妻子张太太为救被众人误认作卖国

---

① 熊式一:《天桥·香港版序》,熊式一:《天桥》,外语教学与研究出版社2012年版,第14页。
② 熊式一:《后语》,熊式一:《大学教授》,台北:"中国文化大学"出版部1989年印行,第173页。
③ 原文his brother in law,直译为妹夫。薛平贵是魏虎妻子王银川的妹夫,所以薛平贵和魏虎应是连襟关系。
④ [英]罗宾·吉尔班克(Robin Gilbank):《熊式一与〈王宝川〉》,胡宗锋译,《美文》2015年第1期。

贼的丈夫而死在刺客枪下，还是李大同的同志——六位维新变法领袖被清廷以"乱党"罪名斩杀，类似这样有涉暴力的细节或片段在熊式一笔下不一而足。作者意图把读者带进中国近现代历史中腥风血雨般的场景中，增进西方人对中国社会和政治进程艰难性、复杂性的了解。毫无疑问，《大学教授》《天桥》都属诚实之作。所以，1939年熊式一在《大学教授》后语里带点情绪化的"爱国"表白，大体可视为他表述民族义愤的一种反语修辞，不应简单地与其创作实践全然对应。

四、待愈合的心理创伤

19世纪中叶以后的中国遭遇了一次又一次的外部打击，曾经创造了辉煌灿烂文化的民族沦为西方强国甚至近邻日本肆意践踏的对象。那些屈辱而惨痛的经历，在几代中国人心里留下难以愈合的创伤，成为不堪回首的集体记忆。为生存而抗争，固然是中国近现代百多年历史的主要轨迹，但灾难的岁月也不断销蚀着国民的自信。鲁迅写于1921年年底的《阿Q正传》深刻揭示了老中国子民面对屈辱和失败时的受害人格，阿Q的那些"优胜记略"不过是他在妄自尊大和妄自菲薄之间切换的耻辱记录。要真正重建民族自信，不仅有待于民族国家的强盛，更取决于作为个体的中国人理性精神的确立。只有将自己视为人类中的一分子，从世界的角度看中国、看世界、看中国和世界的关系，才有可能拥有基本的同理心，客观冷静地应对成败得失、功过荣辱，而不至于受制于偏见和情绪，陷入盲目的自大或自卑。这在熊式一写作《王宝川》的时代，对大多数中国人来说，无疑是一种苛求。而熊式一的具体境遇以及体验，则又提供了另一重警示。

熊式一负笈英伦后，与故土的地理距离反而强化了他与中国的情感纽带。流寓经验时常触碰甚至挑战着他既有的民族自尊，熊式一难免会产生一种不能自控的偏执或者困惑。他一贯不满外国人对中国的无知和谬见，而他更无法容忍的是中国人在外人面前自曝家丑。1960年他在《天桥》香港版序里斥责一位"老牌的女作家","写一部英文的自传,除以杀头为开场之外,还说她父亲有六个太太,她自己便是姨太太生的",嘲讽其"四处去讲演,好让人家鉴赏鉴赏姨太太女儿的丰彩"。① 对这位中国同行,熊式一是如此鄙夷,就差一点给人家扣一顶"辱国"的帽子了。熊式一指的这位女作家应该就是凌叔华,因为1953年她在英国出版了一本自传性小说《古韵》(Ancient Melodies),且颇受好评。《古韵》里杀头的场景、姨太太争风吃醋的大家庭生活是凌叔华童年记忆的重构,其中虽然不乏西方对中国古老文明的想象折射,但同时也交织了凌叔华自己对传统中国的感怀和反思。凡是认真读过《古韵》的人,多少能感受到小说里那种或浓或淡的忧郁气息,领略到作者节制却尚属明晰的现代立场。而有意思的是,熊式一似乎忘了,他自己的小说《天桥》里也不乏杀戮的情景再现,他还用不少篇幅记叙了李大同被漂亮又故作风雅的袁世凯九姨太吸引的情节。当然,这些书写和《古韵》的用意类似,不仅基于对历史的尊重,更源于艺术形象塑造的需要。所以如此看来,熊式一对"老牌的女作家"的评价,实在不仅唐突,也有些苛刻。

这种酷评披露了60年代熊式一的尴尬境遇对前半生尤其旅英时期创伤体验的激发。他在1939年曾告诉英语读者:"每逢我在交际场对香烟敬谢不敏的时候,敬烟的主人总是千篇一律地道歉说,可惜他没有为我预备鸦片烟,他们美其名称之为'和平之烟斗',我只好满面现出愧色地回答道,我要坦坦白白的认罪,至今我还没有谋杀过一个人,更惭愧,我不会抽鸦片烟,我诚心诚意希望我能够抽抽这种鬼东西,也好替我的祖国略微增一点光。凡是我同我的内人所到的地方,大家所最注目之焦点,绝不会变的一定会是她的脚。他们一见它原来比普通一般的脚小不了多少,每个人都不免面有失望之至的表情。"② 熊式一以一种戏谑反讽的口吻一吐内心的屈辱——作为中国人的屈辱:在那

---

① 熊式一:《天桥·香港版序》,熊式一:《天桥》,外语教学与研究出版社2012年版,第14页。
② 熊式一:《后语》,《大学教授》,台北:"中国文化大学"出版部1989年印行,第171—172页。

个时代西方人的刻板印象里,吸鸦片、谋杀、女人裹足竟然是中国人的标配,中国如何不被视为野蛮落后的国家呢？这种被误解、被伤害的记忆如同无法摆脱的梦魇,哪怕离开英国多年,仍然不时出没在熊式一的心头,直至影响到他对《古韵》的评价。在他眼里,身为中国人的凌叔华竟然写杀头、写姨太太,简直就等同于丧失人格国格而只为取悦西方人的无耻出卖,这不能不让怀有强烈民族自尊心的熊式一深恶痛绝。

对西方人视中国为野蛮落后的民族,对同样旅居西方的中国同行曝露家丑,熊式一不管在何时何地都能理直气壮地直斥荒谬,但是,面对国内对他自己的误解,熊式一却是噤若寒蝉,绝不敢还以颜色。1936年《王宝川》被指"辱国"时,熊式一不但未做辩驳,而且很识相地及时调整了创作路数,以示改过自新。那段往事早已化成历史的尘埃,可在熊式一心底却始终是无法驱散的阴影。最令他郁闷的是,自己在1954年即离开英伦,可多年来只能颠沛辗转海外而返回故乡不得,这种难堪处境宛若埋藏在心底的一枚尖刺,时时折磨着一个游子/弃儿的神经。对熊式一来说,证明自己的中国立场,证明对中国的忠诚,不只是他作为作家的必要选择,更是他作为一个中国人的唯一选择。越是被漠视,就越是要彰显;越是被误解,就越是要迎合。在《天桥》中文版序里,对惯于胡说八道、无中生有的"中国通"的抨击,连带对《古韵》的声讨,不过是熊式一又一次拔高了声调的"爱国"表白。在熊式一看来,无论如何,比起写杀头、写姨太太的凌叔华,自己是更有资格被祖国接纳,被祖国认可的。

当一个作家放弃母语立意为更广阔区域里的读者写作,即意味着他需要超越具体的时代、国家、文化的限制,更要摆脱特定的政治、道德的束缚,站在人类的立场,以现代的眼光和包容的心态,去观照或者陌生或者熟悉的世界,否则,他将很难理性地判断不同文化模式中人类文明的创造价值,甚至也无法公允地评估自己和他人的自我表述。熊式一的委屈甚至愤懑,有他个人的原因,但也凸显了那个时代置身西方的中国作家普遍的困境。

一般而言,饱受外侮的民族常常会张扬不屈的民族精神来激发斗志,但创伤性体验以及自我防御机制，也极易引发对外的恐惧、排斥和敌对，助长狭隘的民族主义情绪，造成隔绝和封闭。类似熊式一、林语堂、凌叔华这样的作家，虽然持守明确的中国立场，却因身在异域又曾被西方读者追捧过，在很长一段时间里，他们不仅被国人视为"外"人，甚至视若仇雠。《王宝川》被指"辱国"并非空前，也非绝后。在特殊年代里，"洋奴""走狗""反动文人"这些谩骂语汇曾是他们这类人的身份标签。60年代住香港的熊式一对仍居欧洲的"老牌的女作家"的不满，固然是熊式一个人旧伤未愈新伤再添时的心理反应，但其实也是百余年来中国一波又一波推进着的民族主义情绪和集体无意识的映射。

当历史进入21世纪的当下，中国的崛起意味着中国真正开始步入世界之林，成为国际大家庭的一员。当中国人——也包括像熊式一这样身处海外的中国作家——不再敏感于内外之别、中西之隔，而是能自由地发出个人的声音，真实地表述多元共生的中国，展示中国人对自我和对整个人类的责任担当，中国才会在更深广的意义上赢得世人的尊重，而"辱华"或者"辱国"这样刻着民族创伤印记的词语，也才会渐渐消失在中文词典里。

凌叔华与布鲁姆斯伯里团体的文化遇合
——以《古韵》为考察中心

　　1953年,凌叔华用英文写就的长篇小说《古韵》(*Ancient Melodies*)由英国何盖斯出版社(The Hogarth Press)出版。①《古韵》从最初创作到最后出版,经过了十多年的时间,在此期间,曾在武汉大学任教并与凌叔华有过恋情的诗人朱利安·贝尔,贝尔的姨妈、著名作家弗吉尼亚·伍尔夫及其出版家丈夫伦纳德·伍尔夫,弗吉尼亚·伍尔夫的朋友、诗人维塔·塞克维尔·韦斯特等布鲁姆斯伯里团体(The Bloomsbury Group)②的一些成员,为凌叔华提供了极大的支持和帮助。《古韵》的诞生,成为凌叔华与布鲁姆斯伯里团体文化遇合的见证,而凌叔华跨文化之旅的开端即预示了结果。

---

　　① 1912年弗吉尼亚·伍尔夫与伦纳德·伍尔夫结婚,1917年夫妇俩创办了何盖斯出版社(The Hogarth Press),它成为现代主义文学的摇篮。在弗吉尼亚·伍尔夫与凌叔华的通信中,她曾考虑过《古韵》的出版问题(参见《弗·伍尔夫致凌叔华的六封信》中的第五封信,杨静远译,《外国文学研究》1989年第3期)。《古韵》最终由何盖斯出版社出版,算是了结了弗吉尼亚·伍尔夫的遗愿。
　　② 布鲁姆斯伯里团体(The Bloomsbury Group)是20世纪上半叶由一些英国的文化精英组成的松散团体,其成员有小说家弗吉尼亚·伍尔夫、E.M.福斯特,画家瓦内萨·贝尔、邓肯·格朗特,美学家克莱夫·贝尔,汉学家阿瑟·韦利、罗杰·弗莱,翻译家康士坦斯·加奈维,出版家伦纳德·伍尔夫,还有大名鼎鼎的经济学家凯恩斯,等等。其核心人物为弗吉尼亚·伍尔夫及其画家姐姐瓦内萨·贝尔。这个团体中大多数人均毕业于剑桥大学的英王学院,而他们聚集在一起的精神纽带则是对生活的共同态度和实践。他们声称:生活的首要目的是"爱"、美学经验的创造和享受及对知识的追求。这个团体的第二代如诗人朱利安·贝尔等在继承了父辈自由主义立场和反叛的气质外,更倾向于投入捍卫民主和文明的行动。中国现代作家如徐志摩、凌叔华、叶君健、萧乾等分别与这个团体的两代人有过交集。

一

凌叔华与布鲁姆斯伯里团体结缘始于朱利安·贝尔。与贝尔的相识、相爱和翻译合作体验，为凌叔华在贝尔去世后接受伍尔夫建议用英语写作《古韵》打下了基础，也为移居英国后的凌叔华进入布鲁姆斯伯里圈子铺平了道路。

1935年贝尔到武汉大学三个月后，在写给母亲瓦内萨·贝尔的信里，接连不断地诉说他对凌叔华的好感。11月1日的信里说，"她和弗吉尼亚一样敏感，很聪明，与我所认识的任何人一样好甚至更好，她不算漂亮但是很吸引我，她称得上是中国的布卢姆斯伯里成员"。而11月22日的信则反映贝尔对凌叔华感情已急剧升温："她是我所见过的最迷人的尤物……因为她才真正属于我们的世界，而且是最聪明最善良最敏感最有才华中的一个。"①贝尔对凌叔华产生恋情，除了性的吸引外，与身在异国的他在凌叔华身上找到了自己熟悉并欣赏的精神质素直接相关。信中的那些说辞无非都是在强调凌叔华与他自我认知的吻合。在凌叔华未曾抵达英国的那个时段，布鲁姆斯伯里圈子里的人由于受贝尔的影响，对尚未谋面的凌叔华也有了似曾相识的感觉。贝尔的朋友普罗菲尔从凌叔华的照片看出，她和"我们所认识的中国人一点都不像"，"她有着西方人的表情"②；而对伍尔夫来说，贝尔对凌叔华的描述，却仿佛坐实并深化了伍尔夫对东方文明的想象："我觉得东方人其实和我们流着一样的血，都这样安静、隐忍而庄重。"③贝尔的亲友们对凌叔华的这两种感觉看似有别，但无论是普罗菲尔带有民族偏见的评头论足，还是伍尔夫智慧而开明的沉

---

① 朱利安·贝尔致母亲瓦内萨·贝尔的信(11月1日、11月22日)，参见[美]帕特丽卡·劳伦斯：《丽莉·布瑞斯珂的中国眼睛》，万江波、韦晓保、陈荣枝译，上海书店出版社2008年版，第99、109页。
② 埃迪·普罗菲尔致朱利安·贝尔(1936年1月25日)，参见[美]帕特丽卡·劳伦斯：《丽莉·布瑞斯珂的中国眼睛》，万江波、韦晓保、陈荣枝译，上海书店出版社2008年版，第104页。
③ 弗吉尼亚·伍尔夫致贝尔(1936年12月)，参见[美]帕特丽卡·劳伦斯：《丽莉·布瑞斯珂的中国眼睛》，万江波、韦晓保、陈荣枝译，上海书店出版社2008年版，第109页。

思默想，其实都未脱离西方中心观念下文化认同感的表达。

事实上，凌叔华的文化身份和属性绝不会像贝尔们想象的那么简单。在早期的中文写作中，凌叔华即表现出某种复杂性，她既僭越了传统守旧的礼法，却又与受西方个人主义观念影响的"五四"激进风气保持了距离。鲁迅在评述她时一方面也用"大抵很谨慎"和"适可而止"来形容她处理中国家庭中女性困境时的温婉态度，而另一方面也认为她笔下"间有出轨之作，那是为了偶受着文酒之风的吹拂"。① 凌叔华的小说如《酒后》等确实在整体上反映了她对个性解放尤其是女性人格独立的渴望，但同时又流露了她对打破桎梏后个性自由限度的困惑。站在中西古今交汇点上，凌叔华显得谨慎而理性。而她对调适与平衡之美的注重，则使她的小说张弛有度，内蕴丰富，让不同的读者在她建构的天地里均可找到相应的阐释依据。这一特点在凌叔华后期小说包括《古韵》中也有同样的表现。

在1935年10月到1937年1月这一段与贝尔密切交往的时期，凌叔华与贝尔共同英译了几篇自己的小说②。虽然这不算是凌叔华的首次英语创作实践③，

---

① 鲁迅：《现代小说导论（二）》，收入蔡元培等：《中国新文学导论集》，上海书店1982年影印版，第136页。

② 有案可稽的三篇是指《无聊》（英文标题意译为《究竟有什么意思》）、《疯了的诗人》和《写信》，均刊载在《天下月刊》上。三篇中尽管均标示了前两篇为两人合译，但从翻译风格看，另一篇同样有贝尔的参与痕迹。帕特丽卡·劳伦斯也认为这三篇是两人共同翻译并编辑的，但她认为"这些都是朱利安在中国期间凌叔华创作的小说"（参见［美］帕特丽卡·劳伦斯：《丽莉·布瑞斯珂的中国眼睛》，万江波、韦晓保、陈荣枝译，上海书店出版社2008年版，第138页），则并非事实。至少《疯了的诗人》与贝尔无关，该篇收在《女人》集里，此书初版于1930年4月，那时贝尔尚未抵达中国。

③ 1925年，凌叔华编写的两个英文剧本《月里嫦娥》和《天河配》由燕京大学学生在北京六国饭店实验演出。1926年6月6日，陈西滢在《现代评论》周刊发表了一则报道性质的"闲话"，赞扬两剧在六国饭店的演出"做了一个新颖的试验……它与纯粹的中国戏不同之点，不过言语是英文，也没有乐器和歌唱。这个试验似乎很受观众的欢迎。剧本质朴简洁，颇有天真之趣……我们庆贺这剧本的作者凌淑华女士……为了这个小小新试验的成功"。此则"闲话"后编入《西滢闲话》，题为《庆贺小戏院成功》。（《西滢闲话》，上海书店1982年影印版，第86页。）陈学勇在《凌叔华的剧本和陈西滢的小说》一文中也提道，"凌叔华早在燕京大学念书的时候，还曾编过两出英文短剧：《月里嫦娥》《天河配》……剧本又刊登在北平的英文杂志《科学及文学期刊》（Journal of Science and Literature）上，后来凌获燕京大学'金钥匙'奖，即与此有关。晚年忆及往事，她不无自得地叹道：'真出尽风头！'但它们的成功怕不在剧作艺术本身。况且有明显的'改编'性，或者说是另一语种的'移植'，难以视之为新文学中的剧作成果"（陈学勇：《才女的世界》，昆仑出版社2001年版，第96页）。

但刊载在《天下月刊》①上的那三篇译作，对凌叔华来说，其意义还是非同寻常，"不仅在于它集中体现了一个浪漫和文学的时刻，还在于这些文本揭示了跨文化的痕迹。他们之间除了具备通常这类合作的特质之外，还加入了一个维度——文化和语言的误解"②。这些"误解"让凌叔华真切感受到她用中文创作的小说对贝尔这样的英语读者造成的文化、审美的冲击力，进而有意识地进行心理的换位和视角的调整，而合作的前提——理解，也为她走出自身文化的樊篱、有意识地去寻求与陌生世界的联系打下了基础。

不太清楚在合译过程中贝尔到底出了多少主意，从《天下月刊》上的译文基本忠实于原文来看，作为原作者的凌叔华对保留中国味道的坚持还是比较明显，这一点倒是暗合了她后来写《古韵》时伍尔夫对她的期待。当然，在中国读者眼里，译文将小说中别有意味的一些隐喻和熟语删略、转译，或径直变成脱离了正文的注脚，未免有损原作本有的风韵。但是，从目的语读者的角度看，太过中国化的表达可能会加深文化陌生感，以致造成理解的阻碍。③ 如果说合译过程令凌叔华对英国读者的文化接受边界和底线有所警觉的话，那么，在合译之前有关选择什么样的小说来翻译，与贝尔的商讨以及最终的选定，可能是凌叔华文化体验中更为重要也更为关键的部分。《无聊》《疯了的诗人》和《写信》与凌叔华其他的小说在取材和主题上看上去没太大的区别，而困守却

---

① 凌淑华（淑华为凌叔华原名，陈西滢1926年6月6日的"闲话"中提到凌叔华时同样用了她的原名——笔者注）."What's the point of it?" Translated by the author and Julian Bell. *T'ien Hsia Monthly*. August.1936.3(1). p.53 – 62；凌叔华. "A Poet Goes Mad". Translated by the author and Julian Bell. *T'ien Hsia Monthly*. April.1937.4(4).p.401 – 421；凌叔华. "Writing a Letter". Translated by the author. *T'ien Hsia Monthly*. December.1937.5(5).p.508 – 513.
② ［美］帕特丽卡·劳伦斯：《丽莉·布瑞斯珂的中国眼睛》，万江波、韦晓保、陈荣枝译，上海书店出版社2008年版，第136页。
③ 以《疯了的诗人》为例，禅房正殿的"琉璃灯"简译成"lamp"（灯），主人公觉生看到朋友催诗稿的信后抱怨"我哪里享什么艳福"中的"艳福"，被译为"idyllic existence"（田园诗般的存在），小说描写觉生想到妻子双成的病的心情："这惝恍惆怅的网子，又轻轻的套住了他的心"，"网子"脚注为"fishing net"（渔网）。这些处理和原文含义均有不同程度的偏差，是译者基于对英语读者阅读习惯、接受能力的考虑结果。

不甘于困守在家的牢笼中的女人也始终占据了她小说的中心,但无论《无聊》中身为翻译者的如璧对"家就是枷"的身心体悟之印证,还是《疯了的诗人》中新媳妇双成以尚存的童真瓦解了妇道碾压的讽喻、《写信》中自称"开眼瞎子"的张太太在请伍小姐写信时一吐失语焦虑的指涉,较之作者早期《花之寺》集子里的小说,还是更清楚地映现出凌叔华挑战传统禁忌的冲动。前两篇疯癫主题的或隐或显,后一篇中对女人两种不同的声音——公开的(书面的、虚拟的)和私下的(口头的、真实的)——的敏感,显示了凌叔华向西方女性主义和现代主义话语靠近的趋势。它们被选定很难说没有贝尔所代表的那种布鲁姆斯伯里趣味及观念的作用。但尽管如此,凌叔华仍然是那个内敛而节制的中国作家,女性的孤独、抑郁、倦怠、沮丧、苦闷、怨愤、无奈、迷惘,以及自我的反思等心理反应,均被控制在合理的中国式情境中。就像《疯了的诗人》的末尾,诗人觉生也"疯了",他已离不开妻子双成,两人"像一对十来岁的小孩子一样神气"。这个结局延展了中国"五四"反抗传统专制的主题。热爱自然、向往自由的两个年轻人成为"柳庄的人"眼里的异类,演绎的仍是个性与压抑个性的社会间的紧张,而非西方女性主义视野里最通常的性别对抗。至于凌叔华对困境中的所有人,包括那个在双成母亲丧期未满即催促其过门的婆婆,也心怀戚戚而落笔厚道,这是她一贯的做派。因此,到写作《古韵》时,凌叔华对位高权重的父亲——那个家中女人悲剧的制造者,也能恰如其分地拿捏好情感注入的尺度,应该也是顺理成章的事情。

二

能与贝尔一拍即合且合译成功,反映了凌叔华和布鲁姆斯伯里团体天然的亲近关系,也预示了凌叔华对伍尔夫建议"用英文写下你的生活实录"的响应并非止于对同行前辈的敬慕。① 正因为《古韵》的写作主要起因于伍尔夫的鼓励,写作过程中又得到伍尔夫的指点,所以,《古韵》的目标读者至少在一开始并非普通意义上的英语读者,而是以伍尔夫为代表的布鲁姆斯伯里团体。相对于之前的中文创作,《古韵》在叙事策略、立场、方法的选择上,显然更费周章。由于凌叔华难以严格区分自传和短篇小说的边界,她无法写出符合伍尔夫要求的自传,《古韵》虽不无自传性,但终究还是小说,这一特点即便未被维塔·塞克维尔·韦斯特等人充分认识,凌叔华自己也是心知肚明的。她采用了自传性的小说体式,兼顾了伍尔夫的期许,也兼顾了《古韵》既有的准备——有些章节内容已用中文叙述过②,还有一些章节则是凌叔华到英国后零星发表在英国期刊上的短篇小说的整合③。当然,这种体式的选择,也十分有利于处在跨文化交流中的凌叔华对自我及伴随自我成长的文化进行新的探寻。

和凌叔华之前大部分中文小说有别,《古韵》难得地采用了第一人称叙事。④ 对这一有违凌叔华惯常做法的行为,纠结于《古韵》与家族史关系的魏淑

---

① 许多研究者都注意到《古韵》的写作源于伍尔夫的建议,这固然没错,但其实据凌叔华自称,早在和贝尔交往期间,贝尔出于对她身世的好奇就对她有过撰写生平的提议。而伍尔夫向凌叔华提出此建议之前,早已和当时在武汉的贝尔在通信中讨论过此事。学术界一味突出伍尔夫对凌叔华的帮助,而疏于关注贝尔对凌叔华的文化影响,其实无助于对《古韵》全面而准确的解读。1938年4月5日伍尔夫致凌叔华的信里谈道,"我没有读过你的任何作品,不过,朱利安在信中常常谈起,并且还打算让我看看你的作品,他还说,你的生活非常有趣,确实,我们曾经讨论过(通过书信),你是否有可能用英文写下你的生活实录,这正是我现在向你提出的劝告"。1938年4月9日伍尔夫致凌叔华的信重复了前一封信的意思,"我所要说的唯一重要的事,是请你撰写你的自传,我将欣然拜读,并作必要的修改……朱利安常说,你的生活极为有趣;你还说过,他请求你把它写下来——简简单单,一五一十写下来,完全不必推敲语法"。参见《弗·伍尔夫致凌叔华的六封信》,杨静远译,《外国文学研究》1989年第3期。

② 《搬家》最初发表在1929年9月出版的《新月》第2卷6、7期合刊上,后编入《小哥儿俩》,《古韵》第三节由此改译而成;《一件喜事》最初发表在1936年8月9日出版的《大公报》副刊《文艺》上,《古韵》第四节由此改译而成;《八月节》最初发表在1937年8月1日出版的《文学杂志》第1卷第4期上,《古韵》第五节由此改译而成。

③ 据魏淑凌考证,1951年发表在《旁观者》杂志上的《红衣人》和《中国的童年》后来合并到一起,成为《古韵》第一节;1951年另两篇发表在《乡村生活》上的《我们家的老花匠》和《造访皇家花匠》合并为《古韵》第十二节。参见[美]魏淑凌:《家国梦影:凌叔华与凌淑浩》,张林杰译,百花文艺出版社2008年版,第252页。

④ 凌叔华《花之寺》《女人》《小哥儿俩》三个短篇集共收录33篇小说,其中只有《小刘》一篇用了第一人称叙事。

凌认为，是为满足英国自传写作要求及英语读者期待视野的结果。《古韵》中第三节《搬家》是中文同题小说改译而成，她表示，"在原来的小说里，枝儿的第三人称视角变成了自传体的'我'，这种从中文到英文，从小说到自传的几乎原封不动的翻译，引出了关于历史与记忆之间分野的问题"。魏淑凌如果认定"《古韵》是一部传记"，而其中的《搬家》是小说，那么，产生这样的质疑一点都不奇怪。她借此还区分了中国自传文学和英国自传传统的不同，认为"（中国）大部分作者在写作自传时都打算让它成为公众历史的一部分，他们以一种疏远平淡的第三人称来进行叙述，很少体现个人的情感"，而凌叔华为英语文化背景的读者调整了叙述人称后，"英国文学中欧洲基督教的忏悔传统与'东方'以平实笔调表现生活的趣味，都在《古韵》这部自传中得以体现"。[①] 虽然魏淑凌一再强调《古韵》是自传有些勉强，但她指出《古韵》中英文化融合的特性，还是体现了一个文化人类学者的专业敏感。

由于第一人称叙述与英语自传高度的贴合性，英语读者包括魏淑凌、维塔·塞克维尔·韦斯特等很容易将《古韵》视为凌叔华个人经历的真实记录，这种误解在很大程度上也源自《古韵》本身所具备的浓郁的自传性色彩。中国作家将自我的真实经历作为小说主体叙事线索的自叙传小说创作，是从"五四"发端的。作为那个时期崭露头角的一位，凌叔华尽管也擅长将个人经历组合到虚构的叙事结构中，但其笔触却没有沾染那类作品标志性的感伤气息。到1935年出版第三个小说集《小哥儿俩》时，凌叔华仍旧执着于偏向客观叙事的第三人称。她尽管坦陈自己"怀恋着童年的美梦，对于一切儿童的喜乐与悲哀，都感到兴味与同情"，其中"有两三个可以说是我追忆儿时的写意画"[②]，可那些小说第三人称的叙事视角还是表明了她尽可能避免主观介入的意图。《搬家》《凤凰》《小英》等小说借助于第三人称有限视角——儿童视角，呈现出

[①] ［美］魏淑凌：《家国梦影：凌叔华与凌淑浩》，张林杰译，百花文艺出版社2008年版，第18、19页。

[②] 凌叔华：《小哥儿俩·自序》，《花之寺 女人 小哥儿俩》，人民文学出版社1986年版，第235页。

的是孩童与成人社会的隔膜,读者中恐怕很少有人会将小说情节混同于作者的经历。说到底,在国内完成的"写小孩子的作品",是步入中年的凌叔华对已逝童真的祭奠。而用英语讲述儿时故事的《古韵》,作者要跨越的已然不只是时间的阻隔,更有空间的、语言的鸿沟。对需要穿梭于两种不同文化的凌叔华来说,童年记忆的讲述已成为自我身份定位的助力,而第一人称叙事应该是较便捷的一个选择:一方面,"我"儿时经历的直接叙述提供了叙事的真实感和可信度,这符合让小说写得像自传的叙事策略;而叙事过程中当下的"我"对过去的"我"的审视和阐释,也成为在英国的凌叔华反思在中国的凌叔华、探寻未知世界里的凌叔华的底本。《古韵》的第一人称叙事无疑赋予凌叔华更有效的话语控制权。

三

而实际上,自从决定用英语书写《古韵》的那一刻起,凌叔华最大的挑战是要在文化移位中渡过难关,不仅是写作层面上的,更有心理意义上的。就像她虽然被贝尔视为"我们的世界"中的一个,但两人越轨的罗曼蒂克关系自始至终充斥着个人和文化上的抵牾,她的中国身份以及因此形成的与贝尔那种开放坦荡、离经叛道有别的性爱理念,清楚地标示了她与布鲁姆斯伯里团体之间的距离。而《古韵》的写作,本质上就是一场跨文化交流的实践,它的成败最终取决于作者和读者双方面对文化差异性的接受度。在与伍尔夫的通信中,凌叔华曾诉说她用英文写一本好书的不自信,她打比方说:"烹饪也不外乎如此,如果让你用外国的炉灶去做一道中国菜,结果将会和原先的味道大相径庭,这样的菜常常会失去一些美妙的风味。我不知道语言在写作上的作用究竟有多大。"凌叔华的担心很正常,英语之于她虽不算陌生,却毕竟不是她的母语,用英语讲述中国故事,很难保留中国故事的原汁原味,而她业已根深蒂固的中文思维又很难保证英语表达的地道纯净。出人意料的是,伍尔夫竟然很欣赏凌叔华风格中的"异国感",并鼓励她"保持中国的特色"①。伍尔夫对《古韵》写作中陌生化因素的认可,给予凌叔华莫大的激励和支持,这也成为伍尔夫在世时《古韵》写作一直坚持不懈的关键原因。

不过,布鲁姆斯伯里文化派成员怎么可能都像伍尔夫那样完全无视中国文化接受中的陌生感,否则怎么解释贝尔在参与翻译凌叔华三篇小说时对诗情画意的中国风内容的砍削调整。甚至可以认为,伍尔夫的品味其实更具个人性,而像贝尔那样的英语读者则十分普遍。如果说她在武汉时期和贝尔的交往包括合译过程中,两人在文化上尚属势均力敌,甚至凌叔华的优势更为明显,那么1947年凌叔华移居英国后,这个在贝尔和他的亲友通信中被简称为"Sue"的中国作家必定切实感受前所未有的文化和身份的焦虑。"名字是自我身份最重要的锚泊地","主导群体成员常常把外国人的名字缩短,外国人也不得不改一改自己的名字。以使之更像主导文化里最常见的名字"。② 要让自己在布鲁姆斯伯里圈子里获得认可,这时的凌叔华不得不努力成为地道的"Sue",对这个英语简称的适应即意味着对这个陌生环境的适应。而就布鲁姆斯伯里团体成员而言,即便他们从贝尔的信里早已知晓那个"Sue",却并不代表他们现在能了解亲眼所见的这个凌叔华。一个中国人在这些英国人的心里,终究还是陌生的"他者"。凌叔华深知,消解彼此陌生感的途径,除了与布鲁姆斯伯里团体保持密切而持久的接触外,根本还是在于精神契合的达成。《古韵》的继续写作、完成及反响,就是一块试金石。

"若要获得与其他文化的共鸣,尤其是与迥然不同文化的共鸣,人们就必须乐意搜求在自己文化语境里自我感觉的真相。通过了解自己和自己的文化,有志于跨文化的人就能更好地感知到不同文化皆有的相似性,也能感知到

---

① 凌叔华致弗吉尼亚·伍尔夫(1938年12月31日)和弗吉尼亚·伍尔夫致凌叔华(1939年2月28日),转引自[美]帕特丽卡·劳伦斯:《丽莉·布瑞斯珂的中国眼睛》,万江波、韦晓保、陈荣枝译,上海书店出版社2008年版,第416页。

② [美]迈克尔·H.普罗瑟:《文化对话:跨文化传播导论》,何道宽译,北京大学出版社2013年版,第169、170页。

妨碍跨文化传播有效进行的文化差异性。"①承载了凌叔华童年记忆和中国体验的《古韵》，是她站在中英两种文化边缘地带寻找自我真实性的印证，却无疑也同时融入了布鲁姆斯伯里团体想象中国的期待视野。借助跨文化跨地域的眼光，凌叔华在对自我和曾经置身的文化回顾和反思中，再构了自我，并将它当成了更广大、更包容的人类世界的一部分。她在写给伦纳德·伍尔夫的信里表示了她的期望："我希望能写一本书，很好地表现中国和中国人。西方有许多关于中国的书，大部分都是来满足西方人的好奇心的。那些作者有时全凭想象挖空心思地去编造有关中国人的故事。他们对读者的态度是不真诚的。于是在西方人眼中，中国人看上去总有点不人不鬼。"②凌叔华反感一些西方作者将中国和中国人特点加以夸张或扭曲的书写，认为他们笔下"不人不鬼"的中国形象不仅反映了他们的文化优越感，也传递了他们将中国人视为异类的偏见和无知。因此，凌叔华更强调人类本质的一致性，强调中国人和英国人的相似性。她的这一立场与三四十年代旅居英国写出系列"哑行者画记"的蒋彝不谋而合。而《古韵》的意图最初在给伍尔夫的信中就已表示过："如果我的书能为英国读者展现中国真实生活的某些画面，和英国普通民众一样的中国平民的某些经历……我就心满意足了。"③

"一个人选择要接受的东西，不管是自觉的还是不自觉的，就是给他的世界以结构和意义的东西。更进一步，他认识的事情就是'他有意要做的事情'。"④对远离故土的凌叔华来说，她迫切需要夯实与异国文化对话的基础，所

---

① [美]迈克尔·H.普罗瑟：《文化对话：跨文化传播导论》，何道宽译，北京大学出版社2013年版，第12页。
② 凌叔华致伦纳德·伍尔夫(1953年7月6日)，转引自转引自[美]帕特丽卡·劳伦斯：《丽莉·布瑞斯珂的中国眼睛》，万江波、韦晓保、陈荣枝译，上海书店出版社2008年版，第418页。
③ 凌叔华致弗吉尼亚·伍尔夫(1938年7月24日)，转引自[美]帕特丽卡·劳伦斯：《丽莉·布瑞斯珂的中国眼睛》，万江波、韦晓保、陈荣枝译，上海书店出版社2008年版，第417—418页。
④ [美]爱德华T·霍尔：《语境和意义》，收入[美]拉里A·萨默瓦、理查德E·波特主编《文化模式与传播方式——跨文化交流文集》，麻争旗等译，北京广播学院出版社2003年版，第46页。

以她表示"有一天,(英国的)玫瑰可能会取代中国兰花在我心中的位置"①,这种近似于娇嗔的说辞虽不至于像 G.L.狄更生对他的学生说"也许我上辈子是个'中国佬'"②那么夸张,但确实反映了凌叔华极力消解交流对象的陌生感,增进彼此认同感的努力。

在写作《古韵》后半部分的那个阶段,凌叔华其实拥有了较之在国内动笔时更大的自由发挥空间。战争业已结束,民族的苦难不再成为个人化叙事的道德压迫;而在一个异乡人的心里,故国的形象也渐渐化成了类似于伍尔夫读了《古韵》最初一些片段时的印象:"一种陌生而诗意的微笑。"③但凌叔华终究不是伍尔夫。通过讲述过往的童年和遥远的中国,凌叔华为建构新的身份积蓄了勇气和力量。这是"Sue"的选择,更是凌叔华的选择:一方面仍然维系着与中国情感和文化的联系,另一方面又将西方人对人类文明的理想嫁接到自己的价值系统中。在《老师和学生》一节中,凌叔华通过张先生对学生的启迪和教导,将孔孟的仁义与现代的民主观念对接,将庄子的无言比附为现代的理性,这生拉硬拽中固然含有她对"五四"激进风气的某种反思,但却也同样表明了她对思想自由这一现代理念的笃信和谨守。

《古韵》的跨国界、跨文化的性质决定了它的视野和基调将无法等同于凌叔华在国内时用中文讲述的儿时故事,更与其他中国作家的自我叙事有别,它不仅是对作者过往自我的追怀,也必定会是目标读者异邦想象的承载。维塔·韦斯特曾梦见自己置身在遥远的国度,"一个中国式的皇家园林,广阔无边,包罗万象,花园里的一切都充满了生机,大地的宝藏在这里幻化成无尽的

---

① 凌叔华致伦纳德·伍尔夫(1953年7月5日),转引自转引自[美]帕特丽卡·劳伦斯:《丽莉·布瑞斯珂的中国眼睛》,万江波、韦晓保、陈荣枝译,上海书店出版社2008年版,第440页。
② 参见卢彦明、王玉括:《中国佬信札——西方文明之东方观·译者序》,[英]G.L.狄更生:《中国佬信札——西方文明之东方观》,卢彦明、王玉括译,南京出版社2008年版,第2页。
③ 弗吉尼亚·伍尔夫致凌叔华(1938年10月15日),转引自[美]帕特丽卡·劳伦斯:《丽莉·布瑞斯珂的中国眼睛》,万江波、韦晓保、陈荣枝译,上海书店出版社2008年版,第416页。

美景交融在一起"①。把理想寄托在事实上早已衰败的中国皇家园林的美景想象中的韦斯特,怎能不被《古韵》吸引呢?《古韵》的末尾记叙了和家人一起居住天津的"我"对北京的向往:"我在脑子里编织了一幅美丽的地毯,上面有辉煌的宫殿,富丽的园林,到处是鲜花、孔雀、白鹤、金鹰。金鱼在荷塘戏水,牡丹花色彩艳丽,雍容华贵,芳香怡人。在戏院、茶馆、寺庙和各种市集,都能见到一张张亲切和蔼的笑脸。环绕京城北部的西山、长城,给人一种安全感。这是春天的画卷。我多想拥有四季。能回到北京,是多么幸运啊!"②此时的"我"俨然是置身英国的凌叔华的灵魂附体,"我"脑海里浮现的与其说是一幅美不胜收的北京图景,不如说是一个宁静祥和的中国幻境,它是游子凌叔华思乡梦的折射,却也是"他者"韦斯特白日梦的投影。这美化并净化了的中国镜像,由于契合了韦斯特等布鲁姆斯伯里团体对古老文明的乌托邦幻想,以及对理想自我的想象,而难逃"东方主义"迷思的尴尬。但这种契合,不管是巧合还是迎合,其实也不过是文化遇合中的惯例:"如果以其他民族为媒介宣传的目标,其目的往往是维护自身的形象:人们尽量向其他民族传达关于自己国家、自己的人民和文化的美好的形象";而且,"只有有关的'信息'符合接受者的性格,这样的努力才会成功"。③ 从这个角度看,《古韵》被它的英国受众接纳,即意味着它已被西方权力话语所规约,因此,《古韵》的成败得失均可以从中找到答案。

---

① [英]维塔·韦斯特:《在你的花园里》,转引自[美]魏淑凌:《家国梦影:凌叔华与凌淑浩》,张林杰译,百花文艺出版社2008年版,第252页。
② 凌叔华:《古韵》,傅光明译,中国华侨出版社1994年版,第164页。
③ [德]马勒茨克:《跨文化交流——不同文化的人与人之间的交流》,潘亚玲译,北京大学出版社2001年版,第127页。

图书在版编目(CIP)数据

洗眼观潮：中国现代文学论集 / 倪婷婷著. —南京：南京大学出版社，2020.11
（教育部人文社会科学重点研究基地南京大学中国新文学研究中心学术文库 / 丁帆主编）
ISBN 978-7-305-23976-2

Ⅰ. ①洗… Ⅱ. ①倪… Ⅲ. ①中国文学-现代文学-文学研究-文集 Ⅳ. ①I206.6-53

中国版本图书馆 CIP 数据核字(2020)第 226288 号

出版发行	南京大学出版社
社　　址	南京市汉口路 22 号　　邮　编 210093
出 版 人	金鑫荣
丛 书 名	教育部人文社会科学重点研究基地南京大学中国新文学研究中心学术文库
书　　名	洗眼观潮——中国现代文学论集
著　　者	倪婷婷
责任编辑	郭艳娟
照　　排	南京紫藤制版印务中心
印　　刷	南京爱德印刷有限公司
开　　本	718×1000　1/16　印张 19.5　字数 266 千
版　　次	2020 年 11 月第 1 版　2020 年 11 月第 1 次印刷
ISBN	978-7-305-23976-2
定　　价	88.00 元
网　　址	http://www.njupco.com
官方微博	http://weibo.com/njupco
官方微信	njupress
销售热线	025-83594756

* 版权所有，侵权必究
* 凡购买南大版图书，如有印装质量问题，请与所购图书销售部门联系调换